Mourad Winter

Mourad Winter est écrivain et réalisateur. Il a publié *L'amour, c'est surcoté* en 2021 chez Robert Laffont. Son nouveau roman, *Les meufs c'est des mecs bien*, a paru chez Clique Éditions en 2023.

LES MEUFS C'EST DES MECS BIEN

MOURAD WINTER

LES MEUFS C'EST DES MECS BIEN

CLIQUE
ÉDITIONS

ISBN 978-2-266-34300-8
Dépôt légal : juin 2024

Deuxième bouquin,
ça en fera toujours deux de plus que Socrate.

Vendredi 6 juin

Le problème quand tu jobes la nuit et ta meuf le jour, c'est que tu passes beaucoup trop de temps avec toi-même. Et après :

1/ avoir remporté trois Champions League avec Angers ;

2/ m'être foutu des collerettes aux poignets pour éviter de me lébran (me Lebron James, *ndlr*), j'commence à me faire chier. Donc à répondre au moindre DM pianoté par une nana (gonzesse, fimbi, ladygial (somégossodéne)).

Wourad, tu fais quoi ?

Rien et toi ?

J'ai envie de toi…

La solitude ? C'est une meuf avec des gros bzez.

*

Il faut absolument que j'introduise mon pénis dans cette fille. Mon petit côté institut de sondage. J'enfile un T-shirt et un fute, pas de slip, t'façon ceux qui mettent des sous-vêtements n'ont pas confiance en eux. Ne me demandez pas d'où je tiens cette théorie, j'en parlerai plus tard. Le rendez-vous est pris. Je sors de mon immeuble. Une odeur d'été me gifle le visage, bien fait de pas mettre de slip. Tellement en iench que j'traverse la *calle* sans regarder. Une voiture me percute, j'suis mort. Fin du livre :(

*

Et non, c'était un *prank* ! Je ne suis pas décédé, n'hésitez pas à lâcher un pouce bleu sous cette vidéo totalement délirante [plein d'émojis de gogols qui laissent entendre que le youtubeur est ravi d'être en vie alors qu'il possède une calvitie]. Bon, on reprend.

Je sors de mon immeuble. Une odeur d'été me gifle le visage, bien fait de pas mettre de slip. Tellement en iench que j'traverse la *calle* sans regarder. Une voiture me percute, c'est Emmanuel Macron xptdr !! Petit concours d'anecdotes, la famille ?

*

Deuxième *prank* ! Vous pouvez vous abonner s'il vous plaît ? Nan mais sérieux c'est bon quoi, vous savez ce que ça me coûte une vidéo ?! En monteur, cadreur et surtout en temps ?! C'est pas gratuit, franchement respectez mon travail, j'ai un loyer à payer moi… (OK l'azize, bah va trouver un boulot et nous casse pas les couilles avec ta compta. Allez, on reprend.)

Je sors de mon immeuble. Une odeur d'été me gifle le visage, bien fait de pas mettre de slip. J'traverse la *calle* avec précaution cette fois, pas le moment de passer l'arme à gauche. Déjà parce que j'ai pas effacé mon historique, mais surtout parce que ça serait tendu d'expliquer au Jugement dernier que j'ai pas vu le bus arriver à ma droite car trop occupé à planifier un plan contraire aux lois divines d'environ : toutes les religions. J'prends le métro. Consultant en conspirationnisme depuis que mon pote Junior m'envoie trente-sept vidéos/jour d'Indiens aimantés à des fourchettes, j'achète un ticket de métro et contourne l'idée d'être pisté par le gouvernement. Durant le trajet, l'allumeuse de mes couilles tente de m'éteindre.

Si t'es trop loin laisse tomber…

L'écume au coin des lèvres et obnubilé par la perspective de faire han-han, j'lui réponds comme un ratpi. Attention, là, c'est ma bite qui écrit.

WALLAH JSUIS À CÔTÉ BOUGE PAS !

Effectivement, on est plus proche de l'intimidation que de la séduction. Je tape une pointe comme un représentant des forces de l'ordre et me glisse dans le métro. La dalle au fond du couloir, chaque station me rappelle le catch de chambre : Châtelet, Bourse, Père-Lachaise, Parmentier. Bon OK, pour Parmentier j'avais douze ans et le hachis était tiède.

J'mets mes écouteurs et me fous en vitesse × 2 dans l'espoir d'accélérer le temps qui me sépare de l'adultère. Erreur de stagiaire, j'tombe sur un énième podcast d'un mec qui s'écoute parler et se sent obligé d'avoir un avis sur tout. Au menu ? Bienveillance, altruisme, saisir l'instant, bienveillance, plénitude, bienveillance, bienveillance, BIEN-VEIL-LAN-CEUUUH ! Comme 99 % des podcasts, si tu t'enfiles pas un hectare de légumes oubliés chaque matin et/ou n'essaies pas de booster ton *mindset* pour devenir la meilleure version de toi-même, t'es pas la cible. En pleine overdose de bonté après 463 #Namaste, j'éteins le son et pénètre au royaume du faux : Instagram. Deux posts de likés et v'là qu'un connard m'énumère les dix habitudes des milliardaires. Le plus marrant, c'est que la troisième mesure consiste à ne pas aller sur les réseaux sociaux. Ça tombe bien, j'suis déjà arrivé.

En bas de chez elle, j'entre chez un épicier. Honteux mais ne reculant devant rien, j'lui demande où s'trouve le rayon des gros baiseurs, plus connu sous le nom de : préservatifs. Le chibani m'indique le fond du magasin, juste à côté du rayon orient. Les épiciers du coin ont ça de supérieur aux supermarchés qu'ils font au cas par cas, qu'ils donnent un semblant d'échange. Les supermarchés ont ça de supérieur aux épiciers qu'ils ne ressemblent pas à ton daron en train de te juger. Désireux que ce douloureux moment se termine asap, j'ajoute des chewing-gums et de la harissa afin de n'éveiller aucun soupçon. Je paie. Taquin, il m'envoie un « salam alaykoum » qui sonne comme un « Dieu te voit et tu vas payer, mon gars ».

En confiance comme un Arabe aux yeux verts, j'lance les pronos dans l'ascenseur. C'est simple, j'compte la massacrer. « J'l'attrape, et bim, et bim, et bam !! Tu veux baiser ? On va baiser ! » Un animal. Toujours épatante cette faculté que j'ai à prévoir le match, anticiper les actions chaudes, pour finalement sortir sur civière au bout de cinq minutes de jeu. Ma libido, c'est la carrière d'Abou Diaby.

Je toque à sa porte. Elle ouvre. La peau rouge beaujolais de son visage rend la chose affligeante, un petit côté dernière chance. Plus proche de l'IMC de Gérard Larcher que d'un tarpé chargé, il y a entre sa pp et ce qu'elle est vraiment environ trois coups de pare-chocs. De préférence celui d'un Ford Transit. C'est beaucoup trop grave pour être passé sous silence.

« Ah ouais t'es… t'es insolite… »

Traduction : sur Uber Eats t'as une étoile. En temps normal même dans le métavers je la touche ap. Mais bon j'étais là j'étais là hein, j'pouvais plus faire de la chine arrière.

En peignoir, elle m'accompagne dans le salon. Alors, pour tout vous dire, j'sais jamais comment réagir devant un peignoir. T'as trois thèmes dans cette tenue : baiser, chiller ou se taper un spa. Et vu sa tronche en quinconce, j'espère qu'elle a un jacuzzi.

La télé est allumée sur une chaîne d'info. L'islam politique. La laïcité. La pastilla de pigeon. Le débat du jour ? « Les musulmans, poubelles vertes ou poubelles jaunes ? » Perso j'ai ma petite idée, mais laissons ce spécialiste mâle-blanc-hétéro-cisgenre-cinquantenaire décider de l'avenir de 10 % de la population française hehe. Hyper à l'aise avec l'hospitalité préinfidélité, elle me propose un verre et s'envoie un ballon de rouge en lucarne. À la flotte comme Ben Laden, j'en profite pour humidifier cette bouche qui commence à se dire qu'elle est en train de faire une belle connerie. Elle saisit chez moi un certain amateurisme concernant tout ce qui est relatif à la fornication et tient le crachoir. Carrément ça s'prend pour Guy Lux en jouant l'animatrice.

« C'est dingue ce qui nous arrive, nan ? Tu connais même pas mon vrai prénom, tu sais que je m'appelle pas @HollyQueenP dans la vraie vie ? »

Nan, la vie de ta mère ? Et le général de Gaulle, son prénom c'est pas Général ? Les bras m'en tombent. T'façon j'veux pas connaître son blaze. Le but ?

Déshumaniser l'ennemi pour mieux l'abattre. J'ai vu ça sur Chasse & Pêche.

Elle enchaîne avec deux-trois questions à la con façon Konbini (fromage ou dessert/été ou hiver/ Gandhi ou Hitler) et finit par me tirer sabre au clair dans sa piaule. La suite, dans le prochain épisode *générique de fin du *Club Dorothée*, t'attends de voir si ton nom est noté bien que tu ne te sois jamais inscrit et que ça ne soit pas ton : anniversaire*.

*

Les *balls* vidées de ses légataires, j'ai hérité du déshonneur. La petite est fêlée. Soixante-dix millions de Français et fallait que j'tombe sur une nana qui m'prend pour un iPad et tente de foutre son doigt dans ma boîte à plaisir. C'est quoi la suite ? Une mise à jour iOS ?

J'enfile mon froc et réalise que ça doit bien faire six mois que j'ai pas été fier de oim. Et encore, j'inclus la fois où j'ai doublé un chien pour *Le Grand Bêtisier de Noël* sur TMC. Ouais j'ai pris 300 balles, mais qu'est-ce que c'est 300 balles comparé à sa dignité ? *Nothing*.

J'file dans la salle de bains. Parano, je dirais même manipulé par un autre, j'cache le préservatif dans le creux de ma main et longe le mur comme une poucave en promenade. Et rien à voir avec le fantasme de l'enfant dans le dos, ça, j'm'en soucie comme Jean de Vert. Faudrait être sacrément gogole pour faire un gosse avec un mec comme moi. J'me suis déjà pris en photo torse nu devant une Ferrari sur les Champs… Oui, j'ai des zones d'ombre. J'suis juste inquiet qu'elle récupère mon ADN et s'aventure dans le clonage. C'est aussi Junior qui me l'a mis en tête, il a vu ça sur Internet.

Pressé d'en finir, j'entame, à la manière d'une travailleuse du sexe, une toilette visant à désinfecter les zones parfumées quand un bruit semblable aux mouvements du frotteur de la ligne 13 (celui avec le K-Way bleu) astique la porte. C'est elle.

« Tu fais quoi, beau gosse ? »

Envie d'lui répondre « des gaufres » tant c'est oppressant mais j'calcule pas. J'lui fais croire que je change juste l'eau des olives. Intrusive, elle a du mal à saisir un concept aussi simple que l'intimité et commence à me faire flipper.

« Tu te laves la bite, c'est ça ? »

Wow. C'est gênant, l'impression de régler chez Vuitton avec des centimes. J'lui réponds par un rire masqué ohé ohé mais force est de constater qu'aujourd'hui (aujourd'hui), tout est permis (tout est permis).

« Vas-y ouvre, j'vais rien te faire… »

La torpeur, j'sais pas comment réagir. On dirait les mecs de cité quand ça envoie des « ouvre, j'vais pas te frapper, j'veux juste parler ». Un moment relaxant pour qui aime l'UFC.

« Euh ouais j'me lave… Au fait, t'as pas une crème hydratante ?

— C'est pour ta bite ? »

Très classe. La go s'en bat les glaouis et continue d'évoquer mon zob aussi fréquemment qu'une standuppeuse parle de son vagin. Gélifié, j'ai l'œil hagard. J'opte pour une absence de réponse. Soudain, j'entends comme des à-coups au bas de la porte. J'essaie de regarder à travers la serrure et tombe sur son gros visage de rongeur à frange.

« Mais wesh on est dans *Shining* là ?!

— Oh ça va, c'est pas comme si j'avais jamais vu ta bite ! »

Troisième utilisation du mot « bite », plus que deux et Candyman apparaît. Son trop-plein d'énergie ne me dit rien qui vaille. En mode Joker, la nana rigole toute seule et finit par lâcher la poignée. La pression retombe, le bruit de ses pas traversant l'appart sonne comme une délivrance. J'dois nachave.

J'sors d'ma cachette. Inspiré par Natascha Kampusch, j'profite de son inattention pour me rapprocher de la sortie. Séance tenante, j'entends siffler dans mon dos. J'me retourne. Elle est postée dans l'encadrement de la porte du salon comme un boss de fin. Y a fort à parier qu'elle va me niquer.

« T'as une page Wikipédia toi ? »

Envie de caner de rire. Décidément ça ne s'arrête jamais, on dirait les enquêtes de Médiapart sur Sarko.

« Bah nan, j'ai loupé mon BEP compta, j'pense pas être la cible…

— Et alors ? T'as déjà entendu du rock sur Skyrock toi ? »

J'vois pas le rapport. Supportant de moins en moins bien l'idée de ne pas avoir plus d'emprise sur le monde, j'accepte sa requête. On est sur un profil instable, pour peu qu'elle m'ait dans le pif et qu'elle retrouve ma meuf pour tout lui raconter. J'dois simuler la quiétude.

« Bah écoute si tu veux un autre jour hein, là j'dois y aller…

— Viens dans le salon, je m'en occupe.

— Nan mais tu…

— Viens j't'ai dit ! »

Je gère très mal la pression. En s'éloignant, elle lâche une phrase cheloue, aucun des mots prononcés n'a de sens mais belle façon de les dire, y a de l'envie. Comme les garçons d'*Hélène et les garçons*, elle répète.

« Je disais, j'espère tu t'es pas pesé dans la salle de bains ?

— Nan, pourquoi ?

— C'est une balance connectée, ça enregistre. Ça serait con que mon mec nous chope comme ça. »

Putain, j'savais que c'était une douille…

*

Et rebelote, encore quelqu'un qui va vouloir me laver. La bonne nouvelle c'est qu'étant en couple depuis 5 kilos, ce qui équivaut à un peu moins de deux ans de concubinage, j'ai arrêté de me peser pour éviter de m'en vouloir. Comme quand tu veski ton compte bancaire parce que t'es dans le rouge et que tu penses que le déni changera la donne. Broke in progress.

« Mais nan, t'as un gars ?

— Bah ouais comme toi, t'as une copine ?

— Ouais mais bon, moi c'est différent, j'suis un mec. »

Je sais, là vous vous dites que j'suis un iench et vous avez sans doute raison. Sauf que, dans une époque où seuls les polémiques et propos clivants garantissent un semblant de visibilité, et mon but ultime étant de bicrave ce bouquin afin d'accéder à la propriété (appartement, maison, voire yacht si Allah est OK), j'ai décidé de disséminer par-ci par-là quelques dingueries qui, sorties de leur contexte, me permettront de bénéficier d'une couverture médiatique gratuite provoquée par deux-trois individus malhonnêtes souhaitant m'faire passer pour l'enculé qui confortera leurs croyances. Bref, j'vous gratte maintenant ce que j'ai vraiment dit.

« Mais nan, t'as un mec ?

— Bah ouais comme toi, t'as une copine ?

— Ouais, mais tu sais en ce moment c'est compliqué… »

Non, ce n'est pas compliqué. J'suis juste en train d'faire de la merde et fous tout sur le dos d'ma gonze comme quand faut s'occuper de l'administratif.

« Moi aussi, mon mec est assez absent, c'est compliqué. Ça nous fait un point commun… »

Ouais bah t'habitue pas trop ma cocotte parce que dans trente secondes j'aurai moi aussi un point commun avec ton keum, à savoir : la disparition.

Subitement, elle pose son ordi et allume la Play du salon. Je saisis pas trop son délire mais ça m'choquerait pas que son mec soit virtuel.

« Ah carrément ça lance GTA ?

— J'ai téléchargé une application pour scanner son visage et créer son avatar. Quand on s'embrouille, j'allume le jeu et je fais exprès de mourir avec son perso. Ça me stimule. »

Incroyable, faut absolument l'inviter dans *TPMP*. Ne la jugeons pas hâtivement mais cette fille est bel et bien : zinzin. J'téma la télé et fais zarma que j'suis en totale adéquation avec sa manœuvre de barjot. Ça se trouve elle a un flingue dans le soutif. J'attends qu'elle se fasse écraser pour quitter les lieux ? Non, je respecte les femmes, ce sont les mères de demain, c'est Rohff qui l'a dit. Mais c'en est trop.

J'bouge vers la sortie. J'lui fais miroiter un coup de fil dans la semaine bien que les faits soient là : je le sais, nous le savons, vous le savez, iels le savent-han ;

je ne la rappellerai pas. Déjà parce qu'elle a un matelas à eau. Mais surtout parce que, ma semence diabolique ayant pris congé de moi, me laissant du répit au repos, ne me susurrant pas à l'oreille des conseils de type « roh ça va, t'es pas marié non plus hein… », je compte profiter de cette période réfractaire pour faire le point sur ma vie.

Juste avant de me baisser pour récupérer mes pompes… roulement de tambour… elle s'essaie à un dernier roulage de pelle. Dégoûté mais homme du monde, j'accepte. Ça sert aussi à ça de se forcer à finir ses choux de Bruxelles à la cantine. Touchante dans sa résilience, elle tente une nouvelle fois le dialogue et se frédériclopise.

« Tu sais, j'ai pas l'habitude de faire ça moi non plus… »

Une certaine idée de l'enfer. Trois mois qu'elle m'envoie tellement de photos de ses tchoutches dans sa salle de bains que j'avais anticipé la fuite d'eau du quatrième et v'là-ti-pas qu'elle veut jouer la confidente ? S'agirait de doser. Plutôt favorable au cumul des mandats, elle semble éprouver des sentiments qu'elle voudrait explorer.

« On se revoit dans la semaine ? s'écria celle qui voudrait qu'on se revoie dans la semaine.

— Ouais carrément, on s'texte », lui rétorqua celui qui ne la textera pas.

Décidément dans le don de soi, elle me propose d'embarquer avec moi une paire de Yeezy flambant neuve appartenant à son mec.

« C't'enculé m'trompe avec sa secrétaire, prends c'que tu veux. »

Visiblement en conflit ouvert avec le coloc qui lui sert de gars, elle commence à crever les bulles d'air d'une paire d'Air Max 1 avec ses clés tout en me fixant droit dans les yeux… OK c'est beaucoup trop d'infos, j'dois me barrer avant qu'elle se mette à chier sur le lino.

Pendant que j'enfile mes tatanes, j'vois une porte entrouverte, mon passé d'ex-cambrioleur compte les pièces (zéro cambriolage à mon actif). *One*, *two*, *three*, belle superficie.

« P'tit F3 pour deux, ça va vous vous êtes mis bien.

— Ah nan nan, au fond c'est la chambre de ma fille. J't'avais pas dit ? »

Pensée pour tous les gens partis trop tôt : vous avez bien fait.

*

Sublime, j'viens de baiser une daronne. Alors déjà que j'avais de sérieux doutes quant à ma participation à ce TEDx géant qu'est le paradis, là j'viens juste de prendre cinquante ans d'enfer supplémentaires. Le machin c'est une perfusion, ça donne les infos au compte-gouttes. Dans cinq minutes j'apprends qu'elle boit du sang. Je la joue bon vivant.

« Ah cool… Et elle a quel âge ?

— Six ans. Euh nan, quatre ans, excuse-moi. »

De mieux en mieux. Totalement le genre de maman qui dort sur son bide enceinte. Elle se lance dans l'acoustique.

« Bah quoi ? T'as pas senti que j'avais un périnée distendu ? »

Mon gros doigt me dit qu'on va éviter de donner une suite à cette discussion, elle risquerait de sortir son placenta du bac à légumes. En edge avec la courtoisie, je mets fin à la communication et me glisse dans l'ascenseur. Bon allez, j'dois filer j'ai des trucs à faire (rien).

Les portes se ferment. À l'abri de son ire, j'ai envie de vomir. Humainement proche du porc, je me retrouve nez à nez avec mon sosie. Je l'esquive, je sens son regard scandalisé, prêt à m'envoyer des « t'as pas honte gros sac ? » pleins de tendresse. Paraît qu'ils installent des miroirs dans les ascenseurs pour donner plus de profondeur. Certains y verront un moyen de vérifier qu'on n'aurait pas emporté par mégarde un autographe de la relation adultérine de type : suçon, griffure et/ou gag-ball. J'pense plutôt que le projet initial était de me faire culpabiliser. Toujours compliqué de se regarder en face.

Pour tout vous avouer, c'était ma première fois. J'sais, là vous vous dites que j'suis un mytho mais archi pas, ce ne sont que des rumeurs colportées par des gens ayant l'intention de me nuire (moi). Ne passons pas Noël là-dessus. J'viens de tromper ma gonze. Jusqu'ici fidèle comme Totti, j'avais pour habitude de ne rien céder sur la ken extrascolaire. Mais l'ennemi de l'homme, c'est son zob. Pourtant on m'avait bien dit que passé un certain âge, l'animal sauvage ne supporte plus trop la vie en captivité. Tapi dans l'ombre, il a fini par me traverser. Mon couple allait bien, pas menacé. Les choses devenaient prédéfinies, les baises aussi. Mais qu'on soit clair, c'est moi le gogol. Pas là pour charger la mule en pointant du oid madame sous prétexte qu'il y a moins de désir qu'avant. J'avais qu'à en parler. La vérité c'est que le vice est entré par Internet. Un like, deux likes et tout à coup, sans crier gare, tu te retrouves vite à trois likes mon salaud. Aussi réactif que le secrétaire général de l'ONU, j'ai pas entendu l'infidélité passer par la fenêtre de l'ordi.

Cassent les couilles, les réseaux sociaux. Ça me manque le Moyen Âge. À l'époque, je m'en rappelle, t'avais la fille du palefrenier et basta. Maintenant c'est un raz-de-marée. La moindre meuf bonne à travers le monde est répertoriée dans ta poche. N'être qu'à un degré de Kendall Jenner, ça change un homme. Et puis souffrant de l'absence d'une figure paternelle depuis le décès de mon père pompier dans les décombres du World Trade Center, il m'arrive de faire croire aux lectrices et aux lecteurs que j'ai un daron pompier mort dans les décombres du World Trade Center pour justifier mes conneries.

Mais bon, revenons-en à mes petites affaires adultérines. Jusqu'à présent j'avais un plan. C'était pour passer le temps. J'attaquais, pour me prouver que je plaisais encore et au moment de sortir le calibre, je disparaissais avant la guerre. Sauf qu'au bout de quelques mois le désir pour Adé a commencé à s'amoindrir. J'sentais que le chant des sirènes me ferait sombrer. Plutôt que merder, j'ai opté pour le porno. C'est devenu ma maîtresse. J'essayais de me convaincre qu'avec les vidéos y avait que la solitude que j'tromperais. Problème, on devient vite addict. Tu peux choisir les veuchs, le poids, la couleur de peau. Le choix est tellement vaste que tu commences à te poser des questions sur tes propres goûts. Une fois j'regardais un boulard entre un brun et une blonde, j'étais pas excité. Alors j'ai ouvert un autre onglet et mis un autre film. Pareil, un autre brun et la même blonde. Là, j'étais excité. J'ai pas compris pourquoi. Du coup j'ai comparé les deux écrans comme au jeu des 7 erreurs. Seule différence : le gars avait un giga sexe. J'me suis pris la tête dans les mains et j'ai gueulé : « MAIS NAAAAAN, J'AIME LES GROSSES BIIIIIIIITES !! » J'ai cru un instant que j'étais dèp. Et puis j'ai compris qu'en vrai c'était parce que la blonde prenait cher sur la deuxième vidéo. Et qu'avec Adé on était entrés dans un délire hyper psychorigide, le max étant : lui mettre les doigts dans la bouche. Donc pour ne pas me tromper, j'me suis dit que ce serait bien de la tromper une fois. On devient vite un fils de pute sans s'en rendre compte.

J'ai merdé, cette fois-ci je dois être puni. L'oreille basse, j'traverse la street en diagonale, complètement fou, à la recherche d'un coup de capot. Voyant poindre du coin de l'œil la h'chouma qui me fait coucou, j'ai mis une casquette et des lunettes de soleil. Plus je me camoufle, plus j'suis visible. Ils l'avaient pas dit ça sur Chasse & Pêche.

J'arrive devant un coffee shop. Pas la même personne lorsque je me sens coupable, je tiens gentiment la porte à 865 637 personnes avant d'entrer dans le temple de l'ourlet. Soucieux de déconstruire le respect, ils vendent leurs thés de branleurs éco-responsables six palots. Le supplément rotca, c'est un euro. Manifestement abusé par de petits bonshommes verts durant son enfance, le patron nous a foutu du matcha partout. La bouche sèche, je commande à une serveuse un Perrier représentant grosso modo cinq heures de boulot. Elle m'oriente sur une eau pétillante au yuzu qui, à part me rapporter un minimum de vingt-deux points au Scrabble, ne me chauffe pas mais alors pas du tout.

« Vous désirez accompagner votre boisson avec un de nos savoureux cookies ? »

Emploie-t-elle le champ lexical de l'accompagnement parce qu'il faut être en fin de vie pour lâcher 4,50 euros dans un gâteau sec ? Je le crains bien. Sous pression (y a des meufs dans la queue et j'ai envie qu'elles sachent que j'ai les moyens de m'acheter à boire et à manger, envie qu'elles comprennent que la kichta est large, qu'elles intègrent l'idée que je suis capable, à tout moment, de changer leurs vies, sur un coup de folie, de leur payer : un latte matcha), je refuse néanmoins de participer à cette surconsommation.

« Donc un cookie matcha-chocolat blanc… Ce qui vous fera 9,80 euros. »

Ouais bon, face à la graille, j'arrive pas à dire non. La facture ayant enfilé son maillot à pois de meilleure grimpeuse, la vendeuse en profite pour m'indiquer que je peux toujours arrondir à dix euros en faisant un don pour l'Ukraine. Européen convaincu, je propose vingt euros.

J'sors et file vers la station de métro. Juste avant de descendre, mon téléphone bipe. C'est masqué. Inquiet, j'attends le message vocal à l'extérieur comme en 2001. Le portable décidément atteint de Parkinson, j'reçois un deuxième appel. Cette fois je réponds, parce qu'on va pas se laisser emmerder par des étrangers, on est chez nous, nan ?! Oula, désolé c'est la chaîne d'info de tout à l'heure, ça déteint au lavage de crâne.

« Ouais allô c'est qui ?

— C'EST QUI ?! C'EST JUNIOW ENCULÉ DE TES MOW ! »

Tiens, Junior. Vous remarquerez qu'il prend l'accent lorsqu'il insulte un humain. Le petit plus de la maison. Lui, faut que j'vous le présente. Comme depuis vingt-quatre ans, il risque d'être omniprésent dans cette histoire. *Consigliere* dès le CP (et la fois où il a raconté à toute la classe que j'étais son meilleur ami sans me demander mon autorisation), je n'ai pas eu le choix. Le gars avait une tête de plus, va lui expliquer que l'amitié est censée être une décision bilatérale… Aussi, petite précision. Junior, c'est le Renoi qui s'prend pour un Renoi. J'm'explique. Depuis la sortie de *Black Panther I*, il a décidé de s'intéresser à tout ce qui se rapproche de près ou de loin à la culture afro-américaine. Se prendre pour Martin Luther King tout en cyberharcelant Keen'V pour *Fatoumata elle t'a maté* ?. Fait. Sauf que Martin Luther King postait pas des snaps de lui se léchant les lèvres dans un ascenseur… Pourtant à la base il est loin des clichés. Un Antillais qui veut devenir boulanger, c'est pas tous les jours. Sauf que le Wakanda l'a matrixé. Et son rapport à l'existence étant façonné par la violence et le bois bandé, il a la mentalité de ses habitudes.

« COUNIA MANMANW !! T'as cru que j'étais une formation CPF pour me ghoster ?! »

Après avoir fait péter toutes les insultes créoles que le calendrier chrétien regroupe, Fetnat en sus, il me laisse une fenêtre pour m'expliquer.

« Frérot t'appelles en masqué… »

Face à cette info, il me raccroche au nez. Parce qu'au fond on est copains, on peut se manquer de respect. C'est le moment que choisit Adélaïde pour s'afficher sur mon portable.

Wourad, faut qu'on parle…

C'est mort, elle a dû me cramer.

*

Ça m'dit rien qui vaille.

Ma transpiration s'échappe de partout, l'impression d'être un Américain sous cinq degrés. Entre lâcheté et stratégie, je m'épargne d'ouvrir le texto à ne manquer sous aucun prétexte. Bien conscient que la mala est gang, le pouls aussi irrégulier que de la drill, j'fais mine de gérer la situation et, à la manière de Gérald Darmanin, m'autopersuade que « ça va bien se passer ».

J'entends que ça klaxonne dans mon dos. C'est Junior. Le tourmenté de Pointe-à-Pitre s'est foutu en warnings sur une place handicapé (carte d'invalidité achetée sur le darknet) pour m'appeler et voir si je répondais. C'est son jeu préféré. Si tu mates l'écran et que tu refuses de décrocher, il sort d'un bosquet et remet en doute toute ton amitié via un : coup de tête. Décidément, cet homme aime garder le contact. Ça situe assez bien le niveau de confiance de notre relation. Après il a toujours été méfiant, surtout depuis qu'il a appris qu'un Renoi avait shooté Malcolm X. Pour vous dire, il est resté six ans avec Aurélie, pendant six ans il dormait avec sa banane et foutait sa carte bleue dedans. Aurélie qui, je le rappelle, le tolérait, bien qu'il l'ait invitée pour se taper contre des skins lors de leur premier *date*… Amoureux jusqu'à la mordre, Junior lui avait demandé si elle était OK pour sortir avec lui au Parc des Princes, trente secondes après avoir scandé « MARSEILLE, MARSEILLE, ON T'ENCULE ! »… De là à dire que ça lui avait donné des idées ? Ne nous avançons pas.

J'arrive à sa gova, il écoute un son où le rappeur fait rimer « *niggaz* » avec « *niggaz* ». Tout un programme. En plus de bosser avec moi comme voiturier dans un hôtel, il a ouvert un resto spécialisé dans la bouffe thaïe et le narguilé. La chicha nuoc-mâm ? C'était son idée. Depuis, exit la Twingo, il s'est payé la 508 de ses rêves. Ça lui permet de gratter des courses Heetch quand il dépose son fils à la crèche. William, parlons-en. Il est à l'arrière, dix mois dont neuf en garde partagée. On peut d'ores et déjà deviner dans son regard qu'il fuguera une fois l'usage des jambes bien établi. Parce que rouler des oinj à cet âge-là, c'est pas une vie.

« Toi tu viens de baiser ?!

— Qui ? Moi ?

— T'as baisé, je reconnais les baiseuw, avec ton regard de baiseuw, fais sentir tes doigts gwo baiseuw ?! »

Habité par un esprit mal placé, il tente de m'attraper la main pour me renifler.

« Jure le Cowan de La Mecque que t'as pas baiséw ?

— Sur le Cowan. »

Est-ce que j'ai joué sur la prononciation en espérant que Dieu n'y verrait que du feu ? Totalement. Je sais aussi être une merde lorsque l'occasion se présente.

« Grimpe, j'dois déposer les courses au resto. »

Ça se voit tant que ça qu'il m'a forcé et que j'suis pas heureux ? Autoritaire comme le daron de Michael Jackson, j'accepte la proposition car excité à l'idée de faire un tour de manège. J'monte, tous les voyants lumineux sont au turbin sur le tableau de bord, tu sais pas si c'est une caisse ou Neverland.

« C'est normal le voyant rouge airbag ?

— C'est normal tu fermes pas ta gueule ? »

Non violent, surtout lorsqu'il s'agit de m'embrouiller avec un hooligan, je prends la difficile mais nécessaire décision de fermer ma gueule. Une camaraderie qui donne envie. Au bout de cinq minutes d'embrouilles avec le trafic, il relance.

« Frérot tu sens le sexe ! T'as trompé Adé ?! »

Nostradanus. S'il m'a rodave, qu'est-ce que ça va être une fois à la casbah ? J'dois jouer cartes sur table, son expertise gwadada peut m'aider. J'me couche.

« Ouais bon ça va, ça arrive, nan ?

— Comment ça, ça arrive ?!

— Junior, fais pas zarma t'as jamais trompé Aurélie ! Elle t'a quitté un mois après la naissance du petit. Forcément t'as fait une dinguerie.

— Jamais de la vie ! D'où tu sors ça ?

— …

— Connaw, c'est parce que j'viens des îles que tu dis ça ?! »

Bah ouais mdr. Tu pensais quand même pas que j'allais louper l'occasion de faire des raccourcis alors qu'on est en pleins bouchons ? J'pars sur une option moins racialiste.

« Et voilà, tout de suite tu vois du racisme partout… Mec, tu t'es déjà branlé devant *Jeanne et Serge*, obligé tu trompes tes meufs. »

Belle pirouette, on ne peut qu'apprécier l'agilité. Il finit par cracher sa Valda.

« Après ça dépend, tu veux dire quoi par tromper… »

Ah, on y vient. Il est là le Francky Vincent du pad thaï ! Encore cinq cents mètres et il se cache derrière l'excuse des quatre femmes en islam malgré sa carte d'infidélité au catholicisme. Ah oui, y a ça aussi. Il a arrêté d'aller à l'église car, je cite, « les curés ils sont puceaux la honte »… Soudain, il envoie l'Évangile selon Junior.

« Écoute. Quand tu trompes, fais gaffe qu'elle tombe pas amoureuse. Ça peut devenir incontrôlable. Vise la femme mariée. Elle a plus de vie sexuelle et ira jamais balance à ta go vu que tu peux balance à son mec. Un genre de lose-lose, si je tombe tu tombes. Tu la mets en joue et vous vous neutralisez mutuellement en cas d'attaque. Meilleurs plans, celles qui ont des gosses. À part les darons de Jordy, aucun parent sacrifie le bonheur de son mioche au sien. Impossible qu'elle revienne comme un boomerang. Les daronnes c'est des frisbees. »

Mais qui peut le stopper ? Sur sa lancée, il est pas loin d'avouer pour le petit Grégory.

« Tu sais, Wourad, toi et moi on est pareils.

— Frère, on n'est pas pareils. T'as mis une chemise pour faire un test antigénique l'autre jour…

— J'suis élégant, change pas de sujet. Que tu le veuilles ou non, toi et moi on est identiques. Je parie que tu l'as trompée à cause des règles, c'est ça ?

— Les règles ?

— Bah ouais. Par exemple avec Aurélie, c'est à cause des règles que j'ai fait de la merde.

— Ah donc c'est pas de ta faute ?

— Si, mais en vrai j'ai besoin de baiser moi.

— Et genre vous baisiez pas sous l'eau vous ?

— Sous l'eau ?! Comment j'y ai pas pensé plus tôt, putain ?! »

Vous le voyez pas parce que c'est un roman mais il vient de serrer le volant comme s'il s'agrippait à une barre de traction. J'crois que par mégarde j'viens de lui donner une idée et quand les Anglais débarqueront j'suis prêt à parier qu'il piquera une tête dans la Manche. Il persiste.

« Et vous, vous le faites sous l'eau ?

— Ah nan nan, je préfère attendre.

— Ah mais, frère, attendre quinze jours, c'est chaud…

— Attends-tends-tends-tends-tends… Comment ça quinze jours ?

— Bah les règles, ça dure quinze jours, nan ? »

Oula, visiblement Aurélie ne lui octroyait qu'un créneau de deux semaines de sexe ouvrables par mois. En ma qualité de médiateur, j'dois la couvrir. Elle a ses raisons, Junior devait forcément baiser comme un bison.

« Nan mais en vrai ça dépend des meufs. Y en a c'est quinze, d'autres dix… C'est toi et ta chance quoi.

— Adé c'est combien ?

— En fait j'ai pas trop envie d'aborder les règles de ma meuf, tu vois ? »

Le gars freine tellement despi que notre ombre nous dépasse. Assez dans sa tête pour organiser un foot, il me fixe. Ça m'angoisse. J'sais pas s'il compte me faire une révélation ou me mordre. D'un coup, il sort son portable et laisse le soin aux voitures de derrière de s'occuper de la sono, on dirait même du David Guetta, tiens. Pendant que la rue est à son père, il lance l'investigation et tape sur Google « durée règles Aurélie », comme si Bill Gates était au parfum. En tombant sur un article évoquant sept jours, il craque.

« ELLE M'A MENTI LA TWAÎNÉW !! »

Coincé entre le frein à main et des canettes de Coca polonais, j'bouge pas. À ce qui paraît, les T-rex ont une vision basée sur le mouvement. La symphonie des klaxons ? Hélas, il s'en bat les couilles. Commence même à faire des doigts dans son rétro.

« DÉPASSEZ-MOI BANDE D'ENCULÉW !! »

Seul hic, on est sur une voie à sens unique…

« Je supporte pas les femmes qui mentent !! »

Le toupet. C'est lui qui s'adonne à la fornication mais le problème c'est Aurélie la « twaînéw » parce qu'elle refuse d'être déçue d'un mec qui ken avec sa doudoune. Bon ça j'lui ai pas dit hein, rapport à la castagne, j'ai opté pour l'apaisement.

« Ah j'avoue, c'est une pute… »

Désolé mais j'aime trop quand il s'énerve.

*

Finalement Junior m'a déposé chez oim. Durant le trajet, la coercition régnant sur la concertation, il a appelé Aurélie en haut-parleur comme si j'avais envie d'assister à ça. Ça a commencé le monologue par des menaces pour finir sur un « viens ce soir on baise une dernière fois et promis je t'excuse ». Décidément, l'essayer, c'est l'adopter. Pas le pingouin qui glisse le plus loin, il a réussi néanmoins à foutre la clim dans ma tête juste avant de se péter.

« Après, peut-être que tu l'as trompée parce que tu l'aimes plus. »

Et merde, je l'avais pas vue venir celle-là. J'ai le démon. Mais surtout parce qu'il soulève quelque chose. La tromperie, ça raconte forcément un truc. Et s'il avait raison ? Si c'était la fin ?

Demain, ça fera exactement deux ans qu'on est en collab' avec Adé. Adélaïde Labat, rouquine aux racines judéo-chrétiennes, c'est ma go elle connaît pas charo. On s'est rencontrés chez un pote en commun. Qui est petit à petit devenu notre ennemi commun. Je m'en souviens, même qu'il pleuvait, c'est comme quand il fait beau mais avec plein d'eau partout. La première fois, ce qui m'a fasciné chez elle, c'était son défi des conventions. Tout le monde était sur son trente et un. Elle avait refusé d'être notée. Cheveux noués, Stan Smith, survêt' Lacoste à l'ancienne comme Ärsenik : des fois, quelques gouttes suffisent pour que le venin se diffuse. Elle a passé sa soirée à danser devant le miroir, en duo avec elle-même. J'ai passé la mienne à jalouser son reflet, à m'en vouloir de ne pas lui avoir adressé la parole. Le lendemain, elle est venue m'trouver en DM. C'était trop tard, j'pouvais plus me cacher. Pour tester mon degré d'humour elle m'a sorti un truc raciste style : « Les Arabes vous voyez une veste Lacoste vous en pouvez plus… » et j'ai tout de suite su que j'étais mordu.

À l'époque, une partie importante de mon équilibre mental résidait dans le fait d'insérer mon sexe dans des filles ayant préalablement accepté ma requête. Avec elle, les feux d'artifice se sont faits assez naturellement, sans demander, avec plein d'eau partout. Elle me plaisait, j'lui plaisais, je me suis dit que ça serait bien de lui toucher le fond avant que ne survienne la dépression. Et puis l'opportunité de ken sans avoir à payer m'a permis d'acheter un 4 × 4. Mon empreinte carbone s'étendait à mesure qu'elle taffait les squats. La fonte des glaces ? C'est la faute de son fiak.

Un jour, elle a laissé un chemisier à la baraque. Puis un pull. Trois semaines plus tard, elle changeait le mot de passe du wifi en « LOVEHOUSE ». J'ai trouvé ça précipité, mais quand on cherche à te voir tous les jours et que c'est pas le Trésor public, tu calcules plus trop. Et la vérité c'est qu'elle paie sa part du loyer, me donne l'impression que ce que je raconte a du sens, en contrepartie de quoi je l'aide à ouvrir les boîtes de conserve. Comme beaucoup de nanas, elle a capté qu'on avait besoin de se sentir viril pour être heureux. Est-ce que j'ai déjà mis des patates à la machine à coups de poing de la Fête des Loges pour l'impressionner ? Évitons les sujets qui fâchent, on apprend encore à se connaître.

Depuis janvier elle va pas super ienb. Enfin c'est ce qui se dessine en écoutant sa playlist Feel Good sur Spotify. Ça zigzague de Frédéric François à Travis Scott et trahit une certaine instabilité émotionnelle. Ouais bon, je fais le mec golri là car incapable d'écouter les silences mais sur le coup je faisais pas le fier. J'lui ai même proposé un truc de Blanche, genre voyage à Bali pour se ressourcer. Sauf qu'en enquêtant j'ai capté que c'était un style. C'est la nouvelle mode d'être dépressif. Être une victime atteste que t'as encore un pouls, qu'il t'arrive quelque chose. Celui qui souffre le plus a gagné. Et t'as toute une flopée d'imposteurs qui s'autoproclament en burn-out via des QCM. HPI, c'est la tendance automne-hiver. Le problème, c'est qu'elle est maîtresse des écoles. Avec les nouvelles générations de darons qui pensent que leur gamin est doté d'une intelligence cosmique sous prétexte qu'il leur appartient, le soir, elle rentrait écœurée. Ses possibilités se réduisaient comme peau de chagrin. HPI ou dépressive ? Son choix était fait : maîtresse la semaine, pochtronne le week-end.

Adé c'est le genre de nana qui donne beaucoup trop de valeur à la vie des autres et traverse les semaines au-dessus d'un fleuve rosé. C'est simple, elle se mettait tellement de mines que dans son sang t'avais du cobalt. Pourtant la flotte lui allait du feu de Dieu. Au début, j'pensais qu'elle tisait pour noyer des secrets, engloutir des rêves restés accrochés à l'adolescence, mais le bouchon de liège remontait le lundi à la vue de ses élèves. Les gosses, c'est sa passion.

Dans les arrêts de jeu du mois d'avril, elle a stoppé la picole. Genre elle voulait pas finir comme Prométhée avec un foie en vrac. En réalité j'savais que c'était pour oim. Après j'ai rien contre l'alcool, ça m'a permis de visiter tout un tas de triangles dans l'Hexagone. Sans ses deux verres de vin quotidien, elle aurait peut-être jamais accepté de se foutre avec moi. Sauf qu'à un moment donné j'savais plus si je pionçais avec une meuf ou une canette de 8.6. Du coup j'allais dormir dans le salon. Mais ne vous trompez pas, je l'aime.

Avec détachement mais je l'aime. D'ailleurs je ne m'en suis toujours pas remis (j'ai calé un « avec détachement » pour conserver mon statut de caillera à la *muerte* et garder une certaine distance avec vous, bah ouais depuis tout à l'heure j'parle tout seul, wAllah on dirait vous êtes empaillé mais vas-y tranquille... On verra si je réponds quand vous aurez besoin de moi sur un déménagement...). Et vous savez pourquoi je l'aime ? Bah déjà parce que je viens de l'écrire et qu'elle est même pas à côté de moi. Mais surtout parce que je détruis tout ce qui est masculin et qu'elle apprécie. J'vous jure, l'autre jour j'ai critiqué Brad Pitt. Elle avait même pas dit qu'elle le trouvait mignon, nan, elle a juste dit qu'il jouait bien et j'ai commencé à parler d'acting alors que j'suis bagagiste.

J'monte chez oim. Au deuxième, j'tombe sur la proprio, Mme Mounier. Blindax à ne plus savoir qu'en faire, elle possède trois bâtiments dans la rue mais continue de se plaindre du prix de l'huile et de Poutine. La chevelure en nuage, la nénette n'en oublie pas de garder les pieds sur terre. Conditionnée par l'époque, elle a pris l'habitude de s'accrocher à son keuss à la vue de tout ce qui ressemble à un livreur Deliveroo. Ce qu'elle ignore, c'est qu'avec son gabarit ça serait plus pratique pour un livreur de la foutre entièrement dans son sac.

« Bonjour, madame Mounier, comment qu'elle va ?

— Ah, Wourad, comment vont les enfants ? »

Pour info, j'ai pas d'enfants. Flemme de lui expliquer, j'en invente deux (Rox et Rouky) et lui rappelle que « N'oubliez pas les paroles ! » commence d'une minute à l'autre. Fascinant ce que les vieux peuvent bien faire de leur temps limité sur cette planète. Finalement, est-ce que se farcir Nagui tous les jours jusqu'au cimetière à l'époque des plateformes ne devrait pas être compté comme de l'euthanasie ?

J'arrive au troisième. La pression monte aussi vite que j'avale les marches. L'idée selon laquelle j'dois la larguer prend de l'ampleur. Et puis c'est peut-être mieux comme ça. En y regardant de plus près on n'était pas faits pour être ensemble, trop différents. Au début, c'était grandiose. Première fois de ma vie que je rencontrais un humain pas paumé. On rigolait de tout, tout le temps. Des trucs de merde, genre notre canapé, elle lui mettait une kippa vu qu'il était convertible… Alors oui, dit comme ça c'est pas super ranma mais quand t'es amoureux, tout prend une proportion incontrôlable. Et dès qu'on a formalisé notre couple, elle a commencé à se prendre au sérieux. Ça parlait d'acheter un iench, une assurance-vie… De reproduire le schéma de nos parents, de passer une vie à attendre que ça se termine. Chez ses potes j'avais plus le droit de faire des vannes sur les minorités, rien. Même sur les Arabes alors que j'fais partie intégrante du « problème ». Un jour, un clodo nous a demandé une pièce. J'ai dit qu'aux States les SDF étaient plus ambitieux, qu'ils demandaient des F4. Elle a pas rigolé. Bon, pareil c'était pas la vanne du siècle mais j'ai senti qu'elle devenait une de ces adultes que je déteste.

J'suis devant ma porte, j'enfonce la clé. Première info, elle a pas changé le verrou. Jamais trop prudent, j'sens une dernière fois mes sapes. Alhamdoullah en grimpant dans la caisse de Junior j'ai emporté avec moi l'odeur de la dictature et d'la chicha. J'entre, motivé comme jamais. Deuxième info, on se croirait à la mosquée. Trois paires de pompes non identifiées jonchent le couloir. Visiblement il y a des invités, j'vais devoir me faire hagar en public…

*

J'téma les pointures. 37, 43, 44. Tiens tiens, j'en connais une qui va prendre cher hehe *se ressert une Suze*. Deux options s'offrent à moi.

1/ je supporte l'avanie,

2/ je l'attrape en tête à tête dans le couloir pour lui expliquer qu'après deux ans de partenariat il est peut-être temps de vaquer à d'autres occupations. Je choisis la troisième, la fuite. Je vais pour me péter, elle apparaît.

« Wourad ? C'est toi ? »

Et merde, putain de parquet flottant. J'suis en sueur. Tellement qu'elle s'évapore et crée du brouillard autour de moi, on se croirait en Irlande. Elle arrive l'air de rien, au sommet de ses possibilités physiques. Putain, elle est trop bonne pour que j'la quitte. Incapable de la regarder dans les yeux, j'ai un gars dans le crâne qui gueule « AGIS NORMALEMENT, AGIS NORMALEMENT ! ». Ce qui provoque en moi l'envie d'agir : anormalement. J'commence à téma ma montre alors que j'en ai pas. De nouveau, deux options s'offrent à moi.

1/ j'me suis fait un scénar,

2/ elle joue hyper bien la comédie,

3/ ça serait con de la quitter sans une dernière scène de cul.

Dans les trois cas, on est au pays des frères Lumière. Elle m'éteint.

« Ah nan nan nan tu ressors pas, on t'attend depuis tout à l'heure.

— Nan mais comme j'ai vu que t'avais des invités, j'allais juste acheter des… des cacahuètes.

— C'est bon, mon cœur, y a tout ce qu'il faut. »

Elle a dit « mon cœur ». J'la vois mal s'orienter vers une sémantique cardiaque alors qu'elle m'a déjà bloqué d'Insta quand j'ai liké le cavu d'une sœur Tantot. J'tape dans le foie, moyen qu'elle crache sa bile loin des convives.

« OK cool… Au fait, tu voulais me dire quoi dans ton texto ?

— Mais attends je te raconte à table… »

C'est exactement ce que j'aurais dit si je tendais un piège. Elle me tire le bras et m'emmène dans le saloon. J'vous la fais courte. Sur le canapé, de gauche à droite : Gabriel, Margaux et le mec de Margaux. J'dis « le mec de Margaux » parce que :

1/ j'peux pas le piffrer,

2/ la Margaux enchaîne les zboubs sur Fruitz, dans max 1 mois c'est fini,

3/ c'est ma façon de faire payer celles et ceux qui mangent des chips sur mon canapé à 1 400 balles.

Soirée « couples d'amis » donc. J'mets des guillemets car, vous l'aurez compris, à la base c'est pas mes srabs. Juste sa meilleure pote qui vient avec son mec et j'dois faire semblant d'avoir de quelconques affinités avec ce dernier, rapport au fait que nous possédons tous les deux des appareils génitaux de type : bite.

Pour Gabriel c'est un chouia différent. Loin de la figure angélique de son prénom, ce dernier a opté pour le feu. Cliché ultime du gay fan de Beyoncé et accessoirement gode-ceinture noir d'homosexualité, c'est le meilleur pote de ma gonze. La légende raconte qu'il aurait breveté la sodomie. Et ça en fait des droits d'auteur ! Sa particularité réside dans sa faculté à trouver des dèps partout. T'as un T-shirt rose ? Dèp. Tu manges des merguez ? Dèp. Tu respires ? DÈP ! Le gars c'est un GayPS, il arrive toujours à destination.

Au début, j'ai eu un peu de mal avec lui. Rien à voir avec le fait qu'il se foute des objets dans le cul, perso j'les aurais mis dans mes poches. Juste que j'le suspectais de s'inventer un rôle pour s'approcher de ma meuf et la baiser. Bah quoi, moi-même je l'ai fait.

« Comment qu'elle va la grande Zoa ? »

Vous ne rêvez pas. Envie de le tacler sur sa veste à paillettes de pellicules, mais sachant qu'il a vécu plus de discriminations que moi, je le laisse volontiers me piétiner. Comme je l'écrivais plus tôt : c'est celui qui a le plus souffert qui a gagné.

Pendant que les gonzesses font des trucs de gonzesses (mettre la table, cuire les pommes de terre, traire les bêtes), les zhommes jouent à qui a la plus grosse, un jeu Ravensburger. Prendre connaissance de ce que ton interlocuteur fait de ses journées est l'activité préférée des humains afin de sociabiliser et savoir s'ils peuvent te déconsidérer. Gaby jobe dans le luxe. Bon, il est juste vendeur hein, mais comme la marque appartient à LVMH il pense que c'est nécessaire de commencer chaque phrase par « Bernard Arnault dit que... ». Alors qu'il ne l'a jamais rencontré. Pour ce qui est du mec de Margaux (j'donne son blaze dès qu'il finit de taper dans les chips, promis), il est moitié ricain et tient un pub sur Oberkampf. Le genre d'angoisse qui brasse sa bière. Après, sa go brasse du vent, on est dans le thème. Son plus gros défaut ? En dehors de sa respiration, je dirais son perfectionnisme. Ah nan désolé, ça c'est ce que j'dois répondre aux entretiens d'embauche. Reprenons. Son plus gros défaut ? À part sa mâchoire carrée propice à la pratique d'un sport de débile, je dirais : son manque de burnes. Ce connard est avec sa meuf depuis un mois et accepte tout. Du coup, effet domino, c'est à cause de lui que je me suis retrouvé à devoir expliquer à Adé que non, je ne mettrai jamais de soutif pour pimenter notre vie sexuelle. Vivement le dessert, j'en ai pas acheté.

Aucune intention d'être sympa, la durée de mon cycle d'emmerdement est écoulée. Au bout de quelques minutes, Nathan (il a posé les chips) casse les couilles à tout le monde avec ses histoires de NFT. Le problème c'est que même lui, quand il t'explique le concept, tu sens qu'il essaie encore de se convaincre qu'il s'est pas fait baiser.

« En fait, c'est un objet numérique qui n'appartient qu'à toi.

— Mais je peux le copier-coller ?

— Oui, mais ça reste ta propriété.

— Aaaaah OK, c'est comme l'escroquerie des étoiles que t'achètes pour ta meuf et ça t'envoie un certificat, c'est ça ? »

Le regard en tour de Pise, il vient juste de comprendre qu'un débilos comme moi ne sera jamais : son ami. Trente cuvées que j'écume systèmes pyramidaux et fraudes aux prestations sociales, t'as beau venir du pays de Madoff, j'ai lu la biographie de Marco Mouly (alors que lui-même ne l'a pas lue). En parlant de hess, commence à faire faim. J'me rappelle qu'il reste un seul Solero dans le congélo. Les filles ayant libéré la cuisine et moi étant au partage ce que Manuel Valls est à la gauche, j'file taper le dernier. Margaux m'alpague.

« Ah bah bravo, sale crevard, dis-le si on te dérange… »

Deux options.

1/ répondre qu'ils me dérangent mais c'est mal vu d'être honnête ;

2/ sourire comme Chalghoumi quand tu lui expliques les règles du Scrabble ;

3/ j'suis nul en maths ;

4/ j'arrive pas à m'arrêter ;

5/ on dirait on est dans *Speed* quand le bus peut pas freiner ;

6/ tant qu'on y est, je vous présente Margaux. Friande du célèbre « allez làààààà !! » quand le serveur apporte des shots, elle nous permet néanmoins de nous rappeler que sur Terre, on est peu de chose. Ses bruits de bouche, son rire strident, le réchauffement climatique… Avec elle, vaut mieux avoir la lumière que le son. En parlant de son, elle a un podcast écoféministe et cinquante mille abonnés sur Insta. Pas besoin de vous faire un dessin, lisez la suite, vous comprendrez.

« Nan mais, Margaux… comme il en restait qu'une… et que…

— Roh détends-toi, j'déconne. Et puis après tout c'que les Blancs vous ont spolié, t'as quand même le droit de la manger ta petite glace, nan ? »

Voilà, on y est. Dans un délire antiraciste qui te donne envie d'être : raciste, elle peut pas s'empêcher de s'excuser d'être Blanche. Pour vous dire, l'année dernière on est tombés sur une pute africaine qui pissait entre deux bagnoles et elle a trouvé ça « folklo ». Ah bah nan, c'est pas folklo, c'est passible d'une amende. Depuis qu'elle a ouï dire qu'ses aïeuls organisaient des UberSlave entre l'Afrique et la Loire-Atlantique, elle est de tous les combats. Féminisme, homophobie, islamophobie… Suffit que tu ne ressembles pas à Papi pour qu'elle prenne ta défense et fasse le taf que les minorités ont abandonné car trop occupées à escalader en tongs la damnation sociale. C'est louable, c'est un peu notre tirailleuse sénégalaise à nous, quoi. Sauf qu'on sait tous qu'il y a trois cents ans, elle aussi l'aurait eu son esclave pour faire des boomerangs sur Insta. Je sais de quoi j'parle, avant que le militantisme soit à la mode, elle était physio et recalait tout c'qui ne ressemblait pas à Papi. Adélaïde nous rejoint.

« Bon on passe à table ? »

Passer à table. J'y vois un message subliminal. Elle tente d'établir le dialogue, de me pousser aux aveux. Le truc chelou, c'est qu'elle est trop enthousiaste pour une femme qui vient d'être trompée.

*

Je fuis le salon et ses odeurs de frometon pour récupérer les cornichons. J'profite de l'accalmie pour checker WhatsApp. Entre deux photomontages de Macron habillé en cuir, Junior me rappelle qu'on peut toujours rendre grise une situation claire.

Poto t'es en roi du Maroc ??

Pour la petite histoire, c'est notre code pour savoir si nos zouzes sont à côté. En gros, quand on était gosses, on avait une voisine, Naïma. Son daron avait accroché sur chaque mur de leur baraque un cliché du roi du Maroc en fonction de la pièce. Dans le salon, photo du roi buvant un café. Dans la cuisine, le roi qui graille un tajine. Dans le couloir, le roi qui enfile ses pompes… Du coup peu importe où tu te trouvais, t'avais le roi qui t'observait.

Nan nan vas-y j'suis solo.

On n'est pas des trompeurs !

Comment ça ?

Tu connais Schopenhauer ?

Le philosophe ?

Nan le milieu défensif connard !

La difficulté chez Junior, c'est qu'il est un peu complexé d'avoir arrêté la school en 4e pour avoir tenté de manger un prof (c'est la rumeur qu'on a lancée au quartier). Et comme il sait pas s'il est génial ou s'il lutte contre un complexe d'infériorité, il surjoue l'intello cultivé tah zeubi.

Connais pas. Il joue dans quel club ?

Coup de fil, j'ai ferré un poiscaille.

« Vie de ta mère tu connais pas Schopenhauer ? »

Ça y est, il est persuadé de connaître un truc de plus que moi. Vingt minutes plus tôt, il pensait que SCH et Schopenhauer étaient la même personne. Là ça fait le chroniqueur France Culture. Les cons c'est comme un moteur de voiture : plus tu l'entends, plus ça va te coûter cher.

« Nan, Junior, j'connais pas Schopenhauer, le philosophe allemand du XIXe…

— Jure il est du 19e ? C'est un mec de Danube ? »

C'est bon, vous l'entendez le tac-tac-tac-tac-tac au démarrage ? De peur de noyer le moteur, j'attends que l'essence s'évapore et le laisse reposer.

« Ouais voilà, c'est un mec du 19… Bref, il a dit quoi ?

— Bah en gros il a dit que le désir sexuel c'est la traduction individualisée de la volonté de l'espèce de se perpétuer à travers nous ! »

Envie d'exploser de rire. Pour éviter de se regarder en face et d'y voir un bel enculé, Junior s'envoie une tartine de préservation de l'espèce. Hâte d'entendre sa théorie au sujet de ses nudes qu'il envoie par AirDrop dans le métro. Je chuchote.

« OK donc en gros, quand on trompe nos meufs c'est pour l'humanité ?

— Exactement ! Chaque fois que tu ken, c'est pas toi qui ken, c'est ton ADN, pour maintenir l'hégémonie humanoïde et garder le contrôle.

— Le contrôle ?

— Tu te fous de ma gueule ?

— Frère, je sais pas de quel contrôle tu parles en fait…

— Genre t'as oublié ? »

Ah oui, faut que j'vous explique un truc. Depuis qu'on est gosses, Junior répète qu'on est observés par une civilisation extraterrestre. Une sorte de *Loft Story* mais à l'échelle intergalactique tia capté. En gros, ils se posent au-dessus de notre planète et se tapent des barres en nous observant faire de la merde. Bon, quand on avait 10 ans c'était marrant, sauf que depuis il a quand même passé son permis de chasse.

« Du coup ça change tout ! T'as plus besoin de quitter Adélaïde.

— T'es sûr ?

— Ouais t'inquiète, quand tu baises ailleurs ça compte pour du beurre. Tu suis juste le sens de l'Histoire.

— Fils de pute, tu me dis ça maintenant ?! Ça fait une heure que j'essaie de lui trouver des défauts pour mettre les voiles et toi t'arrives avec tes théories de la Zone 51 ?!

— Eh bah si t'as pas trouvé de défauts c'est peut-être qu'elle en vaut la peine, nan ? »

Je raccroche. Putain, depuis quand les teubés parlent comme des philosophes ?! Le gars passe d'expert martien à conseiller conjugal en deux phrases, pas à l'abri de recevoir une offre d'emploi des « Grandes Gueules ». Et puis merde, c'est vrai qu'elle a pas de défauts l'autre... Alors oui, depuis que la stabilité a mis une balayette à l'amour-passion des premiers jours, elle s'est un peu transformée et vient même de poster : « PLUTÔT TEAM PAIN AU CHOCOLAT OU CHOCOLATINE ? HIHIHI. » Oui, elle s'est acheté un pyjama licorne et prend en photo ses tartines d'avocado à la con. Oui, j'ai déjà lancé l'eau froide dans la cuisine quand elle chante le morceau d'Angèle & Orelsan sous la douche pour qu'elle : se brûle. Oui. Mais est-ce suffisant pour envisager une séparation ?

Je retourne dans le salon. Détente, ça a attaqué la raclette sans oim.

« Désolée on a dû lancer les fromages, on n'a que 4 coupelles à raclette. »

Voilà qui est parler, chérie, n'hésite pas à ponctuer tes phrases par un « couché, sale chien ! » tant qu'on y est. Attendant que la Tefal fasse son taf, j'écoute les conneries déblatérées par Margaux. Au détour d'un « ceux qui parlent dans mon dos, mon cul les contemple » alors que personne ne parle sur elle à part moi, la reine de l'a capella part sur les vacances. Bah ouais, une fois que t'as tout raconté sur ton boulot, il te reste qu'une option, jacter de la vie. Plus vieux de trente minutes lorsqu'elle décide de nous laisser la parole, elle propose :

« Au fait, on a loué une villa dans le Sud-Ouest pour juillet. Ça vous dit de passer ? »

Pire idée depuis l'invention du *Secret Santa*, les vacances de couples étaient, d'après certaines sources concordantes, la base du projet du Quatrième Reich. J'parle pas allemand mais je crois que Hitler avait dit un truc genre : « ET SI JE SUIS RÉÉLU JE METTRAI DES COUPLES DANS DES CAMPS ET ON LES FILMERA ET ON APPELLERA ÇA *LA VILLA DES CŒURS BRISÉS*, CAMARADES !! » Bon désolé pour les majuscules mais Hitler qui chuchote ça aurait l'air absurde, alors que Hitler qui parle de *La Villa des cœurs brisés*, là ça se tient. Euphorique à la vue du fromage à l'ail des ours, ma meuf se chauffe.

« Carrément, Wourad a posé ses vacances pour juillet en plus ! »

Après c'est pas une si mauvaise idée de partir à plusieurs, au moins là si j'ai pas envie d'aller visiter le musée du dentifrice, elle trouvera bien quelqu'un d'autre pour l'accompagner.

« Sérieux laisse tomber, Margaux, on n'a pas envie de s'imposer…

— Quoi ?! Vous êtes comme ma famille ! Par contre j'vous préviens, au quotidien j'peux être hyper clivante. Moi c'est soit on m'adore, soit on m'déteste. »

Ah mais détrompe-toi, Margaux, on te déteste. On a même un sous-groupe WhatsApp du groupe F*CKING FRIENDS qu'on a intitulé « F*CKING FRIENDS sans Margaux ». Et c'est Adélaïde l'administratrice. D'ailleurs, j'espère qu'au Jugement dernier ça prend pas en compte ce qu'on se raconte dans les groupes WhatsApp, sinon le paradis sera aussi vide que l'Assemblée nationale.

En fin de dîner et sous contrôle de Me Pinard, Gabriel se souvient que c'est en forçant qu'on devient un forceur. Sosie comportemental de Pépé le putois, il nous harcèle avec ses histoires de cul avec des Noirs et des Arabes. Sa façon de me faire comprendre que moi non plus je ne dois rien m'interdire. Ça part littéralement en sucette lorsque Margaux évoque son penchant pour la diversité.

« Tout-pa-reil ! Les Renois c'est trop ma came ! »

Et sinon le respect, disponible en NFT ? Tout le monde kéblo, les fourchettes font un arrêt aux stands à mi-chemin des bouches. Aveuglée par son envie de nous montrer qu'elle est ouverte aux autres cultures, elle en a zappé que Nathan est plus proche d'Ed Sheeran que de Snoop Doggy Dog. Captant que ça vire chocolat, Gaby sort l'extincteur.

« Bon, qui veut du médoc ? »

Pas sûr que ce soit une bonne idée d'envoyer de l'alcool sur une situation aussi incandescente mais ça a le mérite de soulever un deuxième débat lorsque Adé refuse.

« Nan désolée, je peux pas boire d'alcool.

— Quoi, me dis pas que t'as un polichinelle dans le tiroir ?!

— Bah disons que… je dois vous faire une révélation… »

Vie de ma mère elle est enceinte.

*

Démonter une raclette en plein mois de juin, c'était forcément un délire de femme en cloque. Le teint UHT, j'essaie de garder la trombine du jeune cadre dynamique même si je sais qu'avoir des gosses aujourd'hui m'est inconcevable car : je compte encore les jours en dodos.

Au pire si elle l'annonce j'fais zarma j'ai pas entendu. Personne n'a testé cette méthode. Si ça se trouve après le bébé s'annule et je peux reprendre une vie normale. Soucieuse d'être au centre du colloque,

Margaux n'en démord pas et se prend pour Bree Van de Kamp.

« Attends, Adé… Tu préfères pas qu'on organise un *event* ? T'sais j'ai quinze mètres carrés de terrasse. »

Allez, c'est parti pour les idées de branleurs. S'ensuivra une *gender reveal*, une *baby shower*… Et ma castration chimique, *do you want a DVD?*. T'façon dès qu'un truc se dit en anglais c'est qu'on va essayer de me niquer mon PEL. Depuis Colin Powell et sa fiole magique, j'fais gaffe. Gaby s'y met lui aussi.

« *Really?!* Mais vous êtes pas trop jeunes pour un "baby" ? »

Il a fait des petits v avec ses doigts pour mimer les guillemets autour du bébé mais je n'ai vu que le v de : vasectomie. Un signe du destin ? Favorable à tout ce qui s'approche de près ou de loin de l'avortement, de la pilule au stérilet en passant par le T-shirt « Attachiant et fier de l'être », j'en n'oublie pas que le corps d'une femme est un temple. Adé fera ce qu'elle veut du bébé. Ouais enfin bon, ça reste ma semence, s'agirait de m'en parler avant hein. Autant on est plus à l'époque où les nanas devaient choisir entre remplir le lave-vaisselle ou se faire remplir le vaisselier, des fois les deux en même temps, autant pour ce qui est de l'élaboration d'un nouvel être humain issu de mes couilles j'aimerais avoir mon mot à dire. Sérieux, à la base j'voulais juste baiser, pas question de me retrouver dans 9 mois à faire des tours de périph' à 4 heures du sbah pour endormir la bête. Et puis la vérité c'est que j'ai fait trop de vannes sur les nains, obligé Allah va m'en envoyer un pour me le faire payer.

Nathan, aimanté par une attraction étrange qui semble s'apparenter à de la filsdeputerie, profite de l'occasion pour nous montrer qu'il est mieux que moi.

« Y a-t-il plus beau qu'une femme enceinte ? »

Le fils de pute. Bah déjà une femme pas enceinte hehe. Et puis t'as vu le temps qu'elles prennent pour traverser la rue ? On dirait qu'elles vont accoucher du Christ. Dans les transports ? J'en parle même pas. Ça respire fort, ça veut s'asseoir, ça allonge ses jambes… Cousine, t'es dans le bus ou dans un hammam ? Nathan tamponne son ticket une seconde fois.

« Donner la vie, c'est la plus belle chose au monde, Adé. Ça te fait quoi, Wourad ? »

J'ai pas mis les émojis mais dites-vous bien qu'il a joint ses deux mains comme Kyan Khojandi quand il remercie le dieu des arbres. Envie de lui foutre du Préparation H sur la langue tellement il lèche des fions. Tout le monde attend ma réaction. Visuellement serein mais piètre orateur, j'me garde de l'ouvrir sous peine de balancer un « CRÈVE LE GOSSE !! » qui pourrait rendre la suite du dîner quelque peu complicados. Finalement, je pense à la fois où ma grande reuss m'a offert la Nintendo 64.

« C'est le plus beau cadeau que peut faire une femme… »

J'ai dit ça parce qu'il y a du monde, en temps normal je lui aurais proposé de boire un grand verre de Selecto comme au Moyen Âge pour dissoudre l'enfant. Adé nous stoppe avant.

« Oula… euh j'crois qu'on s'est pas compris là ! Je suis pas du tout enceinte !

— Oh putain tu m'as fait flipper, chérie…

— Comment ça j't'ai fait flipper ?

— Nan mais quand j'dis “flipper”, j'veux dire pour toi. T'es tellement passionnée par ton boulot, tes élèves, tes collègues… Et puis avec le réchauffement climatique… C'est ça que tu veux pour tes enfants ? »

Et ça déforme la chatte hehe. Mais n'abordons pas ce sujet, l'heure est à la calotte glaciaire. Inarrêtable comme au chinois à volonté, j'commence à m'inventer une vie de scientifique en évoquant la montée du chardonnay lorsqu'on y ajoute des glaçons. Prends ça, Greta ! D'un coup, Adé zappe les cafés et propose du thé à la menthe.

« Bon voilà, je voulais vous dire que j'avais décidé de… de me convertir à l'islam. »

*

« Ah… mais… pour quoi faire ? »

*

Y a pas à chier, les Blancs vous avez pas assez de problèmes. C'est ce qui se passe quand chaque dépôt de CV se solde par un succès. Tu te crées des challenges. Belle, bonne, intelligente, elle a donc décidé de continuer la partie en *level* expert.

J'arrive pas à comprendre qu'on puisse signer dans ma religion. Alors OK, on a de belles mosquées, mais sérieux les pays musulmans c'est zéro Coupe du monde… Un blanc tellement long qu'il fait du basket passe dans le salon et nous rappelle qu'il est venu le temps des cathédrales, qu'le monde est entré dans un nouveau millénaire. Je m'essuie le coin de la bavarde et m'efforce de tenir le regard comme si c'était pas une dinguerie qu'elle venait d'annoncer.

Attention, écartez les enfants, j'me mets à nu. Force est de constater qu'islamiquement parlant, j'ai des lacunes. Certes, je mange halal mais c'est uniquement parce que j'habite en Île-de-France et qu'ici trouver une boucherie rebeue c'est comme chercher un magasin de catapultes en province : le choix est vaste (les provinciaux qui souhaitent m'insulter sur les réseaux, n'hésitez pas à vous rapprocher de la borne wifi). Disons que pour ce qui est relatif à Allah, j'ai pas les mises à jour. Non pas que je n'y croie pas. Je sais qu'Il existe, faut forcément une intervention divine pour qu'Adé soit encore avec moi, c'est juste que j'suis pas à fond quoi. J'suis dans l'islam mais au cas où. Je fais pas la queue, mais si y a moyen d'entrer au paradis, pourquoi pas. T'façon je savais qu'elle finirait par se mettre dedans. Déjà l'été dernier, elle s'était foutu du henné sur les paluches à Agadir. OK ça n'a rien à voir avec l'islam, deuxième tentative. Lundi. Je rentrais du taf plus tôt que prévu et je l'ai cramée. Elle était là, avec lui, assise sur le canapé. Lui, c'est le Coran. Moi-même je l'avais pas ouvert depuis la chute du mur de Berlin. Carrément avec la poussière j'pensais qu'à la base il était gris. Comme la rédac' du 20 heures avec PPDA, j'ai fait semblant de pas voir. Au fond, j'étais un peu content. Rien à voir avec ces conneries de grand remplacement, ça fait soixante-dix piges qu'on est en France et le seul truc qu'on a ouvert c'est des chichas, ça se voit bien qu'on improvise. J'en viens même à supposer que les pyramides c'est un coup des extraterrestres… Nan, c'est que ça me ferait chier de savoir qu'elle tourne sur une broche à kebab en enfer pendant que moi j'fais du jet-ski au paradis. OK on est pas toujours d'accord, elle m'angoisse avec ses dîners de couples, mais non merci. Gaby, champion olympique d'athéisme, s'en bat les glaouis, limite voir des gros barbus c'est pas pour lui déplaire.

« Eh beh. Du coup t'arrêtes la charcuterie ? »

Le sauciflard, encore et toujours.

« Justement, c'est pour cette raison que je ne me suis pas servi dans la grande assiette. »

Ah mais voilà ! J'me disais bien que c'était bizarre qu'elle tape dans ma Isla Délice aux olives. Je l'ai même suspectée d'avoir fait passer aux invités la charcut' périmée (on l'a déjà fait pour le Nouvel An). Pendant que Nathan nous informe qu'il propose du houmous sur la carte de son bouclard, Adé éclaire le groupe quant à son cheminement personnel. Extraits.

« C'est une quête spirituelle que j'ai démarrée il y a maintenant quelques mois. »

« La lecture du Coran a apaisé mon cœur. »

« Tu m'passes l'aïoli, s'il te plaît ? »

De l'ail à l'Aïd, il n'y a qu'un pas. Un pas de trop pour la mère Margaux qui ne titube pas quand il faut frapper du sceau du patriarcat tout choix de vie autre qu'un apéro-rosé aux Buttes-Chaumont.

« OK donc c'est un choix personnel… T'as pas été influencée par qui que ce soit quoi, je sais pas… »

La pute. Elle oriente les questions vers les Mecque. Et forcément Adé se prend les pieds dans le tapis.

« Disons qu'à sa façon Wourad m'a influencée oui… »

*

Moi influenceur islamique ?! Bien sûr. Et j'fais gagner un an de cassoulet Réghalal tant qu'on y est. La dernière fois que j'suis entré dans une mosquée, j'avais confondu avec Mondial Moquette. Ça y est j'suis le bougnoule de la pièce donc forcément le commercial d'Allah. Margaux a beau combattre les discriminations sous toutes leurs formes, elle vient de commettre : une grave erreur.

« Bah vas-y dis-le tout de suite que c'est moi le coupable ! »

Utilisation du champ lexical du délit, l'impression d'avoir mis un csc.

« Rien à voir, c'est juste que nous les femmes, des fois on peut avoir tendance à se donner corps et âme à ceux qu'on aime. N'y vois rien de personnel. »

Spoiler, c'est personnel. Elle se rattrape sur le dos de Gisèle Halimi alors qu'il y a deux ans elle pensait que c'était une dentiste. Nathan, en bon *suckeur* qui *gonna suck* (somégossodéne), se joint à la fiesta et prend les patins de sa grognasse en reproduisant son discours.

« *Wanna do... wanna go... wanna yes, of course, America first...* »

Mettez les mots que vous voulez en post-prod, t'façon on en a rien à carrer de c'que raconte le fan de rodéo. Gaby prend le micro et fait les balances.

« Wourad, tu peux pas dire que ta religion est ce qui se fait de plus féministe non plus... Et puis cette façon de genrer Dieu, je trouve ça insoutenable...

— Roh ça va commence pas, sale crevard, déjà j'comprends même pas pourquoi tu crois pas en Dieu vu que c'est gratuit... »

Vous m'excuserez j'avais pas d'arguments. Le problème c'est que, croyant mais pas pratiquant, j'connais presque rien de ma religion à part la brick au thon. En infériorité numérique face aux kouffars, Adé surgit à dos de chameau et vole à mon secours.

« Gaby, personne n'a dit qu'Allah était un homme, tu sais.

— Alors pourquoi on dit "Il" ?

— C'est qu'une question de traduction. En islam, Allah n'a pas de sexe. »

Grave fier que ma gonze soit plus à jour que moi, j'me lance dans un truc que je maîtrise pas trop.

« Chez nous, Allah y a pas de Il, Elle, patati patata... Allah est non genré. »

Vous aussi, vous la sentez venir la fatwa sur mes côtes ? Je vois dans les pupilles d'Adé que je vais devoir sacrifier un agneau pour me faire pardonner.

« En gros, Allah, c'est Iel... Allah, c'est woke de fou ! »

Oui, je viens de passer à 1 000 agneaux. Et pour tout vous avouer j'suis hyper content d'être un personnage de roman parce que personne pourra me niquer. Adé, quant à elle, refout la mosquée au milieu du village.

« Nan mais quand je dis que Wourad m'a influencée, je veux dire passivement. En fait, il donnait une trop mauvaise image, fallait que je me fasse ma propre idée. »

Récapitulons. Elle est en train de dire devant d'autres êtres humains qu'en côtoyant l'antithèse elle a voulu connaître la thèse. Ça fait mal. J'avais pris l'habitude de gérer mes croyances religieuses au doigt mouillé, jamais j'aurais pensé convertir quelqu'un en me comportant comme un sac à merde. Certes, comparaison n'est pas raison mais c'est comme si tu jouais à cache-cache, et qu'au moment de te cacher tu euh... tu trouves un trésor, et tu euh... j'ai toujours été nul à chier en analogie. Après avoir capté qu'la décision d'Adé n'était en rien liée à une éventuelle intervention d'Abou Wourad, Margaux propose derechef de passer par les liens du sang.

« C'est vrai, Adé, t'étais assez proche de Nora ces derniers temps... »

Ça attaque la reuss. Furieuse envie de faire du taekwondo sur sa nuque. Mais revenons-en à Nora. Officiellement, c'est ma petite sœur. Officieusement, c'est ma daronne. La crise de la quarantaine à l'âge de douze ans, elle m'a très vite traité comme un colis suspect et a endossé le rôle d'aînée de la famille. Pendant longtemps j'lui en ai voulu d'être mieux que moi. Sauf qu'à la lumière du temps j'ai remarqué qu'elle m'avait permis de diviser la pression du grand frère par deux.

Adé et Nora, je savais même pas qu'elles étaient devenues potes. À ma connaissance, la dernière fois qu'elles se sont vues c'était fin décembre et j'avais un peu niqué l'ambiance quand le daron d'Adé m'avait demandé de mettre un bonnet de père Noël. C'est sûr que déclarer : « Je m'en branle de vos délires de gogols », c'était pas la meilleure option pour me faire accepter dans sa famille. Pour couronner le tout, sa daronne m'avait chopé dans un coin avec son chapeau de lutin pour m'expliquer que c'était pas la mer à boire. Hasard du calendrier : j'avais toujours pas soif.

« Comment ça t'es proche de ma sœur ?

— Bah j'avais besoin de conseils et…

— Mais genre tu la vois souvent, souvent ?

— Ouais pourquoi ? J'ai fait une connerie ? »

Ah nan t'as pas fait de connerie, c'est juste que j'suis le dernier à apprendre que t'embrasses une religion dans laquelle j'ai des pourcentages et qu'au lieu de m'en parler t'es partie voir Nora. Et puis la vérité c'est qu'une Arabe et une Blanche convertie qui complotent en scred, généralement ça se termine en Syrie. La laïcité chevillée au corps, j'dois m'en mêler.

« Attends… ma sœur est au courant que tu comptes te convertir ?

— Évidemment, c'est même elle qui m'a trouvé l'imam pour demain »

OK ça devient sérieux cette histoire.

*

Trop de notifications dans la même journée. En vingt-quatre heures j'ai trompé ma zouze, regretté, pensé m'être fait gauler, songé à la quitter, re-regretté, supposé être daron, regretté, et, clou du spectacle, assisté à un muslim-out. C'est plus un ascenseur émotionnel, c'est les allers-retours du FC Metz en Ligue 2.

« Demain ?

— Ouais, on a rendez-vous à la mosquée de Créteil. Y aura ta sœur et son mari. »

J'hyperventile, tellement la pression qu'mes tympans se sont bouchés comme dans un avion. J'ai éteint mes appareils électroniques et redressé ma tablette. J'allais pas laisser échapper mes vérités devant les invités. Même Loana a attendu deux jours avant de se lâcher dans la piscine. Pour créer un climat hostile et ainsi provoquer la fuite des soupeurs, je me suis allongé dans le canapé et j'ai foutu un documentaire animalier. Des lions, des hyènes, des gnous. À la vue du sang, plus personne ne se sentait chaud pour faire de vieux os. À part Nathan, nostalgique. Ça lui rappelait les tueries de masse de ses années de fac.

Sur le pas de la porte, Margaux me remémore qu'elle organise demain une marche des libertés pour protester contre les inégalités salariales. *Dress code* : se déguiser en clito. Belle après-midi en perspective, on viendra inshaAllah (non).

La porte claquée, Adé taille dans la salle de bains retirer ses lentilles et son masque social pendant que j'passe un coup de bigo à Nora sur le balcon. Hors de question qu'elle prenne des bonnes actions sur le dos de ma gonzesse. Impie tant pis, deux pies tant mieux.

« Alors comme ça madame a réussi sa propagande de l'État islamique ?

— Putain, Wourad, t'as vu l'heure qu'il est ?!

— Y a pas d'heure pour rendre des comptes ! C'est quoi cette histoire de conversion ?

— T'étais pas au courant ? Bah bravo le dialogue dans ton couple…

— Eh oh, je juge pas ton couple, tu juges pas le mien !

— Toi tu juges pas mon couple ? Qui a dit à Maman que mon mariage ressemblait à une réunion Thermomix ? »

Jamais dit ça. J'ai dit « réunion Monsieur Cuisine Connect ». Bref.

« Bon, OK… Toujours est-il que tu conspires avec ma meuf. Depuis quand vous êtes srabs ?

— Le dîner de Noël. Quand tu t'es caché pour fumer dans le garage de ses darons.

— Putain je le savais, j'aurais jamais dû t'inviter ! T'en as profité pour lui faire tes rappels, c'est ça ?

— C'est quoi ton problème ? Tu veux prendre 50 % sur ses hassanates ?

— Nora, retourne pas les questions ! Tu lui veux quoi ?

— Mais rien, elle m'a demandé de lui conseiller des bouquins. Petit à petit on a gardé contact. Excuse-moi de connaître un minimum ma religion…

— Zarma moi je connais pas ma religion ?!

— Wourad, s'il te plaît, tu veux que j'te rappelle la fois où t'as demandé à mon mec si on pouvait mélanger l'eau de Zamzam avec du Ricard ? »

Eh beh, j'suis à l'islam ce que North Face est au cap d'Agde : pas la cible. À court de munitions, j'tente de sortir la tête de l'eau en usant de mon immunité diplomatique de grand reuf. Être venu au monde avant elle m'autorise la médiocrité.

« Oh ça va hein, j'suis ton grand frère, tu me parles pas comme ça !

— Sérieux t'es chelou, Wourad. Ta meuf se convertit et on dirait que ça te dérange.

— Ça me dérange pas du tout mais… wesh quoi…

— "Wesh" c'est pas un argument ! J'te préviens, tu te fous pas de sa gueule comme avec les autres !

— J'me fous pas de sa gueule, c'est juste que, si elle se convertit, bah ça devient sérieux quoi…

— Parce que c'est pas sérieux là ?

— Si c'est sérieux mais… vas-y laisse tomber… »

Vous comprenez maintenant pourquoi j'suis dans la merde ? Y a pas de sans engagement. Si je résilie avec une nana qui vient de s'abonner à l'islam, je paie toute l'année en cours. Déjà que ma mère m'adresse la parole que pour me menacer, en cas d'abandon religieux je me mets aussi Nora à dos et, non des moindres : le Tout-Puissant. Certes, en ce qui concerne la transgression des lois divines j'en connais un rayon. J'ai, pour ainsi dire, débloqué des *maps*. Mais là, je joue pas solo, y a une deuxième manette.

« En vrai, j'pense qu'elle est pas prête.

— Pas prête ? T'as cru ça préparait un combat contre Tony Yoka ?

— Fais pas l'aveugle, Nora, elle porte encore des peaux de pêche comme les meufs dans *17 ans et maman* sur MTV ! »

En rhétorique on appelle ça « dire de la merde ». Ça ne suffira pas à la faire rire et me laisser penser que j'ai raison.

« Wourad, hendek tu joues avec ! Cette fille c'est une fille bien. »

Elle raccroche. Un frisson se promène le long de mon dos. Je lève la tête et crame deux-trois nuages en train de me juger. Totalement paro, je m'écarte de la rambarde métallique, on sait jamais Il envoie la foudre pour me faire payer. De la chambre, Adé me sollicite.

« Tu parles avec qui ?

— Euh… Junior. Il a une galère.

— C'est quoi encore, il veut toujours organiser des combats entre vax et antivax ?

— Ouais, entre autres… »

J'ai dit « entre autres » parce que dans « autres » y a aussi l'histoire comme quoi Halloween serait une invention des pédo-satanistes pour se faire livrer des gamins sans avoir à bouger de chez eux. Une sorte d'UberEats quoi.

Je mets la viande dans le torchon. Elle bouquine un livre sur les cinq piliers de l'islam. Ça me fout la pression parce que j'en connais que deux. Suffit qu'elle m'interroge et je redouble en mécréant. Habituée à regarder un épisode de *South Park* avant de pioncer, j'opine du bonnet lorsqu'elle me demande de baisser le son afin de ne pas entraver sa concentration céleste. Le décalage horaire entre l'islam et Eric Cartman étant d'environ douze heures, il commence limite à faire jour de son côté du lit. Pris dans un triangle amoureux entre l'envie quasi constante de ken et la flemme d'aller prendre une douche passé minuit, j'évite le peau à peau. Elle a pigé j'suis pas ienb.

« Bon. Ça te dérange que je me sois convertie ?

— Pas du tout, Allah Il est à tout le monde.

— C'est quoi alors ?

— Rien, rien, c'est juste que t'es… t'es macroniste ! Comment tu veux être musulmane ? »

À découvert d'excuses, je pioche dans la dette publique. Elle explose de rire. L'avantage quand tu dis souvent des conneries, c'est que même si t'es sérieux on prend tes propos pour du divertissement. Et j'étais sérieux.

« Et donc pour être musulmane je devrais voter pour qui ?

— À gauche ! Voire extrême gauche.

— OK… du coup pour la fête de l'Huma, les merguez on les commande sur Barbès ?

— Vas-y, Adé, rigole, rigole… Tu peux pas prier pour le paradis et un compte offshore en même temps. L'islam, c'est le partage des richesses.

— Ah parce que t'es dans le partage toi ? Tu veux qu'on parle du dernier Solero dans le congélo ?

— C'était mon Solero.

— Putain mais j'hallucine, un vrai gamin.

— J'suis pas un gamin, j'ai trente ans et demi ! »

Je sais pas pourquoi j'ai dit ça. Le tout en regardant un dessin animé en slibard… Une heure plus tard, la madame s'est endormie, vade-mecum à la main. On sait jamais, si dans ses rêves y a une interro monothéiste. Moi, impossible de pioncer. Si la nuit porte conseil, j'ai les bras de The Rock. J'analyse le plafond. Me pose 1 000 questions. La vérité ? J'suis anxieux d'être à demain. Clairement pas le scénario que j'avais imaginé en acceptant de former un duo avec elle, et *bonus track* : j'me retrouve le cul coincé entre deux cheh. Cheh, parce qu'en évitant d'être avec une musulmane j'ai cru que j'allais contourner la question religieuse et pratiquer en surface. Et cheh, parce qu'en vrai j'ai jamais pensé que ce serait si sérieux avec Adélaïde.

Bon allez, bonne nuit. Demain, première journée dans la peau d'un intégriste. Ça donne envie, nan ?

(Ah j'oubliais, pour ce qui est de ma théorie des gens qui n'auraient pas confiance en eux sous prétexte qu'ils portent des sous-vêtements, sachez que j'ai aucune explication, je voulais m'assurer de votre présence.)

Samedi 7 juin

On est en gova. Pour nous mettre dans l'ambiance j'ai mis *Baila* du groupe Alliage. En pénétrant dans le parking de la mosquée je baisse le son par respect. Déjà assez de problèmes comme ça. Avant de sortir, je la teste une dernière fois.

« T'es sûre de vouloir te convertir ?

— Oui oui j'suis sûre, pourquoi ?

— Pourquoi ? Bah j'sais pas, peut-être parce que t'es blanche et que t'as pas besoin de ça.

— T'es sérieux là ? C'est encore Junior qui t'a sorti ça ?

— Pas du tout. »

Si du tout, et j'peux vous montrer les textos. Il dit que les Blancs qui croient en Dieu, c'est de l'appropriation culturelle. Comme quoi Dieu c'est pour ceux qui ont encore de l'espoir, et que t'as pas besoin d'espoir quand tu trouves un appart' du premier coup. C'est pas un pote, c'est un think tank.

On sort de la tchop. L'odeur de la pelouse fraîchement coupée me rappelle la fois où on a pris 7-0 contre les U13 de Drancy. Je m'en souviens surtout parce qu'entre les supporters qui menaçaient de nous niquer si on marquait, notre vestiaire cambriolé pendant le match et leur libéro de deux mètres qui parlait réforme des retraites avec son coach, j'ai compris ce jour-là que ma vie serait une suite d'obstacles.

Devant le lieu de culte, Nora et son mec Kader. Fringués en Arabes (djellaba, hijab, TN), ils font des grands gestes en *mute* vu que les portes sont ouvertes et que la prière a débuté. On est en retard, paraîtrait-il. Entre les gestuelles et l'absence de son, j'ai l'impression de devoir leur amener la clé dans « Fort Boyard ».

Je motive Adé à mettre une soupape en direction de la mosquée et… *whaaat?!*. En deux coups les gros elle s'est foutu un foulard sur la tête. Putain j'avais pas prévu de la voir dans cette tenue. Percuté par la réalité, je mets un moment avant de la reconnaître et manque de me faire renverser par un tapis volant. Décidément, toujours les mêmes qui foutent le souk.

Pendant que les femelles passent par l'entrée des femelles tout en parlant de trucs de femelles (« Et toi ton voile il est waterproof ? »), je claque la bise au connard qui ken ma sœur.

« *Salam*, frérot, quoi de neuf ?

— *Alaykoum salam wa rahmatullah wa barakatuh akhi.* »

Kader, un cas assez particulier. Tellement croyant qu'il a pas de télécommande et change de chaîne par la pensée, il va toujours plus loin que toi dans l'adoration. Autrefois féru d'un islam en claquettes-chaussettes, il a mis les bouchées doubles depuis le hlel avec Nora. À leur rencontre, il était encore à fond dans la street et s'inventait une vie de youvoi malgré son mètre soixante-cinq. Quand Junior l'a menacé avec une machette à leur mariage, il a vite capté qu'il était plus judicieux de rentrer dans le rang. Ciao la trilogie des charbons, salam l'attaque des siwak. À fond dans la religion, il a commencé à porter des sarouels en lin et à bicrave du miel comme Montebourg. Monsieur ne s'interdisait rien. Sauf que parler de djihâd quand tu t'habilles en 3-4 ans c'est pas super crédible… Et du jour au lendemain, il a eu un déclic. Il est devenu super sympa, un de ces croyants qui s'émerveillent devant tout. Une fleur, un coucher de soleil, une pizza à cinq euros. Il discerne la grâce d'Allah dans chacune de Ses œuvres et s'est laissé pousser la barbe pour avoir l'air sage. Bon après, si on mesurait la sagesse à la taille de ta beubar, ma tante Khadija serait philosophe.

« Par contre, Wourad, tu peux pas prier en short… »

Merde, j'avais zappé. En survêtement du Bayern en dessous, Kader enlève sa djellaba et me la tend. Oh que oui, ces gens n'ont rien mais ils donnent tout. Poète, j'ai envie de l'informer que j'fais un mètre quatre-vingt-cinq et qu'au maximum j'me cache les couilles avec. Étant dans la maison de Dieu, je m'abstiens.

On entre et on retire nos pompes. La chaussette droite trouée, je pratique la technique dite du *Patchwoid*, qui consiste à cacher la cavité entre mes orteils. Au courant que la mosquée n'est rien d'autre qu'un immense Foot Locker pour cleptos, je mets les miennes tout en haut d'une grande étagère à chaussures.

La prière a débuté. Première fois qu'un imam ne fait pas pouce pour me demander de sortir. On rejoint les rangs et on comble les trous pour former des lignes compactes. J'ai 3 200 abonnés sur Insta, j'aurais préféré être tout devant mais bon, on est tous égaux… Pendant la salât j'me souviens que j'ai tout oublié. J'ai prié une fois dans ma vie et c'était pour demander à Dieu d'avoir les yeux verts et qu'Il me fasse gagner 2 000 euros par mois. Parce que plus ça aurait été de la gourmandise. La sourate al-Fatiha, ça va, je l'ai. M'man me demandait de la réciter chaque soir avant de me coucher. Pour le reste, je nage en eaux troubles. Tracassé par l'image que je renvoie devant le mari de ma frangine et conscient qu'à tout moment il peut me faire la morale si je me loupe sur la gestuelle, j'fais une chose qui risque de me coûter cher dans l'au-delà : je bouge les lèvres en même temps que l'imam. J'crée ainsi l'illusion de connaître la sourate par cœur. Vous avez dit filsdeup ? Je me qualifierais plutôt d'entrepreneur disruptif.

La prière se termine. Avant la fin de son *set*, l'imam résident varie les plaisirs et passe du micro-cravate au micro-main.

« Chères sœurs, chers frères. InshaAllah nous avons une personne qui veut déclarer son islam inshaAllah. Tu peux me rejoindre inshaAllah… »

Ça fait beaucoup d'« inshaAllah ». Sortie manu militari d'une malle en bois de manguier, Adé est présentée au grand gourou avant le rite du sacrifice humain (ça c'est le passage pour foutre la trouille aux militants Reconquête). Plus sérieusement, elle s'approche du minbar et commande une minbière. Pardon, je dissimule mon stress par des blagues de merde, calculez ap ça va passer. Il reprend la parole.

« *Salam alaykoum*, comment t'appelles-tu, inshaAllah ?

— Adélaïde.

— InshaAllah… Donc la sœur Adélaïde ici présente va déclarer son islam, inshaAllah. Tu étais chrétienne, c'est ça ?

— En effet.

— InshaAllah…

— …

— Faut dire "inshaAllah" à la fin de ta phrase, inshaAllah…

— Ah OK… Euh en effet, j'étais chrétienne, inshaAllah…

— Voilà, très bien… Donc, maintenant répète après moi inshaAllah… Achhadou an lâ…

— InshaAllah acchadou an lâ…

— Euh nan. Là faut pas dire "inshaAllah", juste répète à partir de "acchadou", OK ?

— Ah désolée je pensais que… Bref. Je vous en prie, monsieur l'imam. »

Amateur de cinéma d'auteur, j'peux pas m'empêcher de penser à Juste Leblanc. Reprenons.

« Acchadou an lâ…

— Acchadou an lâ…

— … illâha…

— … illâha…

— … wa-achhadou…

— … wa-achhadou…

— … anna Mouhammadan…

— … anna Mouhammadan…

— … rassoûlou-llâh.

— … rassoûlou-llâh. »

(Incroyable, je viens de convertir à l'islam tous les lecteurs. Si avec ça j'évite pas le carton d'invitation du sheitan pour l'enfer je sais plus quoi faire.)

D'un coup, sous les vivats d'une foule conquise à la gloire d'Allah, l'imam tend le micro vers les fidèles comme dans un concert de Patrick Bruel et toute la mosquée fait chorus. J'ai failli sortir mon briquet.

« *ALLAHU AKBAR ! ALLAHU AKBAR ! ALLAHU AKBAR !* »

Effectivement écrit comme ça, ça peut inspirer l'insécurité. J'ai rangé mon briquet. Il reprend et aborde la question du nom de scène.

« Bienvenue, ma sœur, tu as prévu de changer de prénom inshaAllah ?

— Non non, je continue avec Adélaïde. »

Elle a failli dire « je continue l'aventure » comme dans *Qui veut gagner des millions ?*. Encore heureux tu gardes Adélaïde, si on veut louer plus grand ce serait même : nécessaire. La cérémonie s'achève. Hyper rapide, j'pensais qu'il y aurait au moins du quatre-quart et de l'Oasis mais non, le temps de niaiser étant mince, les khouyas et les khouyettes quittent les lieux. Au milieu des sourires et des moustaches, Adé s'approche de moi, aux anges d'avoir été transférée dans une autre équipe. Les yeux mouillés d'émotion de la voir comblée, je cache ça derrière mes quatre-vingts kilos de testostérone et mets une patate dans l'épaule de Kader sans trop savoir pourquoi. Il a l'air d'avoir compris. Pas hyper à l'aise avec tout ce qui est câlin en public et encore moins dans la maison du boss (Dieu), j'opte pour un bisou sur le front. Chez les Arabes, ça veut dire « je t'aime ».

*

Pendant qu'on se dirige vers la sortie, deux mecs biberonnés à al-Jazira et au conflit israélo-palestinien nous félicitent. Ça peut vite déraper et finir dans un ravin.

« C'est bien, c'est nous l'avenir de l'islam. Faut convertir les kouffars et la France sera à nous inshaAllah ! »

J'vous avais prévenus. En une phrase, il vient de donner 4 % à l'extrême droite. Deux chibanis écrasés par une existence passée à l'usine Peugeot s'approchent à leur tour. La galère avec les darons rebeus, c'est qu'ils disent souvent de la merde mais par respect, tu fermes les yeux et tu penses à la cinq-portes. J'me prépare au point Godwin quand soudain, il redouble d'inventivité.

« Attention li femmes blanches, elles vont te ditruir i t'auto-ditruir. Ci l'apoucalypse… »

Bon là je coupe. Pas fan d'autocensure mais avant le regroupement familial, nos vieux se sont tellement fait piétiner le cœur par des Joséphine qu'ils en ont fait des chansons.

On sort de la mosquée. Pendant que Kader commence à faire son théologien de mes couilles auprès d'Adé en l'informant que le couscous se mange sans pain, Nora me prend à part.

« Kim Jong-un t'a appelé ?

— M'man ? Pour quoi faire ? M'insulter de pas avoir fait médecine ? »

Faut savoir que dans ma mif on dit pas « être en échec scolaire », on dit « faire une Wourad » *and I think it's bioutifoule*.

« Nan pour te féliciter. Elle avait l'air super heureux.

— Me féliciter ?

— Bah pour Adé. »

La frangine a poucave. Durant la guerre d'Algérie, on l'aurait appelée Claire Chazal tellement elle lâche des infos. Dans la tête de la *madre*, j'suis devenu le fils qu'elle a toujours rêvé d'avoir, sauf qu'elle m'a toujours eu hehe. Ça a déjà dû réserver la pièce montée avec comme principal objectif de la : démonter.

« Putain tu peux pas fermer ta gueule, Nora ?!

— Roh ça va, pour une fois que tu fais un truc bien, j'ai voulu te rendre service.

— Me rendre service ?! Excuse-nous, Rafael Nadal ! Là elle croit qu'on va se marier !

— *Bullshit*. C'est mal la connaître, elle sait qu'on se marie plus en deux-deux comme avant. Elle est plus à l'ancienne.

— Oh j'te rassure, elle est à l'ancienne ! T'en connais beaucoup des gens qui se brossent encore les dents à l'Émail Diamant ? »

Dans une merde tellement noire qu'elle attire la chaleur, je sue de la flotte et tout un tas de trucs qui s'échappent de mes pores, dont la diplomatie. Le Quai d'Orsay ? Je maîtrise.

« Nora t'as d'la chance t'es ma sœur sinon j't'aurais niqué ta mère.

— Écoute, fais un truc carré. Personne n'a parlé de mariage, juste tu fais zarma devant la daronne. Un soir tu passes manger avec Adé, la semaine d'après tu parles du Prophète à table… Inspire-toi de Kader, c'est comme ça qu'on a disquetté Maman.

— M'inspirer de Kader ?! La blague, ton mec range ses oreilles à l'intérieur de sa casquette comme Gastambide…

— Ah donc normal ça vanne mon mari ? »

Au même moment, Kader se baisse pour enfiler ses baskets et laisse apparaître son sourire du plombier qui n'est pas sans rappeler la tirelire des tirelires, j'ai nommé : le FMI. J'ai juste à la regarder pour gagner.

« Oui bah… Disons qu'il a son style… »

On marche vers les caisses. Nora ralentit le rythme et se met à grimacer comme quand tu regrettes d'avoir défoncé un grec à 23 heures. Sans crier gare, elle lâche le steak.

« Adélaïde… J'lui ai fait le Singuila-Test…

— Quoi ?! Jure la vie de Maman ?!

— J'suis désolée… je… j'avais besoin de savoir…

— Putain, Nora, on avait dit que ça marchait que sur les arabiennes !

— Oui je sais, j'ai merdé ! Le truc c'est que des fois elle se comporte comme nous. L'autre jour chez Carrefour elle a pesé des tomates cerises au prix des tomates normales, j'me suis dit qu'elle était un peu bicote dans l'âme… Désolée… »

J'avoue c'est une femme d'Arabe ça. Bon, je vous dois quelques explications. En gros le Singuila-Test ça donne ça : rien ne sert de rester dix ans avec une nana pour savoir si c'est la bonne. Premier rendez-vous, tu lui demandes si elle est fan de Singuila. Si elle dit oui, pas de second rendez-vous. Radical mais ultra efficace. Quand on était plus jeunes, Nora avait remarqué que toutes ses copines maghrébines amatrices de Singuila avaient de gros problèmes avec la figure paternelle. Par ricochet, dans leurs relations avec les garçons aussi. Elle était formelle, il fallait les fuir. Au début on prenait Nora pour une zinzin, faut dire qu'elle avait un poisson rouge et qu'elle l'avait nommé Bleu pour, je cite, « expérimenter les transfuges de classe chez les poissons »… Mais quand sa pote Naïma du cinquième a fugué trois jours dans le Sud après le concert de Singuila, on s'est dit que ce serait pas si con de l'écouter plus souvent.

« Et alors ? Ça a donné quoi ?

— Laisse tomber, Wourad… C'est trop embryonnaire avec les Blanches… pas assez de recul.

— Mais t'as pas un équivalent justement ?

— Peut-être… mes copines blanches instables ont toutes fait des tresses africaines. Mais bon, sur les Rebeues c'est pareil, y a une immunité. »

Fantastique, elle parle comme Olivier Véran. La graine du doute ayant été semée, j'insiste pas. Si elle veut pas donner le résultat c'est qu'à 90 % Adé apprécie Singuila. Y a des jours plus tristes que d'autres.

Arrivés aux voitures, on se sépare comme la MZ. Pendant que Nora fait la courte échelle à Kader pour monter dans leur choupette, j'pars en marche arrière. En checkant mon rétro droit je remarque qu'elle a gardé son voile. Elle a dû zapper… InshaAllah.

*

J'ai rien contre le hijab, ma mère le porte. C'est juste que ma mère, bah c'est ma mère. Je lui mets pas les doigts dans la bouche en criant : « T'AIMES ÇA ÊTRE MA CHOSE, T'AIMES ÇA, MAMAN, HEIN ?! »

Là, on est presque à porte de Vincennes et elle l'a toujours. J'me suis dit que ça tiendrait le temps d'une chanson mais là on vient de rouler sept kilomètres. J'vais pas lui dire ce qu'elle a à faire, on n'est pas en Afghanistan, j'veux juste qu'elle capte qu'on arrive bientôt à la baraque et que j'suis le seul Rebeu du bâtiment. Suffit qu'un voisin la voie et j'ai le GIGN qui débarque en WeTransfer. Désireux que l'affaire se tasse, j'monte discrètement le chauffage d'un degré tous les cent mètres pour une ambiance flammes de l'enfer propice au dévoilement. Fine lame, Adé baisse sa fenêtre et passe sa tronche comme un iench sur l'autoroute. Sans les radars j'aurais accéléré en espérant que le vent lui arrache son hijab. Elle peut remercier le gouvernement.

On sort du périph'. Elle le porte toujours. J'commence à me mettre la rate au court-bouillon. Un je-ne-sais-quoi de chaud et obscur progresse en oim. La raclette d'hier ? Pas du tout. Une sensation plus caverneuse. Comme si le voile me dérangeait.

Ça peut pas être ça. Pas plus tard que le mois dernier, j'ai défendu une voilée sur Internet. J'suis forcément quelqu'un d'ouvert. Ça doit être la raclette.

On arrive en bas de la baraque. Chanceux depuis que Dieu nous a à la bonne, on trouve une place. À ma manière d'éviter son regard, Adé flaire qu'il y a heja.

« Ça va ? T'as l'air préoccupé.

— Moi, préoccupé ? »

(Totalement la réponse de quelqu'un de préoccupé.)

« Tu parles pas, on dirait qu'on t'a proposé un déménagement.

— Archi pas. C'est juste que… j'suis pensif…

— À quel sujet ? »

Sujet aussi sensible que de demander à un Corse pourquoi il n'accepte pas la carte bleue, j'trouve refuge dans le maquis.

« J'me disais que les vacances chez Margaux ça me chauffait pas trop. Tu penses quoi de Calvi ?

— Te fous pas de ma gueule, Wourad… C'est le voile, c'est ça ?

— Ah tu l'as gardé ? Tu vois j'avais même pas fait gaffe… »

Mdr. Merci d'avoir passé le casting, Wourad, on vous rappelle dès qu'on cherche un mec qui sait pas mentir. Déçue de mes enfantillages, elle fait ce que les femmes adorent faire pour marquer leur mécontentement sans avoir à formuler une phrase (sujet-verbe-complément).

« Hun… »

C'est bon, vous voyez de quoi je parle ? Le petit « hun… », c'est la version caucasienne du *tchip* africain ou de la morsure algérienne. Plus il est aigu, plus le démon qu'elle cache au fond d'elle a de cornes. Et là ça a tout simplement pété le rétro. À moi de briser la glace.

« Tu comptes le garder ?

— Bah oui pourquoi ? »

Et merde. La loi des séries. Quand t'as un feu de croisement qui lâche, généralement t'as le deuxième qui plante quelques jours après.

« Adé, tu sais pas dans quelle galère tu te mets. Tu fais ta crise de la trentaine mais tu réalises pas à quel point ça va te couper du monde.

— Mais je m'en fous du monde. On parle de ma relation avec Dieu là.

— OK et les humains ? T'es au pays de la laïcité, ma cocotte, ici tu crois en Dieu c'est la honte. »

Elle est touchante. Limite j'ai envie de la prendre par la main et de la récupérer à 16 h 30. Pas encore consciente qu'une voilée en France c'est aussi mal vu qu'un sapologue à une soirée blanche, Adé me gratifie d'une phrase qui explique en grande partie pourquoi les Français ont inventé « Intervilles ».

« Mais on vit dans un pays libre, bordel !

— Bah nan, on vit pas dans un pays libre ! Tu crois qu'ils vont réagir comment à l'Éducation nationale ? Une prof en hijab ? Cousine, c'est mieux tu fais allégeance à Boko Haram. »

Crevure de la pire espèce, j'y vois surtout un licenciement pour faute grave. Désolé d'avoir choisi le chemin de la cupidité mais actuellement à 1 600 euros par mois, j'me vois pas casquer le loyer en solo sous prétexte que madame craint Allah. Ah bah ouais, c'est bien beau de vivre à Paris car « y a tout en bas de chez toi », mais si une fois que t'as payé le loyer, t'as plus un rond pour khalass ce qu'il y a en bas de chez toi, c'est mieux de déménager.

« Écoute, il me reste un mois de cours. Pour le moment je l'enlève devant l'établissement mais pour septembre je trouve autre chose. Je me réoriente. »

Sacré sens de l'humour. Elle sait pas encore que les deux seules voies professionnelles qui s'offrent à toi quand t'es hijabée sont :

1/ le téléconseil,

2/ les tiramisus.

D'ailleurs, soit dit en passant, je ne comprendrai jamais pourquoi c'est les Italiens qui ont inventé le tiramisu et le Nutella mais c'est les Arabes qui ont eu l'idée de les associer. Bref, c'était le point culture. Retour au direct.

« Taf, école, sport, sortie scolaire... Tu pourras rien faire. Même Les Restos du cœur vous acceptent pas, et Dieu sait le temps libre que t'auras... Tu vas morfler, Adé, j'te préviens seulement.

— Chéri, c'est mon choix, tu vas faire quoi ? Me forcer à le retirer ? »

Bah voyons. C'était pas censé être moi qui la force à se voiler ?! J'ai l'image des keufs qui font plouf-plouf pour savoir lequel des deux faut coffrer. Violence conjugale ou signe religieux dans l'espace public ? Leurs cœurs balancent. À court d'arguments, j'instrumentalise ses émotions en appliquant le théorème du « Finis ton assiette, y a des enfants qui crèvent la dalle en Afrique ».

« Tu sais qu'en Afghanistan les femmes se battent pour avoir le droit de ne pas le porter ?

— Et toi, tu sais qu'on n'est pas en Afghanistan ? »

Elle a réponse à tout : cette fille ressemble de plus en plus à une Arabe. Le truc relou quand t'es pas sur un plateau télé à débattre autour de la question du voile, c'est qu'en face de toi bah, y a une voilée. J'ai même pas de coupure pub pour l'interrompre toutes les deux minutes lorsqu'elle prend l'ascendant et l'empêcher de développer sa pensée. La supercherie ne peut même pas durer. En parlant de super-cheuri, Mme Mounier s'prend pour Marie Pervenche et toque au carreau. Passons de la théorie à la pratique.

« Tout se passe bien ? »

Face à Adé enveloppée dans son hijab noir, la mère Mounier vire au white. Le racisme timide, elle nous casse les couilles pendant deux-trois minutes avec ses « jeunes qui ne respectent plus rien » pour finir sur un « Vous avez pas chaud avec votre… votre châle ? ». Pas loin de lancer « Le ramadan, pas trop dur ? ». C'en est assez pour Adé qui lui rappelle que *Des chiffres et des lettres* vient de débuter sur France 3. Enfin délestés de Mamie Blindax, j'ai matière à discussion.

« T'as vu comment elle m'a regardé ?!

— Arrête, Wourad, t'es parano…

— Parano, ma bite ! Voilà pourquoi ton voile c'est un problème ! Y a pas que toi dans l'équation. Dans dix jours, le cliché de la musulmane soumise qui prend des beignes par son mari, c'est pour bibi ! »

Prêtant davantage attention à mon humeur plutôt qu'à ce que je raconte, Adé fait la tronche de la nana choquée face à tant de brutalité-han. Un ton au-dessus et ça finissait dans un « Sept à huit » intitulé « Ma vie sous l'emprise d'un homme violent ». J'baisse d'une nuance le cri.

« Mon cœur, crois pas j'veux Allah que pour moi, hein. J'ai juste pas envie que tu vives le rejet. C'est jamais une bonne expérience.

— Mais de quel rejet tu parles ?

— Le rejet de la société wesh ! Les gens vont être mal à l'aise, du coup ça te mettra toi aussi mal à l'aise. Faut pas croire, c'est fatigant de devoir se justifier.

— J'ai pas à me justifier !

— Eh bah surprise : si ! Parce qu'en plus tu vas devoir choisir entre ta liberté de travailler en tant que femme française et ta liberté de te voiler en tant que musulmane. Mais t'auras jamais les deux en même temps. »

Elle sent que je m'inquiète pour elle. Qu'on n'est pas en train de jouer. L'islam en France, c'est sérieux. T'as beau avoir une démarche strictement personnelle, tes moindres faits et gestes impliquent tout le monde. Et puis ses parents, ils en pensent quoi, tiens ?

« Du coup Édith et Michel, ils l'ont pris comment ?

— Euh... justement je... je voulais que tu t'en occupes. »

*

C'est dans les moments difficiles qu'on voit sur qui compter.

« Mais bien sûr...

— Sérieux ?

— ... que nan ! Bien sûr que nan ! »

La cinglée a vraiment cru que j'irais au casse-pipe alors que ses darons vont me tenir pour principal responsable de son revirement mahométan ? Culottée.

« Adé, c'est mort ! Ta mère va me tuer. »

Édith, vaut mieux pas entendre ses avis politiques. La caque sentant toujours le hareng, elle pense beaucoup trop fort qu'à chaque conversion de kouffar je remporte un coffret Wonderbox « Week-End à Agrabah ». Et comme elle croit que la vie est un immense chat perché, elle peut pas s'empêcher de nous rappeler qu'elle a envoyé du riz en Afrique en 97 pour se dédouaner.

« Ta daronne, c'est le tonton raciste du repas de Noël. Hors de question !

— Oh ça va, fais pas genre les Arabes vous avez aucun tonton facho à l'Aïd.

— Nan. Aucun.

— Tu m'étonnes, il est déjà parti en Syrie… »

Quoi ?! Une vanne sur les minorités ?! Est-ce qu'on serait pas en train de vivre le retour de l'Adélaïde des premiers jours ? J'espère bien que oui.

« Chéri, c'est pas grand-chose. Tu les appelles au sujet de l'organisation de mon anniversaire surprise et…

— … Comment tu sais pour l'anniversaire ?

— Bah tous les ans ils m'organisent un anniversaire surprise. Ils vont forcément t'appeler.

— Donc c'est plus une surprise ?

— Bah pour moi non. Mais eux ça leur fait plaisir. »

C'est marrant ça. Elle, sa famille lui organise des anniversaires surprises. Moi, quand ma mif me souhaite un bon anniversaire c'est une surprise. Deux Frances irréconciliables.

On monte les escaliers. Adélaïde sent que j'suis à deux doigts de lui en faire un (un doigt, pas un gosse, hein) et ponctue chaque phrase par un « mon amour » dans l'espoir de me calmer. La traque est persistante.

« Mais tu veux que je leur dise quoi ? "Allô, Édith, tu peux mettre le haut-parleur ? Bon voilà, votre fille quitte votre religion pour la mienne. Et sinon niveau cadeau, que diriez-vous d'un kit sept pierres chaudes de massage à utiliser pour nos soirées lapidation ?"

— Tu vois faut toujours que t'en fasses trop…

— J'en fais pas trop, tu me demandes l'impossible, Adé.

— Si tu leur annonces pas, je dirai que tu m'as forcée.

— Tu feras jamais ça.

— C'est mal me connaître… »

Cette femme est toxique. D'un côté je la crois pas capable d'en arriver là, de l'autre j'oublie pas qu'au fameux repas de Noël elle a répondu à une cousine qui cassait les couilles avec son « noyeux Joël », un cultissime « mique ta nère »… Happiness manager ? Ce métier est fait pour elle.

En pesant le pour et le contre j'accepte finalement d'aller au charbon. Dans tous les cas j'vais passer pour un taliban, autant se taper des barres. Avant que je passe l'appel de tous les dangers, Adé me donne quelques conseils afin de faire florès auprès de son géniteur. Parce que oui, je préfère passer par Michel. Son côté beauf peut m'aider, si ça part en sucette j'ai juste à parler nibards et ça redevient mon ami.

J'appelle. Deuxième sonnerie, pas de réponse. Actuellement en train d'invoquer le Tout-Puissant pour qu'il ne réponde jamais, ça décroche à la quatrième. Si près du but…

« Allô, Michel ?

— À l'huile ! »

J'vous préviens, ça va être long. Au point qu'Adé s'est mise à piquer le gigot. Son reup est au repos ce qu'un influenceur est à la déontologie. Quand il te tient la jambe, autant que t'amputes et que tu finisses l'aventure en fauteuil. Calembours et contrepèteries n'ont aucun secret pour lui et dites-vous que là ça fait seulement douze minutes qu'il me cale des jeux de mots de type « Jean Neymar », « Des crevettes non, mais des Omar Sy »…

Au bout de trente minutes d'un monologue qui vous sera occulté, Adélaïde prend la douloureuse mais nécessaire décision de retourner le gigot. Je sais plus quoi faire. Je sais même plus pour quelle raison je l'ai contacté. Comme quand t'ouvres ton frigo tu sais pas pourquoi. La discussion touche à sa fin, le moment idéal pour évoquer sa gamine.

« Bon bah, je pense qu'on s'est tout dit ? »

Oh que oui Mich-Mich, on s'est tout dit. Carrément t'as inventé des nouveaux mots, mon salaud. Allez, Wourad, joue-la rajel, c'est le moment de prouver à ta grognasse c'est quoi un vrai DZ, qui plus est : tah sah.

« Super. À samedi alors ?

— Comme on dit chez vous, inshaAllah !

— Oui, c'est ça, Michel, hahaha… inshaAllah… »

J'ai pas réussi. Mes burnes ? Une petite ville de province qu'on traverse sur la route des vacances sans jamais s'y arrêter. Bien qu'un rassemblement s'organise sur les Champs-Élysées pour célébrer la fin de ce coup de fil, Adé a un seum taille 54. Ça se voit qu'elle se demande d'un point de vue légal ce qu'elle risque si elle me savate la gueule avec une mandoline. À peine je raccroche qu'elle file s'enfermer dans la chambre. Je la suis et tente d'établir le dialogue.

*

Huit doigts d'honneur plus tard, Adé est toujours zehef. J'ai profité de sa propension à ranger sa haine par ordre alphabétique pour casser un tour au resto de Junior. Je l'entendais mettre des patates dans des coussins, c'est donc logiquement que j'ai décampé.

J'arrive au gastos. Toujours en doudoune car « on sait jamais j'dois nachave si l'hygiène passe », Junior s'illustre en demandant à sa serveuse asiatique de s'occuper des clients.

« Pang, s'te plaît, tu peux branler mon pote ? »

Toujours plus loin dans la maltraitance. Créatif, il lui montre les statues des trois singes posées sur le bar et lui demande de ne pas raconter ce qu'elle vient d'entendre. Même dos au mur, il arrive encore à nous décevoir.

« Frère, respecte les gens wesh.

— Roh ça va, j'l'ai recrutée au McDo. C'était la seule qui n'oubliait pas les pailles. Tiens, Pang, *can you make* le truc avec les assiettes qui tournent *on the* baguettes ? »

Monsieur est au sommet, persuadé qu'il l'a déjà appelée Petit Dragon. Pour en finir avec les discriminations, il monte le son de la sono. C'est la B.O. de *Kickboxer* avec Van Damme.

« *Pang, you know Tong Po? It's your country!* »

D'aucuns diront que cet individu est une merde, et ils auront raison. Issu d'un peuple ayant beaucoup souffert, Junior n'en oublie pas qu'il appartient à la putain de race humaine. Pendant qu'le badge de Pang m'informe qu'elle s'appelle Caroline, il file dans la cuisine et, discret comme un YZ, gueule ce qui devait rester entre nous.

« Du coup tu t'es renseigné sur Schopenhauer et les algorithmes du zgeg ? »

Dit comme ça, on serait tenté d'y voir le titre du nouvel Harry Potter. Dans le regard de Caroline, plus connue sous le nom de Pang, j'vois bien qu'elle regrette d'avoir arrêté l'école si tôt. Amateur de demeurés, je l'observe, bouche bée. Dire que Junior se casse le cul avec son resto alors qu'il pourrait prendre v'là les thunes en laissant Netflix faire un doc sur lui… De retour, il choisit d'orienter la discussion sur mon couple alors qu'on lui a rien demandé.

« T'sais j'ai bien réfléchi à tes problèmes et j'pense que tu devrais te réinventer sexuellement. Il faut plus d'action ! »

Oui mais tu confonds avec les actions : en justice ! Venant de sa part, c'est audacieux. Là il fait le gars civilisé mais ça oublie de raconter la fois au collège où il a demandé à une meuf de le sucer à action ou vérité. Le pire, c'est que pour la partie vérité, Junior avait enchaîné avec un « Et sinon, tu me sucerais ? ».

« Frère, tu connais pas la dernière d'Adé…

— Me dis pas que tu lui as fait le Singuila-Test ?!

— Nan nan, surtout pas. C'est plus…

— … Quoi, elle a déjà pris sa burrata en photo au resto ?!

— Non plus mais putain arrête de m'couper ! Tu veux…

— … Tu veux mon zizi, oui oui oui oui ! J'vais te le donner, oui oui oui oui !

— …

— OK c'est bon, j'arrête !

— Bref. Elle s'est convertie à l'islam.

— …

— Attends, c'est que le début… Elle veut mettre le foulard. »

Le tarba explose de rire. Mais pas le petit rire qui te tend la paluche et t'invite à la soirée, nan, le rire des Renois sur TikTok. Celui qui fout la haine et dure tellement que tu te souviens plus pourquoi tu te marrais. Même Caroline golri, mais elle c'est parce qu'il peut la virer à tout moment. Une fois qu'il a terminé, Junior me zieute comme s'il venait de perdre un compagnon de chasse. Force est de constater qu'il voit en moi ce que je fais semblant d'ignorer.

« Ça y est, frérot, toi aussi tu vas nous quitter… encore un soldat tombé au combat…

— Tombé de quoi ?

— Wourad, je te le donne en mille. Dans deux mois t'installes un coffre de toit sur ta bagnole, dans six tu fais votre truc d'Arabes là… Comment vous dites ?

— Le hlel ?

— Oui voilà, vous faites un "relel" pour oublier que vous accéderez jamais à la propriété. Ça commence toujours comme ça chez vous. »

Il a beau se comporter comme un doberman, Junior n'en demeure pas moins sagace sur certains aspects de la vie. C'est ça que j'aime le plus chez les cailleras. Sur la forme le stylo bave un peu, mais l'encre est assez claire pour discerner le fond.

« Tu l'as pas forcée ?

— Ah toi aussi tu t'y mets ?

— Cousin, j'me renseigne c'est tout…

— Connard, bien sûr que j'l'ai pas forcée. À la Spaggiari, sans armes ni violence.

— Elle sait qu'avec le voile elle peut dire adieu à sa carrière ?

— Disons qu'elle a encore la naïveté de la débutante…

— *La Débutante*, très bon titre de boulard.

— …

— Pardon… Bah écoute, j'vais pas te dire que ça va aller alors qu'en vrai t'es dans la panade. Va falloir que tu trouves un deuxième taf deuspi. T'es sûr tu veux plus faire des extras ici ? »

Bonne question. Qui ne rêverait pas d'avoir un patron capable de faire croire à sa clientèle que Thomas

Sankara conseille la formule Pattaya à 21,90 euros ? Plus jamais j'bosse avec ce taré. Cherchant à ventiler sa colère à travers un engagement politique, il voulait ajouter une taxe de 15 % par addition en guise de « réparation pour l'esclavage ». Comme disait la chanson, tu forces Junior (aucune chanson dit ça).

« T'es sûr qu'elle a pas cramé un texto chelou ? Peut-être qu'elle sait que tu l'as trompée et tente de te mettre les gourmettes. J'ai vu ça dans un documentaire.

— Moi, les gourmettes ? Cousin, elle peut trouver le mec qu'elle veut, déjà c'est un exploit que j'sois encore avec elle.

— C'est vrai maintenant que t'en parles, j'me disais que vous avez rien à faire ensemble. Et ses p'tits seins là… »

J'me fais tellement marcher dessus que j'suis pressenti pour incarner le tapis du Festival de Cannes.

« Ta daronne est au parfum ?

— Nora. Elle a poucave.

— Écoute, c'est une roublarde. En se mettant dans l'islam elle se dit que ta famille la validera et que tu seras incapable de la guélar. Moi j'ai un conseil à te donner : manipule l'opinion. C'est Edward Bernays qui faisait ça. Grosso modo, à l'ancienne les feumeu qui fumaient des garos c'était mal vu. Bernays, c'est un vicelard, il leur a fait croire qu'en smokant t'étais féministe, en mode bsahteuk tu te réappropries ton corps. Bah toi tu dois faire pareil. Si tu refuses qu'elle mette le foulard, tu finis sur BFMTV. Si t'acceptes qu'elle le mette, tu finis aussi sur BFMTV. Faut juste qu'elle pense qu'en le retirant l'idée vient d'elle sinon t'es niqué.

— Donc faut pas que j'la hagar, elle doit s'auto-hagar.

— Ouais voilà, comme la clope… »

Après cette démonstration de féminisme sauce Bigard, Junior nachave dans la cuisine. Sans doute de la drogue à inhaler en urgence sur la gazinière. J'ose pas regarder Caroline, ça s'trouve elle a perdu un sourcil. J'me réfugie sur mon portable quand soudain, ça sonne en masqué. Pluridimensionnel dans sa connerie, Junior est donc allé dans la cuisine pour m'appeler et voir si je réponds… Je décroche.

« Jure la vie de ta mère tu repars sur ton délire ?

— Quel délire ? »

Merde, c'est une voix de meuf.

*

@HollyQueenP. De retour comme le clown de *Ça*, et j'ai aucune idée de comment et pourquoi elle a eu mon *number*. Colossale salope lorsqu'il faut se donner la peine d'analyser une situation qui me file entre les oid, j'raccroche en mode *Scream* et jette le portable sur la table. Pour ne rien arranger au schmilblick, Junior ressurgit de la cuisine avec un schlass et l'ataraxie qui va avec.

« Putain ! Elle a mon numéro ! La meuf d'hier, elle a trouvé mon numéro !

— Frère, c'est une quoi ?

— C'est une cinglée, une cinglée ! Elle voulait créer mon Wikipédia !

— Nan mais son origine.

— J'en sais rien, elle est du terroir. Pourquoi ?

— Leçon numéro quatre : ne jamais tromper avec une Blanche, elles sont capables de tout !

— T'es sérieux là ?

— Frère, t'as déjà vu un Noir ou un Arabe faire du deltaplane ? Non. Il n'y a qu'un Blanc pour se prendre pour un oiseau. Ces gens-là n'ont peur que du Code civil. Un jour elle te balancera à ta meuf. »

Tout comme vous, j'vois pas ce qu'il entend par là mais le fait qu'il n'y ait pas de leçon une, deux et trois raconte plein de choses sur le chemin qui a été fait et le chemin qu'il reste à accomplir avant que Junior ne soit un humain responsable.

« C'est grave ce que tu racontes là, nan ?

— Et le Nutella à trente-cinq euros en Guadeloupe, c'est pas grave ça ?! »

Belle transition, ça ressemble un peu à la chaîne AB Moteurs qui devient XXL passé 22 h 30. Fort d'une amitié s'inscrivant dans la durée, je calcule pas.

« La meuf est en couple et elle a un gamin. J'pensais pas qu'elle reviendrait.

— Poto, si elle revient le lendemain c'est qu'elle est amoureuse. T'es foutu. »

Des mots réconfortants pour quelqu'un qui confond faire une FIV et faire un five. Spécialiste en polygamie sur LCI, il propose de mettre le haut-parleur et de me souffler les réponses façon Cyrano de Bergerac. Quand je lui suggère de me laisser gérer solo et que sa présence n'est pas essentielle dans cette galère, il s'illustre par un « ET MA BITE ELLE EST NON ESSENTIELLE ?! ». Le spectacle vivant. Le téléphone vibre. C'est encore masqué, c'est encore elle.

« Allô, Wourad ? Désolée, ça a coupé. »

Ça a pas coupé, j'lui ai raccroché au nez. Attitude traduisant une surconfiance dans ses rapports avec les autres, j'connais ce genre de nana, elles sont généralement filles uniques et crachent dans les boîtes de nuggets des clients qu'elles aiment pas. Après trois-quatre échanges, elle s'engage dans une voie sans issue si ce n'est la déception.

« J'ai bien réfléchi cette nuit et… tu trouves pas qu'il s'est passé quelque chose de fort entre nous ? »

J'suis terrorisé. Même Junior flippe, c'est pourtant lui qui tient un sabre. Pris dans les rapides, j'tente de m'accrocher à un rocher. Insolite, il est en savon.

« Euh ouais… C'est vrai qu'on a passé un bon moment haha… Comment va ta fille ? »

Faute ! J'avais la place pour lui envoyer un smash et j'ai joué peinard en fond de court. Junior monte au filet en scred.

« Putain tu fais quoi ?!

— J'improvise ! Tu vois pas qu'elle est instable ?! »

Soucieux de détourner l'attention, je lui parle de sa fille en espérant que ça lui retire l'envie de m'ajouter dans ses abonnements. Et visiblement, sa fille n'est qu'une simple story sponsorisée.

« Oui, ma fille va bien. Par contre moi non… Tu me manques. »

Besoin d'aide, urgent, vite. C'est l'escalade de la violence, je cherche du soutien dans le regard de Junior mais le Tortue géniale des Antilles aiguise son épée. Caroline, pourtant habituée à côtoyer l'impossible, comprend qu'mon couple est à l'article de la mort mais ne peut intervenir car actuellement en train de faire des grands écarts pour attirer les clients. Burné comme quand t'es en CDD, j'parle une bonne dizaine de minutes afin de n'éveiller aucune rancœur de sa part. Toutes les trente secondes j'expédie des « bon j'dois te laisser » aussi fructueux qu'les premières fusions Gotrunks. Impossible de raccrocher, si elle perçoit une once de peur j'suis un humain de type : baisé. En plein malentendu entre ce qu'elle est et ce qu'elle pense être, la gadji s'enflamme.

« On se fait un resto cette semaine ?

— Ah. Euh bah en fait j'ai une meuf donc…

— Donc on se fait un resto cette semaine. »

La salope. Comme Nadine Morano avec Nueve, elle veut me faire chanter.

« Mercredi c'est bon ?

— Bah disons que…

— Quoi t'as honte de moi ? »

Bah ouais hehe. Un peu tendu de marcher dans la street à côté d'une créature à sabots fendus.

« Nan nan j'ai pas honte de toi mais… je bosse le soir et…

— Parfait pour midi alors. J'te laisse choisir le resto. J't'embrasse. »

Elle a raccroché. Ultra déter, elle a fait de moi son toutou, j'ai encore la marque de la laisse. Caroline, qui passe les couverts au vi-*n-word* blanc (désolé, on n'a pas l'droit de prononcer le *n-word* dans son resto), me donne quelques *skills*.

« Faut qu'elle te déteste.

— Comment ça ?

— Bah vous parliez d'Edward Bernays nan ? Manipuler l'opinion ça marche dans les deux sens. Tu dois faire en sorte qu'elle te déteste et ça lui passera. »

Toujours su que les niakoués étaient plus intelligents. Le totalitarisme chinois au service de la manipulation libérale américaine. Qui a dit que ces deux grandes puissances ne pouvaient pas collaborer ? Personne. Junior se joint au conclave.

« Bien joué, ma Pang ! Chacal, mercredi tu viens au resto. Pendant la graille, tu te comportes comme un phacochère. Genre tu tiens tes couverts comme un guidon de vélo, tu grognes, tu te branles…

— Mais, frère, faut le tenir le rôle. J'vais rigoler c'est obligé.

— Mec, tu y arriveras. On n'fait pas d'omelette sans sucer de queues. »

Caroline le reprend sur le proverbe mais Junior n'en démord pas, on n'fait pas d'omelette sans sucer de queues. Après tout, ça veut dire la même chose.

*

J'me suis pété. Junior c'est mon gars mais à petite dose. Quand il a dit que son fils ira à l'école avec le cartable Deliveroo qu'un livreur avait oublié au resto, j'ai compris qu'il fallait appeler la protection de l'enfance.

Blagueur et sans oseille, j'ai pris un bouquet de menthe chez Junior pour l'offrir à Adé en complément de mes plus plates excuses. Quitte à se faire pardonner pour tout et n'importe quoi, autant que ça se termine avec un thé et des baklavas.

J'arrive à la maison, j'arrive dans le tiekson. Anticipant un jet d'huile chaude tah le Moyen Âge, j'me cache le visage sous le T-shirt. RAS, pas un bruit. Trop calme pour l'appartement d'une prof adepte des podcasts France Inter. Comme le neurologue de Marlène Schiappa, j'me lance dans un « Y a quelqu'un là-dedans ? » faisant le même écho que dans mes toilettes. J'dépose les clés sur la table, a priori dressée pour deux. Ouf, elle m'a pas encore quitté.

J'allume la télé, c'est déjà sur CNews. Sachant que les grands peintres observent les grands maîtres, Adé ne sait que trop bien qu'elle en apprendra davantage sur sa nouvelle religion en matant Pascal Praud qu'en prenant des cours de théologie.

Je change de chaîne et quitte Boulogne pour Passi.

La Une, la Deux. M'ont pris dans le nerveux. C'est les infos. Pour bien nous faire remarquer que les vacances d'été approchent, ça ouvre le journal sur le burkini. Titre accrocheur, t'as pas envie de changer de chaîne. Vieux serpent de mer tellement présent qu'il mériterait de payer une taxe d'habitation, le burkini cristallise le débat public. C'est d'ailleurs ce que me disait le voisin du dessous la semaine dernière. Ce sera compliqué d'emmener ses enfants à la mer cet été en sachant qu'une nana s'y baigne en burkini. Et rien à voir avec le fait qu'il a juste pas d'oseille hein. Je change.

La Trois, la Quatre. Je mate les stigmates. J'tombe sur *Homeland*. Le pitch ? Un sergent ricain est libéré après huit piges de placard au Moyen-Orient. Sauf qu'on le soupçonne d'être un agent double d'al-Qaida. Une taqîya quoi. En plus l'acteur principal est rouquin, ça se tient. Les convertis sont toujours roux t'façon. Comme s'ils s'étaient fait tellement vanner ici-bas qu'ils étaient pressés que ça se termine. Et comme Adé est rouquine… Je zappe.

La Cinq, la Six. On cherche les complices. J'arrive sur « Zone interdite ». Documentaire sur l'islam radical à Roubaix. Déjà Roubaix… Tu m'étonnes que tu te radicalises. Une vie après la mort, c'est le meilleur programme qu'on puisse t'offrir après : un aller simple pour Paris. Au bout de cinq minutes, j'me pose des questions. Qu'est-ce qu'Adé cache derrière son sourire ? Ça s'trouve elle s'appelle Abou Omar, on n'en sait rien. Nan arrête tes conneries, Wourad, tu la connais. Enfin tu la connais… Qui peut prétendre connaître son conjoint ? Deux ans qu'on est ensemble et elle a toujours pas cramé que j'ai l'historique de Jeffrey Dahmer. Et quand je vois le parcours des djihadistes, ça passe de bicraveur sous sky à soldat d'Allah sous Captagon, excusez-moi d'avoir des doutes sur la marchandise. Après tout, j'ai jamais vu sa pièce d'identité…

Conformisme de groupe, j'file dans la chambre. Elle cache son passeport dans son tiroir à culottes. Je le sais parce que je lui ai déjà confisqué lorsqu'elle a refusé de se marier de force avec son oncle du bled (pardon je suis encore matrixé par tout ce que j'viens de voir à la télé). Pas habitué à fouiller dans ses effets personnels, j'me l'autorise cette fois sous couvert de loi séparatisme. Bah ouais, y a une loi pour tout, même pour t'interdire d'avoir des droits hehe. Après deux-trois allées et venues, ma main touche un truc dur et phallique. Mon Dieu, faites que ce ne soit pas un gode, par pitié… Fausse alerte, c'est son épurateur de peau 4-en-1 de l'Atelier Laroche à 49,99 euros (placement de produit pour sortir la daronne de la hess). Passeport introuvable, doit être dans le tiroir à chaussettes. Voyons voir… J'enfonce ma main. Tiens, un gode-ceinture d'explosifs ?! Et nan, c'était une caméra cachée ! Les vingt minutes de télé ayant effectivement laissé des traces, j'ai à l'esprit les mots « burkini », « djihâd » et « pois chiches » qui se télescopent. Et qui m'empêchent d'entendre le bruit de la poignée.

« Tu fouilles dans mes affaires maintenant ?!

— Euh nan nan, je… je trouve pas le tapis de prière… »

Premier truc qui me soit venu en tête. Ça se tapait avec le refrain de *Despacito* alors estimez-vous heureux. Elle me tend la carpette et me félicite pour la salât, fière d'elle.

« Ah bah voilà, finalement ça t'a bougé le cul ma conversion ! »

Alors oui, la clé du couple c'est le dialogue mais là si j'lui annonce que je perquisitionnais son casier à kelottes, j'prends la porte.

Pendant que je fais la prière, elle réchauffe le gigot. Pas teubée pour un sou, elle suit le voleur jusqu'à sa porte et m'observe prier. Sous pression d'être jugé par une rookie alors qu'à la base l'islam c'était mon idée, je fais une prière aussi longue que l'épisode des *Feux de l'amour* où Victor Newman boit un whisky (qui a duré environ trois saisons). Je sais que c'est mal, je sais que Dieu prend des notes, mais je sais aussi qu'en prenant mon temps elle se dira : « Waow, quel érudit ! »

Après quinze minutes d'une prière qui commençait à faire fayot, je clôture avec le sentiment du devoir accompli. La séance au détecteur de mensonges peut débuter.

« C'était long nan ? T'as récité quelle sourate ?

— Euh… la troisième…

— Vraiment ? Y a quand même deux cents versets.

— Ouais mais j'parle vite dans ma tête… »

Excuse-nous, Scatman John. Après ces explications me rappelant que je suis un homme de chiffres et non pas de pensée, Adé me fait savoir que la bectance se jouera en chiffre impair.

« Au fait, y a ta mère qui vient d'appeler. Elle passe manger.

— Ma mère ? J'ai fait quoi encore ? »

*

J'suis dans de beaux draps. Pas encore consciente que pour ma mère *Les Douzes Coups de midi* c'est une punition, Adélaïde s'prend pour Clinton.

« *Come on Monica, suck my dick!* »

Oups, j'me trompe d'histoire. Je parlais des accords d'Oslo. On reprend.

« T'abuses, chéri…

— Moi j'abuse ?! Tu sais pourquoi Junior me surnomme Wifi ?

— J'en sais rien, t'étais fort en informatique ?

— Pas du tout, à un conseil de classe elle m'a fait traverser le mur comme le wifi. »

Miskina elle avait jamais entendu ça. Pour appuyer mes propos, j'lui montre des photos de moi allant en cours à sept ans en jogging-sandales. Choquée, elle pensait que les images provenaient de Marioupol. Élevée dans un environnement plein de tendresse où les parents marchent à oilp et les enfants fuguent malgré la présence d'une Playstation dans leur chambre, Adé semble néanmoins disposée à me faire passer pour le cassos de la classe qui retourne ses paupières.

« C'était pas facile pour elle. S'occuper seule de deux enfants. Et dans la vie on évolue, nan ? »

Pas faux, en maternelle je disais « les filles c'est caca » et aujourd'hui j'te bouffe le cul. Comme quoi on évolue. Bon, je lui ai pas dit ça comme ça mais vous avez les grandes lignes.

Ding dong, l'heure du drame. Adé accueille la daronne, je m'occupe d'ajouter le troisième couvert pour celle qui a pris pour habitude de m'appeler par des mots doux style « *ould el haram* ». J'me pointe à l'entrée et bizarrement, elle me fait la bise. Pire, elle me crache pas dessus. Envie de hurler « ARRIÈRE ! ARRIÈRE ! » tant j'suis pas habitué à recevoir de la douceur de la part d'un être cher. Pas chaud pour donner du grain à moudre aux stéréotypes voulant qu'les parents d'origine africaine éduquent leurs enfants par la terreur, faut bien convenir qu'il n'y a pas de fumée sans feu. À leur décharge, quand t'as bossé toute la journée dans la grande distrib' et que ton patron t'appelle Momo alors que t'es une femme, t'as pas forcément la motivation pour expérimenter la méthode Montessori. Et puis faut se les coltiner les gamins rebeus ou renois. Ça reste des communautés ayant déposé les termes « *cheh* » et « *tchip* », faut s'attendre à des revanchards. Une fois elle m'a giflé, j'ai fait exprès de loucher tout un week-end pour la faire culpabiliser. Toujours est-il qu'elle est trop gentille pour quelqu'un qui distribuait des olives aux enfants le soir de Halloween.

On est à table. La daronne est en feu de type : *fuego*. Dans la continuité de ses premières prises de parole pleines de « *mashaAllah* », « *soubhanAllah* » et tutti quanti, elle semble aussi impliquée dans l'islam que le jour où Zidane est revenu en équipe de France.

Une heure est passée, elle m'a toujours pas insulté. Cette femme n'est pas ma mère… Vous n'êtes pas sans savoir que chez nous, dans le sud de l'Italie, la *mamma* c'est comme les spaghettis, on ne les coupe pas. Du coup j'me lance dans un manterrupting des plus total pour voir sa réaction et… fait chier, toujours aucune intention dans son regard de m'enfoncer un objet pointu par un quelconque orifice.

Tout à coup, elle sort de table et demande où se trouve La Mecque pour effectuer sa prière (bien que la Terre soit ronde et que forcément à un moment donné tu tombes sur La Mecque mais bon, là c'est pas le musulman qui parle mais bien l'amateur de *C'est pas sorcier*).

« Genre elle prie ?! En trente ans, je l'ai jamais vue s'approcher d'un chapelet sauf pour m'étrangler avec.

— Comme je te disais, dans la vie on évolue… »

Bien dit, Sacha du Bourg-Palette. Si y a bien un truc qui me casse les couilles chez Adé, c'est quand elle s'prend pour une coach en développement personnel et balance des phrases toutes faites. Pour peu qu'elle ajoute un « vis tes rêves, ne rêve pas ta vie », et j'fais comme mon daron : j'vais chercher des clopes.

22 h 30. Même le soleil est parti pioncer. La ride du lion bien marquée après deux heures d'anecdotes sur la vie du Prophète, j'commence à trouver que l'inconnue qui me sert de daronne s'y connaît pas mal en islam et en zlabias. La nana a ghosté toute question religieuse durant mon enfance, et du jour au lendemain ça parle tellement d'Allah qu'on se croirait sur le refrain de *Pour un flirt* (« avec toi, la la la la ») de Delpech. Là c'est l'moment de la soirée où ça parle de la place des meufs dans l'islam. Khadija, la femme du Prophète qui lui a appris à gérer son budget, et plein d'autres madames que je connais pas. Comme j'suis une merde et que j'assume pas mon ignorance, je grime mon mansplaining en féministe.

« Derrière chaque grand homme se cache une grande femme. »

Technique d'endormeur, avec ça j'ai déjà soulevé une go à cheveux bleus. Soudain, le général Möther passe la seconde et évoque le mariage. Ça joue en trois bandes, façon Adi Dassler.

« Deux ans que vous êtes ensemble… Bientôt le mariage, nan ? »

Fais belek, Maman, j'vais simuler une crise d'épilepsie comme à la réunion parents-profs de 5ᵉ. Manifestement venue avec un plavon bien ficelé où j'fais office de paupiette, elle assaisonne son monologue d'huile d'olive et enfourne.

« Parce que les relations hors mariage en islam, c'est haram… »

Junior avait donc raison. Ça veut partir en « relel ». Font chier les darons avec leur fixette du mariage. Tu sais pas si c'est pour ton bien ou pour s'assurer que tu reviendras plus jamais vivre chez eux. Comme si le mariage scellait leur responsabilité, un passage de témoin entre eux et ton conjoint parce qu'au fond on peut pas te laisser tout seul hein, tu t'en sortiras jamais.

Après faut remettre les choses dans leur contexte. Pour nos parents, deux ans de couple c'est l'Amérique. À leur époque t'avais une chance sur deux de crever de la peste noire avant de savoir compter, pas le temps de faire connaissance avec l'être aimé. Salam ça va, ça t'dit on se marie ? *Let's go!* Le lendemain t'apprenais qu'elle avait onze doigts de iep, t'étais dégoûté mais tu la fermais parce qu'elle aussi elle apprenait que t'étais aveugle. Moi, c'est différent. À part le nombre de mecs avec qui elle a couché, j'veux tout savoir. Pas question de faire « Les Z'amours » avec une nana sans connaître ses secrets. La honte si j'arrive en finale, on me demande son parfum de glace préféré et je réponds « bleu ciel » ? J'veux bien être un ringard qui s'ignore mais y a des limites.

Mal à l'aise comme quand j'unfollow un mort sur Insta, j'utilise mes passions comme bouclier et me réfugie dans la bouffe.

« J'reviens, j'vais prendre de la mayo…

— Te prends pas la tête, y en a plus. »

OK la cancel culture. J'ai aucun moyen de fuir. Obligé de rester stoïque face aux conneries déblatérées par Diam's et Biyouna, je me ressers du gigot pour me donner un truc à faire. M'man s'aligne sur le niveau de forçage de Manuel Valls quand il veut un poste et insiste sur le châtiment réservé aux fornicateurs. Je reprends du gratin. Plus on s'approche de l'épineuse question matrimoniale, plus je m'envoie des louches de dauphinois. Et si le célibat était la solution à l'obésité morbide ? Réponse demain dans « Complément d'enquête ».

Les yeux pleins de vergetures, j'ai un peu abusé et me retrouve avec une assiette superposée qui ressemble à la chambre que j'partageais avec Nora. Tiens, en parlant d'elle.

« Nora, elle s'est mariée au bout de combien de temps déjà ? Quatre ans c'est ça ? »

Allez hop, derrière chaque petit homme se cache une grande femme. Désolé, Adélaïde, ça t'allait pas d'être heureuse. Déçue de voir son mec esquiver les sujets sensibles comme au paintball, elle ajoute des billes de peinture rose et tire à vue.

« Après on n'est pas pressés, mais oui, le mariage, on y pense. »

On a parlé du mariage aux alentours de zéro fois (0 – je vous le mets aussi en chiffres, qu'il n'y ait pas de malentendus), à part devant *Quatre mariages pour une lune de miel* et c'était pour dire que la version saoudienne s'appelait *Un mariage pour quatre lunes de miel*.

Ça reste l'occasion de rendre fier la *mamma*, avec qui j'ai grandi dans le sud de l'Italie. Vous savez la *mamma*, chez nous c'est sacré, c'est comme la *carbonaaaara*, pas de crème fraîche, *capice* ?! Bref, je prends aussi note que l'Italie, c'est le pays d'Aldo Maccione, des chemises ouvertes, des roustons apparents. On va quand même pas s'laisser emmerder par des gonzesses, nan ?!

« C'est sûr mais après tout, un mariage ça se prépare… »

Peut-être ma phrase la plus passive-aggressive du week-end. Pas là pour scinder le monde en deux groupes distincts mais y a deux écoles niveau mariage. Vous avez les humains et l'autre option : les Arabes. Pour les humains, j'vous fais le topo. Ça met quinze piges à se décider, tes enfants sont tes témoins, carrément tu sais pas différencier le prêtre du marié. Trop de préparation, c'est même pour cette raison qu'ils se prennent en photo sur des chevaux, dans des champs autour d'un arbre centenaire. Parce que l'arbre, ils l'ont planté à leur rencontre.

Pour la deuxième catégorie dite « arabe », suffit que le réparateur Carglass t'immobilise ton véhicule deux heures et sur un coup de tête, ça décide de se dire oui. Hyper efficace mais surtout drivé par deux objectifs : rendre fières la famille, la *mamma*, la *carbonaaaaara*, bon, vous avez *capice*, et surtout, obtenir l'autorisation du Tout-Puissant de baiser sans prendre de malus. Carglass répare, Carglass remplace. M'man profite de l'impact sur le pare-brise pour y injecter de la résine de synthèse.

« En gros tu te sens pas prêt, c'est ça ? »

J'suis la pute du dîner. Sur le point de me foutre à oilp sur la table, une golden dans le museau. Prisonnier de ma solitude, je sens l'hostilité des ladygirlz (somégossodéne) s'intensifier et leurs veines frontales muter en gazoduc. T'façon la daronne a pris l'habitude de m'humilier sur la place publique. Alors autant quand elle évoque le bac + 6 de ma sœur j'la mets en veilleuse, autant intervenir dans MON bouquin pour me descendre et m'faire passer pour un gogol, ça je ne le tolérerai pas.

Petit prince de la darka, j'tente de détendre l'atmosphère avec un cultissime « tire sur mon doigt » aussi efficace qu'un déo 72 h. Ça ne provoque que dégoût et besoin de me : baiser mes morts. Encore un peu amoureuse de oim, Adé surgit hors de la nuit comme Zorro.

« Te prends pas la tête, ton fils est un grand timide, il n'aime pas parler de ses sentiments. »

Rectification. J'suis pas timide, je préfère juste la fermer ça m'évite de dire des conneries. Si ça ne tenait qu'à moi, on partait sur une soirée à thème « Les héros de mon enfance » et j'aurais opté pour Bernardo. Et puis jacter de mes sentiments me dérange pas, c'est juste que la première fois que j'ai dit à Adé que je l'aimais de visu, elle a commencé à s'foutre de ma gueule et m'a proposé de faire le casting de *This Is Us*. La meuf a grandi à Bayonne, carrément ça lâche des taureaux dans la street et ça chante la *Cum-cum mania* de Félicien. Comment tu veux être romantique après ça ?

Comprenant qu'avec moi faut pas insister sinon j'panique et chouine comme un gamin paumé en caisse centrale, M'man fait mine de s'intéresser au boulot de la nouvelle venue dans l'entreprise.

« Bon et le travail ça va ?

— Oui, impeccable. De toute manière, il reste quelques semaines avant la fin des cours et puis pour l'année prochaine on verra ce qu'Allah nous réserve… »

Touchante dans sa manière de faire la teubée, M'man l'invite à mieux s'exprimer et recommence à la vouvoyer.

« Ah, vous comptez changer d'établissement ?

— Nan, de travail. J'ai pas trop le choix. Le foulard c'est éliminatoire. »

La daronne manque de s'étouffer avec du vent en apprenant la nouvelle. Même elle, tellement voilée que son voile porte lui aussi un voile, a un regard qui trahit tantôt l'étonnement, tantôt l'inquiétude. Comme quoi, j'suis pas le seul à avoir été contaminé par trente années de polémiques incessantes.

« Ah… Donc à partir de septembre… Tout le temps ?

— Euh oui, pourquoi ?

— Adélaïde, ma fille. Je vais pas te dire ce que tu as à faire. Je te préviens juste que sur le marché du travail, ça va être handicapant…

— Et toi, tu travailles bien avec, nan ?

— Oui mais moi, c'est différent. Je suis femme de ménage. Je parle pas aux clients. »

J'suis mort de rire. Vingt-quatre heures qu'Adélaïde el Kébir a embrassé l'islam et elle apprend que le seul taf qu'elle pourra exercer sera : mime Marceau. Tiramisu, pantomime… Ça fait déjà deux boulots liés à la T55. Soucieux de l'épauler dans cette épreuve, je lui apporte tout mon soutien.

« L'avantage, c'est que t'auras plus de taf, donc plus d'oseille, donc plus de nourriture, donc la mort. C'est aussi le chemin le plus rapide pour rejoindre le Seigneur, nan ? »

Derrière chaque grande femme se cache un sacré fils de pute.

*

Je raccompagne la daronne chez elle. J'lui ai proposé de dormir à la maison mais comme depuis son arrivée en France, elle veut pas déranger. En pliant les gaules non plus. Elle a pas souhaité réveiller Adé qui ronflait sur le canap'.

« T'embrasseras Adélaïde de ma part.

— J'vais faire mieux, M'man, j'vais la baiser. »

Bon j'ai pas osé, rapport au respect mais n'hésitez pas à utiliser cette réplique si vous désirez vous mettre à dos votre famille.

P'tite ambiance Ehpad dans la tchop. On n'a jamais été trop bavards en un contre un. J'suis son fils, et c'est déjà beaucoup. Trop proche, trop d'attention, trop d'ancienneté. Issu d'un milieu ouvrier et soucieux de lui montrer que j'ai réussi dans la vie (mille six cents euros/mois + tickets resto, ici on sait vivre), j'essaie de l'impressionner en allumant les sièges chauffants. Comportement de tocard ? Évidemment. À la moitié du trajet, elle se lance sur ce qui nous tracasse tous.

« Tu me le dirais si tu l'avais forcée ?

— Forcée à quoi ?

— À ton avis… »

Va falloir être plus explicite, M'man, parce que la dernière fois que j'ai forcé Adé à faire un truc c'était en rapport avec les boules de geisha. Autant Papi il a connu la gégène, autant je préfère que tu sois pas au courant.

« Forcée à mettre le voile ?

— Wouldi, j'dis pas ça mais on en sait rien. Les terroristes à chaque fois les voisins les trouvaient très gentils…

— Jure wAllah tu me compares à ça ?!

— Pas du tout, tu prends tout personnellement c'est pas possible ! »

Oups, excuse-moi de prendre personnellement un sujet qui me touche de manière : personnelle. Comme la Sexion, j'laisse un blanc. Faut que j'y aille piano piano avec la daronne. À tout moment, elle peut s'mettre à chialer pour gagner un débat. Elle est au courant que j'ai jamais su tenir tête aux larmes d'une femme. Et en réalité, j'ai pas toujours été tendre avec elle. J'lui ai beaucoup reproché de trop tafer, d'avoir moins de temps à consacrer à l'enfant roi que j'aurais voulu être. Après la naissance de Nora et la fuite dupont-de-ligonnesque du *padre*, elle a accepté dans un réflexe pavlovien les premiers emplois qui pointaient le bout de leurs truffes. Toute une existence de labeur et d'interdiction s'offrait à elle, à se démener pour changer quelques pages au scénar, l'entrecouper de petits plaisirs du quotidien (écran plat, lecteur DVD, centrale vapeur), qui donnent envie de dire merci, merci, la vie.

Presque trente balais qu'elle le passe chez Auchan. Qu'elle se persuade qu'il n'y a pas de sot métier bien qu'il n'y ait pas de sous dans ce métier. J'ai eu beaucoup de mal à accepter qu'on soit pauvres. J'avais honte. Aujourd'hui j'ai honte d'avoir eu honte. Sauf qu'on se connaît beaucoup trop pour que je puisse m'excuser. Alors en roulant, j'ouvre le toit panoramique pour lui montrer que son gosse s'en est sorti.

« Par contre, si t'allumes la clim', tu peux pas ouvrir toutes les fenêtres, mon fils…

— Ah pardon… »

L'oseille ne rend pas moins con. Reniflant l'odeur de tuning s'échappant de mes pores, elle me demande combien j'ai payé la caisse. #HessIsMore, j'enlève cinq mille euros sur le prix. Pourquoi ? J'sais pas. Comme si que mon plus grand échec était de mieux gagner ma vie qu'elle. Obligé de faire la victime afin de susciter sa pitié.

« Si Adé perd son taf, on est dans la merde financièrement…

— …

— Tu dis rien ?

— Tu veux que je dise quoi ? Si tu m'avais écoutée et fait avocat comme ta sœur, aujourd'hui t'aurais pas ces problèmes… »

Un rétro comme miroir de l'âme, le seul moyen de m'faire pardonner mon parcours scolaire similaire à celui de Ninja Warrior c'est de libérer la : Palestine. Pour être honnête, notre vraie brouille date de mon stage de 3e. Elle avait commis l'erreur de me prendre à son taf et de me demander si je voulais faire ça de ma vie. Sur le coup, j'ai pas réalisé à quel point ça pouvait être vexant d'entendre de la part d'un gamin « Nan, ton boulot, c'est d'la merde ». Le coup de grâce vint lorsque, euphorique, le petit Wourad la questionna sur la récurrence de cette activité consistant à nettoyer/laver/récurer et lui balança nonchalamment dans les gencives un « M'man, tu fais ce boulot toute l'année mdr ? » qui sonna comme une insulte envers tout ce que la vie nous avait offert (écran plat, lecteur DVD, centrale vapeur). Il y a des échanges qu'on n'oublie pas. Et quelle ne fut pas ma surprise de constater qu'une gifle pouvait arriver des deux côtés.

« Tu comptes lui dire de le retirer ?

— Nan, elle fait c'qu'elle veut. C'est juste que j'arrive pas à savoir si elle cherche un cadre ou une spiritualité.

— C'est surtout le fait de n'avoir aucun contrôle sur la situation qui t'embête.

— Franchement, nan.

— Wourad… Les hommes vous êtes comme ça. Vous voulez tout maîtriser, n'en faites qu'à votre tête… Tu crois que ton père est parti pour quoi ?

— Parce qu'il est lâche ?

— Pas que. Il supportait pas qu'une femme lui impose ses règles. »

C'est la première fois qu'elle parle du daron sans terminer sa phrase par « *el-kelb* ». Envie de passer aux urgences vérifier que tout va bien. Elle a toujours cherché des faux-fuyants quand on posait des questions sur lui et aujourd'hui elle m'apporte de son plein gré sa tête sur un plateau. Rouillé, mais plateau quand même.

« T'as eu des nouvelles de lui après ?

— Une fois. Tu devais avoir douze-treize ans. J'ai reçu un appel d'Algérie, je pensais que c'était ton grand-père, *Allah y rahmo*. Finalement, c'était lui. J'ai raccroché. Ma manière à moi de lui faire payer ce qu'il vous avait fait.

— T'es consciente qu'on n'aurait jamais cherché à le voir, j'espère ?

— Je sais. Mais ça t'aurait peut-être fait du bien à cette époque d'avoir un père.

— T'inquiète, M'man, t'as été un bon père. »

Jamais vu M'man si vulnérable. J'essaie de la rassurer comme je peux mais à la fois trop tôt et trop tard pour lui montrer de l'affection, j'lui embrasse la main. J'savais qu'elle avait mis son existence sur le bas-côté afin de laisser passer la lumière dans la nôtre, j'avais juste pas pris la pleine mesure du fait que le bruit de la circulation atténuait ses cris de douleur. Le daron avait décidé de notre avenir en fuyant ses responsabilités. À moi de prendre les miennes.

« Au fait. Tu te souviens de mon stage de 3e, quand je t'ai demandé en rigolant si…

— "Tu fais ce boulot toute l'année" ?

— Ouais voilà… Bah j'voudrais m'excuser.

— C'est rien, Wouldi, t'étais un enfant. »

Dimanche 8 juin

Go chavrave. Au rez-de-chaussée j'tombe sur la gardienne. J'emploie le verbe « tomber » parce qu'le vide abyssal de ses interventions te donne envie de mettre un harnais. Tout y passe. Le prix de l'essence. Le prix du gaz. Le prix de son daron. La suite de mots qui forment des phrases est si fade que t'as envie d'ajouter du sel. Au bout d'une minute, mes paupières sont comme les loches de Liliane dans *Scènes de ménages* : lourdes. Avant de nachave, Chantal Lobby (le jeu de mots c'est pas de moi, c'est d'Adé) conclut sur la vraie raison pour laquelle elle m'a pénave.

« Dites-moi, tout va bien avec Adélaïde ? »

Ça recommence. Égoïste, j'ai envie de lui signifier que c'est Adé la terroriste. À noter qu'on part sur un « avec Adélaïde » plutôt qu'un « pour Adélaïde ». Belle pirouette linguistique qui consiste à m'impliquer davantage dans ce qui semble s'apparenter à de l'endoctrinement saveur safran. J'fais le demeuré en m'excusant pour le bruit d'hier soir, ça ne se reproduira pas, vous savez les murs sont fins, y a plus de saisons… bref, des phases de lèche-cul. Avec le climat ambiant et le voile nuageux installé au-dessus de la France, j'ai pas trop le choix.

« Ah non rien à voir, je l'ai vue ce matin avec une écharpe autour de la tête. Je me suis inquiétée. »

Et des moufles au mois de juin. L'écharpe autour de la tête, on me l'avait jamais faite. Si elle acceptait pas de réceptionner mes colis j'lui aurais demandé si elle comptait voir avec le syndic pour l'installation d'un tire-fesses. Incapable de me foutre du tiers comme du quart ailleurs que dans ma tête et/ou avec Adé (quand elle était pas woke), j'use de mes

6 heures 37 minutes journalières passées sur mon portable à sillonner l'actualité.

« En fait elle euh… elle souffre de… d'alopécie. »

Merci, Will Smith, pour la baffe de Gitan, à cause de toi j'vais devoir esquiver le cendrier qu'Adé va m'envoyer dans l'arcade.

Je m'arrache. Métro, boulot, bendo. 15 h-23 h à porter des valises et sucker pour des tips, c'est la vie qu'on a choisi de mener. Quatre ans que j'suis bagagiste dans cet hôtel, quatre ans que je bénéficie de la théorie du ruissellement consistant à s'faire pisser dessus par des blindés. Normalement les tafs ronds-de-cuir je me casse vite, mais celui-ci je l'ai pris pour ses avantages. Treizième mois, échantillons de shampoing gratos et des fois j'entends des gens baiser. Et ça : ça m'excite.

Le boulot est simple. J'suis payé à faire de la muscu et je côtoie les ienclis gavés que je ne serai jamais. Ça donne de l'espoir. Seul point négatif : constamment dehors. L'impression d'être le bébé dans le ventre de Rihanna.

Mec de la street, j'ai fait entrer Junior comme voiturier l'année dernière. On dirait pas comme ça mais il casse tous les clichés sur les DOM-TOM. Entre ça, le resto et les courses VTC de temps en temps, il arrive quand même à s'occuper de son fils. C'est fou c'que ça responsabilise, un gamin.

Ici, personne ne sait qu'on est potes. Si la RH l'apprend c'est foutu. Dans sa tête les mecs de banlieue c'est comme les gosses. Un ça va, c'est quand y en a plusieurs que ça pose problème. Les seuls prérequis étaient de savoir parler anglais et d'avoir le permis. J'avais des doutes sur son permis, Junior avait perdu tous ses points en 2011 à force d'écouter *TDSI*.

Mais niveau anglais il est chaud. Vu qu'il pépon les States, il a traduit tous les albums de Jay-Z. Il a aussi traduit ceux de Soulja Boy. Bon là ça ne lui a pas servi.

Aussi, y a l'Australie qui nous a aidés. Y a dix piges on s'est fait un visa *working-holiday*. À la base on voulait quitter le quartier, baiser des meufs, faire du surf. C'était magnifique l'Australie, on aurait dit Aquaboulevard mais sans la pisse. Finalement, on est rentrés plus tôt. Avec des notions d'anglais. Et soixante mille dollars que Junior avait tapés dans le coffre de la boîte de nuit où il jobait mdr. Dans la nuit on a pris un vol pour l'Indonésie. Deux mois plus tard, on rentrait sur Paris avec la chtouille, les poches vides mais plein plein de souvenirs. Un mec de banlieue ça va, c'est quand y en a plusieurs que ça pose problème hehe.

J'suis sur le trottoir à attendre les clients. Y a que deux tafs où vous entendrez prononcer cette phrase. Sauf que moi j'prends même pas de plaisir. Pendant que j'garde le visage serré pour donner l'impression de bosser, je checke mon Twitter et tombe sur un nouveau billet d'humeur décolonial de Margaux. Le truc est tellement long qu'il débute sur Twitter et finit sur Facebook. Intitulé « Pourquoi manger du manioc est un acte engagé », j'ai une grosse envie de répondre en commentaire « Militante ou escroc : 5 astuces pour déceler les impostures ». J'me ravise, un touriste espingouin aussi perdu que le scénariste de *La Casa de papel* (j'oublie pas l'épisode avec la livraison de paella) me demande de l'aide. J'en profite pour jouer au texte à trous.

« *Excuse me, I'm lost…*

— *How can I help you*, ta grosse daronne ?

— *I'm looking for* Ladurée. *Do you know?*

— *Of course, but* tape pas la confiance. *Do you see the shop in the corner? It's here. Have a nice day* filsdeup.

— *Oh thank you so much!* »

Est-ce que j'suis un lâche ? Évidemment. Mais à la fin, il a eu son renseignement et nous ça nous a fait passer le temps. Deux heures après ma prise de service, un bijou descend d'un Uber. C'est simple, elle doit saigner de l'or. Vous voyez dans les films, quand une gadji sort d'une bagnole au ralenti ? Bah ça aurait dû faire pareil mais avec la circulation parisienne il a fallu accélérer sinon le chauffeur prenait un P-V. Chargée, et j'parle pas des valises, elle me décoche un rictus à la jonction de la courtoisie et de la marie-salope. J'interprète comme je peux, j'ai une érection en même temps que j'écris. Junior y va. Ses yeux écolos continuent de me fixer, de repousser les limites. Clairement le genre de missile qui peut niquer mon couple, on est à un battement de cils d'envoyer Adé sur le banc de touche.

« *Hi. Can you help me?* »

C'est à moi qu'elle a parlé. Professionnel, Junior me laisse passer, non sans marmonner dans sa beubar qu'elle est raciste. C'est son passeport diplomatique. Une fois il a répondu dans un contrôle de maths qu'après quatre-vingt-dix-neuf c'était quatre-vingt-dix-dix mais bon, c'était Mme Ravier la raciste…

Je prends ses valises. Tête de ma mère qu'elle doit transporter un cadavre. J'me fracasse les trapèzes mais continue de sourire comme le public du Marrakech du rire qui pense au prix des places. J'fais fi de la douleur, on sait jamais ça l'impressionne et elle veut baiser (non).

Actuellement en train de passer un mauvais moment dans l'ascenseur. J'évite tout *eye contact*. Ayant très peu confiance en moi mais coincé dans une prison mentale avec tout plein de barreaux en forme de quéquettes, j'interprète chacun de ses gestes comme une proposition. Toussotement, recoiffage, respiration. Tout est prétexte à lui faire bouffer mon vinaigre de couilles. J'dois dire quelque chose sinon le malaise prendra son numéro avant moi.

« *Where are you from?*

— *I'm from Mexico.*

— *Oh cool. Like Pablo Escobar.* »

J'ai hésité avec les cités d'or. C'est honteux. Le pire, c'est que j'ai pas mis de point d'interrogation à la fin de ma phrase, ça affirme juste que j'suis stupide et sûr de l'être. Elle répond pas et fouille dans son sac pour faire passer le temps. Ou sortir sa gazeuse. Finalement, attirée par mon charisme, elle relance la discussion.

« *Do you know Tulum?*

— *Of course, the capital of Netflix.*

— *Euh... sorry?*

— Tou-doum. »

Je suis seul dans la vie. Soudain, j'la vois se boucher le nez et fermer les yeux dans le reflet du miroir. Elle se retient d'exploser de rire. C'est bon, j'ai un boulevard.

On sort de l'ascenseur et on file dans sa chambre. Le cœur en cellule de crise lorsqu'elle me sourit, j'me lance dans des vannes sur les Américains pour l'amadouer. Autant vous dire que si elle avait été israélienne j'aurais été pour l'annexion de la Palestine.

On entre dans la piaule, je surjoue le mec en confiance et me lance dans une visite guidée en espagnol.

D'ailleurs, quelle ne fut pas ma surprise d'apprendre que « *constipado* » voulait dire « enrhumé ». J'vous laisse deviner le contenu de la discussion.

« *On your left, the bathroom. To take a shower, because* euh, *no shower, wow, smell fish and chips. Not good.* »

Aucune intention de rester digne. Jamais un mec ne lui avait parlé de ses odeurs. J'accumule les faux pas et arrive même à politiser la cloison qui sépare les toilettes de la salle de bains.

« *This is like the wall between Mexico and the United States. I really hate Trump.* »

Zeubi, j'ai même fait un clin d'œil. J'essaie de cacher mon stress dans un flot de paroles et lui raconte que l'ottomane de sa chambre est en bois de cerisier, une matière noble, une matière qui vit. Je sais pas d'où je sors ça. J'dois vite me casser avant de lui demander son IG pour zoomer sur ses tchoutches. Allez, salam. Avant de fermer la porte, elle me rattrape et me tend un pourliche. J'refuse car, comme dirait Junior, si c'est gratuit, c'est toi le produit. Et flemme de changer des pesos en euros.

« *Oh sorry, what's your name?* »

Première fois de ma vie qu'un client de l'hôtel me demande mon blaze. Obligé elle bosse pour ma meuf. Dans le doute, je donne un faux.

« Johnny. Johnny Smith.

— *Nice to meet you, Johnny. I'm Verónica.* »

Désolé mais c'est le faux nom que je donne chez Starbucks. Décidée à me faire jouir, on tape la discute et elle m'apprend qu'elle est mannequin et cherche un chauffeur pour la conduire demain à ses défilés.

« *Do you know a driver, please?* »

Aïe aïe aïe, aïe aïe aïe, devinez qui déboule ? Mon petit doigt en l'air me dit que j'dois saisir ma chance.

« *Of course, I am a driver.* »

Tchin-tchin, à la tienne.

*

Ça y est, Dieu commence à me tester. Deux ans qu'aucune cliente ne m'adresse la parole et comme par hasard, au moment où ça devient sérieux, j'ai toutes les autres qui veulent me baiser. C'est l'histoire de ma vie. Devoir faire des choix alors que j'ai rien demandé.

Je retourne à mon poste. J'me prépare à ce que Junior me fasse tout un speech sur la discrimination des Noirs au volant.

« Alors ? Elle t'a parlé de moi dans l'ascenseur ? »

Vie de ma mère qu'il est bipolaire. J'dirais même que ce mec est un tweet : il a deux cent quatre-vingts caractères. Profitant de l'engouement suscité par le cul de Verónica, j'me permets de lui demander de me confier ce qu'il a de plus cher (son fils étant classé huitième, au coude-à-coude avec l'huile de coco).

« Gros, s'te plaît, prête-moi ta caisse demain.

— Never. Les Arabes vous conduisez comme des chats, on dirait vous avez neuf vies.

— Junior, la cliente m'a demandé d'être son chauffeur demain après-midi. T'as vu, avec Adé qui va perdre son taf, faut que j'fasse des thunes… »

Faire passer mes éventuelles infidélités pour une nécessité financière ? C'est aussi ça de ne pas avoir de race.

Vers 17 heures, on a pris l'habitude de fumer une clope. L'assurance d'une bonne tranche de rigolade. Bavardages futiles et avis désastreux sont au rendez-vous. Gaby nous rejoint. Sa boutique est sur le trottoir d'en face. Parce qu'en plus de chier sur le monde et de polluer comme personne, les blindés restent entre blindés. « Traverser la rue pour trouver un travail » qu'il disait, l'autre.

« Wouhou, Charly et Lulu ! »

J'vous jure qu'un jour j'vais lui baiser sa mère. En attendant je souris naïvement. Pas conscient que Dieu nous regarde tout le temps, l'arnaqueur de Grinder entame la discussion en plaçant sa satisfaction sexuelle au-dessus de tout. Trente piges qu'on lui dit qu'il n'a qu'une seule vie, il allait pas s'faire chier avec la bienséance.

« Ça va, le boulot ?

— Tu fais pas si bien dire, j'viens de sucer un client espagnol dans la réserve. *¡Que caloooor!* »

À n'en pas douter, un grand moment de littérature. Comme Schiappa dans ses bouquins, il peut pas s'empêcher de parler de cul. Pas en reste, Junior nous montre une vidéo complotiste expliquant qu'Amanda Lear doit forcément être une femme, vu qu'elle sait faire deux choses à la fois : se branler en se touchant les seins. Et encore, je romance un peu. Après son triptyque habituel consistant à me gratter une clope, gratter une clope à Junior et nous gratter du feu (ce qui lui vaut le surnom de « Nul si découvert »), Gabriel nous informe qu'il a réussi à tégra une presta au salon du tatouage en tant que cobaye. Le rat ultime.

« Tu vas t'faire quoi ? Une cible autour de ton fion ?

— Nan j'veux écrire sur le bras : "Sois toi-même, les autres sont déjà pris." T'en penses quoi ? »

Bah j'en pense que venant d'un gars qui porte des bottes en cuir au mois de juin pour imiter Kanye West, c'est fort de café. Juste avant de reprendre du service, l'asticot asticote.

« J'ai pensé à toi. On a eu des princesses saoudiennes. Toutes voilées comme des pingouins. Z'ont un QR code pour se reconnaître ? »

On reviendra pas sur le caractère raciste de ses propos (j'lui ai déjà posé des questions sur le sida et les drag queens de France 2, j'suis pas tout blanc non plus) mais heureux d'apprendre qu'il pense à moi devant *La Marche de l'Empereur*. J'en demeure pas moins impressionné par le nombre de princes et princesses dont regorge ce pays. D'ailleurs j'sais pas c'est qui leur roi mais gros baiseur. Tu m'étonnes qu'ils soient en djellaba. Plus facile de dégainer. D'un coup, un quatrième larron s'invite dans notre discussion. C'est Coup-Franc, le concierge de l'hôtel. Retenez bien son nom parce qu'un jour ou l'autre, vous l'oublierez.

« Alors les Saoudiennes ? Elles ont cramé combien ? »

Sosie officieux d'Elton John la semaine, on l'appelle Coup-Franc à cause de son haleine. Elle fouette tellement qu'il faut se mettre à neuf mètres quinze pour respirer. Son rôle au boulot ? Faciliter la vie des blindés. Parce que c'est pas facile vous savez. Quand t'as plein d'oseille, le plus dur reste de le dépenser. Et il est là pour ça. En échange, il gratte sa pièce. Enfin « sa pièce », on est sur des 10 % de commission hein, fin du mois t'as un F5.

« Purée, semaine prochaine j'ai un Libyen qui a réservé tout le troisième étage pour un mois. Je-vais-le-plu-mer ! J'vais prendre des com' chez Saint Laurent, Patek Philippe, Leroy Merlin. »

Leroy Merlin c'est moi qui l'ai ajouté. J'aime pas l'ostentation. Encore moins quand tu sais qu'on est payé quatre fois moins. Obligé de tout conflictualiser, j'vois dans le regard de Junior qu'il se dit : « OK tu gagnes mieux ta vie, mais à la bagarre j'te baise ta mère. » Sentant le soufre, Gaby écrase sa garo et aborde la péninsule d'Arabie.

« Du coup, maintenant qu'Adé a signé chez les Arabes, vous faites comment sexuellement ? Pour baiser avec une voilée faut être marié, nan ? »

Bon, il voulait parler des musulmans mais flemme de lui expliquer qu'les bicots représentent que 20 % du fan-club islamique. En tout cas, il souligne un truc. J'ai pas encore fait d'approche depuis son transfert, si elle refuse de danser au rythme de l'amour, c'est qu'elle va demander des garanties. Réfractaire à l'idée que ce livre soit un succès, Junior s'obstine à niquer ma vie et propose de régler l'affaire ce soir.

« Essaie de rentrer hyper tard. J'ai remarqué les meufs elles disent pas nan quand elles dorment.

— Ça s'appelle un viol, Junior. »

Top, j'ai été ravi de te voir en liberté, mon grand. Habitué à ne côtoyer que des nanas en hijab dotées d'une Amex Centurion, Coup-Franc relance.

« Voilée, voilée ?

— Nan nan, voili voilou. Bah ouais voilée, pourquoi ?

— Mais toi aussi t'es musulman ? Ça se voit pas. »

Oups, j'ai oublié de lui parler de mes gommages à la semoule… Gaby lui rappelle toutefois que l'habit ne fait pas l'imam.

« Eh oh l'azize, t'as déjà vu DJ Khaled mixer ? Nan. Pourtant il est DJ. Bah Wourad, c'est pareil. »

Je sais pas comment le prendre. Coup-Franc, un avis ?

« Vous m'excuserez, les petits jeunes mais moi Dieu j'y connais rien. J'ai arrêté d'y croire au lycée. »

Heureux d'apprendre que tu parles de Dieu comme d'un cours d'arts plastiques. Et puis c'est con de pas avoir insisté, avec ton souffle au fromage t'avais moyen de concurrencer Chaussée aux Moines. Pas le temps de reprendre sa phrase qu'une berline se gare devant nous. Coup-Franc écrase sa clope et s'empresse de rejoindre le véhicule. Trois bicottes en abaya en sortent. Le coffiot tout plein de sacs de shopping. Une belle leçon de vie, que Gabriel synthétise assez bien.

« J'veux bien que l'argent n'ait pas d'odeur mais Coup-Franc, il pue quand même vachement de la gueule, nan ? »

Lundi 9 juin

J'suis en mission. Matutinal mais surtout ultra chaud pour baiser, j'ai mis le réveil en mode vibreur et pioncé avec un pyjama à poches. Secondé par la barre du sbah qui me sort manu militari du théâtre des rêves, j'file en loucedé dans les waters. J'me brosse les dents, même si j'trouve que deux fois par jour c'est une charge mentale, et je m'enduis le corps de Scorpio. Finito le Brut de Fabergé, j'ai un CDI.

Après 5 × 30 pompes pour les Ouïghours ainsi que dix séries d'une minute de gainage contre l'homophobie (pas de petite victoire quand t'es dans le camp de la démocratie), je retourne dans la piaule pour en découdre avec le mont de Vénus.

Avant de me glisser dans le lit, j'vais à la fenêtre et ferme les rideaux. Ça peut paraître con étant donné qu'Allah a des caméras partout, mais désormais lorsque je commets un péché, je le fais loin des regards indiscrets. Je m'allonge et provoque le mélange des corps. Les règles des préliminaires étant ce qu'elles sont, j'évolue de case en case en direction de son vagin. Chaque centimètre est une victoire. Je commence par lui toucher les iep. Pas de réaction. Toute droite comme un vampire, elle se met en chien de fusil. J'me cale en cuillère derrière elle et lui fait comprendre qu'un placement de zeubi non sponsorisé est requis. Soudain, elle se retourne et me fait face. Une haleine du matin pouvant rendre aveugle s'échappe de sa boîte à dominos et contredit ma libido. J'ai failli taper sur Google « lits superposés adultes pas chers ».

Tout à coup, elle ouvre les yeux. J'vais pas m'faire que des amis mais faut bien rendre sa vérité crue à ce qu'il se passe : le caca d'œil, quand tu peux caler une table avec, t'as beau être une bombasse, faut voir porté.

« Purée, j'ai fait un mauvais rêve cette nuit faut que j'te raconte. »

L'angoisse. Quand ça part sur les rêves, c'est pile je gagne, face tu perds : aucune chance qu'on ken. Toujours le même schéma. Elle me raconte. Prend son téléphone pour appeler sa mère. Lui parle trois quarts d'heure et lui demande à la fin c'que ça signifie. Faites pas genre, on appelle tous la daronne quand le rêve nous touche un peu. Comme si elles avaient suivi une formation en déchiffrage de songes. Moi la mienne, peu importe le rêve, le diagnostic se termine souvent par la mort d'un proche. Relou, c'est jamais moi qui crève.

« On était au ciné. On regardait un film avec Jamel Debbouze. Et, truc chelou, il disait "M&M's" normalement...

— Ah ouais quand même... Nan mais là faut consulter un médium.

— Attends c'est pas fini. En sortant du ciné j'vois deux chats qui roulent un joint.

— Debbouze, deux chats qui roulent… T'es sûr t'étais pas au Maroc dans ton rêve ?

— Absolument pas. On était à ton boulot. Après tu connais les rêves, t'es dans une piscine, tu sautes et tu te retrouves dans un télésiège à La Clusaz, ça veut rien dire. Eh bah là, le cinoche était dans ton taf et, le pire du pire, tu me trompais… »

Bordel de merde. À peine arrivée dans le monothéisme et Dieu lui envoie déjà des mails de vigilance contre les spams (moi).

« Ah ouais ? Et elle était comment la meuf ? »

Pas pu m'empêcher d'être un charo. Je ne dis pas que je tenterai coûte que coûte de tringler l'heureuse élue mais je sais qui j'suis. J'ai déjà fait un rêve érotique avec quelqu'un que j'connaissais et j'vous assure que ça nique une journée. T'es obsédé, t'imagines que l'autre aussi a fait le même rêve, qu'un rapport sexuel est possible. Bon après j'avais rêvé de Gaby, pas ouf…

« Mais t'es vraiment un porc ! J'te dis que tu me trompais !

— T'es au courant qu'un rêve, c'est fictif ?

— Et qui me dit que c'est pas un rêve prémonitoire ?

— Bah déjà moi. Vingt ans que j'suis fidèle à Arsenal alors qu'on a eu Pascal Cygan en défense. Tu penses vraiment que j'suis capable de te tromper ? »

Argumentation catastrophique, à deux doigts de faire une Magali Berdah. Elle s'arrache du lit en tirant la tronche. Incapable de chasser le sexe de mon esprit, ça me démange de la questionner quant à nos futurs ébats.

« T'es pressée ? Tu veux pas qu'on reste un peu au lit ?

— Quoi, en plus de me tromper virtuellement, tu veux m'baiser ?

— Mais alors pas du tout... »

Tellement de mauvaise foi que le syndicat de police Alliance vient de me contacter. Climatosceptique lorsqu'il s'agit d'assumer mes montées de chaleur, je file dans la cuisine et mets un terme à mon projet fornicateur. J'suis dans l'attente du verdict. On connaît le programme. *Uno*, elle apprend qu'on vit dans le péché. *Dos*, elle se sent mal vis-à-vis de *Dios*. *Tres*, elle refuse que j'la touche sans la présence de Kery James.

« Au fait, t'as vu la gardienne récemment ?

— Ouais pourquoi ?

— Je sais pas. Elle m'a parlé d'huile de ricin mais avec le bruit de l'aspirateur j'ai pas tout compris.

— Ah. Y a ça aussi... Tu connais l'alopécie ? »

À mon intonation, elle sait déjà qu'elle va m'en-cu-ler. Plutôt pour la paix dans le monde mais pas fermée à la bagarre, elle se prend petit à petit la tête entre les mains à mesure que j'lui annonce sa maladie. J'aurais jamais pensé dire ça un jour mais si elle m'insulte de fils de pute, j'la contredirai pas. Adé garde son calme puis m'adresse la parole comme si j'avais un tatouage du Pr Raoult sur le mollet.

« Tu sais que tu fous la honte à tout le monde, Wourad ?

— Roh ça va, c'est qu'la gardienne. Et puis j'ai fait ça pour toi. Tu crois au boulot tu vas faire comment ? Si tu dis que tu perds ta tignasse, ça peut passer. »

Gros mépris de classe. J'ai considéré la gardienne comme quelqu'un d'inférieur et le fait qu'elle fasse le ménage avec des ballerines n'y est sans doute pas étranger. En pleine réflexion (elle se gratte la tête),

Adé semble trouver que mon arnaque sonne comme un mensonge qui dit la vérité et s'y accroche fermement.

« Tu dis pas que des conneries en vrai…

— Nan mais laisse tomber, chérie, tu vas te faire serrer bêtement. C'est mieux tu mets un sheitel comme les juives. Après faut le voir porté.

— T'inquiète, j'suis blanche, personne ne se doutera que c'est un voile si je le mets en turban.

— Une magouille comme ça, faut au moins un allié pour te couvrir. T'as des musulmans en salle des profs ?

— Y a un Brahim. Mais c'est le genre d'Arabe qui mange la couenne du jambon pour prouver qu'il est intégré. Pas fiable. »

Ça c'est mon Adélaïde ! Deux ans de couple et elle sait déjà reconnaître un Rebeu capable d'écrire son autobiographie parce qu'il a eu le bac. La classique. J'ai envie de l'embrasser tellement j'suis heureux d'la voir enjamber les barrières. Par pudeur, j'opte pour un check. Les freins sectionnés sur l'autoroute du Soleil, Adé esquive les péages et se lance dans la fraude aux prestations sociales. Décidément, Nora avait raison.

« Tu connais pas quelqu'un dans le médical pour faire une fausse attestation ?

— J'ai un pote ambulancier si tu veux. »

Actuellement aussi utile qu'un téton pour homme, j'vois personne parmi mes potes capable de différencier une entorse d'une dent de sagesse. Le seul gars qui s'y connaît en médecine, il fait des hijamas sur son parking.

« Adé, trop dangereux en vrai. À part un Rebeu hostile envers l'État, aucun médecin voudra te faire ça.

— Et Kader ? Il est pas généraliste ?

— Mon beauf ? C'est cuit, il est barbu et met des sarouels alors qu'il crache pas de feu. Le rectorat va faire un lien avec al-Qaida en deux-deux. »

J'vous annonce, on va aller en prison. Après, les rayures faut les voir portées.

*

Objectif : choper un certificat chez Kader. J'irai demain. Aujourd'hui c'est mort, Nora m'a dit qu'il jeûnait les lundis et jeudis. Va pas vouloir tricher. Avant de récupérer la caisse chez Junior, j'fais un crochet au taf de Michel, le daron d'Adé. J'ai jamais trop compris c'qu'il foutait à la caisse des retraites, j'sais juste qu'à tout moment il peut descendre du bureau pour s'klaxonner la gueule. Michel, c'est une plante artificielle : ça boit jamais d'eau. La légende raconte que le jour où Édith a perdu les eaux pour Adé il a débarqué avec une bassine et du pastis.

On se donne rendez-vous dans un petit troquet à cent mètres de son boulot. C'est l'ancien monde. Le genre de rade criblé de dettes et la tête dans le guidon du court terme, qui tente tant bien que mal de sortir la tête de l'eau et survit grâce au PMU. Heureusement, il leur reste Michel et sa cirrhose pour payer le loyer.

J'entre. Un barman à la peucou d'Arturo Brachetti à l'envers (il a un bouc) m'accueille. Il a jamais vu un mec à jeun dans son bar, j'lui propose de faire un vœu. Pas le temps de commander que Michel, frais comme le rosé du matin, jaillit de la street. T-shirt de Karl Marx, pantacourt d'installateur de piscines, spartiates : je comprends toujours pas quel taf on peut bien effectuer avec un tel *outfit*.

« Allez, tournée pour tout le monde, c'est Mickey qui arrose ! »

11 heures. Les trois clients attachés au zinc sont ravis, Michel vient de leur permettre de siffler une douzième poire williams. Le mouvement de pisse au moment de symboliser l'arrosage ? Sa marque de fabrique. Il s'approche de oim, me reluque et, n'ayant pas encore saisi qu'on n'est plus dans *Arnold et Willy*, me prend dans ses bras malgré sa queue de cheval.

« Malikoum saloum ! C'est comme ça qu'on dit ? »

Presque, tu l'as dans le désordre. Mec du hood mais surtout tellement secoué qu'j'en ai perdu tout mon gaz, j'commande un Coca-fraise. Le barman se marre et me manque de respect. S'il savait que je possède un 4 × 4…

« Mets-lui son Coca, bordel ! C'est le copain de ma fille.

— L'Algérien ?

— Exact. Boivent pas d'alcool là-bas. Sinon on vous coupe la main, c'est ça ? »

Trop d'infos. Arrêtons-nous sur le « copain algérien ». Sachant que l'ONU reconnaît cent quatre-vingt-quinze pays indépendants, ça fait potentiellement cent quatre-vingt-quatorze manières d'être cocu. Mais surtout, ça démontre qu'un soir le Michel devait être tellement rond qu'il a dû décocher deux trois dingueries sur les Arabes, et m'a utilisé pour justifier ses propos. Franchement, j'aurais fait pareil.

J'me pose. Michel vérifie ses tickets de PMU (somme remportée : zéro euro TTC). Comme tous les joueurs, il raconte qu'il a failli jouer l'as mais qu'au dernier moment il a joué son numéro fétiche et donc voilà pourquoi il a pas eu le tiercé et puis t'façon, les politiques tous des ripoux, etc. Glaçant.

Il me rejoint. Une gorgée et ça commence avec les jeux de mots. C'est abominable. Là, on est sur Godefroy et gode chaud... J'ai failli lui mettre une patate. En partenariat avec le festival de Montreux, il enchaîne les blagues de uc. Les mecs, on aime bien jacter de cul entre nous pour gagner en intimité. Sauf que là, il devient un peu trop intime et m'parle de la césarienne de sa femme... Heureux d'apprendre qu'la vieille Édith a une petite chatte.

Néanmoins très drôle lorsqu'il fait pas exprès, Michel fait partie de mes Blancs préférés : les beaufs de gauche. Bon vivant mais en même temps soucieux que tout le monde prenne sa part du clacos. Comme il dit, manger seul n'a aucun intérêt. C'qui me fume, c'est son besoin viscéral de casser les couilles aux plus riches. J'ai réactivé mon Facebook juste pour le lire insulter Macron. C'est un peu lui qui m'a fait m'intéresser à la politique. Quand j'l'ai rencontré, j'étais comme beaucoup de mecs de banlieue, j'votais ap. J'voyais pas l'intérêt de niquer un dimanche pour donner ma voix à quelqu'un qui m'respecte pas. Et puis j'ai toujours eu du mal avec le suffrage universel. Perso j'aurais bien mis en place des coefficients. Parce que ma voix qui a la même valeur que celle de Junior, c'est pas du jeu.

Un soir, Michel m'a serré jusqu'à 3 heures du mat dans sa cuisine et m'a travaillé au corps. Ça le rendait ouf que je n'exerce pas ma citoyenneté. Il a commencé avec son *classic shit* sur les classes populaires, la Fête de l'Huma, les guezmer. Le problème c'est que son discours c'est comme un suicide : ça rentre par une oreille, ça ressort par l'autre. La gauche, ça nous parle plus. C'est une banane, les gars veulent juste nos voix et se donner bonne conscience. Au moment de compter, d'avoir des rôles importants, ça nous met de côté.

Pendant trop longtemps ils nous ont pris pour leurs petits. Tiens un logement, tiens un CDI, va m'acheter une canette… Z'ont oublié un truc : on est instruits, on a de l'oseille, on a grandi. Et le pire c'est qu'on la veut même pas, ta main tendue. Y a vingt piges, t'en avais encore qui rêvaient. Maintenant, on veut juste qu'on nous laisse tranquilles. Qu'on arrête de parler de nous, de parler à notre place. Ils m'ont dégoûté de la politique. Et j'suis persuadé que c'était voulu.

Quand j'lui ai raconté tout ça, il est resté muet le Michel. Miskine, il était habitué aux Arabes qui disent « Attention li femmes blanches, elles vont te ditruire i t'autoditruire ». Le lendemain, je l'ai emmené manger un morceau dans mon quartier. Il l'a vu le « séparatisme » de la télé.

On a becté chez Lamine. Vingt-cinq ans, deux grecs, une chicha, zéro diplôme. Aucune banque pour le financer mais déjà une quinzaine d'employés. Lamine, tu lui parles de tissu social, il te le fait venir de Chine par conteneur. À la fin du repas, Michel a compris qu'en vérité la gauche n'a jamais été faite pour nous. On y est allés naturellement, pour se démarquer de l'extrême droite. En vrai, t'as pas plus sarkozyste qu'un mec de cité. T'en connais beaucoup, des fans de Tony Montana qui se contentent d'un RSA ? Pas moi.

Sur le retour, il s'est résigné. Il disait que t'façon peu importe pour qui on votait, fallait le faire si on voulait que des noms de bougnoules apparaissent sur les listes électorales. Et qu'on nous respecte. OK le bougnoule c'était pas nécessaire mais j'avais capté l'idée.

Avant de le lancer sur Adé, j'le flatte un peu en critiquant le quinquennat Hollande. À la manière d'un Arabe avec un ballon, il a décidé de pas lâcher la parole. Ça fait vingt minutes. Il s'est toujours pas remis du projet de déchéance de nationalité des binationaux. Là, j'sais pas comment on a fait mais c'est parti sur *Les Misérables* de Victor Hugo. J'l'ai pas lu mais j'ai vu *Les Misérables* de Ladj Ly, ça doit être pareil.

On sort s'en griller une et se chauffer à la cheminée du roi René. Finalement j'refuse sa clope, c'est des Gitanes maïs. La production a été arrêtée en 2016, autant vous dire que dans ses poumons y a un péage.

« Bon, qu'est-ce que tu voulais m'dire ?

— Euh rien je… j'voulais juste faire un petit coucou…

— Bah coucou.

— …

— C'est bon, tu peux y aller ?

— Michel, faut que j'te dise un truc. C'est à propos d'Adélaïde. »

Il a écrasé sa garo. J'ai juré il va me niquer. Par contre j'préviens, j'me tape pas contre un gars qui porte les sandales de Jules César. Doit avoir peur de rien.

« J't'écoute…

— Elle vient de se convertir à l'islam et wAllah j'suis pas responsable. »

Pas sûr que le wAllah tombe au bon moment. Et le fait qu'il se rallume une cibiche alors qu'il vient d'en écraser une neuve me rend : perplexe.

« Tu sais, Wourad. Comme on dit en latin : *verbatum ad reum te.*

— Qui veut dire ?

— Rien, j'voulais voir la tête que t'allais faire. »

Putain il est bon. J'ai eu la frousse de ma vie. Chaque fois que j'entends du latin j'ai l'intuition qu'on me lance un sort. Rassuré, j'ai toutefois le deuxième effet Kiss Cool à lui présenter.

« Par contre, Michel c'est pas fini… »

Il réécrase sa clope. Nan j'déconne, dix euros le paquet faut pas abuser.

« Elle a décidé de porter le voile…

— OK, et qu'est-ce ça peut m'foutre ?

— J'en sais rien moi. J'pensais que…

— … Bah déjà arrête de penser, tu vas t'blesser. En revanche, j'te préviens. Édith, ça va être autre chose. »

Après que je me suis fait passer pour le mec bien de l'histoire en lui racontant des bobards (« Tu sais, Michel, c'est MOI qui ai pris la décision de t'en parler »), il lit entre les lignes et capte où j'veux en venir.

« J'imagine que tu veux que j'en parle à sa mère avant son anniversaire, c'est ça ?

— Franchement, tu me sauves la vie. J'ai rien contre Édith mais voilà quoi… J'ai vu la pile de *Valeurs actuelles* dans vos toilettes… »

Michel soupire. Ça vient du ventre. Malgré un caractère qui s'adapte aux marées, il se fait toujours pas à l'idée qu'la femme de sa vie puisse avoir le même discours que @patriote732. Adé l'explique par un zeste de racisme. Perso j'aurais mis le citron entier. D'habitude j'ai tendance à voir le verre à moitié plein mais, pour le coup, c'est la mère Édith qui voit le vert de l'islam.

Depuis la retraite, c'est Pétain Express. La madame s'est radicalisée sur Internet en un éclair. Déjà que passer du temps avec soi-même c'est dur, imaginez sur Twitter. Des discours simplistes, des jugements taillés à la hache. La force des idées simples, c'est qu'on les voit. Et aveuglée par le siècle des Lumières, elle s'est dit que le problème c'était les foncés. Enfin, elle s'est dit, c'est son fil d'actualité qui lui a dit. Miskina elle sait pas sourcer une info. Semaine dernière, elle a posté la vidéo d'un Carrefour avec les rayons écrits en arabe. Elle pensait que c'était dans le 9-3. Spoiler, c'était au Maroc. Pauvre Michel.

« Promis j'lui en parle mais en échange, donne-moi ta parole qu'aux prochaines élections tu votes.

— Promesse tenue. »

La vérité ? J'irai jamais voter.

*

J'ai récupéré la gova du timal. Elle fait le bruit d'un daron qui éternue mais d'après lui « les voitures silencieuses cachent quelque chose ». La barre d'essence en période de menstrues, j'ai mis cent balles de *gasolina*. Avant que je m'arrache, Junior me donne quelques conseils.

« Deux choses. D'une, tu rayes mon bas de caisse, on va se taper. De deux, si t'as pas de capotes, fais un nœud avec ton prépuce et vas-y quand même. Ah merde, t'en as plus toi ? »

J'y penserai. Bien que je n'aie aucune intention de lui incendier la chambre froide, le J ne connaît que trop bien ma capacité à penser qu'une femme en vie est avant tout : une femme qui me kiffe.

J'arrive devant l'hôtel. J'ai la même boule à l'estomac que le jour où le Quick de Créteil est devenu halal. J'vérifie une dernière fois les rudiments de la profession de chauffeur de luxe quand ça tape au carreau.

« Qu'est-ce qu'elle fout là ma couscoussière ? »

Oups, c'est Gabriel. J'oublie pas qu'à la base l'avaleur de sabres (des bites) est le pote d'Adé. Obligé de le disquetter.

« Euh rien je... je remplace Junior comme voiturier... Bon, ma caille, j'ai du taf... »

J'lui mets une accélération et tape un tour de pâté de maisons. À mon retour, la reine aztèque apparaît sur le perron de l'hôtel. C'est indécent. Chaque animal possède un mécanisme de défense. Le chien aboie. Le serpent siffle. Coup-Franc pue sa grand-mère. Celui de Verónica réside dans le caractère hostile d'une beauté presque violente. Tout est paradoxal. Entre l'ordre et l'chaos, sa façon d'être indifférente au monde qui lui tourne autour me fout la nausée. J'sors de la gova et tente de lui adresser la parole sans me sentir minable.

« *Hi*... Euh... *You are* euh... OK ? »

Une prise de parole qui restera dans les annales.

On roule depuis quinze minutes. Elle est au téléphone avec un Espingouin, je comprends que dalle à ses galimatias, à part quand elle a parlé de *fajitas*. J'essaie de capturer son regard dans le rétro mais ses lunettes de soleil s'opposent à notre amour. On en est exactement à la modique somme de zéro *eye contact*, ça se voit qu'elle est dans un rapport de séduction consistant à : m'ignorer. Pour la mettre à l'aise, j'mets Radio Latina. Et comme un malheur n'arrive jamais seul, ça passe *Despacito*. Mille excuses de vous la remettre en tête, j'ai prévu de vous pourrir tout le bouquin. Dans le rétro, j'aperçois qu'elle a une boucle d'oreille à la langue. Ça m'excite. T'façon présentement tout m'excite. Sa manière laconique de s'exprimer, ses lèvres qui se rejoignent lorsqu'elle sourit. Même si elle baissait la vitre et crachait un mollard sur la nuque d'un clodo j'trouverais ça romantique.

Je la dépose à son premier défilé. Ne connaissant rien à ce petit monde où tu peux te faire virer si tu grailles un Giant, j'me fous en warning sur une place de livraison en attendant qu'elle finisse de montrer son cul. J'suis pas jaloux.

Toutes les cinq minutes, un rappeur sapé comme un réfugié climatique passe et, comme Michel, se prend tous les flashs. C'est la nouvelle tendance. Un Renoi d'Atlanta sort un *banger* et pendant sept ans, ils te le foutent en une de Vogue avec un slip en marbre. Ça leur suffisait pas de pomper l'oseille des gavés, aujourd'hui les marques de luxe s'attaquent aux idoles des prolos. Et t'as le rappeur. La lâcheté déguisée en homme d'affaires, zarma il a pas capté qu'il est qu'un produit, qu'un savon. Qu'à travers lui, c'est toute l'industrie du luxe qui se lave de ses péchés. Vous l'aurez compris, Dior, j'abhorre.

Une heure plus tard, Verónica *Burrito* sort, éreintée. C'est dur d'être somptueuse. On reprend la route. Cette fois-ci, les lunettes sont restées dans son sac et chacun de ses regards dans le rétro m'envoie une décharge aux entrailles. Diminué, je lance les grandes manœuvres. *¡Hola! ¿Qué tal?* Toussi toussa. En galère de conversation, j'bavasse sur la tour Eiffel, ils aiment ça les touristes. Un peu trop à mon aise, j'essaie de lui apprendre deux-trois mots français dont un cultissime « mange-moi le poireau » qu'on traduira par un « *leek my ass* ». Dans l'ensemble ça la fait marrer.

Au détour d'une discussion orientée sur son fiak, elle m'apprend qu'elle est mannequin lingerie. Gros pervers, je saisis l'*oportunidad* et feins l'incompréhension. Objectif manifeste : qu'elle me montre des photos. Naïve, elle s'exécute et me file son téléphone comme si j'étais pas déjà en train de bander. C'est prodigieux.

« Ah OK… *it's* euh… *where of don't?* »

J'suis en sextoy. Pour éviter qu'elle crame que mes mains vibrent, j'fais tourner les photos en urgence. Sauf que dans l'excitation, j'vais trop vite et tombe sur un cliché que j'aurais pas dû voir : un nude. Je bloque. Extrêmement impliqué dans mon statut de détraqué sexuel, je zoome directement sur son écran. Verónica me grille, se redresse sur son siège comme si elle était menée 2-0 sur FIFA et m'arrache le portable des mains. Première fois que c'est dans ce sens-là, ça fait bizarre d'être racketté.

« *Oh my God, Johnny! What the fuck are you doing?!*

— *Nothing, it's just* euh… *you look… you look so smart.* »

Raconter aux meufs bonnes qu'elles sont intelligentes, c'est probablement mon arnaque de prédilection derrière IPTV. Miskinettes, elles sont habituées à être jugées sur leur physique, suffit de passer par les méninges et elles te prennent pour quelqu'un de différent hehe. L'intelligence c'est comme un miroir, tout le monde y voit son visage. Et dans le rétro, je vois le sien sourire.

En passant par le pont Alexandre-III, on s'mange un bouchon qui nous immobilise juste devant deux jeunes mariés en plein shooting. Z'ont l'air heureux. Tellement qu'ils immortalisent leur joie maintenant, ils savent bien qu'à partir de demain ça se gâte. Vu qu'on est dans la ville de l'amour, et malgré un pourcentage non négligeable dans la réputation de ma ville (aucun pourcent), je participe à cette grande mascarade et lâche un smile. Mascarade qui omet d'évoquer la présence de la porte de la Chapelle mais bon, laissons la magie opérer. Elle sort le scalpel.

« *I fucking hate this shit.* »

J'suis ému. Première fois que je rencontre une personne possédant un vagin qui nourrit de la haine envers le mariage. Ne me laissant rien ignorer de ce qu'elle pense de l'amour et de sa capacité à se diluer dans le temps, Verónica me prouve durant une bonne dizaine de minutes qu'avoir un si beau minois n'empêche pas d'avoir une âme aussi noire. J'vous épargne les « J'ai le cœur sous scellés » qui résonnent comme une mixtape, mais chaque fois que j'essaie de l'informer que mon moment préféré dans l'amour, c'est quand ça baise, elle me coupe.

« *Love is a fraud.* »

Je traduis pour les gogols : l'amour est une fraude. C'est la mentalité d'une racli qui vient d'être trompée par son mec. Y a moyen de la corrompre. Afin d'en avoir le cœur net, je pratique la technique dite de l'affirmation. Ingrédients :

1/ j'affirme des propos qui semblent être d'une évidence absolue à mes yeux ;

2/ elle me donne la réponse sans que j'aie l'air d'avoir demandé ;

3/ j'fais blerni j'suis choqué d'apprendre ce que je voulais savoir.

À vos fourneaux.

« *And what about your boyfriend? Does he know you hate love?* »

Alors, pas mal nan ? L'objectif étant de savoir si oui ou non j'peux tenter une approche et, pourquoi pas, lui pondre des œufs.

« *I'm not saying I hate love... I'm just... Anyway, forget it...* »

Merde, veut pas répondre. Ce flou juridique accentue mon barreau. Pour me calmer j'pense à @HollyQueenP. Ça marche. Et comme Verónica change de sujet en me demandant si les vitres sont teintées, j'arrive à passer à autre chose. Attendez, pourquoi elle parle de vitres teintées là ?

« Weeeeesh ! Cousine t'es sérieuse ?!

— *Sorry, I'm late. Don't worry about me.* »

Littéralement en train de se changer sur la banquette arrière, la nana pense vraiment que j'vais *don't worry about* elle ? C'est mal me connaître. Le zgeg en pleine tournée des Zénith, j'profite du format 16/9 du rétro et fais une fixette sur ses nichons. J'me retiens de me retourner pour mater la version verticale car : ça peut relever du pénal. Mais c'est mal la connaître.

« *Johnny, can you help me?* »

J'en crois pas mes yeux. Le dos nu, elle profite du feu (de circulation, l'enfer c'est pour plus tard) et me propose de lui agrafer le soutif. C'est officiel, elle veut voir la tour Eiffel.

*

Première fois de ma vie que je réussis du premier coup. Elle doit se dire que j'suis un professionnel du sexe alors que j'compte encore les tours de langue quand j'embrasse. Trois ronds à gauche, deux ronds à droite.

Je l'ai déposée au deuxième défilé. Durant son absence, je repense à ses tchoutches. Tellement ronds et précieux, t'as envie de les ranger dans un étui. J'étudie la possibilité de lui parler de ma meuf.

Pourquoi ? Peut-être parce qu'elle m'a déjà endormi deux briquets et que je me sens incapable de lui refuser quoi que ce soit. J'appelle Junior pour m'aiguiller.

« La Mexicaine, c'est très grave. Elle est dans un rapport de séduction.

— Calmos, la séduction c'est comme les chiffres, on peut leur faire dire c'qu'on veut.

— Gros, j'suis sérieux. Elle s'est déshabillée dans la voiture !

— ...

— Junior ?

— Laisse-moi vingt minutes, j'dépose mon fils à la gawdienne et j'awive. »

L'accent ? Ça revient aussi quand il est excité. J'dois me dérober.

« Allô ? Ju... ni... tu... je t'entends pas... allô ?

— Fils de pute, arrête de couper tes phrases, j'entends la musique derrière. »

J'ai raccroché. Il va me niquer mon plan. T'façon, *Verónica is back*. Pressée, elle monte en balle dans la gova. Un rendez-vous dans vingt minutes. La galère ayant toujours joué un rôle majeur dans ma vie, j'tourne la clé et... ça démarre pas. J'retente une bonne demi-douzaine de fois tout en invoquant Dieu, ses prophètes, les apôtres et, dans la panique, Vincent Bolloré. J'sors et ouvre le capot pour vérifier ce qui se passe. En vrai, j'suis comme tout le monde, j'y connais que dalle. C'est surtout pour pleurer sans être dans son champ de vision. Impuissant comme un cafard sur le dos, je l'entends souffler bien que ce ne soit même pas son : anniversaire. J'dois prendre une décision asap. Et comme souvent, quand la vie me place dans une situation difficile, je me dis : « Mais qu'aurait fait Junior à ma place ? » Eurêka ! Il se serait mis torse nu. Mouais, pas ouf… Un taxi s'approche. Je l'arrête et lui donne l'adresse. Réponse cinglante de celui qui s'prend pour un bus.

« Désolé, c'est pas sur ma route. Mais c'est à deux pas. Vous y êtes en dix minutes. »

À deux pas, mon cul. Ce qu'il ne dit pas, c'est qu'il faut chausser du 176 pour y être en dix minutes. Soudain, sur ma droite, en contrebas d'la street, j'vois une lumière rouge clignoter.

« Verónica, *do you know the* trottinette ? »

Elle a pas l'air hyper emballée. En mode référendum de 2005, j'lui laisse pas le choix. Le mois de juin à Paris étant un mois d'enculé où se manger quarante degrés et un orage dans la même minute paraît plutôt anodin, un léger crachin rend ma prise de risque : risquée. Je tente de la convaincre du bien-fondé de mon idée quand tout à coup, un camion-poubelle frôle notre bagnole pour s'arrêter sur le trottoir d'en face. Bingo, j'ai la solution. J'demande à Verónica de ne pas bouger (« *Don't move, ya* zeubi*!* ») et file rejoindre les hommes Stabilo plus connus sous le nom d'éboueurs.

J'arrive à la hauteur du camtar. Deux Blancs. Putain, ça va être corsé. On va pas s'mentir, avec un Noir ou un Arabe j'aurais pas eu besoin de négocier, juste un « La famille, tu m'lâches deux sacs-poubelle stp ? » et c'était réglé. Là, les gars avaient une avance systémique d'environ quatre mille ans et finissent dans un taf qui jusqu'à présent ne recrutait que des illettrés. T'as forcément loupé un truc dans ta vie et ça, ça rend aigri. J'dois mytho.

« Bonjour, excusez-moi de vous déranger, j'ai une cliente dans la voiture ici présente qui vient de vomir sur mes sièges. Auriez-vous l'amabilité de me prêter deux sacs-poubelle ? »

Les Blancs, vous êtes la miff, mais faut jamais vous demander de donner. Toujours de prêter, même l'heure. Sinon vous vous sentez en insécurité, vous portez plainte. Bon, c'est vrai qu'on vous a jamais rendu vos effaceurs au collège, j'peux comprendre.

Finalement, j'ai été mauvaise langue. Le gars côté passager réfléchit ap et m'en offre deux. J'rebrousse chemin et propose à Verónica d'enfiler le keuss pour se protéger de la flotte. Le sourcil droit remonté à la manière d'Ancelotti, elle m'allonge un « *Really???* » qui sonne comme un « Il est sérieux, Jacquouille ?! ». Pas le choix, dans la vie faut donner l'exemple. La dignité sacrifiée sur l'autel du swag (quoi de neuf, Fouiny Baby ? Skuuuuuuuurt), j'enfile un sac et y fais trois trous. Deux pour mes bras, un pour ma tronche. Taux de crédibilité : proche de zéro. Elle avait jamais vu un tel dégénéré. Mais se prend au jeu.

« *Like this?* »

Elle aime trop le cul. À l'image des anneaux olympiques, Verónica l'escrimeuse se prend pour Zorro et à la pointe de son épée perce cinq trous dont deux au niveau des bzez. C'est officiel, la compétition fait rage en ce moment entre elle et Adé pour la médaille d'or.

Allez, en voiture, Simone. On prend la trottinette et on traverse à toute berzingue les artères de la capitale. Mon cœur bat la chamade, la Renault Chamade. On a dix minutes pour contourner des flaques d'eau, esquiver des rétros, insulter ces chiens de bobos. Petite perte de temps devant l'Hôtel de Ville où des nanas qui s'épilent pas manifestent pour qu'le prochain *Transformers* soit joué par une Clio noire.

Pendant ce temps, Verónica est devant. Verónica passe un bon moment. J'essaie de garder mes distances mais c'est comme un strip-tease : on touche avec les yeux. La musique jouant un rôle d'adoucissant, j'ai mis le générique de *Mission impossible* sur mon téléphone pour créer un petit délire aventurier. Ça la fait kiffer, tellement qu'elle pose ses mains sur les miennes et provoque chez moi un agrandissement de ma surface habitable. Au moindre freinage, j'suis l'heureux papa d'un petit Ramón, 3,6 kg.

En concubinage avec la guigne, j'vois des keufs au bout d'une rue. Conscient qu'avec nos sacs-poubelle on attire l'attention, j'fais comme dans GTA quand tu te mets à respecter les règles sans savoir pourquoi. Je m'arrête au feu. D'un coup, sur ma droite, un berger exclu du paradis hurle des versets bibliques rarement annonciateurs de bonnes nouvelles. Il m'interpelle.

« JÉSUS EST NOTRE SAUVEUR ! »

Merde, Café-Clope… Lui, c'est un prédicateur que j'croise souvent dans le métro. Je l'ai surnommé comme ça parce qu'il fait chier. Tout simplement. Entre le punk à chien et le curé, il s'prend pour l'attaché de presse de Jésus et estime qu'on serait des brebis égarées. Alors que c'est lui qui a d'la merde sur les genoux… Mais bon, ça lui permet de tenir.

« OH, WOURAD, TU PRÉSENTES PAS ? »

Putain c'est pas possible. Peut pas faire du diabolo comme tout le monde ?! J'tourne ma tête à cent quatre-vingts degrés comme Chucky au fond d'un couloir mais rien n'y fait. Je m'efforce de lui faire comprendre en catimini que c'est pas le moment (« Casse-toi, s'te plaît, casse-toi… »), mais c'était compter sans la détermination d'un homme pieds nus dans une ville où même les rats portent des santiags.

« BAH ALORS TU PRÉSENTES PAS MADAME ?! »

Il n'apporte rien de bon à la société. Faut l'utiliser comme cobaye crash-test dans une pub Volvo. Un peu perdue, Verónica me demande si c'est un mec de ma famille. J'le prends hyper mal mais chaque chose en son temps. À la façon que j'ai de me racler la gorge, Café-Clope crame que j'suis en difficulté et pousse la chansonnette.

« HÉBREUX 13 VERSET 4 : QUE LE MARIAGE SOIT HONORÉ DE TOUS, ET LE LIT CONJUGAL EXEMPT DE SOUILLURE, CAR DIEU JUGERA LES IMPUDIQUES ET LES ADUL...

— Eh bah c'est exactement ce que j'me disais, allez, à la prochaine hehe ! »

Désolé, les cathos, j'lui ai mis une soupape. J'respecte vos croyances hein, mais fallait le couper avant que j'commence à culpabiliser. En tout cas, j'viens d'apprendre que même dans le christianisme j'suis dans le péché. Et si finalement c'était pas ça le point de convergence de toutes les religions : que j'aille en enfer ?

Mardi 10 juin

Ça fait un peu moins de vingt-quatre heures qu'on est séparés. L'emploi du verbe « séparer » n'est pas anodin. D'ailleurs, je lui manque. Je sais c'que j'dis, ce matin elle a regardé mes stories. Pour être honnête, ça faisait longtemps que j'avais pas autant kiffé la présence d'une femme habillée. On a bien rigolé. Ça m'a rappelé l'époque avec Adé où on passait des soirées à s'parler via Google Trad comme des gamins, on trouvait ça marrant. Ça m'manque un peu.

J'rends visite à Kader pour niquer l'Éducation nationale. Ils peuvent interdire les signes religieux ostentatoires, ils pourront pas l'empêcher de perdre ses cheveux. Pas pris de rendez-vous sur Doctolib, j'y vais au talent. Connaissant l'animal et sa chiasse d'être radié de l'ordre des médecins, j'ai embarqué Junior avec moi. Un bourbier certes, mais Kader préférera perdre son taf plutôt que nous dire non. L'avantage de la violence, c'est qu'elle propose une limite. L'insoumis de Trois-Rivières est venu quant à lui avec son gosse, lui-même venu avec son doudou, à savoir : un tuyau de chicha.

« Il a pas crèche aujourd'hui ?

— Nan il a été viré.

— Comment on vire un gamin de dix mois ?

— Il a forcé un bébé à l'embrasser en salle de motricité. »

Historique. Le gosse a la fontanelle encore creuse mais déjà un MeToo sur le dos. Je mets cent balles sur une paternité avant ses douze ans. Sur son portable (il regarde des vidéos BeIn Sports en arabe), Junior a une idée.

« Au fait, j'ai bien réfléchi pour ton date avec la ouf de demain. Faut que tu sois dos à la vitrine. On sait jamais si quelqu'un te voit.

— Nan mais ça va, au pire j'dis à Adé que j'mange avec une pote.

— Jamais de la vie. En deux ans tu lui as jamais parlé d'elle, c'est trop suspect. Le mieux c'est que tu fasses comme Kalash Criminel.

— Quoi, de la trap ?

— Mais nan, tu mets une cagoule. »

C'est mon reuf Junior, mais pour le bien du petit faut le confier à un orphelinat. Même si notre amitié m'invite à une certaine mansuétude, je trahis pas un secret en vous disant que j'ai fait zarma sa proposition valait le coup, alors qu'au même moment j'envoyais HELP par texto au 8 22 22 (numéro surtaxé).

La consultation est finie. Une dame se casse. Dans la bienveillance, sauf quand il est réveillé, Junior met sa capuche et fout sa main dans la poche de son pull pour mimer un calibre. Le S.A.L. est nécessaire.

« COUNIA MANMANW, C'EST UN BRAQUAGE ! METS L'POGNON DANS L'SAC ! »

Kader est en nage, on dirait qu'on vient de le serrer en train de se lébran. La respiration en catastrophe, il se fout en boule comme une immense traînée et lâche des petits couinements laissant présumer qu'au collège même les profs le frappaient au petit pont massacreur. Un régal pour les yeux. Plutôt favorable au maintien de l'ordre, j'interviens.

« Wow wow wow, Kader. C'est nous. »

Miskine, il vient de voir sa vie défiler, y avait même Gaby sur un char. Après avoir récité sept fois la chahada car se pensant boire le bouillon d'onze heures, Kader se comporte comme un iencli et finit chaque phrase par un terme en arabe pour pas qu'on l'agresse davantage.

On se pose. À la manière d'un peintre impressionniste j'essaie de lui faire comprendre par petites touches que j'ai besoin d'un service mais le beau-reuf réagit pas. Plutôt pressé de retourner au resto vérifier si Caroline tape pas dans la caisse, le J attaque la toile au rouleau.

« Gros, j'ai pas ton temps. On a besoin d'une attestation pour qu'Adélaïde mette le voile au taf. Dis qu'elle a une calvasse et c'est réglé. OK ?

— Attendez, les gars j'peux pas f… Tu fais quoi, Junior ? »

Kader vient de s'autocouper la parole en voyant Junior se mettre torse nu, se déguiser en : nudiste. Je sais foutre rien de c'qu'il prévoit mais ce gars se conduit de plus en plus comme Taz des Looney Tunes. La suite ? J'ai pas tout compris. Il a prononcé des insultes en créole et en anglais. Ça parlait de fusillade, de massacre, de cocotiers. Derrière ce cadre idyllique se cachent : des Noirs. Récit. Reportage. Un documentaire inédit.

« Les gars, j'peux pas prescrire le port d'un couvre-chef pour une calvitie.

— Et l'alopécie t'en fais quoi ?

— Effectivement, c'est différent. Grand max j'peux faire un certificat médical. Par contre si y a le moindre signalement à l'inspection académique elle est foutue. La chance qu'elle a, c'est qu'elle est blanche. »

Qu'est-ce qu'il a pas dit là… Junior mute en podcasteuse.

« Quand tu dis qu'elle a de la chance d'être blanche, tu veux dire qu'être noire c'est une malédiction ?!

— Euh nan, c'est que… En fait je… Moi j'vois pas les couleurs, tu sais Blanche, Arabe, Noirte, pour moi c'est pareil. »

En sucette, la situation semble partir. Le père Kader s'est tellement chié dessus qu'il a glissé sur ses selles. « Noirte », la dernière fois que Junior avait entendu ça c'était en CE2. Après la dernière fois qu'il a mis un pied en cours c'était aussi en CE2 mais bon, faut bien continuer de vivre. Le J c'est le S (comme « sauvage ») attend que je lui donne le go pour le mordre à la clavicule.

« Wourad, il a vraiment dit "Noirte" là ?

— Nan j'crois pas. Kader sauf ton respect, t'as quand même pas dit "Noirte" ? »

C'est bon, j'ai mon moyen de pression. Pour se justifier d'être dans le camp du bien, le beau-reuf s'met à danser le logobi tout en regardant Junior droit dans les yeux. Trop c'est trop.

« Bon, et le certificat ?

— C'est comme si c'était fait ! Vous voulez autre chose ? Arrêts de travail, pension d'invalidité ? »

Ça y est, le farfadet du 9-3 se prend pour Bernard Tapie. En scred, Junior met son fils à côté de Kader pour vérifier qui est le plus grand. Un phare dans la nuit. Avant de nous péter, j'chope le beau-reuf en tête à tête. Pas le talent pour arriver solo au paradis, je lui propose un deal.

« Dis-moi, tu t'y connais en islam toi ?

— Oui enfin, qui peut prétendre s'y connaître si ce n'est Allah azawajel, le créateur de toute chose, celui qui sait ce qui se cache dans les poitrines ? »

OK, Dr House. J'aurais jamais dû le lancer là-dessus. Flairant le drafté, il va me transférer des vidéos islamiques avec « Allah » écrit en arabe dans des pastèques pour justifier qu'Il existe. Non merci. Je crois déjà en Dieu (faut forcément un jugement pour les gens qui achètent leurs vêtements chez Monoprix), je cherche juste à comprendre pourquoi Il croit pas en moi.

« Si tu veux, j'ai un groupe WhatsApp. Des frères muz avec qui j'ai grandi. On s'envoie des rappels, des vidéos, des articles… Ça pourrait t'aider inshaAllah. »

Allez hop, commande validée, à moi la fiche S (le S c'est le J).

Mercredi 11 juin

On est au resto de Junior. Je m'installe dos à la vitrine. L'avantage avec son concept de chicha-thaï, c'est qu'les vitres sont teintées comme dans une chicha, et grasses comme dans un resto. Junior me tend une cagoule que je refuse poliment.

« Nique ta race, j'ai une tête à faire de la drill moi ? »

Oui, il m'arrive d'être sanguin. J'suis surtout en full stress. Quand je perds pied, je prends soin d'insulter les gens que j'aime. Je sais qu'ils me frapperont pas. D'un coup, Junior sort de la cuisine, en costard blanc. Tu sais pas si c'est Sisqó ou un brancardier. D'ailleurs à propos de fonction publique, il a une idée susceptible de concilier racisme et après-midi en famille.

« Tu penses quoi d'un jeu des sept familles antillaises ? On pourrait mettre la famille des postiers, de la préfecture, des aides-soignants… Y a moyen de faire du violet nan ? »

Franchement j'suis atterré. Avant de s'éloigner vers le bar il me donne deux-trois conseils.

« Oublie pas : faut qu'elle te déteste. Fais des trucs de schlagues, mets du sel dans ton Perrier, gratte-toi les dents… Bref, reste toi-même. »

Venant d'un gars qui a déjà volé l'iPhone d'une nana à leur premier rencard, je peux lui faire confiance. @HollyQueenP entre. Avec un P comme « pissenlit ». Dès que tu la vois, t'as envie de souffler. Loin de moi l'idée de sombrer dans la grossophobie crasse et injustifiée (sauf si vous y tenez), mais faut bien avouer que c'est pénible pour qui aime la symétrie. À des années-lumière de la dalle qui m'animait lors de notre précédente rencontre, ça me rappelle qu'en période de chasse j'suis un monstre. Une fois une meuf m'a dit « T'es pas un Arabe comme les autres », j'étais tellement habité par l'envie de baiser que j'ai répondu « J'avoue »... Comme quoi, « l'amour rend aveugle », c'est une bonne phrase de nana. Nous, c'est notre zob.

Tout sourire comme si elle portait pas de shamballa au poignet, @HollyQueenP tente de me galoche. D'un mouvement bref, j'lui tends la joue dans ce qui pourrait ressembler à un vent mais qu'elle interprète comme elle veut.

« Toujours aussi timides, les Orientaux... Je vois... »

Ça démarre fort. Junior est postiché au bar. Il me regarde avec la même intensité qu'le jour où il a découvert sur Twitter que Jésus était renoi. Texto.

MEC JLA DÉFON. CER

Il voulait envoyer « mec j'la défonce » mais compliqué d'écrire un texto quand tu te touches la bite en même temps. Avant de passer commande, on tape un peu la discute. J'ai le droit à tous les classiques. Son livre préféré ? *L'Alchimiste*, évidemment. T'façon c'est le seul qu'elle a compris. Stressé comme un Ricain à jeun depuis douze minutes, j'évite les longueurs et me surprends à ne pas finir mes phrases pour aller plus vite. Elle s'acharne.

« Moi à la base j'suis de Calais. J'étais venue sur Paris pour visiter le musée Grévin et j'suis tombée amoureuse de cette ville. Mais pas des Parisiens, hihihi ! »

Vous voyez, c'est ça le problème avec les femmes rurales. Malgré le fait qu'elles soient attachantes et sachent manipuler une tronçonneuse, y en a toujours une pour niquer l'ambiance quand on fait un pas vers elles. L'autre elle est descendue pour se prendre en photo avec des bougies et c'est les Parisiens les connards… Aucune remise en question, ça avance à tâtons. « Pang » passe relever les compteurs.

« Bonzour. Z'avez choizi ?

— Excuse-moi, Caroline, c'est normal l'accent chinois ?

— Junior nous oblige à prendre l'accent quand on bosse. C'est dans nos contrats. »

Plus rien n'a de sens, on continue. La dingo du Pas-de-Calais passe commande.

« J'suis à la diète en ce moment, vous conseillez quoi ?

— Si vous voulez, nous avons la salade thaïe aux crevettes.

— OK bah j'vais prendre des nems au poulet, un lok lak bœuf et un Coca. »

Zéro confiance, elle a pris tout le contraire de ce qu'on lui suggère. À tous les coups, elle s'fait son propre fromage au lait de nibard pour s'éviter la listériose. Caroline s'éclipse, @HollyQueenP raconte des trucs lunaires.

« Elle croit je sais pas que la salade fait grossir…

— OK… On est sûrs de cette information ?

— Et toi t'as pas remarqué que les vaches sont grosses alors qu'elles mangent que de l'herbe ? »

Première fois de ma vie que j'entends ça venant d'une personne à moins de cinq grammes. Peux pas m'empêcher de négliger le fait qu'elle peut flinguer mon couple en un coup de fil, j'fais mon douanier corrompu et laisse tout passer.

« Tu fais un régime, sérieux ? Mais pour quoi faire ? »

J'entre dans son jeu. Opposante aux régimes (Bachar al-Asad et/ou le sien), j'me charge de la congratuler sur tout ce qui rapproche de près ou de loin à la mayo et au gaz moutarde.

« J'ai plus que deux kilos à perdre et je ressemble à Kim K. »

Ou plutôt à un Kymco. Elle persiste et me parle de ses os lourds… Oula madame, va falloir doser sur le déni de grosses fesses. Le poids des os c'est clairement l'excuse des gros qui tentent de négocier avec la pesanteur. Genre tu t'es déjà pesée sans la viande ? Donnons-lui cinq minutes avant d'évoquer la génétique de ses parents qui favoriserait la prise de poids alors qu'elle vient de foutre de la sauce soja sucrée dans son Coca. D'ailleurs, en parlant d'agir comme un teubé, Junior n'a pas zappé que j'dois faire de la merde et m'envoie une flopée d'idées par texto. Ça va de « SUCE TES DOIGTS » à « MANGE TA SERVIETTE », le plus inquiétant étant « METS TA VESTE À L'ENVERS COMME LES KRIS KROSS »… Le problème c'est qu'en face ça met la barre haut. Par exemple, là, elle me regarde dans le trou de la paille. À l'étroit dans mon amour-propre, je change de voie et pense bien faire en évoquant ma meuf. On sait jamais, elle peut avoir quelques remords de dernière minute et faire un transfert. Sauf que plus j'en parle, plus elle fait grincer son assiette avec ses canines…

« Et sinon elle va comment Adélaïde ? »

*

Dans un silence qui fait quand même vachement de bruit, elle vient d'installer : la clim. Obligé d'être sympa vu que mes couilles ont disparu (une battue s'organisera ce soir dans la forêt de Rambouillet), je lui fais des petits sourires de baltringue qui laissent penser que j'suis heureux. Mon expérience dans la streetzer (j'ai déjà mis une casquette à l'envers) doit inspirer la maîtrise des émotions. Même si j'ai les jetons, j'bluffe et insère une pièce dans la machine.

« Tu connais Adé ?

— Nan mais j'ai vu que sur tes trente-sept photos Insta, il y a une Adélaïde qui les a toutes likées. Faut pas être Einstein pour comprendre. »

Le cyberharcèlement, un sujet qui passionne et divise. Soudain, le gibier se lève et file aux chiottes. Le verso, c'est Boris Johnson. Tu sais pas si elle s'est fait agresser ou vandaliser. Junior me rejoint.

« Poto désolé j'arrive pas à faire le golio. En plus elle vient de me menacer.

— T'en fais pas, c'était très bien. Oublie le plan A, on passe au plan B.

— On n'a pas de plan B...

— Si, le plan Black. Écoute, *when you go black, you never go back.* C'est un proverbe africain. J'vais la baiser et la laisser pour morte. Elle ne reviendra jamais vers toi. »

Mais wesh, c'est des menaces là ?! La clé de bras étant sa principale technique de drague, si j'lui laisse le champ libre, j'peux être inculpé pour complicité d'meurtre. Sentant une certaine réticence à son égard, il se met à vanter les mérites d'un savoir-faire ancestral *musique zouk en fond sonore*.

« Gros, pas plus tard qu'avant-hier, j'ai déglingué une nana, elle mouillait tellement, j'ai failli l'étendre sur mon balcon. »

Un homme qui se soucie des tâches ménagères. Dans une spirale infernale, il insiste.

« Tu m'as déjà vu faire un cadeau pour la Saint-Valentin ? Nan. T'sais pourquoi ? Parce qu'on n'a pas besoin de faire de cadeaux quand on a une grosse bite. »

À chaque intervention, il arrive à aller encore plus loin. T'façon il a toujours été comme ça. Un dalleux qui prend ce qui vient, et voit en chaque meuf ayant déjà ken une cible potentielle. Le résultat de sa prétention est simple. Si elle a déjà baisé avec un humain et que Junior est un humain, bah elle voudra baiser qu'avec Junior. CQFD. Ce qu'il fallait démonter.

« Bon OK, on fait comment ?

— T'inquiète. Les meufs comme ça, elles aiment la fermeté. »

Le discours d'un élu du Var. Sachant reconnaître un pervers narcissique, j'pense qu'il serait vain de tenter de l'empêcher et j'accepte le deal. @HollyQueenP fait son retour. Le papier cul épinglé à ses Buffalo ? Attendez, y a pire.

« J't'ai manqué ? »

Elle est dérangée. Sur l'échelle des zinzins allant d'Amber Heard à Afida Turner, je la situerais juste devant l'échelle avec une scie. Dans des bails sombres lorsqu'elle m'apprend que sa fille l'attend dans la voiture fenêtres fermées en plein cagnard, elle se zehef comme Broly quand j'émets des doutes sur les bienfaits du sauna sur une gamine de quatre ans.

« T'as des enfants toi pour juger mon éducation ?! »

Je hais les darons. Ils foutent leurs héritiers onze heures par jour devant *Les Marseillais*, leur font bouffer du surimi aux extraits de migrants, et sous prétexte que j'ai pas trouvé une nana OK pour une insémination *in bitro,* j'peux rien dire ? En parlant de daron, Junior s'invite à la réunion parents-profs.

« Un problème avec le monsieur, madame ? »

J'en crois pas mes yeux. Le J s'est foutu en débardeur filet de pêche. Les bras aussi huileux qu'un front de streameur, il m'attrape par le colback.

« Monsieur veut peut-être qu'on lui apprenne la politesse ?! »

Humiliation en public. @HollyQueenP tente de prendre ma défense mais le fait qu'il propose de lui offrir le repas pour la gêne occasionnée fausse toutes perspectives.

« Tu sais ce que c'est la charge mentale d'être une mère ?! La gestion du travail, des tâches ménagères, des gosses ?! Bah nan tu sais pas, mon gars. Moi je sais. J'ai perdu ma femme et je réalise aujourd'hui à quel point elle était importante… »

Oh le fils de pute. Il fait croire qu'Aurélie est morte pour baiser mdr. Jamais vu une telle raclure depuis la récupération de Samuel Paty par les politiques. Le pire, c'est qu'il fait le *padre* exemplaire alors que c'est moi qui l'ai empêché de s'échapper à Dubai au huitième mois.

« Oh mon Dieu, vous vivez seul avec votre enfant ?

— Oui, m'dame, malheureusement. Papa célibataire… mais bon, vous savez ce que c'est, les enfants, on n'a pas le temps de s'ennuyer hahahah… et de penser à ce foutu semi-remorque qui lui a grillé la priorité… »

En flèche rouge, Junior commence même à renifler et à simuler un début de sanglot. J'le connais, pour chialer il repense à la défaite d'Houcine face à Nolwenn en finale de la *Star'Ac*.

Il s'installe à la table d'à côté et utilise les salières pour reconstituer la nuit de l'accident. Tiraillé entre la gêne et l'admiration, je l'écoute raconter que son fils lui réclame une nouvelle maman, que l'amour d'une mère est sans commune mesure, que Dieu est une femme… Jamais vu quelqu'un se donner autant pour une nana si modeste. Franchement, qu'est-ce qu'il sait qu'on ignore ?

Jeudi 12 juin

Finalement le zoukeur de Phuket avait raison. Les meufs perdues s'attachent vite à plus perdu qu'elles. Il a pris son numéro et m'a augmenté de 15 % la *cuenta* pour la traite négrière. Est-ce que j'ai pris personnellement sa gifle sur ma nuque avant de régler ? Oui. En partant, j'ai vérifié si la gamine d'@HollyQueenP n'était pas décédée dans la gova et fus rassuré en la voyant jouer avec un cutter.

On est le lendemain. J'suis solo à la baraque. Bientôt trois heures que je joue à cache-cache avec mon zigouigoui et trouve des occupations pour pas me lébran. J'ai tapé un ménage, t'as peur. Le sol, les fenêtres, les murs. J'ai même pris le temps de jeter les shampoings à l'uranium qu'Adé a achetés grâce à Shauna Events.

Épuisé, j'me pose dans le salon. J'commence à m'dire que si ça s'trouve, les règles n'existent pas. Une sorte de complot mondial de l'industrie de la fatigue. Entre le taf, le ménage, faire à manger et s'faire baiser avant de te coucher par un mec pas foutu de se faire une omelette… Les meufs sont juste *kaputt* et s'octroient une semaine de vacances sexuelles par mois. J'aurais fait pareil.

J'suis en pleine négo avec moi-même. La bonne et la mauvaise conscience. J'me fous sur mon portable et joue au sudoku. Tous les moyens sont bons pour oublier que j'peux pratiquer le sexe solitaire. Bénéficiant de la version gratos donc pleine de pub (parce que oui, il faut payer pour ne pas avoir accès aux pubs, payer pour avoir la paix), j'tombe sur une annonce me proposant des grosses chiennes à seulement sept cents mètres. Purée mais comment ils savent où je suis ?!

J'craque. J'file dans les chiottes. Ici rien ne pourra m'arrêter. J'me mets en navigation privée et m'dirige vers un site de fiak. Première vidéo qui s'affiche… une nana déguisée en bonne sœur ! Essepssionnel. Dieu m'envoie clairement un message. Ça s'voit si je l'écoute pas, j'vais me prendre un piano dans la tronche en sortant. Fin gourmet du vivre-ensemble, j'me motive à vérifier si les autres religions sont représentées. Doit forcément y avoir un site de cul pour les Témoins de Jéhovah. Un genre de YouPorte.

Finalement j'opte pour l'ignorance et retourne dans le salon la queue entre les jambes. Besoin des conseils de mon assistant islam. Kader.

« Wesh. Dis-moi, c'est chaud de se branler ?

— Euh déjà salam alaykoum…

— Tout pareil, bref. La masturbation, j'ai encore le droit ou même ça vous allez me l'enlever ?!

— Wourad, j'suis pas sûr à 100 % mais j'crois dans toutes les religions monothéistes c'est tendu… Sans mauvais jeu de mots… Mais attends, je te mets sur le groupe WhatsApp dont je t'ai parlé. T'auras forcément quelqu'un pour t'éclairer. »

Il raccroche. J'me vois mal arriver sur un groupe et demander à des inconnus si j'peux m'cirer le pingouin… J'dirai que c'est pour un ami (Kader). Soudain, mon portable se mue en détecteur de métaux et sonne comme un ancien du Vietnam. WhatsApp.

Kader vous a ajouté au groupe
« RAPPEL ISLAMIC + BON PLAN HIJRA »

Wow. Ça sent clairement la convocation au 36, quai des Orfèvres. J'appelle Tom Pouce pour avoir plus d'infos.

« Wesh, c'est quoi ce groupe ?

— Bah tu m'avais demandé de te mettre dedans, nan ?

— Si, si, mais « bon plan hijra » ça veut dire quoi ?

— La hijra ? En gros c'est déménager dans un pays musulman pour pratiquer ta religion.

— Ah OK c'est comme l'alya chez les feuj ?

— Voilà c'est ça.

— Et il est où le rapport avec moi ? J'te préviens, vos trucs d'aller vivre au Yémen et de manger avec ses doigts c'est pas mon délire. J'aime trop l'Occident.

— Nan nan t'inquiète, c'est juste qu'à l'origine c'était un groupe de rappels religieux sur le comportement à avoir, etc., sauf qu'au fur et à mesure on s'est rendu compte que la majorité des gars envisageaient de quitter la France. Et comme c'est pas facile de tout quitter, on s'est dit qu'il valait mieux utiliser le groupe pour se filer des astuces.

— Mais genre y a beaucoup de muz qui nachavent de France ?

— Bah moi, les mecs de ma cité, y a deux cas de figure. T'as ceux qui ont fait des études et se sont barrés à Dubai, aux Émirats... Et t'as ceux qui ont pas de diplômes. Eux, ils font des allers-retours avec le Maroc, la Tunisie, l'Égypte. Je dis des allers-retours parce que généralement ils craquent.

— Comment ça ils craquent ?

— Frère t'es au courant de rien ? Au bled t'es pas chez toi. Sans diplômes et sans oseille c'est invivable. »

Eh beh. En France on n'est pas chez nous, au bled on n'est pas chez nous. J'aurais bien proposé qu'tous les enfants issus de l'immigration forment un gouvernement mais ça existe déjà, ça s'appelle Snapchat.

« Nan mais calmos, Kader, tu parles de la France comme si c'était la Corée du Nord. T'abuses, nan ?

— Attends, les gars n'ont aucun problème avec la France. Eux ça va, ils bossent, ont des gosses, les familles sont ici. Crois-moi qu'ils préféreraient rester.

— Et pourquoi ils fuient alors ?

— Bah pour leurs femmes. Elles sont toutes voilées. Professionnellement c'est mort. Et puis faut le vivre. Les regards de travers, les petites allusions islamophobes… Au quotidien, ça pèse.

— Kader, t'as vu tout le pataquès qu'on a fait pour que Benzema revienne en équipe de France ? Tu penses pas qu'elles abusent ?

— C'est ce que j'pensais. Mais t'as vu les chiffres ? Avant, les fachos collaient des affiches sous les ponts. Maintenant ils en viennent aux mains, et c'est les meufs qui trinquent. Tu ferais quoi si un soir tu rentrais chez toi et tu retrouvais Adé avec un coquard ? »

L'image est d'une extrême violence. Entre une vidéo de règlement de comptes et un a capella de Camille Lellouche. Perso, j'ai toujours pensé qu'Internet servait d'exutoire aux ressentiments haineux, mais qu'à la fin ça restait sur le Net. Ce qui me fait le plus flipper, c'est la capacité qu'les fils d'actu ont à te pousser à la radicalité. C'est dangereux de ne côtoyer que ceux qui sont d'accord avec toi. De ne jamais penser contre soi. Tu finis par te créer un monde et te sentir agressé par tout ce qui n'y appartient pas. T'aimes un club de foot, tu suis des comptes en lien avec ce club de foot, tu parles avec des fans de ce club de foot, et tu finis par en vouloir aux supporters des autres clubs de foot de ne pas aimer ton club de foot. Ouais bon, j'viens de prouver que la haine d'Internet pouvait sortir d'Internet.

Putain, à la base j'voulais juste me branler.

*

Ça va jober. J'descends les escaliers quatre à quatre en espérant tomber et me mettre en arrêt de travail inshaAllah. Au deuxième, qui vois-je ? Mme Mounier. Qui elle-même a vu la *goalkeeper* du rez-de-chaussée. Qui elle-même m'a vu. Qui moi-même ai vu Adé. Qui elle-même a vu la Lumière. S'engage une discussion.

« J'ai appris pour Adélaïde. Mon Dieu… Soyez fort. Vous savez, je sais ce que c'est de vivre avec une personne gravement malade. Mon René a aussi été touché par cette foutue maladie… »

Elle parle d'alopécie comme si Adé regardait « Mask Singer ». La concierge a dû comprendre autre chose. Sans doute le bruit de l'aspi.

« Madame Mounier, faut que j'vous dise…

— Non, c'est à moi de vous dire. Je sais l'énergie et les frais que ça implique. »

Oula. Je sais pas de quoi elle parle mais visiblement Adé devrait crever d'ici lundi. Bon à savoir, c'est le moment de résilier nos abonnements en commun. Soucieux d'en apprendre plus sur ma vie, un océan de questions s'ouvre devant moi.

« Petite précision : il est mort de quoi, votre René ?

— D'une leucémie… Après, je ne souhaite pas vous inquiéter plus que ça. Adélaïde est jeune et j'imagine que vous avez commencé la chimiothérapie assez tôt. René avait tardé… »

Allez hop, dans le cul, les étrennes. C'est en train de prendre des proportions jusque-là inexplorées. Après m'avoir préconisé des remèdes à la con style Vicks VapoRub et eau de Cologne (j'comprends pourquoi René nous a quittés), je la coupe et tue dans l'œuf la rumeur cancéreuse.

« Ah mais j'crois y a erreur, en fait Ad…

— Écoutez, il n'y a pas erreur. Financièrement, je n'ai pas à me plaindre. Tant qu'Adélaïde n'est pas entièrement guérie, je mettrai un point d'honneur à ne vous réclamer aucun loyer. »

La nature humaine étant étonnamment décevante, mes oreilles se sont redressées comme celles d'un iench. J'peux pas faire ça. Autant gratter les aides sociales j'm'en bats les couilles, je sais qu'on a la bombe atomique pour se faire respecter et que la zone euro comblera le déficit. Autant impacter les finances d'une vieille dame, vous ne m'en voyez pas : ravi. Quand un vieillard meurt, c'est une bibliothèque qui brûle (j'ai lu ça une fois sur Facebook, je me suis dit que ça serait bien de vous montrer ma cultivation). Insensible aux séductions de la gloire, j'ai pas le temps d'être digne que la mémé m'offre des munitions.

« J'vais vous dire un truc… Au début j'ai cru qu'elle s'était convertie à l'islam… J'ai eu une de ces peurs… Donc n'hésitez surtout pas. »

Et j'hésiterai pas hehe. Pour elle, y a pire que le cancer, y a l'islam. J'en tire pas un grand prestige mais après tout, on a tous un petit cancer au fond de nous qui ne demande qu'à se développer, nan ?

J'ai vu un reportage là-dessus [émojis cœur + mains qui prient].

Un mytho à mille deux cents euros par mois, faut absolument que je le raconte à Adé. J'ai pas beaucoup d'occasions de la rendre fière. Habitué à la décevoir, j'la sens même déçue lorsque que je ne la déçois pas. J'sors du bâtiment et l'appelle. Elle me dit qu'elle est au coin de la rue avec Gaby. Vite, je les rejoins.

« Chérie, tu vas pas me croire. La proprio, elle paie notre loyer comme Virgin Radio !

— Mme Mounier ? Impossible, elle achète ses lunettes de vue à la pharmacie, trop radine pour ça.

— J'te jure. Elle croit que t'as une leucémie. »

Elle est choquée. La même désillusion dans le regard que la fois où j'ai crié « AlleeeeEEZ ! » à Roland-Garros. En fond de court, j'réalise que j'y suis peut-être allé un peu fort. Le cancer, c'est pas darka. Je dirais même que c'est, j'ose le mot, la rassrah. Et accepter de surfer du 22 juin au 22 juillet sur les vagues de la honte me fait passer pour une fin de race. Heureusement que l'avare sodomite est là pour me seconder.

« Roh, ça va, Adé… C'est un cadeau.

— Nan, désolée, les gars, j'peux pas faire ça… C'est du vol.

— Mais bien sûr, mon cœur. Et les serviettes du Sofitel d'Agadir dans la salle de bains, c'est pas du vol ?

— Rien à voir, ils en ont plein et… ils en ont plein.

— Et le cendrier Mama Shelter dans la cuisine ? On continue ? »

Et encore, j'vous ai pas parlé des couverts. À la baraque, on a toute l'argenterie du café Costes. De la fourchette au couteau à poisson, elle leur a tout péta. Une fois, elle a failli mettre un serveur dans son sac mais tranquille, c'est moi la vermine... Toutefois, la possibilité d'économiser un tiers de nos revenus mensuels tape au carreau. Entre l'illégalité et l'éthique, il n'y a qu'un pas. Et pour Adé, suffit d'un moonwalk.

« Après j'avoue, le cancer, on l'a tous un peu en nous. C'est juste qu'il ne s'est pas encore déclenché, c'est ça, nan ? »

Oui voilà, c'est le reportage qui l'a dit...

Vendredi 13 juin

Vendredi 13. Go jouer à l'EuroMillions. Si j'gagne, mon plan est simple : je réserve toutes les chambres du premier étage de l'hôtel où j'bosse, comme ça j'ai plus besoin de prendre les transports pour y aller. Malin. Au demeurant, aujourd'hui j'remplace exceptionnellement un gars dans l'équipe du matin. Je finis à 15 heures. Ça fait bizarre d'avoir une vie après le boulot.

Trente minutes avant d'arriver dans le binks, j'envoie un message à Adé pour la prévenir de mon arrivée. J'fais toujours ça, on sait jamais, si elle me trompe. Pas que je veux pas savoir, c'est juste que si j'la crame, va falloir que j'me tape contre le mec. Et franchement, perdre à la bagarre contre un homme tout nu... très peu pour moi.

Arrivé à la casbah. Adé, Gabriel et Margaux dans le salon. Cette dernière chiale comme jamais, on dirait un DZ qui vient d'écouter Cheb Hasni. La mélodie des teilles qui s'embrouillent dans le sac-poubelle de la cuisine laisse présager une soirée bar kabyle. Dans le thème, Adé profite du départ de Margaux pour les chiottes et passe au téléphone arabe.

« C'est Nathan. Il s'est cassé avec une autre.

— Oh l'enculé ! Du coup les vacances dans le Sud-Ouest, c'est annulé ?! »

Nec plus ultra de la rapacité, j'ai plus de pouls. Tu prends un stéthoscope, t'entends un vautour. Choquée d'être en couple avec un filsdeup, Adé s'invente des acouphènes. Pas Gaby.

« Si vous voulez, on prend une maison à quatre et on partage les frais ? »

La pince de Mykonos n'en est pas à son coup d'essai. En guerre contre le bénévolat, Gaby est devenu provax quand il a su que les doses étaient gratuites. Son péché mignon ? Consommer comme une essence et demander qu'on divise la note. Pendant qu'il s'enfile du Ruinart, toi t'as bu un Coca à 37,58 euros mais bon, « Aujourd'hui c'est toi qui paies plus, demain ce sera moi… C'est un peu comme les erreurs d'arbitrage, sur un an ça s'équilibre ». Le pépin c'est qu'sa philosophie a l'équilibre de Damien Abad qui lace ses chaussures : s'il te propose un verre, faut t'échapper.

« En plus, ce gros connard sait même pas tromper correctement ! Il l'avait appelée "Ludo Garage 1" dans son répertoire ! »

On tient un bon client. Faire le lien entre la vidange et s'vider les couilles, ça indique que cet homme avait tout d'un littéraire. Grosse tentation de lui demander jusqu'à quel nombre montaient les « Ludo Garage » du répertoire. J'pars sur un truc vachement plus jojo.

« Sérieux, Margaux, t'attendais quoi d'un Ricain ? Les gars tirent au fusil à pompe sur des tornades. »

Beau plaidoyer en faveur des droits de l'homme, et encore, j'ai pas parlé de Tiger King. Après trois-quatre amalgames sur le caractère frivole de tout ce qui possède une veineuse, allant de « Tous les mêmes » à « Que la colère d'Allah s'abatte sur les États-Unis d'Amérique ! », Adé devient de plus en plus inquiétante et propose des trucs passibles d'une admission en psychiatrie.

« Si j'étais un fantôme, j'irais hanter toutes les nuits de ce fils de pute. »

Wow. Même Diam's et Vitaa n'y avaient pas pensé. J'commence à claquer des genoux et prends l'info : personnellement. Si elle apprend que j'ai froissé les draps d'un autre king size je peux dire adieu au repos nocturne. J'essaie toutefois de protéger mon troupeau et attire l'attention de la grande méchante louve.

« Après, ça peut arriver d'faire une connerie…

— Pour toi, tromper sa meuf c'est juste une connerie ?!

— Nan, mais tranquille, Adé, on va t'échanger tes articles. »

Oula, dans la panique j'ai utilisé les outils de communication qu'on m'a inculqués chez Zara afin de gérer les conflits. Elle demande le remboursement.

« Et c'est quoi pour toi alors, une connerie ?

— Bah j'sais pas. Par exemple euh… quand le roi Dagobert a mis sa culotte à l'envers ? »

J'essaie de tricoter un truc. De fil en aiguille, j'en arrive au moment où, après quelques retouches, le roi Dagobert sort avec la couturière et j'commence à réaliser que des fois le génie créatif tape des siestes en pleine impro. Heureusement que Margaux ne peut pas passer deux minutes sans parler d'elle.

« Je savais qu'il se casserait. Il disait qu'il rêvait d'avoir plein d'enfants. Quand je lui ai appris que j'étais stérile, il a changé du jour au lendemain. »

Tout à trac, l'ambiance rappelle un dîner de famille chez les Pogba. Au Grand Prix des souffrances, elle vient de nous mettre deux tours de piste. J'peux même plus la vanner sans passer pour l'enfant du diable. Adé, à deux doigts de se saler les pommettes, me fixe. Elle sait que la circoncision a rendu mes terminaisons nerveuses insensibles, à tout moment j'peux partir sur du divertissement. Titulaire d'un BTS banque et de deux-trois flocons dans le nez, Gabriel prend les rênes.

« Mais il a pensé à voir avec une banque du sperme ?

— T'as pas compris, c'est moi qui suis stérile…

— Aaaaaah OK… Du coup on peut dire que t'as une schneck sans provision, nan ? »

En-fou-rire. Ex. : HAHAHAHAHAHAHAHA *reprends ma respiration* HAHAHAHAHAHAHAHAH. Se prenant pour un loubard depuis qu'il met du cuir, et je parle pas de perfecto, le grippe-sou du Marais se rattrape en serrant les poings de rage, tu sais pas si c'est pour s'taper ou pour fister.

« Putain le Ricain j'ai envie de lui péter la gueule ! »

Bien sûr. C'est pas comme si t'avais une dégaine à jouer dans *High School Musical* pendant que l'autre *redneck* égorgeait des bisons avec ses ongles. Seul moyen de gagner, lui tirer dessus. Et encore, à ce petit jeu les Ricains ont une certaine expérience. Les fusillades ? C'est coef 8 à l'université Stanford.

Pendant qu'Adé file en cuisine recharger en chips goût chambre de geek (oignons), Margaux siffle un cinquième verre de muscadet et se détend un peu trop.

« Dans ces moments-là, ça me fait du bien d'avoir des amis comme vous. »

Clarifions les choses, Margaux, j'suis pas ton pote. T'es juste la srab de ma meuf, basta. La seule raison pour laquelle j'te travaille pas, c'est parce que t'as un mousqueton accroché au jean et que t'es pas régisseuse. D'ailleurs t'approche pas trop de moi, j'me connais, à un moment donné j'vais essayer de te baiser. Inconsciente que, pour un gars, l'amitié homme-femme c'est comme le coulommiers, ça ne fonctionne que si la nana schlingue, la Simone Veil de la fibre pose sa tête avinée sur mon épaule, à la recherche de réconfort. Si Adé arrive, elle risque de se faire des idées. Perso, j'sais qu'un jour j'vais me faire gauler mais ce serait con que ce soit avec Margaux. Là, c'est Al Capone qui tombe pour fraude fiscale.

Dans un délire postcolonie de vacances, elle descend un sixième verre et propose même qu'on se tranche collectivement l'index afin de procéder à un pacte de sang… C'est un peu gênant mais rien comparé à la danse africaine qu'elle exécute actuellement sous mes yeux.

« C'est un sage sénégalais *respiration* qui m'a appris cette danse *respiration* faut toujours commencer le rituel *respiration* de cette façon. »

Des images à ne regarder qu'en présence d'un défibrillateur. Sans transition, Margaux trouve refuge dans l'amalgame.

« D'ailleurs, tu veux pas aller lui faire peur avec des mecs de ta cité ? »

Si je devais donner une note sur dix à ce racisme, je partirais comme Lou Bega : sur un cinq. Voyons si elle est capable de s'améliorer sur le troisième trimestre et obtenir son stage d'entreprise chez CNews.

« Comment ça, faire peur ? Genre avec des mecs de mon quartier on va en bas de chez ton ex et dès qu'il sort on lui fait "bouh" ?

— Nan mais tu vois ce que j'veux dire. Je parle d'intimidation. »

Allez hop, sa note vient de passer à Goldnadel/10. Un tantinet khabat, elle s'aventure dans des spéculations mêlant service d'ordre spécialisé dans le niquage de mère et hip-hop. L'envie de beatboxer afin de lui cracher des glaires monte en moi. Soudain, elle me lâche enfin la vraie raison pour laquelle Nathan l'a quittée.

« De toute manière, il était trop possessif. Il acceptait pas Emilio.

— Hein ? Emilio ?

— Adé t'a pas dit ? J'suis aussi en union libre avec un Argentin. »

Carrément ça part dans des délires semaine A semaine B pour savoir qui doit baiser qui. On aura tout vu. Et puis faut être complètement con pour penser qu'un Yankee allait partager, les gars veulent t'envahir dès que tu commandes du Pétrole Hahn, forcément qu'il allait être contre le partage des richesses.

Je rejoins Adé en cuisine. Pour critiquer sa pote, qu'elle prenne ses distances avec et qu'mon emprise sur elle s'intensifie.

« Purée t'étais au courant que Margaux avait plein de mecs ?

— Ouais, depuis qu'elle sait qu'elle est stérile, elle suit un programme de réappropriation de son corps à travers la sexualité.

— Ah OK. Donc ça y est, sous prétexte que sa chatte fonctionne pas, elle a le droit à la polygamie ? Et ça te choque pas ?

— Bah nan. Elle a le droit de se reconstruire. »

Je méprise cette époque. Tout le monde baise avec tout le monde, sauf moi. Si un jour j'vais au paradis, wAllah j'calcule plus Adé et prends une autre meuf avec des gros seins.

« Par contre ce qui me choque, c'est que t'as rien prévu pour mon anniversaire… »

Ah mais genre tous les ans faut organiser une fête ? Zeubi, j'savais pas. Enfin si. Je savais que c'était demain, j'ai même noté dans mon agenda « Anniversaire meuf ». Et merde, le cadeau... J'ai zappé. En plus elle m'a offert un iPad l'année dernière, j'dois lui acheter un truc qui coûte au moins le même prix. Ça revient cher d'aimer quelqu'un.

« Eh bah... eh bah ce soir... exceptionnellement... comme je sais que t'en as toujours rêvé... on va fêter ça au McDo !

— Jure ?! Comment t'as su que c'était mon rêve de gosse ?! »

Bah peut-être parce que c'était le rêve d'à peu près tous les gosses nés dans les années 1990. Et comme j'suis au parfum qu'tes vieux roulaient pas sur l'or, j'avais une chance sur deux que ça passe le contrôle technique. Aux étoiles qui s'invitent dans ses yeux, j'lis dans le ciel que j'ai visé juste.

« Et on y va quand ?

— On y va euh... tout de suite ? »

Bon bah, comme on fait son lit on se couche nan ?

*

J'me suis réfugié dans la salle de bains, j'passe un coup de fil à un ami.

« Allô, Junior ? Dis-moi, Caroli...

— Attends, frérot, t'es en roi du Maroc ?

— Nan nan, pourquoi ?

— La meuf du resto. Toi aussi, elle a tenté de te... comment dire... toucher la prostate ? »

Elle a recommencé. J'ai la vision de Junior se sentant jugé par Malcolm X après avoir pris un doigt dans l'cul. Des images qui font froid dans le dos.

« Bref. Caroline, elle bosse toujours chez McDo ?

— Ouais, d'ailleurs ce soir j'ai dû staffer ma cousine à sa place. Tu trouves ça chelou une Renoie avec l'accent chinois, toi ? »

Au mépris du bon sens, j'fais semblant de pas avoir entendu. L'important est que Caroline bosse actuellement dans un McDo et va ainsi me permettre d'éviter de passer pour un tocard auprès de ma gonze. Après lui avoir expliqué mon plan, Junior me fait part du sien.

« Frère, c'était aussi mon rêve ! S'te plaît, laisse-moi venir, en plus ça tombe bien, mon anniversaire c'est dans six mois.

— C'est mort, je te connais. Y a sa pote Margaux. Tu vas encore lui demander de te sucer pour s'excuser de l'esclavage. »

Le truc, c'est que j'ai pas forcément envie de mettre Junior et Margaux dans une même pièce. C'est pas qu'il est insortable, ça on le sait déjà, disons plutôt qu'avec Margaux et sa tendance à verser dans l'ethnomasochisme on est quasi sûrs qu'il va en profiter.

« Gros, t'façon je sais où vous allez. J'vais venir avec mon tonfa et tu vas rien faire. »

Le savoir et une arme. Enthousiaste à l'idée de rencontrer son enfance, Adélaïde entre dans la salle de bains sans toquer.

« Tu parles avec qui ? »

Fuck, j'ai déjà vu cette scène dans ma tête. Vous voyez de quoi je parle ? Cette sensation qui nous frappe de temps en temps et nous donne l'impression d'avoir une prémonition ? Bah là, je l'ai. Et si je suis le GPS, je dois répondre « avec Junior » et elle rétorquera « bah dis-lui de venir ». Bien qu'on puisse difficilement contourner les grands axes, j'essaie de passer par les petites rues et, par conséquent, d'éviter le carambolage qui s'annonce.

« Personne, c'est juste euh… »

Sauf que. Allergique au silence, le J se met à hurler comme un émeutier.

« ADÉ, C'EST JUNIOR, ÇA VA ?

— Ah Junior, ça roule et toi ? Tu nous rejoins au McDo, j'espère ? »

Bon, c'est pas exactement le flash que j'ai eu mais dans l'ensemble ça confirme ce que j'pensais : le mektoub c'est un peu comme Junior, tu peux pas y échapper.

On arrive au McDo. L'aire de jeux a ce qu'il faut. Toboggan, piscine à balles, modules de motricité… Petit bémol, c'est minuscule, on dirait Gaza. Tu fais tomber une balle de la piscine, t'es obligé d'aller la chercher en Israël. Le forceur des îles est déjà sur place. Pour bien faire culpabiliser Margaux de la Françafrique, il a enfilé un T-shirt floqué d'la tronche de Kémi Seba et plein de menaces écrites en rouge. J'suis pas ienb, je sais que ça va partir en couilles. Dans un souci de cohésion sociale, je propose aux meufs de s'installer pendant qu'on passe commande et chope Junior.

« Frère, me fous pas la honte. Adé pense vraiment qu'on va fêter son anniversaire.

— T'inquiète, tout est déjà organisé. »

On arrive en caisse. Rien n'est organisé. Caroline nous voit. En panique, elle maîtrise plus rien et fout des glaçons dans une friteuse. Ça explose de partout, c'était pourtant une friteuse sans histoires avant de se radicaliser sur Internet. Souhaitant nous montrer que c'est le leader du groupe, Junior prend les choses en main.

« Bonzour ! »

Vous voyez, j'suis même plus énervé contre lui, j'attends juste le Jugement dernier pour voir combien il va prendre. Comme la Caro n'est visiblement pas au courant de l'anniversaire, Junior fait le Qatari et lui glisse un billet de cinq euros. Elle refuse. Convaincu par hubris capitaliste qu'elle lâchera le morceau, Junior insiste et ajoute une pièce de deux. Choquée d'être prise pour un flic marocain, Caro nous fait comprendre qu'elle peut rien faire, qu'il faut réserver un mois à l'avance et qu'il n'ont pas de gâteau en stock. Junior demande à parler au responsable. Une petite blonde un peu frêle vient à notre rencontre. Déçu, Junior demande à voir le vrai responsable.

« Appelez-moi Ronald McDonald ! »

Faut admirer le panache. Après quelques minutes de tractations, la blondasse nous informe que l'âge maximum est de dix ans pour avoir accès au service. À son tour, le J lui explique que l'âge c'est comme la méritocratie, une projection de l'esprit. Lucide quant à notre capacité d'angoissage (Gaby fait actuellement du voguing devant une borne), la manageuse part sur un deal. OK pour l'anniversaire. OK pour que Caroline anime les activités. Mais à minuit on se casse. Marché conclu. Dernière demande mais pas des moindres de Gabriel.

« On aura quand même l'atelier maquillage ? »

Forcément. J'sors ma CB. J'attends un moment, on sait jamais, si un des deux veut faire danser ses écus. RAS. Comme Anelka à Knysna, j'paie pour tout le monde.

Tout se passe comme sur des roulettes. Menu Happy Meal. Gaby s'invente une aventure en 2010 avec le mec de la sécu, Margaux fait sa vegan et donne envie d'être toréro. Bref, Adé vit sa meilleure vie et court partout comme Nathalie Simon dans *Intervilles*.

Avant le dessert, Caroline nous dégote des cotillons et des accessoires. Margaux, toujours aussi sensible aux nobles causes, refuse le chapeau pointu. Ça serait, selon ses dires, « faire l'apologie du Ku Klux Klan ». En représentation devant Junior afin de lui prouver qu'elle aime l'Arôme Maggi, elle est obsédée par l'envie d'être quelqu'un de bien et nous bassine avec ses théories à la mords-moi-le-nœud selon lesquelles on aurait tous le même sang et tout plein de conneries. Sauf que dans sa course, elle prend un mauvais virage et aborde la thèse darwiniste.

« Et puis merde, on descend tous du singe bordel-han ! »

Oula, parle pas de singe, malheureuse…

*

Au cœur de l'action.

Elle a prononcé le mot « singe », Junior a fait la même tête que la fois où la sage-femme lui a appris qu'on fumait pas de chicha en salle d'accouchement. Le temps qu'il enfile ses lunettes et se prenne pour Lilian Thuram, on est suspendus à ses lèvres. Il a son levier et il sait que dans un réflexe de culpabilité, la nympho du podcast lui accordera tout. Le génocide rwandais, la traite négrière, le Big Bang… Elle a rien fait, mais va prendre pour tout le groupe.

Galvanisé par la culture du martyr, Junior ne sait que trop bien qu'aujourd'hui tu peux tout réinterpréter et mettre ton interlocuteur en porte-à-faux. Tu dis que les Noirs courent vite ? Raciste. Que les Blancs doivent arrêter d'attendre qu'un serveur vienne prendre leur commande au grec ? Raciste. L'obsession du méchant. Plein de petits groupes plus susceptibles les uns que les autres qui s'mettent sur la gueule et déterrent les morts pour avoir raison. Des cases qu'on s'efforce de remplir, des silences qu'on remplace par du bruit. Avoir son avis sur tout, tout le temps. Et si tu sais pas quoi penser, prends l'avis du plus retweeté. Des veaux qui agissent en bouchers. Se trouver des ennemis, les décimer avant qu'ils ne le fassent. Et puis toi t'es forcément du bon côté. C'est évident.

Le racisme, c'est surcoté. Tous ces trucs à la con, c'est loin de moi. Comme disait Beaumarchais : « L'un est roi, l'autre est berger ; le hasard fit leur distance ; l'esprit seul peut tout changer. » Ta couleur ou ton passeport, c'est pas un diplôme. De la même façon que tu peux pas en vouloir à un migrant de venir chez toi, tu peux pas en vouloir à un Blanc d'être un descendant de Pétain. Et la vérité, j'ai compris assez tôt que toute cette merde identitaire était devenue un divertissement comme un autre. Ça occupe. Nos élus l'ont bien compris. T'façon à partir du moment où on emploie le terme « opposition » pour définir ceux qui ne sont pas au pouvoir, c'est qu'on n'a rien compris au but même de la politique. Faut pas être d'accord, basta. Pour faire de l'audience, même recette. Une caméra, un animateur, un Juif, un nazi, et insultez-vous pendant une heure, les gars. Pendant cette heure, t'as eu trois coupures pub. On t'a vendu trois fois un Big Mac. Du conflit à toutes les sauces.

Vous voyez, ce qu'il se passe ce soir, c'est un cas d'école de la connerie dans laquelle on gravite. Une babtou, un Renoi, une voilée, un gay, un Rebeu. Le potentiel comique de cette blague paraît quand même hyper élevé. Sauf que j'ai oublié de citer le McDo qui fait de l'oseille sur notre dos. Toujours un Ricain dans une bonne blague. Un milliardaire pour assister au repas mais qui ne s'assied pas. Il prend les commandes, nous observe, nous ressert de grands verres de notre propre sang. Et dès qu'il sent que tu veux partir sans payer, il te met un petit jouet dans le menu. Pour te calmer. T'inquiète, tu l'auras, ton menu Wakanda. Et ça, Junior le sait.

« Margaux, désolé mais on descend pas du singe. Le darwinisme, c'est de la merde. Les taureaux comprennent toujours pas c'est quoi une cape rouge, les mouches tentent encore de traverser du double vitrage… On vaut mieux que ça, Margaux. »

J'vous ai dit, il est pas con. Les délires Black Lives Matter, il s'en bat les couilles. C'est du marketing. Ça donne bonne conscience. Mais ça reste une futilité indispensable dans son rapport avec le monde. Il sait que la culpabilité reste le seul moyen d'empêcher le fort d'exprimer sa force. Il a vu la société changer, que des gars bien tajine bien thieb devenaient sensibles et portaient plainte pour crime contre l'humanité au moindre accent africain. Il a vu dézarabédénoirs se fragiliser, chouiner, là où lui se relevait les manches. Mais il a surtout vécu pire qu'être un Renoi en France. Il a vécu seul. Il a affronté le monde sans père, sans frère ni sœur. Sa seule béquille, c'était sa daronne. Alors autant vous dire que la Petite Sirène jouée par une actrice tismée, Junior s'en tamponne, en vrai. Aujourd'hui, la seule couleur qui se reflète dans ses yeux, c'est le violet. Un exutoire à la rage qui rachète toutes ses peines. Et fumer un jaune aussi. Ça le détend.

La soirée se termine. Finalement tout s'est bien déroulé. Quand Gaby a dit que Dieu n'existait pas et qu'il croyait en la réincarnation, tout le monde est rentré. C'en était trop. T'imagines t'es Indien et tu te réincarnes en Gaby ? Faut avoir l'anus solide.

Reste plus qu'Adé et moi. Accablés par le silence des étoiles, on s'est allongés dans la piscine à balles pour téma le ciel. Pendant que Caroline passe le balai avec une feuille de palmier et ainsi perpétue la tradition (j'déconne), j'me surprends à prendre Adé dans mes bras sans avoir le barreau. Mais que m'arrive-t-il ? C'est donc ça, l'amour ?

« Bon. T'as kiffé ton anniversaire ?

— Franchement ? Petite, je voyais ça plus… Je sais pas, plus…

— Plus magique ?

— Voilà, c'est ça. Plus magique. Et puis y avait pas Ronald McDonald. »

J'ai envie de dire « Tant mieux ». Le *whiteface*, pas sûr que Junior aurait accepté.

Ça m'a fait du bien cette soirée. Entre le taf, les factures et les postures, on est trop étranglés par la vie pour trouver le temps de s'aimer. De moins en moins d'attentions. De plus en plus de reproches. À la base le couple, c'est comme Paris. À force d'y vivre, t'oublies la tour Eiffel, le Louvre, et sans savoir pourquoi, tu te fais un week-end volets fermés à binger de la merde.

Ce soir j'ai revu l'Adélaïde des débuts. Celle qui ne mange ses frites que par nombre pair, qui sait jongler avec trois oranges, qui fait un vœu lorsqu'elle voit un nain. J'ai revu ses manies innocentes qui me rendaient vulnérable et que j'ai fini par négliger. C'est pas simplement ma meuf, c'est aussi ma meilleure pote. Et ça fait quand même deux personnes que j'voudrais bien garder dans ma vie.

« T'sais quoi, chéri. J'crois que l'anniversaire au McDo, en vrai ça n'a jamais été mon rêve quand j'étais petite.

— Et c'était quoi ton rêve ?

— J'te le dirai plus tard… »

Un conseil, réalisez pas vos rêves. Si ça s'trouve c'est même pas les vôtres.

Samedi 14 juin

Plus qu'un mois avant le bal des pompiers et, pourquoi pas, la possibilité de baiser une coiffeuse ? On croise les doigts.

J'me réveille avant Adé. Ne supportant pas qu'un autre humain roupille sous mon toit alors que la dette française se creuse, j'fais preuve d'une patience d'ange et la laisse profiter du mode avion. Je file dans le salon regarder des TikTok de Ricaines qui se bagarrent dans un Walmart. On sait jamais, sur un malentendu y a toujours moyen qu'une Renoie finisse en string dans la bataille.

Je checke WhatsApp. Cent trente-sept messages non lus dans le groupe de Kader (que j'appelle en off « Les Muzclés » car, oui, j'aime être mon propre public). Entre deux photos de koalas qui prient en direction de La Mecque, j'tombe sur une vidéo traitant des anniversaires. J'ai pas tout visionné, seulement quand t'entends les mots « flammes » et « enfer » dès les premières secondes, t'as pas besoin d'aller au bout du film pour savoir qui est le coupable. J'appelle Kader, mon consultant sunnisme.

« Gros, c'est haram les anniversaires ?

— On va dire qu'à l'époque du Prophète ça ne se fêtait pas. À part l'Aïd el-Kébir et l'Aïd el-Fitr, le reste est vu comme une innovation.

— Même la Chandeleur ?!

— Euh, j'en sais rien. T'sais les actes ne valent que par leurs intentions. J'ai pas l'impression que faire des crêpes soit répréhensible. »

Désolé mais j'ai l'image d'un crêpier qui prend quatre mille coups de ceinture Diesel avec la boucle tête de mort pour des crêpes au sucre. Après une bonne vingtaine de questions relatives aux sanctions encourues en cas d'impair, Kader m'apprend que le Conseil des oulémas d'Arabie saoudite interdit les représentations humaines alors que les photos de chaque membre du conseil sont dispos sur le Net… En gros, y a à boire et à manger. Honnêtement, j'vois pas ce que des mecs qui organisent des courses de chameaux vont m'expliquer alors que j'ai un 4 × 4. Mais ça, je peux pas le dire en public.

« Ouais donc l'islam c'est le cap de Bonne-Espérance, t'as des courants dans tous les sens, quoi ?

— Disons que ça demande un vrai travail de recherche.

— Mais du coup tu lui offres des cadeaux à Nora ?

— À fond. Tu connais ta sœur, si j'veux la paix sociale j'suis obligé. »

Relire Bourdieu (aucun rapport). Kader m'alerte sur le fait qu'avec le temps il était devenu moins catégorique, que la vie n'était pas toute blanche ou toute « noirte », etc. Grosso modo, le beau-reuf est à deux doigts de se foutre pieds nus et de chanter qu'il est métis, un mélange de couleurs. Il m'apprend qu'une parade consiste à déclarer « longue vie » au lieu du traditionnel « bon anniversaire ». Un peu comme Benjuif.

Un mec de ma cité. Comme il s'appelait Benjamin et qu'il était juif, on l'avait appelé Benjuif. Simple. Pour shabbat, sa parade était de nous demander d'utiliser l'interphone à sa place [insérer image de deux enfants, un Palestinien et un Israélien, bras dessus bras dessous, provoquant chez le lecteur le besoin irrépressible de tweeter : « #Coexist »].

Je perçois un cri dans la cuisine. Tellement concentré et désireux d'éviter les plages de charbon que j'ai pas entendu Adélaïde. Tarpin zehef avant son café, j'utilise une méthode en trois phases pour échapper au conflit :

1/ reculer lentement ;

2/ pas de geste brusque ;

3/ minimiser le contact visuel.

Vous pouvez remplacer « Adélaïde » par « crocodile », c'est les mêmes consignes. Comme si ça suffisait pas, elle arrose son haleine d'un arabica aux extraits de lave. Un dragon.

« Putain, mon lapin, t'aurais pu mettre mon portable à charger… »

Je répète : reculer lentement, pas de geste brusque, minimiser le contact visuel. Très rare qu'elle m'appelle « mon lapin ». C'est exclusivement parce que l'autre option était « filsdeup » mais qu'elle se retient. Pas encore bien réveillée, j'suis le responsable de tous les maux. Là c'est le portable. Ça aurait très bien pu être la couche d'ozone. J'la rejoins, sors le gâteau de La Romainville avec un cocotier sur le dessus et lui souhaite longue vie.

Elle calcule ap. Pas fini son café, pas de savoir-vivre. Attentionné, j'avais même sorti les Pyrénéens de Lindt achetés à – 50 % le 2 janvier dernier… En attendant qu'son tél reprenne des forces, Adé prend le mien. C'est comme les enfants, la tablette, ça les calme. En apnée, j'fais une tête sereine (« Pense à Edgar Morin, pense à Edgar Morin… ») malgré un taux de probabilité d'environ 666 % que la givrée fornicatrice et/ou Verónica m'envoient des photos de leurs bzez en 4K. Et puis comme disent les jeunes : tant va la cruche à l'eau qu'à la fin elle se casse (aucun jeune ne dit ça).

« C'est qui cette meuf ?! »

*

Me faire cramer ? Un scénario parfait pour la digestion des fêtes. J'savais qu'un jour ou l'autre le Tout-Puissant me ferait payer mes écarts de conduite. Non sans difficulté, j'y vais au culot. Tonus, vitalité, je ne demande qu'à m'adapter. Pas de geste brusque, on envoie des rumeurs. Si j'lui arrache le portable des mains, c'est suspect. Si je la laisse trifouiller, elle va découvrir mes secrets. Ceux de ces derniers jours, mais aussi ceux d'avant même qu'on se connaisse. C'est ça le gros problème des téléphones, les messages tu peux tout leur faire dire.

« Quelle meuf ? »

Bien que dans le top 2 des moments les plus stressants de ma vie et, spoiler, c'est pas le second, j'suis actuellement dans un huis clos psychologique angoissant. Elle insiste.

« Bah la meuf avec ton pote sur la vidéo. C'est qui ? »

Par inadvertance, la voilée de Bayonne laisse échapper quelques informations qui risquent de peser lourd dans la balance. Comme un Rebeu au fond d'une classe, le brouillard se dissipe. Le featuring « meuf » et « pote » dans la même phrase ? Pas de doute, elle parle de Junior. Je tends l'oreille. J'entends « ékip ». Dans un mouvement fluide, style périph' aux alentours de 3 heures du sbah, je récupère le téléphone interdit et le considère avec stupeur. Chacun de mes faits et gestes peut me valoir une griffure.

« Ah, elle ? C'est la nouvelle meuf de Junior, je t'en ai pas parlé ? »

Quelle ne fut pas ma surprise en voyant la vidéo de Junior frottant les cuissots d'@HollyQueenP. Bon, il frotte sur du Freeze Corleone, mais quand même. J'en ai traversé des épreuves avec lui, il est allé s'taper contre Mahamadou Ba en 5e pour récupérer mon iPod Nano. Et Dieu sait ce que ça représentait de se faire péta son iPod à cet âge-là. Sans exagérer, c'était niveau World Trade Center. Et là, il se met sur l'autre tournedos pour me libérer l'espace. Un frère.

« Mais genre c'est sérieux entre eux ?

— Bah ouais j'pense. Après, tu le connais, Junior. Il a rarement exprimé ses sentiments.

— Wourad, excuse-moi mais… J'ai pas l'habitude de vanner le physique, en revanche… Elle fait un peu candidate de *L'amour est dans le pré*, nan ? »

Soutien aux agriculteurs. À mesure que la discussion progresse, elle décide carrément de se comporter comme la dernière des raclures et devient ultra golri.

« Sérieux, regarde le minotaure… Je parie que Thomas Pesquet la voit de l'espace.

— Adé, j'peux pas te laisser dire ça. Elle est pas si dégueue…

— Ah, si, si, chéri, je t'assure qu'elle est 100 % dégueue. 100 % Label rouge.

— Nan c'est gratuit… T'sais qu'Allah Il te voit ?

— Oh ! la la, comment tu défends la meuf de ton pote… »

Je défends surtout : mon amour-propre. On s'habille pour s'casser. Adé propose qu'on s'aventure là où le capitalisme pisse à la raie de l'écologie : les Grands Boulevards. Désormais dans l'islam radical et en quête de vêtements moins près du corps (doit-on rappeler qu'elle s'habille comme Angèle ?), elle a besoin de niquer son oseille.

On prend les transports. J'prends des tickets, j'avais pas calculé que le prix était passé à 2,10 euros, tiens. Vous me direz, entre les tox', la pisse et les frotteurs, t'as les mêmes prestas que dans le train fantôme de Disney. Forcément ça a un coût.

Après quatre arrêts, un mec passe avec un enfant au bout de sa laisse... Ça mérite une augmentation à 2,30 euros ! Alors que je suis encore frappé par ce que j'viens de voir, Café-Clope entre dans la rame.

« JÉSUS VOUS AIME ! »

Bah alors les athées, comment vous expliquez qu'il arrive à aligner trois mots malgré son état d'ébriété ? Connaissant le zigoto, je tente tant bien que mal de me cacher. Café-Clope s'approche, bouteille de pinard à la main, l'esprit dans le raisin. Le visage rubicond, voire Picon, il dévisage les usagers et donne une très bonne image des croyants. Tout à coup, il s'arrête devant nous. Les regards se croisent. La minute qui arrive risque d'enfanter de jolis quadruplés.

« BAH ADÉLAÏDE, QU'EST-CE TU FOUS DÉGUISÉE EN NINJA ? »

Actuellement en train de caner de rire, envoyez-moi une ambulance, j'suis au croisement de la 52e et de Park Avenue. Se faire vanner sur son foulard, elle savait qu'elle y aurait droit. Mais par un mec sentant la moquette de R. Kelly, c'est déchirant.

Son attention portée sur ma dulcinée me permet de fuir lentement de l'autre côté du wagon. Un homme comme on n'en fait plus. Médusée, Adé ne compte pas souffrir en solo.

« Au fait, y a Wourad qui voulait te poser des questions sur le Second Testament… Wourad ? »

Pas condamnée à l'échec, Adé nous prouve encore une fois que sa capacité d'improvisation est inépuisable. Malgré le dégoût qu'il inspire, Café-Clope traverse la voiture et me rejoint.

« TU VOIS, WOURAD, L'AUTRE JOUR EN TROTTINETTE, JE T'AI SENTI STRESSÉ. FAUT APAISER TON CŒUR, TU SAIS ? »

Le fils de pute vient de faire une erreur : dramaticale. Totalement zappé qu'il m'avait pété avec Miss Guacamole 2012. Les doigts dans la crise, j'profite de la distance avec Adé pour lui glisser un biffeton de vingt balles et le menacer. Elle arrive.

« Depuis quand tu fais de la trottinette ?

— Moi en trottinette ? Bien sûr… »

Le métro s'arrête. Les portes du wagon s'ouvrent. À part envoyer « Tu dors ? » à l'OTAN et bénéficier de sa protection, je sais pas quoi faire. Pas le temps de cogiter, j'me demande ce qu'aurait fait Junior à ma place… Mais oui, se débarrasser du problème ! J'mets un kick dans le thorax de Café-Clope juste avant que les portes se ferment. Hors de la rame, il s'encule contre le distributeur à boissons. Avec le choc, un paquet de Pringles tombe gratuitement. Le Corps du Christ. Le train redémarre. Tout le monde me regarde. Adé sait plus trop si elle est amoureuse ou sous emprise. Va falloir pondre une excuse de derrière les fagots.

« Désolé… il avait un couteau. »

Alors oui j'suis une merde, mais les gens m'ont applaudi.

*

J'suis à l'agonie. Bientôt une heure que je follow Adé dans les rayons. Les boutiques, c'est tout ce que j'déteste. La consommation à outrance. Maintenant. Vite. Tout de suite. Le pire, c'est que j'suis même pas au moment de ma vie où j'me soucie des conditions dans lesquelles des gamins pakistanais fabriquent mes fringues. J'en suis encore aux nôtres qui se déguisent en putes parce que [insérer le prénom d'une candidate de téléréalité au cerveau lisse] véhicule l'idée qu'il faut se déshabiller pour s'en sortir. Du sextile quoi.

Dans un deuxième magasin promettant d'être heureux grâce à un jean boyfriend à seulement 39,90 euros, un mec de la sécu nous filoche. Deux mètres de haut sur deux de large, le machin a des dimensions qui s'apparentent à un local commercial mais s'estime indétectable.

« Y a vraiment Shaquille O'Neal qui nous suit là ? »

Bah ouais, Adé, bienvenue dans ta nouvelle demeure hehe. Faire du shopping avec un Arabe, ça allait. On était encore qu'une assiette mixte sauce mayo. T'ajoutes de la harissa, tu passes au menu Radikal. Encore sous blister, elle sent comme un changement dans ce qu'elle représente. C'est la première fois qu'un homme la regarde pour une autre raison que glisser dans sa machine mystérieuse.

L'homme invisible s'arrête dans les rayons et touche les articles comme s'il allait acheter. Le hic, c'est qu'il est tombé sur le rayon lingerie. Tu lui fous des lunettes carrées et t'as ton prétendant pour détournement de mineur. Pas la dernière pour rendre fous les gens, ma connerie se lève de son cercueil comme l'Undertaker et propose d'inverser la vapeur.

« Viens, on le suit. Si ça se trouve, dans le stress il va commencer à barber. »

Très chaude lorsqu'il s'agit de se conduire comme une teubé, Adé accepte. À la manière des vélociraptors dans la cuisine du Jurassic Park, on se sépare. Persuadé qu'Adé pourrait cacher tout un rayon sous son hijab, le vigile reste sur sa cible. Mauvaise pioche. Comme une gamine qui t'imite, elle s'approche de lui et plagie chacun de ses faits et gestes. J'arrive de l'autre côté pour le prendre en tenaille. Bloqué. Clairement pas formé pour ça, le vigile commence à tripoter des strings pour se donner une contenance… On le toise. Il est pas bien. Puis il se casse. 1-0.

Troisième boutique, deuxième filature. Cette fois c'est un petit Rebeu dans un costard trop large. Le gars n'a pas grandi et continue de jouer aux gendarmes et aux voleurs. Nostalgique de *Crocodile Dundee*, il utilise un talkie-walkie alors qu'il est tout seul dans le magasin.

« Wourad, c'est pas ton daron qui nous suit ? »

Très bonne vanne d'Adé. Surtout que si ça s'trouve, c'est vraiment lui mdr. Petit à petit, il devient insistant. Dans chaque reflet de miroir, j'le vois. Peu importe où mon regard se perd, il apparaît. C'est plus un vigile, c'est Zelensky dans une cérémonie. Au début, c'était marrant, mais Adé commence à comprendre que le voile n'est pas qu'une composante de ce qu'elle est mais son entièreté. À cran, l'apprentie sorcière part en scandale. J'reconnais pas cette personne. Envie de lui prélever sa salive et effectuer un test ADN. Soudain, elle fout des fringues dans son sac pour le provoquer. Erreur de novice.

« ESPÈCE DE GROS CONNARD, C'EST ÇA QUE TU VEUX ?! TU VEUX QU'ON VOLE ?! BAH VOILÀ, ON VA VOLER ! »

*

Akha, akha ! Le Walker Texas Ranger du Lycra a appelé les keufs.

P'tit conseil pour les nanas qui se font marbrer par leurs conjoints, songez à vous faire savate chez Mango, les flics arriveront beaucoup plus tôt.

Installés dans une pièce au miroir sans tain, le service de sécurité a vu les choses en grand. On va devoir s'expliquer. Est-ce que j'espère secrètement finir en GAV afin d'éviter le dîner de ce soir ? Vous connaissez la réponse.

Pas habituée à se faire contrôler, Adé a encore ses réflexes de Blanche consistant à vivre dans un monde où la police ne traverse ton existence que lorsque tu la contactes. Elle vit ça comme une injustice et marmonne des mots du type : « préjudice moral ».

« Putain mais, Wourad, ça t'énerve pas ?! Tu trouves ça normal qu'on nous traite comme des chiens ?! »

Ce qui la rend vraiment ouf ? C'est d'avoir perdu son mot de passe du privilège blanc. Encore trop tôt pour lui expliquer que c'est son inefficacité qui l'énerve (elle vient d'enchaîner trois doigts d'honneur en direction de la caméra de sécu), je la laisse se faire la main. Deux condés, une brune et un blond, entrent dans le PC sécurité. Elle les agresse.

« Bon, c'est pas trop tôt. Vous êtes contents ? Vous avez attrapé Bonnie and Clyde ? »

Sacrée nénette. Pas encore consciente qu'elle peut s'faire niquer. Après j'dis pas que tous les flics sont violents, j'dis juste que depuis qu'on a tous des caméras sur nos portables, on voit beaucoup moins de vidéos d'ovnis que de bavures policières… La fliquette, visiblement admise au concours d'entrée sur coloriage, prend part à la discussion.

« Oh, qu'elle va causer autrement qu'celle là ?! »

Le problème avec les flics, c'est la barrière de la langue. Et encore, il ne lui manque que douze dents. Comme leur foie, j'me mouille pas et laisse Adélaïde gérer. Sinistre de l'Intérieur, elle saute sur l'occasion pour exercer ce qu'elle sait faire de mieux : casser les couilles.

« Mais attendez, vous parlez ou vous vous noyez ? Désolée mais j'arrive pas à séparer la policière de l'artiste. »

Préparez la brique de jus, on va y passer la nuit. Se comportant comme Rachida Dati sur un plateau télé, Adé démarre tellement fort que j'ai envie de prendre leur défense. Le flic nous demande nos papiers. J'sors les miens. Adé me prend à partie.

« Et sinon, à quelle heure tu les suces ? »

Voilà qui est dit. Le condé me regarde avec tendresse mais n'arrive pas à exprimer ses pensées du fait d'un vocabulaire restreint (quatre-vingts mots/quatre-vingt-cinq quand il est bourré). Il semble avoir pris pas mal de coups au poste de demis de mêlée et quitte la pièce pour déchiffrer nos identités. On reste muets quelques minutes. Elle veut pas me regarder, elle sait que j'ai un grand sourire. *In fine,* elle le lâche.

« Ah ouais… c'est nul d'être musulmane en fait. »

Les gens tu les préviens, ils t'écoutent pas…

*

Après m'être inventé un master en droit, j'ai demandé la présence de mon avocat. On obtient notre libération. La grève de la faim et le mouvement de hanche indiquant qu'Adé « encule la justice » y sont pour beaucoup. Est-ce que cette facette d'Adélaïde qui ne s'était jusque-là jamais manifestée provoque chez moi des coliques néphrétiques ? Évidemment, nan. Des diarrhées ? Ne trahissons pas le secret médical (oui).

L'anniversaire « surprise » est dans deux heures. À cent vingt minutes du choc des civilisations. Une caresse de couscous, des papouilles de vin rouge. J'explore l'éventualité de me saper comme Aladdin et de faire l'accent arabe mais la peur d'être attaqué en justice par le *JCC* pour plagiat me bloque. Ça part sur un truc plus sobre, jean foncé, chemise blanche. Le short du Bayern Munich en guise de caleçon, c'est au cas où ça tape un foot. *Streets won't forget.*

Avant de se barrer, on prend un sac de vivres. Des chips, de la flotte, une tente Quechua. Depuis quelques années, les parents d'Adé se sont exilés dans le fin fond du Val-d'Oise, là où Jean-Pierre Pernaut fait les voix off. Ils disent encore qu'ils habitent à Paris pour rester dans le coup même s'ils sont plus proches du Royaume-Uni. Pourtant c'est pas mal le 95. Magny-en-Vexin plus précisément. Faut être précis dans le 95. Tu te trompes de sortie, t'es à Londres, ça roule à gauche, tu fais un accident, tu décèdes. Fin du livre :(

Je descends à la gova. J'ai pris l'habitude de lancer le mouvement, ça lui met la pression. Entre le maquillage et le choix du sac, j'ai la barbe qui pousse, après faut se raser, flemme. Attendre au calme dans la voiture, c'est mon moment à moi. Il m'en reste peu.

L'insonorisation d'la caisse et le monde qui continue de tourner, c'est mon petit péché mignon. Ça doit être cool de vivre à Saint-Étienne. D'ailleurs j'ai commencé la clope pour ça. Avoir l'excuse de prendre cinq minutes de pause au boulot et respirer. Perdre deux fois plus vite sa santé en gagnant sa vie.

À trente bornes, l'appréhension me rattrape comme une calvasse. La daronne d'Adé, faut se la coltiner. Elle a pété la fenêtre d'Overton et fait installer de grandes baies vitrées pour mieux surveiller nos frontières. En pleine fixette sur le remplacement civilisationnel, elle justifie ses propos en parlant du nombre croissant de kebabs dans son centre-ville… T'sais à partir du moment où ton argument principal repose sur des sandwichs, y a plus de débat. Adé sent que j'suis pas bien. Du coup, elle trouve que c'est le bon moment pour me mettre encore plus en galère.

« Pourquoi tu parles jamais de ton père ? »

Première fois qu'elle bavarde de ça. Le daron, j'le connais ap. Les potins de Maman diffèrent d'une journée à l'autre, mais tous s'accordent sur le fait que c'était un bel enculé.

« Tu veux que j'dise quoi ?

— J'en sais rien. T'as pas de souvenirs ?

— Il est parti à la naissance de Nora. J'avais deux ans. La seule photo que j'ai c'est le jour de ma circoncision et il avait une coupe mulet. Ça fait deux mauvais souvenirs. »

La vérité c'est qu'à deux ans j'avais une très grosse bite, c'est pour ça que j'ai gardé la photo. Toujours est-il que j'vois pas pourquoi on parlerait d'un gars qui a préféré déclarer forfait. C'est dans les grands matchs qu'on voit les grands joueurs.

« T'as jamais pensé à partir à sa recherche ?

— Comme dans *La Carte aux trésors* sur France 3 ?
— En quelque sorte ouais…
— Si, vite fait… Une fois, j'ai failli prendre un billet pour l'Algérie. J'voulais savoir ce qu'il était devenu. Et puis j'ai imaginé la scène. On n'aurait rien eu à se dire. J'ai abandonné. »

Tu sais combien ça coûte un billet Air Algérie ?! En plus, j'y ai jamais mis les pieds. Mon seul lien avec le bled, c'est ma mère qui me dit d'éviter les femmes algériennes car : elles mordent. Y avait aussi le grand-père. Il passait nous voir tous les deux-trois ans pour nous dire qu'il avait combattu les nazis alors qu'il avait jamais fait la guerre. J'avais treize ans quand il est mort. M'man avait pas assez de papel pour trois allers-retours. Elle a dû tout gérer toute seule. Chagrin pour soi et Dieu pour tous. Raison de plus pour laisser le daron là où il est.

*

Plus que cinq kilomètres. On parle des cadeaux. La bourgeoise veut un lave-vaisselle. J'suis contre. Déjà parce qu'il va falloir le monter sans ascenseur, mais aussi parce qu'il faut nettoyer les assiettes avant de les mettre dans le lave-vaisselle. Pas envie d'être le lave-vaisselle du lave-vaisselle.

On arrive à la baraque de ses parents dans une rue encaissée. J'ai un goût de métal dans la bouche, un goût en cuir avec une guitare qui hurle « *No future!!* ». Vu que la logistique c'est pas leur fort et qu'en face de la maison t'as dix bagnoles, je comprends qu'il y aura du monde pour assister au drame.

On sonne. Michel ouvre, vêtu d'un marcel, si choquant que cela puisse paraître. Le tatouage scorpion ?

J'suis comme vous, j'viens de l'apprendre. Face à la version nahnah de sa fille, le pauvre a un léger mouvement de recul mais finit par faire comme si de rien n'était.

« Ah tiens, vous êtes là ? Heureusement que vous arrivez, j'allais sortir. »

Très bon acteur, donnez-lui un rôle dans un projet qui ne verra jamais le jour. On claque des bises, il sent déjà l'alcool. Je dirais même que l'alcool sent Michel. On le suit dans le salon. Galant, il propose à Adé de passer la première. Contrairement aux participants de *Y a que la vérité qui compte* de Bataille & Fontaine, elle sait ce qui l'attend derrière le rideau. P'tit signe Jul avant d'entrer. Et mercé la zone.

« SURP… »

Même le « SURPRISE » a été surpris. Tout le monde me téma, on dirait j'me suis pointé en crop top. On peut même apercevoir le malaise qui fume des Vogue près du ficus et des bégonias. Moi ? J'suis aux abois. Représentant de la minorité visible dans ce paradis blanc, j'fais le sourire des entretiens d'embauche.

Michel lance *Joyeux anniversaire* sur YouTube. Le con se goure et envoie la version raï'n'B. Malgré son crâne qui fume comme un sportif camerounais, Édith garde le sourire. Envahie par ses émotions (et par l'immigration), elle tape la bise à sa gamine tout en me dévisageant.

« Bon anniversaire, ma fille… T'as pas chaud là-dessous ? »

Chauffeuse livreuse, elle livre déjà bataille. Pour pas les choquer, Adé s'est foutu un turban sur la tête. Parce qu'en plus de craindre Allah, elle craint Cristina Cordula. Elle met son voile de plusieurs manières comme les Mexicains alternent avec la tortilla. Et ça entretient parfaitement le flou quant aux motivations divines de l'héritière. Le père Michel, ayant perdu son chat et ses couilles, baisse les yeux comme une victime quand sa meuf le guette. Nonobstant la flaque dorée qui s'étend le long de sa jambe gauche, le daron continue de gâter le coin et lance même *C'est la vie* de Cheb Khaled. La goutte de Selecto pour Édith qui, préférant la France sous Chirac, éteint la sono et ordonne au padre de lancer le barbeuc'. Plus de bruit mais des odeurs.

En filant dans le jardin, j'entends un *psst-psst* venant des arbustes. C'est Michel. À l'ombre du show-business, le Cetelem de la Kro tente d'établir le contact.

« Michel, c'est quoi ce délire ? T'avais une seule mission, t'as merdé !

— Tu m'excuseras, mon mignon mais c'est pas toi qui cohabites avec Éric Ciotti… J'allais lui en parler hier. Sauf qu'en regardant un reportage sur les tortures en Arabie saoudite, elle a commencé à faire un accent de banlieue comme Gaspard Proust. Ça m'a foudroyé. »

Décidément, l'électrocution, la madeleine de Proust de l'extrême droite. On se pose pour graille. Une table aussi longue qu'un 0-0 entre Toulouse et Reims traverse le jardin. C'est classé par âge. Du coin enfants aux grands-parents. De la purée à la purée. Adé propose qu'on s'mette au milieu. Sauf que les tronches d'étudiants Assas de ses cousins me donnent envie de leur vendre de la drogue. Je me pose près des gosses, au moins, là, personne me cassera les couilles avec LinkedIn. Juste avant que je m'asseye, le petit Théo force avec sa chaise pour se foutre à côté de moi.

C'est le petit-cousin d'Adé. Depuis qu'il sait que j'suis d'origine algérienne, il a arrêté son délire gothique et s'prend désormais pour un des nôtres. De puer de la bite à se la couper, y avait quand même un gap.

« Wourad, t'as vu le but de Belaïli ? Sah s'il était argentin il serait titulaire au Real, wAllah ! »

Résolu à être un Arabe, il me montre en même temps des photos de moutons en lunettes de soleil trouvées sur Snap… Texto d'Adé.

Arrête de traîner avec les enfants, tout le monde te prend pour un gros pédo

J'sais même plus c'est quoi la diff' entre moi et une brosse à chiottes. Pour ma défense, j'ai jamais su comment agir avec des enfants sans être en panique que ce soit mal interprété. Suffit d'un « Tu veux deux boules sur ton cornet ? » au moment du dessert et tu passes pour un délinquant sexuel belge.

La soirée se prolonge. Le niveau sonore des rires augmente à mesure que l'alcool se pillave. T'façon tu sais que tout le monde est un peu rond quand Michel fait des jeux de mots avec « Johnny » et « slip jauni » et que personne lui casse de bouteille sur le crâne. Entre la poire et le fromage, la daronne pousse Adélaïde à tiser du rouge et finit la teille dans son verre par un « Mariée ou pendue ! ». Tous les moyens sont bons pour déceler mon implication dans les attentats du 11 Septembre. Pas conne, ladite descendante vide ses verres sous la table et les recharge en Oasis pomme-cassis-framboise. Hâte de prendre une part du fraisier au bacon.

Juste avant le gâteau, j'me mets en mode lèche-cul et débarrasse la table comme Yann Moix au dîner du CRIF. Faut absolument que sa famille me prenne pour le bon Rebeu, celui qui mérite ses allocs. Quoi de mieux que faire la vaisselle pour casser les clichés ?

J'arrive en cuisine et me mets à ranger avec tout le monde. C'est fun, on s'entraide, y a un petit côté « Fort Boyard ». J'mets où le sel ? J'range où le pain ? Seule certitude avec l'organisation de la cuisine : la grand-mère d'Adé ressemble tellement à un légume que t'as envie de lui foutre une TVA à 5,5.

J'commence la vaisselle. Au début c'est sympa, ça rappelle la douche. Sauf qu'à un moment donné je me retrouve tout seul dans la cuisine. Là, y a plus de potes, tout devient une affaire personnelle. J'vous jure, avoir le corps occupé à faire un truc chiant, ça stimule le cerveau par : la haine. C'est le meilleur moment pour planifier un assassinat, devenir parano. La pire version de moi-même. J'entends rigoler dans le salon ? « Ah carrément, ça parle sur moi ? » On me propose de l'aide ? « Nan mais profites-en pour m'sodomiser, t'façon j'ai les mains prises. » Une tante d'Adé dépose une assiette sale un peu trop loin de mon bras. Incitation à la haine raciale. J'ai qu'une envie, c'est d'en découdre. En fait, c'est pas la vaisselle qui me pose un problème. C'est de la faire seul. Quelqu'un m'parle en même temps, faut minimum qu'il soit golri ou crache du feu. Pour tout vous avouer, j'ai jamais compris comment en mangeant un steak, tu te retrouvais à nettoyer quarante-sept assiettes, seize poêles, un Piaggio… Mais le pire, c'est qu'à peine j'ai fini, la grosse pute de grand-mère POSE UNE DERNIÈRE CUILLÈRE DANS L'ÉVIER ?!!

Hé vas-y c'est bon, j'vais lui offrir son lave-vaisselle.

*

Pris en grippe par la darka, je quitte la cuisine maudite et rejoins l'assemblée. Touché par le syndrome du jeunisme, Michel enchaîne les dab comme un politique soucieux d'attirer un jeune électorat. Sans doute le seul avec le petit Théo à s'en battre les couilles du déclin civilisationnel de la France, il me chauffe pour taper un foot dans le fond du jardin.

« Trois contre trois. J'suis avec Wourad. »

Le gars pas loin de se prendre en photo avec moi comme si j'étais un poiscaille de deux mètres qu'il venait de pêcher. Michel, il aime l'exotisme. Il aime surtout gagner et est lucide quant à mes qualités individuelles. Une enfance passée en cité, c'est l'assurance de longues après-midi au city stade. Et ça, Mich-Mich le sait. Le problème, c'est que je l'entends pas de cette oreille. Mon plan est simple. Jouer aussi mal que possible et prouver au monde que je ne suis pas un banlieusard comme les autres.

On prend un cousin qui ressemble à Vianney. L'autre équipe se compose de Théo et de deux autres Vianney. Ça joue. Déjà deux buts encaissés. Pour avoir l'air crédible en tant que nullard footballistique, je m'inspire des Juifs. Désolé, les gars, mais vous êtes giga claqués à ce sport c'est un fait. Autant les e-cigarettes et le nouvel ordre mondial, vous excellez, autant le football, laissez tomber.

4-1. Michel commence à se zehef. Ne supportant pas la défaite, il devient agressif et c'est Théo qui en prend plein la gueule. Moi tu me parles pas d'âge. À la limite de la main courante, Michel peine à suivre le rythme et accuse le RPR. Déçu de moi, il demande un remplacement alors que c'est bien lui qui est titulaire du bide d'Homer Simpson. J'accepte la sentence. En filant me laver les mains dans la salle de bains, j'vois un flash de portable au fond d'un couloir. Ça vient de la piaule des darons. Lucifuge lorsqu'il s'agit de me justifier, j'fais zarma j'ai pas vu qu'Édith me convoque au bureau des méandres.

« Wourad ? Veux-tu me rejoindre ? J'ai quelque chose à te demander… »

Fuck. Elle a l'air sereine, j'pourrai même pas gagner le débat en évoquant « une agressivité qui fausse tout dialogue ». J'y vais. À peine j'ferme la porte qu'elle se transforme en Bruno Mégret du textile et souhaite faire tourner une machine de blanc.

« Qu'est-ce que c'est que cette histoire ?!

— J'avoue, 4-1. En même temps Michel, il a une charrette…

— … Je m'en fous de ton foot ! Je te parle de ma fille !

— J'te préviens, Édith, c'est moi la victime.

— Mon œil ! J'ai vu *Bac Nord*, je sais de quoi vous êtes capables ! »

Tacos neuf viandes, elle mélange tout. Cinq minutes que je lui prouve par A + B que j'irai en enfer mais rien n'y fait, pour elle j'suis dans la combine. Pourtant à la base l'islam, j'le fais par politesse. Au mieux, je faisais le ramadan au lycée en espérant que le Seigneur interfère dans mon troisième trimestre.

« Donc tu m'aiderais à la désislamiser ?

— Oula, Édith, merci pour le pacte faustien mais non merci. C'est pas parce que j'suis un cancre en spiritualité que j'vais me mettre Allah à dos.

— Ah ! Tu vois, y a anguille sous roche ! »

Du maccarthysme. J'viens de passer de fish and chips à fiché S. La nénette me fait de la peine. Ça doit être nul sa vie. Tous les jours à préférer mettre les gens dans la ligne de mire d'un fusil plutôt que dans le verre d'une jumelle. Si cé vré cé tré grav ! Pendant que j'pense à la prime du mois de juin que je vais percevoir pour la conversion d'Adélaïde, Michel toque à la porte.

« Vous venez ? J'lance le karaoké. Wourad, tu chantes cette fois ! »

Envie de l'insulter mais laissons la justice faire son travail. Chanter en public ? Ma hantise. Fanatique de variété française, Michel a sorti du buffet son pack karaoké Silvercrest. Les pronos sont ouverts, la cote pour que *Les Lacs du Connemara* résonne dans tout le 9-5 passe à 1.

On file dans le salon. Toute la famille Bélier s'y est installée pour admirer mon mutisme. Théo passe en premier. Le baisé a mis *Pour ceux* de la Mafia K'1 Fry. Fallait voir la tronche d'Édith sur le couplet de Rohff qui dédicace aux « pucelles, celles qui puent pas d'la chatte, des aisselles »… Bien joué, Théo, heureusement que t'es là, t'as mis une bonne ambiance, nique ta mère.

Vient mon tour. Comme la pâte, j'mets du temps à me lever. Michel me propose deux choix. *Ne me jugez pas* de Sawt El Atlas ou *Amoureux de ma femme* de Richard Anthony. Je prends Richie. L'instru démarre. J'peux plus veski. Dieu merci Adélaïde me rejoint et prend le micro. À coup sûr la femme de ma vie. D'ailleurs elle a un truc à dire.

« Je profite du fait que tout le monde soit là pour vous faire une annonce. Voilà, avec Wourad on a décidé de… de se marier ! »

*

Sans mauvais jeu de mots, c'est l'hallali. Adé vient de lâcher une bombe. Pas celle qu'imaginait sa daronne au regard teinté comme un Viano, mais une bombe quand même.

En sueur, j'ai l'impression d'avoir calculé mes points de retraite. Perso, j'avais pas prévu de rater ma vie avec elle. On m'observe avec la haine des grands soirs. Les yeux cauteleux et les lèvres fines comme un raciste devant *Tirailleurs,* Édith profite de la cohue et des félicitations pour me sommer de la rejoindre dans le jardin. Seul moyen de la calmer, lui montrer que mon idéal féminin demeure : la France.

« Nan mais Benzema qui chante pas *La Marseillaise* je trouve ça scan-da… »

Le plan nueve tombe à l'eau. Comme la 0.9, elle me coupe.

« Et ça non plus tu le savais pas ?!

— Édith, wAllah j'étais pas au courant. »

Le wAllah c'est gratos. La laïcité n'étant pas une loi d'effacement des religions, j'ai l'ambition de la pourrir à chaque prise de parole. Soupe au lait, elle se lâche sur le beurre.

« Tu la forces à se marier, oui ou merde ?! »

À première vue, j'ai envie de répondre « merde ». Sauf qu'elle tient une pique à brochette dans la paluche. On va patienter avant d'être catégorique. Et puis c'est mal connaître sa merdeuse. Parce que l'incarnation du fantasme arabo-masculin violent qui gravite autour de oim, j'veux bien. Sauf que sous ses airs de nénette bien TF1 bien Anne-Claire Coudray, c'est Adé la masculinité toxique de mon couple. Hormis devant les vidéos de Zidane sur YouTube, j'ai pas le droit de pleurer. L'hiver dernier, j'me suis ramasse dans un ravin à Chamonix. Double entorse du genou. C'est pas pendant qu'on m'hélitreuillait, je l'entendais dire : « Hé la danseuse, t'en profiteras pour t'faire greffer des couilles ? »

« Édith, tu prends Le Pirée pour un homme. C'est elle qui me force !

— Mais bien sûr ! Et les prénoms de vos enfants, je parie qu'elle choisira Abdulawak ?! »

Désolé, intituler son gosse Abdulawak, c'est très drôle. Mais hop hop hop, pas plus haut que le verre. Déjà pour les prénoms j'suis un nullard, j'avais un chien au collège, je l'ai appelé Le Chien. Mais surtout, j'arrive même plus à glisser mon zgeg dans sa gosse (phrase à ne jamais prononcer dans un tribunal), ça me paraît difficile d'en faire.

Un peu gêné d'apprécier la *Salsa du démon* en fond sonore, l'idéologie RN parle à la place d'Édith de Nantes. Une mini érection me traverse. Oui, foutre le seum aux patriotes me fait bander. Pas une giga gaule hein, mais un petit menhir quoi. Leur histoire de grand remplacement, j'la vois comme des vacances à Dubai : j'avais pas prévu d'y aller mais à force d'en entendre parler moi aussi j'veux participer. Tenez, j'vais lui demander de se calmer, ça peut me faire gonfler le zob un peu plus.

« Écoutez, calmez-vous…

— MAIS JE SUIS TRÈS CAAAAALME !! »

Oh nan, trop déçu qu'elle s'énerve *danse le décalé gwada*. Par contre calculez pas le vouvoiement, c'est lié à la pique à brochette. Ayant accordé ses violons avec la pensée dominante, elle croit clairement que je la prends pour une conne et les reportages sur la taqîya semblent avoir eu raison du doublé de Zizou en finale de Coupe du monde. D'un coup, crime de lèse-majesté. Le petit Théo apparaît pour me féliciter.

« Maintenant qu'on a le même sang, j'peux dire à l'école que je m'appelle Aziz ? »

Famille ravagée, doit y avoir un truc dans l'eau du robinet. J'ai envie d'exploser de rire mais même ça j'dois faire gaffe, on pourrait m'coller un procès pour apologie du terrorisme. Furax, elle tente d'avoir ma liberté de penser.

« Wourad, qu'on soit clairs. Je n'ai rien contre les Arabes ! »

C'est sympa de préciser hehe. Pour être honnête, j'ai envie de la croire. L'humain est con, il a besoin de se sentir représenté. Les Blancs floquent des maillots de Griezmann, les Arabes de Benzema, les Noirs... Bah ils jouent au foot. On est tous attirés par ce qui nous ressemble, dossier suivant. Là, ce qui fait que ses chicots grincent autant qu'une porte d'église, c'est justement ça : la place de l'église. La société se perd, la décadence a pris le dessus, le présent lui paraît illisible, Tex viré des « Z'amours ». Croyant savoir qu'on aurait pour projet d'envahir le pays et d'y instaurer la charia (alors qu'on n'arrive pas à s'entendre sur la date de fin du ramadan...), Édith a surtout la trouille.

Des messes du dimanche vides, des mosquées pleines à craquer le vendredi. C'est toutes ses croyances qui en prennent un coup. Déjà qu'elle a aucune certitude quant à l'existence de Dieu (et par conséquent, sa non-existence), suffit qu'elle voie un autre compte prendre des abonnés pour se demander si elle follow le bon berger. Et si en plus t'as la télé qui lui raconte qu'une nouvelle religion vient de taper le million de vues en vingt-quatre heures (zen), forcément elle se pose des questions.

Édith, elle a peur pour son groupe. Moi le groupe, c'est ce qui m'a toujours tenu éloigné de la religion. Les trois quarts comprennent que dalle aux bouquins mais tranquille, on fait partie d'un groupe hein, le monsieur avec sa robe qui réfléchit à notre place doit forcément avoir raison. Comme si, trop con pour brancher mon cerveau, j'avais besoin d'un SAV. J'arrive déjà pas à saisir pourquoi Dieu mettrait sa propre création en enfer et toi tu veux que je choisisse une chasuble ? J'ai joué au foot en club, je suis allé à des manifs. J'ai vu comme l'être humain devient teubé lorsqu'il agit en groupe. J'ai pas envie de faire partie d'un groupe, moi.

Ce que la télé ne lui dit pas, c'est que toute la société tourne le dos à Dieu. Les mosquées pleines le vendredi ? *Bullshit*. Elles sont vides les autres jours. C'est pas l'islam le problème. C'est que les gens n'adhèrent plus à rien naïvement. Avec un outil comme Internet, tout le monde a accès au savoir, à différents sons de cloche. Et le *ding dong* qu'Édith entend, elle a peur qu'il sonne la fin de sa récré.

*

On est dans la tchop. L'usage de la parole en RSV, j'mets de la musique pour amortir mon seum. Encore un chouia immature, j'fous la playlist *R'n'B 2000* où se succèdent des chanteuses visiblement toutes trahies par leurs mecs, de gros salauds [émoji énervé]. Au bout de deux chansons je zappe car : moi aussi j'la trompe. Pas hyper chaud pour éveiller en elle le moindre soupçon quant à mes expériences (1) de gros baiseur, j'opte pour le silence. Comme Junior, Adé est mal à l'aise face au blanc. Ou bien c'est le son du clignotant qui lui rappelle le dernier album de Naps.

« Désolée. J'ai pensé que ça serait sympa de mutualiser ta demande en mariage avec mon anniversaire… »

La fin de l'abondance ? Carrément ça fait des économies d'événements. Pourquoi ne pas regrouper mes anniversaires, Noël, Roch Hachana et partir sur une grosse soirée le jour d'mon enterrement ?

« De quelle demande en mariage tu parles ?!

— La tienne.

— Mais on n'en a jamais parlé…

— Bah c'est peut-être le moment, nan ? »

Je dis oui, j'suis marié. Je dis nan, j'suis largué. Ça m'apprendra à me foutre de la gueule des non-binaires.

« Tu te vois vraiment mariée avec moi ? Genre toute l'année ?

— Ça ne me dérangerait pas. »

J'ai le cœur qui s'emballe, besoin qu'on me prête main-forte. J'envisage la possibilité de percuter la glissière de sécurité et pourquoi pas,

réponse A : crever ;

réponse B : décéder ;

réponse C : mourir sur scène (désolé, j'écoute du Dalida).

Après tout, c'est quoi le pire, avaler son acte de naissance ou perdre deux mille balles dans une robe de mariée à usage unique ?

« À moins que tu veuilles pas… Après, si je ne suis qu'un épisode de ta vie, ce serait sympa de m'en parler…

— Adé, j'ai jamais dit ça. J'aurais juste voulu être consulté avant que t'en parles à tes parents.

— Consulté ? Chéri, chaque fois qu'on aborde un sujet sérieux, tu disparais. J'ai trente ans, je sais ce que je veux et j'vais pas t'attendre. Maintenant si tu penses que c'est prématuré, je comprends. Pour moi, c'est une évidence. »

C'est pas un ultimatum, c'est une hagra. On dirait la fois où Junior avait une vidéo d'ma daronne qui courait après le bus et me faisait chanter en me menaçant de la poster sur Snap. L'utilisation du terme « évidence » résonne toutefois en moi comme une déclaration d'amour.

« Mais déjà, d'où t'hésites ? Estime-toi heureux qu'une nana comme moi te tolère à moins d'un mètre. »

Mdr, elle aura pas duré longtemps la décla'. Au courant que mes roustons font de moi un homme infâme, elle sort l'artillerie lourde.

« Et je t'annonce. Les relations sexuelles hors mariage, c'est terminé.

— Comment ça "terminé" ?

— Bah terminé. Fini.

— Genre euh… Même euh…

— Même quoi ?

— Même un oid ? »

Oui, je suis un porc. J'ai pris la religion pour un fast-food et compte bien choisir mes ingrédients. Motivé à l'idée de faire passer mon intérêt avant la vérité, j'hésite à inventer un verset autorisant des écarts pour « quand t'as vraaaaaaaaiment envie ».

Dans d'autres circonstances j'aurais favorisé la ken extrascolaire pour assouvir mes pulsions, sauf que présentement, Dieu m'a à l'œil. La moindre faute me sera préjudiciable. J'ai beau fricoter avec Verónica, jusqu'à présent, RAS. Pas une galoche, *nada*. Le jour où j'ai un pneu qui crève ou un point de côté, j'y verrai une intervention divine. Et t'façon c'est quoi un mariage si ce n'est cramer trente points en une soirée, des invités qui trouvent la bouffe dégueulasse et une mariée un peu trop boudinée dans sa robe ? Pas le temps de répondre, j'entends un *CHLAK*. Putain, l'intervention divine…

*

Roue avant droite crevée. Si ça c'est pas un signe… Donc quand je priais pour avoir la moyenne au lycée, j'me mangeais le répondeur, mais dès qu'il est question de mariage, tout de suite ça sonne qu'une fois. Z'avaient raison les cathos, Dieu est amour.

Dans un réflexe spidermanien, j'me range sur la bande d'arrêt d'urgence et sors ma carte Vitale. Oups, désolé c'est l'habitude, la France m'a tout donné [insérer image d'Abd al Malik]. La boussole viriliste visiblement cassée, je galère à sortir le cric de la boîte à outils. Adé me demande si j'ai besoin d'aide. Homme capable ascendant DZ, j'lui ordonne de rester dans la bagnole pour sa sécurité. J'en profite pour taper sur YouTube « comment changer pneu vite Allah help me please ».

Finalement, elle m'entend me fâcher avec des écrous et baisse sa fenêtre afin d'admirer le spectacle. Il fait nuit, j'suis à quatre pattes au bord d'une nationale.

« Avec l'inflation, c'est passé à combien la pipe ? »

Sous le voile, une beaufette. Pardon d'être trivial mais les blagues sous la ceinture, on apprécie à la rédac'. Surtout qu'elle tient présentement une petite bouteille d'eau et imite un homme en train de se masturber tout en me regardant galérer. J'ai mal au dos. J'essaie de rester sérieux parce que ça va pas ensemble, rigoler et souffrir. Bien que sur le « salope, soulève ta jupe ! », j'aie pouffé.

Une fois que j'ai terminé, elle me jette la bouteille. Hors de question que j'entre dans la voiture avec des mains de rasta blanc. Emportée par sa stupidité, elle attend que je me nettoie pour fermer la caisse de l'intérieur.

« Putain, Adé, t'es une gamine… Vas-y ouvre…

— Pas tant que tu ne me demandes pas en mariage. »

Des méthodes de voyou. Je sais pas quel souvenir elle veut garder, je sais juste que si on a des gosses, j'vais devoir remixer la version des faits.

« Adé, c'est puni par la loi c'que tu fais.

— Rien à foutre. Porte tes couilles.

— Et puis faut que j'te fasse une vraie demande. J'dois me préparer.

— Ah parce que le jour où tu m'as embrassée pour la première fois dans un Chicken Spot t'étais préparé ? »

J'en ai ma claque de sa repartie. Elle a trop souvent raizon alors ke c'est moi ke j'pousse 120 kg à la sal. Sérieux, y a huit milliards d'humains, obligé j'peux trouver au moins quarante sosies d'elle, dont trente qui viennent d'un pays du tiers-monde et me laisseront avoir raison en échange d'un repas chaud. Devant l'insistance de ses positions pro-mariage couscous et n'ayant d'autre option que la diplomatie, j'la boucle. Elle propose un deal.

« On fait juste un hlel. Au pire si ça marche pas, tu me répudies.

— C'est quoi ça encore ?

— Pour divorcer, t'as juste à me dire trois fois "j'te répudie" et c'est terminé.

— Trois fois ? Comme pour Beetlejuice ?

— Euh ouais… En quelque sorte… »

Purée, c'est fastoche de casser en islam. Impatient de divorcer pendant qu'elle dort. Tout de go, elle met en place son plan.

« De toute manière, on trouvera pas de date de mariage sur Paris. On fait d'abord le religieux. Et le civil, on voit pour septembre à la mairie de ta ville. »

Me marier dans mon quartier ? Jamais de la vie. L'extrême droite est beaucoup trop haute dans les sondages. J'connais les gars de ma cité, ça va arriver en quad à la mairie avec des drapeaux de l'Algérie. Suffit que Junior prenne le contrôle des opérations et tout le quartier en profitera pour envahir le périph' et réclamer la tête de Macron.

« Wourad. Pas de mariage. Pas de sexe. Et je te rappelle que dans quinze jours t'as posé tes vacances.

— La blague, t'as cru que j'allais te demander en mariage juste pour baiser ?

— Oui. »

J'avoue. Passer un été avec son gros cavu sans rien faire risque de m'être : insupportable. J'connais mon zob. Tous les jours je le subis, tous les jours je lui demande de me laisser tranquille et tous les jours il tente de repousser les limites du blâmable. Les hentai à la base, c'était son idée. Impavide devant l'engagement, la syndicaliste du sexe s'amuse à faire défiler tous les nudes qu'elle m'a envoyés sur son portable et commence même à se malaxer les tchoutches. Ça m'excite à la *muerte*.

« Vas-y c'est bon, on se marie. Par contre pour l'organiser ça va être chaud. Trouver une salle, un traiteur…

— T'inquiète, p'tit mariage intimiste à la maison, comme Beyoncé et Jay-Z.

— Dans notre F2 ? C'est mort. Suffit que nos darons croisent la gardienne et ils vont apprendre que tu simules un cancer.

— Bah chez mes vieux, ça fera l'affaire.

— Tu crois vraiment qu'Édith acceptera qu'on chante *La Zoubida* ?

— Elle a pas trop le choix, nan ?

— Mouais…

— Bon, maintenant fais ta demande.
— Là, tout de suite ?
— Oui. Mets-toi à quatre pattes.
— Hé oh, parle bien… »

Madame se prend pas pour de la merde. En mode serpillière, j'me fous à genoux devant mon Duster. L'impression de prêter allégeance à Dacia. Sa vitre s'incline. Au plus bas de l'équation romantique, j'ai une idée et lui demande de patienter. J'ouvre le coffre, et récupère la boîte à outils. Après tout, un écrou c'est rien de moins qu'une bague qui bosse à l'usine.

« Ça te va comme alliance ?
— T'es sérieux ? C'est la plus belle preuve d'amour que tu m'aies faite en deux ans. »

Bon, j'vais pas tout détailler pour garder un peu d'intimité. Sachez juste qu'elle a dit oui, et que je ne lui en ai pas tenu rigueur.

Dimanche 15 juin

Réunion de la plus haute importance chez Nora et Kader. Junior est là. Une sorte de cabinet de conseil à la McKinsey mais qui n'sait walou. On s'installe dans le bureau. Des dossiers partout, un squelette en plastique, une poire à lavement. Pendant que Nora prépare une théière, Junior s'arrête devant une affiche du système musculaire et vérifie qu'il a bien tous les muscles.

« La vie d'ta mère, le trapèze c'est pas une épreuve d'EPS ? »

C'est pas si désagréable que ça de traîner avec un tel gogol, ça permet de relativiser. Nora nous rejoint et s'assied sur les genoux de son Kids United. Ce dernier disparaît mais mahliche derrière chaque grande femme se cache un petit homme. Je donne le *la*.

« Bon. Faut que j'vous dise un truc…

— Jure tu me rends mon lisseur ?

— Nan, Nora…

— Et merde.

— Bref. Je vais me marier avec Adélaïde… avant les vacances de juillet. »

Un ange passe. Outrée, Nora me regarde comme si j'avais liké la page Facebook de Canteloup. Elle comprend pas comment j'ai pu changer d'avis sur la question. Malgré les origines marrakchies de Kader, elle dit à voix haute soupçonner qu'Adélaïde a eu recours à un sorcier marocain. Maghreb United. Pour Junior, y a pas de doutes, c'est la bonne.

« T'es insolvable, tu crames ton oseille dans les chichas et t'as les pieds plats. Limite, en cas de divorce, c'est toi qui reçois une pension. »

Des gens qui me veulent du bien. Même son de cloche du côté de Kader. Conscient qu'une union devant le maire nous permettra de bénéficier d'avantages fiscaux (d'ailleurs dans la rubrique « Personne à charge » de votre déclaration, vous inscrivez quel élu LR ?), il semble d'avis qu'on serait sur un win-win. Une sorte de période d'essai. L'été, c'est « L'Île de la tentation » du couple. Si à la rentrée on est encore ensemble, c'est que seule la mort peut nous séparer. Au bout de quelques minutes, Nora pose la question qu'on aurait dû tous se poser.

« Mais attends, tu l'aimes au point de faire ta vie avec ? »

Oula, question piège. Effectivement, j'avais lu dans un grimoire qu'il fut un temps, les humains éprouvaient le besoin de signer des papiers devant un maire et/ou Dieu pour se justifier d'être amoureux, je m'étais jamais dit qu'un jour ça me tomberait dessus. Victime des mythes de la virilité triomphale et incapable d'exprimer mes sentiments (masculinité aussi toxique qu'un bouquet de fleurs cueillies à Tchernobyl), j'me retiens de leur dire qu'elle remplit toutes les cases de la femme de ma vie car : elle s'occupe de mes papiers et prend plaisir à me faire les points noirs. Qui ne rêverait pas d'une telle histoire d'amour ? Après une demi-heure d'insultes, Junior se prend pour un éditorialiste de type : ovaires.

« Le mariage, c'est une belle preuve d'amour. T'sais, nous les filles, on a besoin d'être rassurées, de romantisme… »

Il est jnouné. Je reçois des leçons d'un hardeur-better-stronger-faster qui a déjà ken avec un casque de moto. En parlant de Rome antique, il s'prend maintenant pour Spartacus et me délivre de mes derniers doutes.

« On va faire simple. Est-ce que tu te vois baiser tous les jours la même meuf jusqu'à la fin de ta vie ?

— Honnêtement ? Nan. Au pire j'lui fous des perruques mais en même temps, quand elle m'bouffe les couil…

— Euh ça va, les marcassins ?! Ça vous dérange pas de parler de cul devant moi ?! »

Oups, Nora. La galère avec ma reuss, c'est que comme elle avait un cuir African Armure durant son adolescence, j'oublie que c'est pas Demon One. Je la suis en cuisine.

« Tu vas vraiment te marier ?

— Mais wesh ?! C'est toi tu m'as dit que c'était une fille bien !

— Oui oui mais… Je sais pas… J'trouve qu'elle va vite avec le voile. »

Actuellement en hilarité. En fait, on est comme la majorité des Français. Défendre les voilées, c'était sympa sur Internet *le DJ lance *Nouveau Français* d'Amel Bent afin d'apaiser les tensions communautaires*.

« Tu crois j'dois lui faire un "enlève ton voile sinon on se marie pas" ?

— Désolé mais physiquement t'es pas en mesure de lancer des ultimatums. »

Ça calme un homme. On rejoint les autres. Dans le couloir, Nora se prend pour une spécialiste de l'aide au logement et propose de m'filer un coup de main sur le loyer si Adé venait à perdre son taf. Digne de pied en cap, je refuse. C'est Mme Mounier qui va douiller hehe. Cet échange me permet toutefois de bifurquer sur les finances. Dans une optimisation fiscale consistant à être pauvre (note Standard & Poor's : AhAhAh), j'commence à calculer combien cette merde va me coûter.

« Alliance, robe, voyage de noces… C'est moi que j'dois payer tout ça ?! »

Oui, Wourad, c'est toi que tu doiv péyé tou sa……… Junior conseille que je prenne une bague en argent car, je cite, « Tu dis que c'est de l'or blanc, elle verra R ». Il dit ça comme s'il n'inversait pas la menthe et la coriandre dans le thé de sa chicha. Bon. Complètement perdu face à la montagne de trucs à régler si j'veux baiser dans la légalité, les trois mousquetaires (unis contre la vie chère) décident de me venir en aide et de diviser le travail. Pour Junior ce sera la bague, il a un bête de plan chez H&M. Kader s'occupera de l'EVG. Pas giga enthousiaste à l'idée de le laisser gérer. Le gars met un casque en vélo, ça se voit qu'on va terminer fringué en Claudette sur une péniche. Néanmoins, si c'est pas lui, c'est Junior. Et terminer en cavale parce que monsieur trouvait ranma de mettre de la weed dans l'encensoir d'une église, on s'en passera. Pour ce qui est de Nora, elle s'occupera de la logistique religieuse et trouvera l'imam.

« Hé mais attendez. Juillet, c'est dans quinze jours. On trouvera jamais un imam de dispo… »

*

Bientôt trois heures qu'elle tente de joindre des imams. Une connaissance d'une connaissance que j'connais m'a toujours pas raccroché au nez en insultant ma descendance. Ça sent bon. Toutefois, il prétend ne pas me connaître (j'ai trois mille deux cents abonnés sur Insta mais bon), et il lui paraît difficile de nous marier sans date à la mairie. J'ai beau lui expliquer que le mariage civil aura lieu en septembre, il fait son condé et veut rien savoir.

« Dizouli mi si lu mariage ci on septombre, ju fi lu hlel on septombre. Pas avon. »

Vous m'excuserez pour la transcription, c'est ma manière à moi de le faire payer. Je sais pas ce qu'ils ont les imams contre moi mais y en a pas un qui me fait confiance. Même celui de ma cité a refusé. Bon, après, lui c'est plutôt parce qu'il me connaît trop. En gros quand tu me connais pas, t'as pas confiance, quand tu me connais trop, encore moins. Pas facile la vie dans la peau de Laurent Wauquiez.

Pendant que Junior reprend les fautes de français de l'imam en temps réel en les notant sur un carnet, Nora se la joue pédagogue et Magog pour m'expliquer le délire.

« En gros y a eu plusieurs cas de nanas qui se retrouvaient larguées après que le mec avait consommé le mariage avant la mairie. Maintenant les imams sont hyper vigilants. C'est pour protéger les meufs.

— Donc y a des gens qui ont plus peur du maire que d'Allah ? »

Le monde est méchant. Kouffar comme cochon, Junior murmure des blasphèmes comme si Dieu n'allait pas l'entendre.

« Ouais bon, c'est pas Allah qui attribue des logements sociaux… »

Comme disait Camus, un homme ça s'empêche. Bah visiblement Junior c'est un objet. Peut pas se retenir d'être honteux. Au bout de tractations tellement longues que j'ai commencé à appeler l'imam « ma couillasse », ce dernier décide de refermer le dossier et m'invite à le recontacter quelques jours avant le civil. Le moral dans les tongs, je pense aux vacances. Autant sur Paris, j'ai de l'espoir quant à ma capacité d'oublier la bouillave en me réfugiant dans le boulot. Moins je traîne avec moi-même, plus j'ai l'esprit clair. Autant les vacances, j'suis intenable. Des seins, des culs… J'téma même plus les visages, j'te reconnais à ton pétard. Déjà trouvé un poney super bonne. Grave capable de tringler un centaure. En parlant de constellation, Junior a décidé de servir de repère dans l'obscurité de la *noche*.

« Bon bah tu vas pas baiser jusqu'à septembre. Après t'as d'autres options pour prendre du plaisir sans la tromper. Moi quand Aurélie était enceinte, je lisais à oilp. Le vent qui caresse les valseuses… En plus tu fais chier personne. À part le vigile de la Fnac. »

Injouable. Le déjanté des Antilles a juste à ouvrir la bouche pour donner raison à la juge aux affaires familiales. Pour Kader, faut faire jouer son réseau.

« Sinon j'ai un gars qui pourrait faire l'affaire. On était ensemble en fac de médecine mais il s'est vite arrêté pour faire STAPS, du coup le…

— … Hé on s'en bat les couilles, on n'est pas dans *Secrets d'Histoire*. Il est imam ?

— En théorie nan. Mais y a pas forcément besoin d'être imam. Faut juste connaître la tradition islamique. C'est un mec de confiance. Par contre, il est un peu spécial, j'vous préviens… »

Lundi 16 juin

Kader a appelé son gars. Un dénommé Rayan. Déjà le blaze, je sais que j'vais avoir l'ascendant psychologique. À tout moment j'le nique. Le Rayan, c'est le Rebeauf hétéro-curieux que je déteste. Cheveux longs/sacoche Vuitton, il fait partie des nouvelles générations d'Arabes de pavillon pendant que nous subissions l'élevage intensif des HLM. Quand on se coltinait des darons tyranniques et menaçants qui nous réveillaient à 3 heures du mat pour exfiltrer un mouton séropositif d'une fourgonnette, le Rayan filait en week-end à Marrakech avec Anissa. Car oui, il sort toujours avec une Anissa d'Insta. Et oui, vu que vous êtes nombreux à me le demander (0), leur rêve bleu consiste à se marier à Dubai sur le thème d'Aladin, ces chiens. Bref, j'suis convoqué en fin d'après-midi dans un stade où s'entraîne son équipe de U10.

Je rejoins Adé et Margaux dans un café. Cette dernière est encore en chiale. Elle geint qu'elle est maudite et tout un tas de conneries qu'on capte pas trop à cause de la morve et des larmes qui la séparent de la respectabilité. Adé me fait la traduction et m'apprend que son Argentin l'a larguée à son tour. Après le classique « Elle a pas de chance avec les mecs » (alors que ça n'a rien à voir avec la chance, ils veulent juste pas traîner avec elle), j'change d'ambiance et parle un peu de féminisme, ça peut la calmer. Au début c'était sympa et puis c'est vite devenu incontrôlable lorsqu'elle m'a demandé mon avis sur la place de la femme dans le monde du travail.

« J'avoue que c'est abusé les 30 % de salaire en moins, mais moi tu m'mets femme au foyer je signe diiiiiiiirect. »

On a tous déjà dit quelque chose dont on n'est pas fier. Connaissant les résultats de mon test de QI, Adé discerne que je maîtrise pas tout ce que je raconte et appuie mes propos afin de m'exfiltrer par la porte du second degré (j'étais hyper sérieux, femme au foyer à l'époque des plateformes de streaming, ça doit être le feu).

« C'est vrai ça. Pourquoi on a eu envie de ne pas dépendre de nos maris ? Et puis ça nous laisse du temps quand ils sont au taf pour les tromper, nan ? »

Sourire de façade, force est de constater que j'y vois un message subli : minal. Est-ce qu'elle parle de moi ou d'elle ? Ma culpabilité qui parle ou moi ? J'en sais rien. Ce que je sais, c'est qu'après le boulot j'rentre pas avant 23 h 30. Ça s'trouve mon appart, c'est un studio OnlyFans et ça tourne des giga-boulards en mon absence.

En galère de repartie et face à mes valses-hésitations, Adé m'observe droit dans les yeuzes. Paranoïaque, je suis l'évangile des quenouilles et pose ma main sur sa cuisse histoire de faire le *lover* de type latin. Le petit doigt sur la couture, je commence même à tailler une pipe à Margaux. Toujours se mettre bien avec la meilleure amie de ta meuf.

« Mais t'sais, Margaux, même dans les films. La place de la femme, c'est juste aberrant ! Les *James Bond girls*, on en parle ? »

J'donne tout. J'esquive le regard inquisiteur de ma promise en cherchant un chargeur Samsung (j'suis chez iPhone) pendant que Margaux tombe dans mon piège machiavélique en surenchérissant dans la complainte. Son soixante-quinze mètres carrés dans le centre de Paris en chèque de caution.

« Pareil pour James Bond. Pourquoi il ne serait pas noir, tiens ?! »

Bah parce que James Bond sait conduire des Rolls Royce, des bateaux, des avions… T'as déjà vu un Renoi sur le rond-point de la place de l'Étoile comment il galère ? Bon, j'ai pas répondu ça car gouverné par la frousse de me faire engueuler par Rokhaya Diallo. Sans transition racisme, Adé préfère changer de discussion et aborde l'épineuse question du mariage chez ses parents. Après avoir rassuré Édith sur l'absence d'excision durant la cérémonie, Michel souhaite participer aux frais. À condition que la loi de 1905 soit respectée avec un buffet au porc. Reste le voyage de noces.

« Chérie, tu penses quoi du Puy du Fou ? »

Ça paraît décevant mais pour Édith Ciotti c'est romantique. Le catamaran qui me sert de future femme pensait aux Maldives. Mdr, autant me couper un bras. Margaux me soulage d'une rame.

« Après, on peut toujours partir tous ensemble dans le Sud-Ouest comme prévu avant que ce fils de pute de Nathan me quitte ? »

Première fois que j'ai pas envie de lui envoyer un objet en acier dessus quand elle postillonne, je commence vraiment à l'apprécier. Adé poursuit l'hydratation.

« Euh moi ça me va, c'est juste que sans piscine privée… »

Et merde, j'avais oublié ça. Maintenant que madame se prend pour l'Anna Wintour de la chakchouka, elle refuse d'être exposée au regard des hommes. Donc de s'foutre en culotte à la plage. Coup dur pour mon larfeuille.

« Tu veux pas mettre un burkini ? T'sais la mer c'est gratu… »

J'me suis arrêté juste avant le flash. Pas envie de passer pour un crevard même si elle m'a déjà vu tourner trente-sept fois dans le dépose-minute de Roissy au lieu de payer le parking.

« Moi en burkini ? Jamais de la vie. J'vais me retrouver au 20 heures alors que j'voulais juste piquer une tête. Et puis esthétiquement c'est immonde. On n'a qu'à trouver une villa avec piscine, nan ? »

Musulmane mais avant tout : fashionista. Donc si j'ai bien compris, quand t'es foularisée, tu peux pas étudier, pas bosser, pas te baigner et en plus, il te faut assez de pognon pour louer une baraque avec piscine sans vis-à-vis ? Wesh, c'est une religion ou un fonds d'investissement ? Margaux, se sentant investie d'une mission consistant à venir en aide aux plus démunis, propose de faire des recherches sur Leboncoin. Je l'aiguille.

« Par contre tape “désistement” dans la barre de recherche. Ça coûte toujours moins cher. »

Un rat de type : royal. Pas parce qu'on a franchi le seuil de pauvreté qu'on va louper une occasion de griffer un billet. Mes desiderata notés (« Les filles, pas de camping, j'suis pas un Bidochon OK ?! »),

Margaux passe les coups de fil pendant qu'Adé trouve des annonces. Moi, je les laisse faire. On a plus de chance de choper une baraque si elles s'en occupent. J'sais de quoi j'parle, en me faisant appeler Louis sur Leboncoin j'ai réussi à bicrave tous « mes » iPhone. Dernière interrogation : la place de Gabriel dans tout ça.

« Mais attendez, vu que Gabriel est dèp, t'as le droit de te mettre en bikini devant lui ? »

Bonne question de Margaux. Mais j'me vois pas appeler un imam pour lui demander dans quelle catégorie on doit ranger un homme qui s'est percé les tétons.

Après quelques coups de fil infructueux, liés au fait que chercher une loc' en juin c'est aussi compliqué que trouver une place sur Parcoursup, un gars nous dit que sa baraque n'a pas de vis-à-vis sauf lui et son caméscope… On trouve finalement la perle rare dix minutes plus tard. Ce coup-ci, Adé prend le téléphone.

« Rien contre toi, Margaux, mais celle-là on peut pas la louper. En plus le proprio c'est un beauf, il s'appelle Robert. Faut faire une voix de pute, ça va l'exciter. »

Surtout fais comme si j'étais pas là hein. Elle le contacte et enclenche le haut-parleur. Juste au « Oui allô bonjour » plein de mucus, tu sens que le Robert a déjà été figurant dans « Groland ». Pour ce qui est d'Adé et son intonation de salope, je vois ce qu'elle voulait dire. C'est la même façon de parler mi-pute mi-soumise qu'elle utilise sur moi quand faut monter les packs d'eau à la maison. Satisfait d'apprendre que j'me fais baiser depuis deux ans. Après deux-trois questions d'ordre pratique, Adé joue en plusieurs touches et demande s'il possède bien une piscine. Positif, répond Robert le gros pépère. Des vis-à-vis.

Négatif. Comme sur des roulettes, notre plan semble aller. Sauf que le Robert, tu lui fais pas à l'envers.

« Dites, simple curiosité. Le sans vis-à-vis c'est pour quelle raison ? »

Adé panique. Intimement convaincue que sa carte *White Privilege* marche encore, elle est à deux doigts d'être honnête en abordant ses convictions religieuses. J'dois intervenir. Huit cents billets la semaine, c'était compter sans mon aptitude à n'avoir aucune : conviction.

« Chérie, dis qu'on est des nudistes ! »

Pour être honnête ça avait du sens quand j'ai prononcé cette phrase mais là j'me dis que j'suis un sacré salopard. J'en ai fait des trucs lâches dans ma vie, mais préférer raconter que j'me trimballe à oilp plutôt qu'assumer mon islamité, c'est comme faire croire à une personne âgée que t'as le cancer pour pas payer le lo… Bref, vous avez l'idée. Les nanas me regardent avec lassitude et compassion, ça se voit qu'elles ont envie de me mêler. Je persiste.

« Allez bordel… c'est ça ou la base de loisirs de Cergy ! »

J'ai eu les mots justes. Adé me suit dans mon mytho et annonce la nouvelle. Le gros Robert laisse traverser le silence au passage piéton et finit par manquer de pudeur en livrant ses secrets.

« Ah, vous me rassurez, j'ai cru que vous étiez musulmans… »

Finalement, y a pas que moi qui est déplorable.

*

On a pris la loc'. Un peu honteux, beaucoup crevards, on a trouvé des circonstances atténuantes à Robert. Une enfance difficile, une usine délocalisée, sa femme baisée par un Noir. Des choses qu'on n'oublie pas. Et rien qu'à l'idée de voir sa tronche quand il fera la connaissance de Gaby en minijupe, on a cliqué sur « Effectuer le paiement ».

Kader et Junior sont passés me chercher pour l'épreuve orale avec l'imam. Pas les couilles d'y aller solo, suffit qu'il organise un quizz sur la vie du Prophète et je foire les rattrapages. Après m'avoir fait croire que je devais me mettre à genoux et ramper lorsqu'il m'adresse la parole, Kader redevient sérieux.

« Voilà le topo. J'me suis porté garant. J'ai dit que t'étais mon beau-frère, etc. Par contre, il va sans doute te poser quelques questions. Voir où t'en es, tes connaissances théologiques. »

Mes connaissances ? Très simple, à part dire « bismillah » avant d'essayer un pull taille M, j'ai les mêmes acquis que Zemmour sur la banlieue : j'y connais que dalle. Pour l'expert en escroquerie qu'est Junior, la solution serait de mettre des AirPods et que Kader me souffle les réponses. Même avec Dieu ça veut tricher… J'vais devoir y aller sans filet.

« T'as une application d'appel à la prière ?

— Nan pourquoi ?

— Télécharges-en une tout de suite. C'est le minimum pour un musulman.

— Carrément ça fouille dans mes datas ? Ton pote c'est un GAFAM ?

— T'inquiète, la prière est dans vingt minutes. Ça va sonner et ça le mettra en confiance. »

Gros vicelard le Kader, c'est sûr il trompe ma sœur. On arrive sur le parking du stade. Les fenêtres baissées, on entend des cris d'animaux sauvages provenant de la pelouse. Même Junior (qui foutait des pétards dans le cul des cadavres de pigeons en CP) semble en insécurité et remonte sa fenêtre comme au zoo de Thoiry.

« C'est normal les rugissements de tigre ?

— Ça doit être Rayan. Quand il coache il est… il est passionné. »

Cousin c'est plus une passion, c'est un concert de métal. Chaque pas en direction de la bête du Gévaudan me donne l'impression d'arriver en salle de torture. Kader me briefe.

« Alors ça peut paraître insolite mais Rayan est à fond dans le culturisme. Du coup il est souvent chargé en produits anabolisants, si tu vois c'que j'veux dire… agressif quoi. »

J'ai envie de le niquer. Il vient de m'annoncer que le gars qui doit célébrer mon mariage est un Sarrazin sous stéroïdes. Déjà qu'un Arabe agressif c'est un pléonasme, alors dopé… C'est mieux on s'approche de lui avec des seaux de viande.

On s'assied en tribune. Le gars n'a rien à voir avec le Rayan que j'imaginais. Grosse erreur dans la matrice, si j'vois deux fois un chat c'est qu'on nous attaque. Des gamins nous regardent du banc de touche à la recherche de soutien. Doivent nous prendre pour les services sociaux. Rayan donne ses instructions. Postiché devant sa glacière en survêt' moulax, il tient à la main une assiette contenant environ sept kilos de blancs de poulet. Kader m'informe que le mec serait en période de sèche avant une compétition, il doit s'enculer des protéines toutes les trente minutes… Donc c'est l'Arnold Schwarzenegger des sables qui va me marier. Rassurant. D'un coup, il pète un câble.

« BAISEZ-LEUR LEURS MÈRES J'AI DIIIIIIT !! »

On n'avait jamais vu ça. Un coach qui demande à ses joueurs de dix piges de baiser des mères sur une simple opposition d'entraînement ? C'est du MMA. Les gamins sont effrayés. J'vois le daron d'un des gosses dans la tribune. Benoîtement, j'établis le dialogue.

« Votre fils est sur la pelouse ?

— Pas du tout, j'viens voir le coach. Depuis l'extinction des dinosaures on n'avait pas vu si menaçant. »

La discussion est interrompue par un hurlement venu de l'enfer. Rayan reproche à l'équipe en chasubles jaunes de jouer trop bas. Après avoir donné quelques consignes tactiques (« MAIS VOUS ALLEZ SORTIR VOS COUILLES ?! »), il s'en prend littéralement à un petit blond fringué en full FC Barcelone.

« TIMÉO !! WALLAH TU SERAS JAMAIS PRO !! QU'ALLAH M'EN SOIT TÉMOIN !! »

Même un daron algérien aurait peur de lui laisser son gosse. C'est la première fois de ma vie que j'assiste à ça. Vingt-quatre ans que je traîne avec Junior, j'ai une certaine expérience dans tout ce qui est relatif au comportement de cassos, et croyez-moi, on vient de découvrir le roi.

Le match se termine. N'ayant pas de sifflet, Rayan met deux patates dans la vitre en Plexi de l'abri de touche. Une méthode quelque peu particulière. J'aurais dû prendre des fléchettes anesthésiantes. Les joueurs, encore marqués par tant de violence, s'enfuient comme s'ils avaient vu Anders Breivik. À notre hauteur, Rayan nous alpague. N'ayant pas encore vu Kader (personne de petite taille), il nous prend pour des recruteurs.

« Si vous êtes là pour le petit Moussa sachez qu'il bouge pas si j'ai pas ma prime.

— Nan nan *salam alaykoum*, on vient au sujet du hlel, on a…

— Rendez-vous dans dix minutes dans mon vestiaire inshaAllah. »

Il a pas fini sa phrase qu'il tape déjà un sprint vers les vestiaires. Encore choqué, Junior fouille dans ses poches, seul un oinj peut lui faire oublier la séquence. Kader se rapproche et nous fait un petit résumé de la situation.

« Les gars, j'vous dois quelques explications… Rayan à la base c'était une caillera. Et comme toutes les cailleras, il aime pas trop avoir tort. Un jour il a rencontré l'islam et a donc décidé de se servir de l'autorité divine pour avoir raison. Le pépin c'est qu'en passant de Kaaris au Coran sans se mettre d'eau sur la nuque il a commencé par chercher les versets relatifs à la bagarre et aux clés de bras. Forcément quand t'as grandi dans l'ultraviolence… La religion en fait malheureusement partie. Pendant un petit moment il croyait mal en Dieu. Bon, aujourd'hui il est, si je puis dire, calmé, mais y a quelques années, il voyait surtout l'islam comme un moyen de se faire entendre avec les poings de Dieu plutôt qu'avec les siens. »

Si je devais synthétiser les propos de Kader j'dirais que quand le hajj montre la lune, la caillera y voit un doigt d'honneur. Ça me rassure pas.

On rejoint Rambo dans sa loge. Il ouvre et nous fait entrer. J'vois un katana accroché au mur. J'suis inquiet. Assis sur une chaise proche d'un petit bureau de fortune, il s'en bat les couilles de notre présence et explique au daron d'un de ses joueurs « qu'une fois que votre fils sait lire et écrire, faut le sortir de l'école sinon les sionistes vont lui apprendre à se branler » … Ça promet.

Le père du petit se casse. Rayan ne nous calcule toujours pas. En temps réel, il sort une chemise et se met à trafiquer une licence sous nos yeux. À l'aide d'une pince à épiler, il enlève avec la minutie d'un moine copiste la photo d'identité d'un Blanc au visage poupon et y colle celle d'un Renoi tellement vieux qu'il y a le logo France 3. Même pas il se justifie de tricher, carrément ça chuchote des « bismillah » en soufflant sur la colle.

« Ousmane, très bon attaquant. Il est arrivé lundi d'Abidjan. Ça se voit qu'il a pas dix ans ?

— Naaaan sérieux ?! J'aurais dit neuf ans… »

Kader a envie de caner de rire. Le plus compliqué reste d'éviter Junior. Si je croise son regard, je sais que ça part en fou rire. C'est en grande partie ce qui a niqué notre scolarité. Afin de laisser le moins de place possible à la galéjade, je passe aux aveux.

« Donc voilà, comme a pu te le dire Kader, avec ma copine on souhaiterait se marier et… »

Obligé de m'arrêter. Rayan s'est foutu au sol et enchaîne les pompes comme un taulard. Toutefois bien éduqué, il m'invite élégamment à continuer.

« Hé, cousin, vas-y accouche…

— Donc je disais, avec ma copine on souhaiterait se marier et… »

Ingérable, il me coupe et commence à faire des pompes mais cette fois sur une main tout en regardant Junior droit dans les yeux.

« Tu sais faire ça toi ? »

Un duel se prépare. Junior, il est pas hyper costaud sauf que c'est jamais le dernier pour faire le con. Il commence à enlever sa doudoune (on est toujours en juin) et s'étire les jambes alors qu'on utilise les bras pour les pompes. Ça s'annonce grandiose.

« Poto, je te le fais sans les mains moi, juste avec ma bite. »

Déjà qu'il m'a niqué ma scolarité, Junior s'attaque à mon mariage…

*

N'étant jamais qu'un connard, Junior nous a fait une : Junior. Comme le prix de l'abonnement Netflix, la tension augmente. Dans des échanges de regards aux allures de western, les deux se testent. On dirait limite ça va se guélan. Vous voyez dans *Highlander* quand les immortels se rencontrent et qu'ils ont des migraines ? Eh bah avec les cassos c'est pareil. Ça fait de la foudre. Pas besoin de parler, ils se repèrent dans l'espace. Soucieux de contrôler la communication de mon destin, j'interviens.

« Euh il a dit que… il avait une phlébite. Il peut pas se baisser. Hein, Junior, t'as une phlébite ?

— C'est ça… Une gwoooosse phlébite… »

Le tarba insiste sur la taille. Rayan semble soulagé. Le fait qu'il ne sache pas exactement ce qu'est une phlébite y est sans doute pour beaucoup.

« J'ai un créneau samedi. Après c'est mort, j'suis à Austin, Texas.

— Samedi dans deux semaines ?

— Nan nan, samedi là. Après j'pars en compète. »

Première fois que vous entendrez parler d'un imam culturiste dans un roman français. Miskine Victor Hugo, il doit tellement se retourner dans sa tombe que les autres cadavres du cimetière l'appellent : l'éolienne. Le pire, c'est que juste après avoir prononcé le mot « compète », il fait bouger ses pec'. À tous les coups, il profite de la prière pour faire du gainage.

D'ailleurs à ce sujet, pendant que Kader lui demande si on peut patienter semaine pro histoire de s'organiser, le Dwayne Johnson de Médine s'accroche au haut de la porte du vestiaire et se lance dans une série de tractions.

« Et si c'est pas ce samedi, tu seras de retour quand ?

— Fin août. J'pars deux mois en camp d'entraînement à Austin, Texas. »

Tête de ma mère, pour lui l'islam c'est un passe-temps. L'imaginer défiler en slip et enduit d'huile d'olive me fait me dire que mon mariage ne passera pas auprès du Seigneur. Sans parler de cette obsession qu'il a d'ajouter l'État chaque fois qu'il parle d'une ville américaine. Tenez, on fait un test.

« Désolé j'ai pas entendu, tu as dit Austin ?

— C'est ça. Austin, Texas. »

Ça marche à tous les coups. Alors oui, les mauvaises langues diront qu'en tant qu'auteur je peux aisément manipuler les faits et gestes des persos mais j'vous assure, Rayan est indomptable, il prend ses décisions tout seul, regardez.

« Ah, Austin. C'est dans le Texas, nan ?

— Parfaitement. Austin, Texas, dans le Texas, États-Unis d'Amérique. »

OK, on va pas y passer la journée. Après que je lui ai envoyé toutes les villes des States pour voir ce qu'il avait dans le froc, Rayan nous confirme qu'il sera bien présent ce samedi à condition qu'on vienne le chercher chez lui le jour J. Dans un excès de zèle, Kader commet un impair et se prend un déluge salivaire de la part d'Abou Biceps.

« Dieu soit loué, on pensait que…

— DIEU SOIT LOUÉ ?! T'AS CRU QU'ALLAH IL ÉTAIT EN LOCATION ?! »

Pour lui causer, faut quand même avoir beaucoup de sympathie pour le vide. Capable de brandir un poulet Loué comme *casus belli*, Rayan paraît vachement con. Réduit à l'état d'esclave, j'fais l'imposteur et insulte Kader.

« Enfant du diable ! C'est pas la première fois que j'te dis de respecter Allah ! »

Rayan est fier de moi. J'en fais un peu trop en marmonnant des trucs en arabe qui veulent rien dire mais ce n'est rien face à la tarte que Junior vient d'adresser à Kader. Avant de me poser des questions d'ordre théologique, il me demande combien de sourates je connais. Franchement, à part *La Fierté des nôtres* de Rohff, je connais pas grand-chose par cœur. Dans l'urgence, je réponds « trente ». J'en profite pour critiquer ce bas monde et vanter les mérites des femmes à l'ancienne, celles qui mangent les noyaux d'olive. Pourquoi ? Très simple, Rayan entraîne avec un survêt' de la JSK, il doit forcément vouer un culte aux olives. Avec un plaisir non dissimulé, il me demande si j'suis kabyle.

« Ouais. De Béjaïa. Tu vois la mairie ? J'suis juste derrière. »

J'suis pas kabyle mais y a forcément une mairie. À deux doigts de rajouter que Lil Wayne est de Tizi Ouzou vu ses tatouages mais la vie m'a appris à me taire au bon moment. J'ai pas commencé le jeu-concours que Rayan est déjà dans ma poche. À propos de poche, mon portable sonne. C'est l'appel à la prière. J'suis sauvé.

Mardi 17 juin

Bon, l'imam c'est fait. À moins qu'il ne se désiste en raison d'un combat de dernière minute contre Hulk Hogan à Austin, Texas, j'le vois pas nous claquer dans les pattes maintenant. On a fait la prière ensemble et j'ai mangé les dattes qu'il nous a proposées en nombre impair, comme le demande le Prophète. Je le sais, je l'ai lu sur Internet. Et puis on lui a promis un buffet 100 % protéines animales.

Encore choqué de cette rencontre du quatrième type, on a joué pendant tout le trajet du retour à inventer des sketchs où Rayan tente de conjuguer islam et musculation. Mon préféré ? Rayan à La Mecque qui tourne autour de la Kaaba en footing pour tafer son cardio. Un esprit saint dans un corps sain.

Aujourd'hui j'suis solo sur le rainté. Gaby est bloqué dans une histoire d'inventaire à son taf et Junior a pris sa soirée. Aurélie met un point d'honneur à ce qu'il passe du temps avec son fils. J'vois pas l'intérêt de laisser un gosse entre les mains d'un mec qui regarde des vidéos d'Alain Soral pour s'endormir… Mais comme j'y connais rien à la paternité, je salue la démarche.

Un peu avant ma pause, j'monte les bagages d'un couple de Cainris. Petite lune de miel en France, pays de la baguette, pays de l'accordéon. Gros pourliche en perspective. Savent pas qu'en France le service est inclus ces cons. Savent pas non plus que le seul gars qui joue de l'accordéon est roumain. Encore néophyte en islam, j'ai zappé de mettre l'application d'appel à la prière en silencieux. Un giga « *Allahu akbar !* » s'évade de ma veste. Les clicos sont en chiasse. Un musulman dans une pièce métallique d'un mètre carré ? Bienvenue à Guantánamo. J'lâche des éternuements pour camoufler le son et appuie comme un baisé sur mon portable afin de l'éteindre. Le pire c'est qu'on dirait que je presse un détonateur… Heureusement l'ascenseur s'arrête au deuxième. Coup-Franc entre et lance le débat : « Respirer, fausse bonne idée ? » L'enquête de la rédac.

« Wourad, t'aurais pas un chewing-gum ? Je sais pas ce que j'ai aujourd'hui, j'ai la bouche pâteuse… »

WAllah j'ai failli lui tendre un sapin magique pour que c't'enculé l'accroche à sa glotte. L'oxygène en Crit'Air 5, il fouette tellement on dirait le dos d'un chiite. On arrive au cinquième et on sort de la cabine à torture. *Thank you, have a good honeymoon.* Vingt balles de tips. J'hésite entre acheter des clopes ou rembourser une partie de la dette de Pécresse. Plutôt crever d'un cancer.

Avant de filer manger à la cantine, j'cherche un coin tranquille où faire la prière. Il serait peut-être temps de faire un pas vers Dieu. Trois ans que j'ai pas déclaré mes revenus, y a que Lui qui peut me sortir de cette histoire. J'marche en direction de la réserve de l'étage. Où les femmes de chambre stockent le linge et les produits ménagers. Avant, quand on était en sureffectif, j'venais y taper des siestes.

Soudain, j'entends le cri d'une meuf au fond du couloir. Élevé dans un milieu exclusivement féminin et grand amateur du beau sexe, j'vais voir c'qui s'passe. Une nana qui hurle, c'est potentiellement une mère en danger, ou pire, Lara Fabian. Néanmoins conscient qu'au pays des nantis j'peux me faire virer si j'essaie de venir en aide à une pute ou à une esclave philippine, j'passe devant la porte et feins un laçage de pompes. 539. Oh putain, c'est la chambre de Verónica.

Vite, j'dois m'barrer avant qu'elle me prenne pour un voyeur. Forcément, elle ouvre la porte.

« *Oh Johnny, please, help me!* »

Et merde, j'ai jamais su dire non à une femme.

« *Oh Micaela, what's wrong?* »

Petit secret de tournage : toujours se tromper de prénom. Elle se dira que j'la calcule ap et que je mène une double vie. Ce qui pourrait susciter chez elle une forte envie de pratiquer, pourquoi pas ? le sexe anal. Dans une petite tenue qui me laisse penser qu'elle cherche quelque chose, elle m'invite dans sa salle de bains et me montre sur le plafond un insecte grand comme la Tunisie.

« *I'm sorry but I'm afraid of bugs...* »

Me too! Désolé, ma cocotte mais t'es pas tombée sur Bear Grylls. Jamais été en bons termes avec ces merdes, à part les cafards marocains mais c'est parce qu'ils ressemblent à des skates et j'trouve ça cool. À sa place, j'condamne la pièce et j'attends la saison des pluies pour me doucher. Gigantesque baltringue, j'lui demande si elle avait vraaaaiiiiment prévu d'aller sur le plafond. Après tout, si chacun reste à sa place, une cohabitation reste possible.

« *What the fuck are you talking about?* »

La réponse est non. J'suis en chiasse. J'me donne une contenance en me replaçant les veuches derrière l'oreille alors qu'ils sont courts. Si j'veux asseoir mon statut d'homme viril capable de la protéger des dangers de la jungle urbaine, j'dois porter mes *cojones*. J'fais zarma ça va s'taper et la prie de bien vouloir me laisser en corps à corps avec la bébête. Elle ferme la porte. En totale dépression, j'recule en direction des chiottes tout en gardant un œil sur l'insecte. J'vois pas la lunette. Elle s'abat sur la cuvette et réveille même l'ARCOM.

« *Johnny? Are you OK?*

— *Yes yes don't worry, you can sleep, it's not a big deal...*

— *I'm not going to sleep, it's 6:00 PM...* »

Ouais bon, toi aussi t'es en chemise de nuit à 18 heures, arrête de brouiller les pistes. J'dois me ressaisir. Plus je patiente, plus elle va croire que j'renifle son soutif Victoria's Secret accroché sur le porte-serviette. Comment j'ai vu la marque ? J'ai reniflé. J'observe autour de moi, à la recherche d'une arme de poing. Brûler l'insecte au sèche-cheveux ? Trop dangereux, pensée pour Cloclo. L'asphyxier au déo ? Je risquerais de m'étouffer. Lui propulser du shampoing dessus ? C'est pas Houellebecq, il pourrait y prendre goût. Comme dans les films ricains, je m'envoie de la flotte sur le visage comme si ça allait changer quelque chose. Et puis niksamère, t'façon y a qu'les tabourets qui n'ont pas de dossiers.

« YAAAAAAAAHHH!!!!!! »

J'y suis allé comme un boucher. J'ai pris le pommeau de douche et aspergé le plafond à l'aveugle. Les mouvements de drag queen esquissés durant la manip' ? Ça reste entre nous. La galère, c'est que j'ai pas vu tomber la bestiole et que si ça se trouve elle pond actuellement des œufs dans mon oreille.

J'sors de la scène de crime. J'suis mouillé de partout, ça donne un effet boys band amoureux sous une cascade. J'fais croire à Veró que l'enterrement de la squatteuse se déroulera vendredi 11 heures au Père-Lachaise et le plus problématique c'est que je m'habitue de plus en plus à être une fraude. Elle souhaite me remercier.

« *I don't know how I can thank you!* »

Bah en me suçant mdr ! Navré, fallait pas être dans ma tête vous aussi. Bref, je sais pas quoi lui répondre mais j'ai quand même envie de profiter de sa situation de détresse pour passer du temps avec. J'attaque.

« Euh... *it's a... yes...* »

Bim, allez làààà, masterclass ! C'est ce qu'on appelle prendre une décision. Le petit plus de la maison : la chemise blanche devenue transparente et qui laisse voir mes tétons. Un bon moment pour crever. En proie à une sensation qui consiste à me sentir couillon, je place mes index sur lesdits tétons. Veró propose de me sécher les vêtements. En une phrase, mon sexe a pris vingt centimètres. Comme quoi, pas besoin d'aller à Poudlard pour apprendre la magie.

« Oh... euh... *it's OK, I'll change my shirt, don't worry...*

— *Do you wanna eat with me tonight?* »

Johnny Smith, pense à Adé, pense à Adé... Elle met la seconde et veut voir l'enfer de plus près. Son regard me piétine. J'me sens happé par l'eau salée. Je l'informe qu'en Europe on prend des pauses d'une heure pour se garnir la panse et qu'à 19 heures j'dois reprendre le boulot. Elle m'apprend que le room service est financé par son agence.

J'ai jamais su dire non à une faim.

*

J'ai tellement déglingué le room service que j'suis au pluriel. Verónica a dit « c'est payé », j'ai compris « venge-toi du macronisme ». Elle est sur son lit, j'suis sur le fauteuil. Entre nous : le chariot de service. Comme un obèse, la bouffe me sépare des meufs. À un moment elle m'a proposé fromage ou dessert.

Pourquoi opposer ces deux grands de la gastronomie quand on peut prendre un cheesecake ?

Ça fait trois heures qu'on fait des ronds dans l'eau, que j'suis trop occupé à mater ses nichons. Elle m'a demandé mes origines, quand j'ai dit « algériennes », elle a commencé à me parler des pyramides… Génial, une gogole. N'ayant aucune intention de la contredire, j'ai acquiescé et enchaîné sur des questions sur ses parents. Ça fait mec bien. J'ai aussi joué à l'économiste et abordé la crise des subprimes alors que j'y pige que dalle, j'pense encore qu'il suffit d'imprimer des billets pour stopper la pauvreté. Manque plus que le moment où j'évoque la photo de Vladimir Poutine sur un ours et on se croirait à la chicha.

Entre-temps, j'ai appelé Coup-Franc sur la terrasse pour lui annoncer que j'avais une urgence, qu'il fallait me remplacer. Je précise « sur la terrasse » parce qu'en intérieur son haleine pouvait traverser le combiné. Pas envie que Veró pense que j'me lave pas. Il a contacté en despi Yaroslav, un extra ukrainien qui vient nous prêter main-forte de temps en temps. Il est cool Yaroslav. En plus comme il parle pas la langue, il dit pas de conneries. Junior l'aime pas. Il dit qu'il en a marre des Ukrainiens qui viennent manger le pain de nos Arabes. Y a pas à dire, c'est un vrai Français Junior.

La nuit se précise. Pris dans des flots de paroles, on n'a pas allumé la lumière et la lueur qui nous vient de dehors pue le sexe. Le rouge incandescent de sa clope danse dans l'obscurité, semblable au laser d'un tireur d'élite. Elle m'raconte sa vie. L'enfance à Tulum, puis Mexico. L'adolescence chez sa reum à Caracas. Les allers-retours à Los Angeles pour le taf. Que des villes au taux d'homicide supérieur à celui de Gotham

City. Sa vie, c'est *Hondelatte raconte* qui en parle le mieux.

Alors qu'elle est toujours en nuisette malgré la présence d'un prédateur sexuel (moi), j'commence à lui trouver des similitudes avec Adé. J'essaie surtout de mettre la main sur une raison de pas la ken. Bah ouais, si elle ressemble à ma gonze, pourquoi pratiquer l'adultère ? C'est comme s'acheter deux Playstation 5. Seul moyen d'éviter le dérapage, qu'elle m'annonce avoir un homme qui la mixe quotidiennement, un DJ résident.

« *So, what about your boyfriend? Is he traveling with you?*

— *Oh... It's complicated but... I'm single.* »

Et merde, plus rien ne peut m'arrêter. J'vous la fais en français. En gros, elle a largué son mec y a quelques semaines. Après cinq piges, le pélo supportait plus qu'elle se trimballe en string à travers le monde. Franchement, j'le comprends. Moi, juste Adé like une photo d'Aymeric Caron, j'me venge en enculant des nuggets. Mais comme j'ai envie de jouer à touche-pipi.

« *I fucking hate this kind of partner...* »

Soyons francs. Ce soir, je perds une journée de salaire pour ses beaux yeux. Quelque part j'ai payé ma place, j'veux faire tous les manèges. Aucune intention de rentrer dans des débats stériles, elle aura raison sur tout. Mademoiselle pense que la Terre est plate ? Ça tombe bien moi aussi, j'suis soluble dans la connerie. Le ciel ? Un écran plasma et la nuit c'est la pub. Je lui accorderai tout.

Une demi-heure plus tard et après avoir validé ses propos sur l'impérialisme américain, coup de théâtre, elle veut pas sucer ! Nan j'déconne, c'est ce fils de pute d'insecte qui passe sur le mur derrière elle. Mais bordel, pourquoi s'accroche-t-il autant à la vie ?! Si elle le repère, j'passe pour une truffe. Afin de n'éveiller aucun soupçon, je la regarde droit dans les yeux et évite de le téma. L'ennui c'est qu'en faisant le mec concentré, j'ai tendance à accabler du regard tout en me léchant les babines. Ça fait tache d'huile. Elle croit que j'suis dans un rapport de séduction et devient sexuellement coopérative en se touchant les cheveux. Pire, quand je parle, elle se met à regarder ma bouche et ça : ça m'excite.

Une fois que la bestiole a traversé la chambre et s'est évadée par la fenêtre, j'me trouve une occupation et sors le chariot dans le couloir. À peine j'me retourne, j'la crame en train de se recoiffer dans le reflet de la télé. Ça sent bon. J'vais pour allumer l'interrupteur, elle s'prend pour Bruno Le Maire et demande qu'on reste dans le noir. Ça sent très bon. J'arrive près du fauteuil, j'vois que son parfum a bougé de la commode. Ça sent vraiment bon. Dans le noir, parfumée, recoiffée. Tous les signaux sont au vert pour qu'elle se fasse soulever. C'était compter sans ma capacité à être daltonien lorsqu'elle sort de la verdure du placard.

« *Do you want some weed?* »

Oh non, pas de chemsex ! J'ai la bédave antisémite ! J'ai arrêté parce que je devenais ultra paranoïaque et confondais mon portable avec un traceur du Mossad. Et puis profiter d'une gonze droguée, jamais. À vingt berges, admettons. On sait pas trop ce qu'on fait, on a besoin d'être sous substance pour accepter d'être à poil. À trente, j'vois ça comme de l'abus de faiblesse, mon ego a besoin de se dire qu'il l'a fait solo, sans dopage. Et franchement, elle a parlé trop longtemps de son ex.

« *Verónica, I'm sorry it's too late, I have to go…* »

Mercredi 18 juin

Bien la première fois que la perspective d'être un iench ne m'enchante pas. Alors oui elle était consentante, oui son texto de minuit résonnait comme un cache-sexe sémantique. Mais j'vois la bouillave comme un palindrome, ça doit marcher dans les deux sens.

Mercredi matin. Je dois me procurer une djellaba bohème-chic pour être mignon au mariage. La djellaba, ça me donne l'impression d'être un bon croyant. Un peu comme les pompes qui courent vite quand t'es gosse. Un mythe. Une voix familière me sort tendrement de mon sommeil.

« Hé le mange-merde, réveille-toi, j'ai pas qu'ça à foutre. »

Oui, il y aura un avant et un après. Attendez… Quoi ?! Nora porte un voile ?! Mais bon sang, vous ne voyez pas que c'est un instrument de contrôle de la femme-han ?! *Le protagoniste se coupe une mèche de cheveux en soutien aux Iraniennes, l'ayatollah Khamenei tombe sur la vidéo TikTok et décide d'abroger la loi rendant le port du voile obligatoire.*

« Nora ! Je l'savais ! T'es une infiltrée !

— Rien à voir, je sors de la douche. Pas eu le temps d'me sécher les cheveux. Bon lève ton cul, j'me suis garée en livraison. »

Je suis, comme qui dirait, à fleur de peau. Pour sortir du brouillard matinal, go trouver refuge dans une chicha goût menthe-melon-framboise-rosbeef.

Nora me regarde, choquée, on dirait moi quand j'ai appris que le ramadan c'était tous les ans (« Quoi ? C'est tous les ans ?! »). Habituée à s'occuper de son grand reuf pendant que M'man tafait, elle m'a pris des pains au chocolat et fait couler un café.

« La boulangerie d'en bas, c'est des Rebeus ?

— Ouais pourquoi ?

— Bah j'sais pas, j'ai dit "salam" mais ils m'ont pas répondu.

— T'étais toute seule dans la boutique ?

— Nan, y avait d'autres clients, pourquoi ? »

La débutante… Le problème de Nora, c'est qu'en vingt-huit cuvées passées sur l'écorce terrestre, elle a toujours pas bougé de son 9-4. Du coup, elle sait pas que la banlieue c'est pas la France. Chez nous, tu dis « salam » à la boulangère, elle te répond « salam », elle en a rien à secouer qu'un clicos un brin de droite aille s'acheter des chouquettes chez le concurrent parce que chez le concurrent, bah ça passe aussi le salam. Sur Paname c'est une autre histoire. La boulangerie d'à côté c'est les Leroux, les religieuses au café portent pas de burqas et les vendeuses ressemblent à Michèle Bernier. Suffit d'être un peu réac' et le choix il est vite fait. La baguette tradition sera : bien blanche. Mais bon, flemme de lui expliquer, elle va encore dire que j'traîne trop avec Junior.

Pendant que j'enfile mon froc d'installateur fibre, Nora se prend pour Séverine Ferrer et balance les potins. Elle a beau être avocate, elle suit encore des comptes d'influenceurs pour se sentir intellectuellement supérieure aux botoxées. Autre info, a priori son mec prévoit l'EVG vendredi. Comprenez : tu dois attendre comme un couillon dans ton salon que des mecs cagoulés viennent te kidnapper et va falloir jouer le jeu, parodier l'étonnement, parce qu'au prix que ça a coûté, ça mérite bien que tu ne gardes pas ton âme intacte.

On se pète. Comme à l'accoutumée, arrivé aux boîtes à mauvaises nouvelles, je récupère ma sanction en sortant. Jamais en rentrant. Tu rentres chez toi, c'est pour te reposer, pas pour apprendre que tes factures augmentent. J'ouvre un courrier *Liberté Égalité Fraternité*. Trente-cinq euros d'amende pour stationnement. Étonnant, chaque fois que le pays que j'dois aimer vient prendre des nouvelles c'est pour me demander du pognon. La France, ce cousin du bled qui s'ignore.

Juste avant de fermer la porte, la gardienne sort sa trombine d'un trou. Atteinte du syndrome FOMO, elle peut pas s'empêcher de se manifester de peur qu'on zappe ses étrennes. Pas les yeux en face des trous, elle confond Nora avec Adé. La raison ? Le port du voile, penses-tu.

« Comment allez-vous, Adélaïde ? Le traitement, pas trop dur ?

— … Eh bah elle va bien ! D'ailleurs on… on doit aller euh, pour le traitement. À plus. »

Comme j'ai toujours dit : ne laissez jamais quelqu'un vous dicter votre vie, avec un comportement lâche, vous arriverez toujours à vous en sortir. J'ferme la porte cochère. Nora attend des explications. Elle s'est mise à deux mètres de moi, on sait jamais faut calter.

« C'est quoi encore cette histoire ?

— Nora, c'est pas ce que tu crois…

— Je crois rien. Je sais ! Et je sais que t'es une merde ! Tu lui as fait croire quoi à la dame ?

— Qu'Adé… laïde… parce que c'est ça son prénom, faut le prononcer entièrem.

— Perds pas de temps connard !

— OK OK c'est bon… elle pense qu'elle est… sous chimio. »

Vous vous souvenez de la tête de vos parents quand ils ont appris que vous sniffiez du Tipp-Ex en cours ? Elle fait la même. De la déception. L'envie de se battre à mains nues et sans bagues prenant de l'ampleur, elle me dit que je finirai seul. Je réponds « inshaAllah ». Obligé de trouver quelqu'un pour effectuer mon euthanasie, je rajoute des *toppings* afin de la calmer et, à la manière d'un Algérien sur les Champs, elle redescend.

« Hé calmos c'est une idée d'Adé. Grâce à elle, la proprio nous fait pas khalass le loyer.

— Pas payer, pas payer ? »

Merveilleux. Elle conjugue plus les verbes, ça sort à l'infinitif. Pendant que Nora calcule l'inflation, j'monte dans sa caisse. Direction le quartier où les Arabes ont peu de dents, direction Couronnes.

Sur la route, elle retire son foulard. Je trouvais que ça lui allait bien. J'ai envie de le lui dire mais comme on est trop proches pour se dire des mots doux et qu'j'ai le niveau de tendresse de Kalash Criminel, j'passe par l'escalier de secours.

« Et toi, t'as déjà pensé à mettre le voile ?

— Si, si, je l'ai mis. Pendant mon stage en Angleterre.

— Sérieux ? Pour quoi faire ?

— Bah j'ai jamais su si le porter en France ça aurait été pour casser les couilles aux fachos ou par conviction. C'était l'occasion de tester. »

Limite elle nous explique qu'elle hésitait entre le voile et taguer « Anarchie » sur son Eastpak. Continuons.

« Et alors, c'était comment ?

— Comment ça, c'était comment ? T'as cru qu'on parlait d'un week-end à Center Parcs ?

— Nan mais avec les gens. Comment ils étaient ?

— J'étais à Londres, ils en ont rien à foutre que tu sois drag queen ou bonne sœur là-bas. Et franchement, je l'ai plus porté pour gommer mon identité sexuelle. Je pensais que les mecs se comporteraient différemment au boulot. Comme tout le monde veut faire du voile un symbole religieux, j'me suis dit que ça les repousserait.

— Et t'as senti un changement ?

— Nan nan. Ils voulaient quand même me baiser. »

Bon j'avoue j'ai déjà tapé « Mia Khalifa hijab » sur Pornhub… J'commence toutefois à capter le lien que font certaines féministes entre religion et patriarcat. Évidemment qu'il y a un rapport de cause à effet, qu'on a fait des meufs le réceptacle des péchés du monde et que pour certaines le voile est vu comme un effacement de la femme, un moyen de la manipuler. En fait, la question du voile, c'est aussi la question du string : un problème d'éducation des mecs. Les tenues des nanas sont calculées sur nos degrés d'excitation. Sur ce qu'on trouve décent ou pas, ce qu'on tolère ou non. Couvrir la femme pour calmer l'homme.

« T'as pas senti que t'étais en opposition avec tous tes principes de féministe à la con là, zarma Olympe de Gouges ?

— Bah tu me connais. À la base, le voile j'suis pas fan. Sauf que c'est ce que j'ai trouvé de plus adapté pour marquer mon chemin spirituel. Ma manière de me rapprocher de Dieu. Je l'explique pas. Ça me faisait du bien, c'est tout. »

Perso c'est les massages qui me font du bien mais mahlich, chacun ses goûts. Juste après s'être garée difficilement, Nora enclenche le frein à main.

« Ah oui, au fait. Arrête de tromper Adé ou j'te balance. »

*

J'suis en Jeanne d'Arc : cramé de partout. Si ça avait été un autre être humain j'aurais nié, seulement Nora et moi on est faits du même bois. Mes pensées honteuses, elle les connaît. Quand t'as gaulé ton grand frère en train de se toucher devant *Picsou Magazine*, tu sais tout de lui.

« Merde… Comment tu sais ?

— Mais quelle ordure ! Tu la trompes vraiment ?! J'disais ça pour rigoler ! »

Raté. Au ni oui ni non, tu me demandes mon âge j'te réponds « en effet… ». L'envie d'insulter ma mère et, *de facto*, la sienne se faisant pressante, Nora cherche une manière d'être blessante tout en respectant sa filiation. Avec une faconde intarissable, j'sors ce que je peux pour me défendre.

« Excuse-moi d'avoir un grand cœur, Nora ! J'ai de l'amour à revendre ! »

Pas ma meilleure. La prochaine, elle est sortie toute seule et nous a mis tous les deux dans la panade.

« Et puis quoi, t'as jamais eu peur de passer à côté de ta vie ? »

Oui, il m'arrive de sortir deux-trois collections capsules sympas. Comme Hugo Clément sur Twitter, Nora bloque. Totalement sous l'eau, y a quelques bulles qui remontent prendre des *news* de la surface. Allons donc voir si Kader a pied.

« Je t'ai jamais demandé. Tu l'aimes Kader ?

— Euh ouais… pourquoi ?

— Mytho. Genre tu le recommanderais à une copine ?

— Ah ouais donc on parle de mon mec comme d'un salon de coiffure…

— Nora on est entre nous, réponds wesh !

— Évidemment je le recommanderais. Après… Des fois j'ai l'impression qu'il m'aime plus que je l'aime… T'as pas ça toi ?

— J'crois pas, nan. »

Ça fait quand même vachement le bruit d'un oui. En janvier dernier quand Adé m'a balancé un « ferme ta gueule » et que j'ai répondu « hé oh… pa-pa-pa-p-p-parle bien ! », j'ai senti qu'elle avait le dessus lors des conflits de canards.

« Et comment tu sais déchiffrer que Kader t'aime plus que toi ?

— Bah quand je lui raccroche au nez, il me rappelle en disant que ça a coupé. »

Bon. Si j'étais Kader je réactiverais Mektoube.fr hehe. J'ai jamais été bon avec les nanas, mais si y a bien une chose que j'ai comprise c'est que si ton charisme se fait des masques à l'huile d'argan, t'as 90 % de chances qu'elles taillent avec le quarterback du lycée. Et encore, les 10 % restants c'est juste parce que j'ai pas dit « inshaAllah ».

« Et du coup, t'as l'impression de passer à côté de ta vie avec Kader ?

— J'en sais que dalle. C'est juste que j'suis plus sûre de vouloir de cette vie pasteurisée, avec un mec qui se chie tellement dessus d'être en vie qu'il en réfère sans arrêt à Dieu. Au moins avec les cassos comme toi on rigole.

— Le “cassos”… pas nécessaire…

— Wourad, tu veux qu'on parle de ton projet de long métrage ? Comment ça s'appelait déjà ?

— *Banlieue Love* pourquoi ? »

Je vous dois des explications. Il y a quelques années, j'en avais marre des films qui traitaient de la banlieue, du coup j'ai écrit le scénario ultime. 100 % de chances d'être financé. Pitch.

Mohamed Couscous se rend, muni de sa carte Vitale, aux urgences car : quand il pète il fait de la mousse. En salle d'attente, il fait la rencontre de Mamadou, qui, lui, avait mal aux dents. C'est le coup de foudre. S'ensuit une histoire d'amour cachée, que Nordine, ambulancier-dealeur de la cité, va démasquer…

OK, c'est pas du Tarantino, mais en France t'as moyen d'aller chercher cinq millions d'euros de budget.

« T'façon Kader ou un autre, l'amour c'est pas votre truc. Vous êtes des aspirateurs Dyson. À la hauteur pendant six mois, après vous avez plus de force. Regarde-toi, maintenant même les vieux gars trompent des bombasses. »

Ouch. Autant le « cassos » j'ai rien dit, autant la justesse de celle-ci me fout une angoisse. Elle a raison la gamine, on est des arnaques. Aux prémices, on donne tout. Petit jean, petite chemise, petit bouquet de fleurs. T'façon quand on séduit tout est petit : « Tu viens boire un petit verre, dans mon petit chez-moi ? » Et une fois que c'est dans la poche, tout devient gros : « Tu peux bouger ton gros cul d'la télé, y a l'OM qui joue. » On est minable et dans un moment de lucidité, j'me tâte à repartir sur de bonnes bases.

« Tu crois que je devrais lui avouer ?

— Pff, jamais de la vie. Elle te quitterait. Après, c'est peut-être ce que tu recherches.

— Me faire larguer ?

— Yep. Tout niquer avant de t'engager parce que t'as peur de foirer ton mariage. Ou, pire, peur de le réussir.

— …

— Wourad, j'suis la personne qui te connaît le mieux. Tu crois que t'as la frousse de te louper mais c'est tout l'inverse. C'est la réussite et le changement que ça implique qui te paralysent. Dis-toi juste que la réussite c'est rien d'autre que l'échec avec une bonne attachée de presse, nan ? »

Toc toc toc. Ça tape au carreau. Alhamdoullah, ça m'évitera de devoir répondre à Freud. C'est Margaux qui nous accueille. Elle aussi veut se saper en bicot samedi. On sort de la caisse et on fuit dans une sorte de librairie religieuse. Au fond du magasin, t'as des rayons avec du musc, des dattes, des poupées sans tête… Margaux s'arrête sur un bouquin traitant de la dot. Je lis dans le regard de la mendiante du like qu'elle épouse l'idée qu'un *thread* évoquant la marchandisation de la femme ferait au moins neuf mille retweets. Nora, guide sur Agrabah (cité de la magie noire et de l'enchantement), lui mâche le boulot.

« Grosso modo c'est un présent que l'homme doit obligatoirement offrir à la femme pour que le mariage soit validé. »

Validé par : la street. Sentant qu'un potentiel top tweet lui passe sous le pif, la fouinasse intersectionnaliste voit rouge, elle avait déjà son podcast en tête, une Chinoise transfuge de classe en *guest*.

« Ah d'accord… Et c'est donc elle qui détermine le présent ?

— Totalement. Si elle n'est pas satisfaite, le mariage est caduc.

— Mais c'est génial ! Si j'étais Adélaïde je demanderais au moins cinquante mille euros. »

Mais t'es pas Adé hehe. Aucun mec voudrait d'une gonzesse qui parle autant qu'une poucave au comico. Margaux elle est sympa, mais sa dot c'est max un Kit Kat et un mollard. D'ailleurs, un peu comme dans le jeu du tyrolien dans « Le Juste Prix », j'ai toujours pas estimé jusqu'à combien j'étais capable de monter pour Adé. Afin de garder toutes ces pensées pour moi avant qu'elles ne sortent par je ne sais quel orifice, je fuis vers le coin textile. J'y trouve un portant submergé de djellabas aux mille et une teintes. J'craque sur une.

« Pas mal la transparente. C'est une tenue traditionnelle tunisienne ?

— C'est une housse anti-poussière, Wourad… »

Roh ça va, si on peut plus se faire de blagues sur les Tunisiens. Au fur et à mesure que j'essaie des tenues, le magasin se remplit. Des Arabes partout, c'est simple, on se croirait en France. En insécurité face à l'envahisseur, je m'énerve contre Nora et la roue de coups afin de me fondre dans la masse et d'la pou… C'est bon, vous êtes encore là ? Désolé de virer de temps en temps dans le macabre mais j'ai de la concurrence. Dès que des Rebeus s'mettent à gratter un roman, faut à coup sûr qu'une Farida se mange un uppercut dans le foi(e) et, par ricochet, dans la nôtre. Mais reprenons.

Le patron, visiblement marocain (photo du roi du Maroc dans la cabine d'essayage), vient nous épauler. Produit de mon époque, j'lui demande s'il a des modèles un peu plus cintrés. Produit de la sienne, il met en doute ma virilité.

« Cintri, coumme li femmes ?

— Euh ouais enfin… si vous avez un truc plus bonhomme quoi, avec un pare-buffle dessiné sur le ventre je prends aussi hein… »

Me faire vanner par mes proches je tolère, quand ça vient d'un gars en situation irrégulière ça fait mal. Pour inspirer le respect et fixer des limites claires, j'enfile la djellaba qu'il me tend et simule des crochets dans un sac de frappe afin de vérifier la confortabilité et la qualité du tissu.

« Comme j'me tape souvent dans la rue, j'voudrais pas que ça me gêne… »

J'passe pour un pitre. J'commence à parler de Joe Pesci, de la mafia, des linguine… Rien n'a de sens et puis nikzeubi, il a l'air de rien piger. Le truc est trop serré, l'impression de porter un studio parisien. On change de *store*.

Quatrième boutique de la *calle*. Mes recherches s'affinent, j'veux désormais une djellaba blanche. Rapport à la pureté des deux âmes qui s'unissent devant Allah et tout le toutim. Dans un rayon, j'tombe sur un bouquin traitant de la sexualité en islam. J'vais pour l'ouvrir, puis me rappelle que si on m'annonce que la fellation est interdite, Dieu aura donc noté que j'ai eu l'info. Je ferme le livre.

On rentre. Adé nous a rejoints, elle finit tôt le mercredi. Pas du genre à trouver que les profs tafent pas assez, j'attends néanmoins mon augmentation au boulot pour estimer qu'elle branle rien, qu'il faut arrêter avec la France des allocs, qu'on ne peut pas accueillir toute la misère du monde.

Sur le trottoir en bas de chez nous, je repère dans le grec un comportement suspect. Une nana me guette et s'cache derrière un journal tellement grand que tu sais pas si c'est une carte de ratpi ou une couette. Opération soum-soum, elle garde le canard bien haut. Je laisse monter les gonzes et prétexte une babiole à acheter chez l'Arabe du coin (*the bicot of the corner* en anglais). Je traverse l'asphalte et m'approche de la barbouze. Elle s'agite et dans un mouvement de manivelle, le doute demande le remplacement pour laisser entrer la certitude… C'est @HollyQueenP.

*

Peu importe le fuseau horaire, elle n'en demeure pas moins : inquiétante. La foldingue me suit partout, on dirait le cameraman sur le nuage dans *Mario 64*. Manquait plus que les lunettes avec moustache farces et attrapes pour réussir sa planque.

« Tu fous quoi ici bordel ?!

— On est en France, dans un pays libre, j'mange où je veux d'abord.

— Ouais bah en France on décapsule des rois aussi. Tu m'espionnes ?!

— Je t'ai dit on est dans un pays libre, j'mange où je veux. »

Comme à la chicha, ça tourne en rond. En plus de lutter contre les standards de beauté en mangeant un keugré à 16 heures comme un VTC, la petite est agressive. Je zieute son plateau. Grec-frites sans crudités pour gratter de la viande en plus. La petite est rusée. Méprisant toute notion de respectabilité (y a de la sauce sur ses cheveux), elle voue un culte aux matières grasses et empoigne la bouffe vigoureusement comme une ado faussement impertinente. J'ai clairement envie de la démarrer mais me retiens car : le cholestérol l'aura avant moi.

« Satan, me prends pas pour un con ! Comment t'as eu mon adresse ?!

— Mec faut te faire soigner, j'suis pas là pour absorber toute ta colère !

— Absorbe ma bite ! »

J'étais à ça du prix Goncourt. Sous la chaleur du stress, mes arguments s'évaporent. Je checke dehors au cas où Adé soit dans les parages. Pendant ce temps, la grosseuh folleuh sort son portable et fait tourner les photos d'elle en compagnie de Junior. Miskine sur chaque image il a la joie de vivre de Stromae. Tu lui files le journal du jour et tu peux revendiquer un kidnapping par les FARC.

« Au fait, tu le prends pas mal que j'me tape ton meilleur ami ? Tu sais, Junior aime beaucoup mes formes généreuses… »

Mais, cousine, l'abbé Pierre était généreux. Toi c'est de l'obésité : morbide. Comme si de rien n'était, elle continue de faire tourner ses photos et me montre sans faire exprès un cliché d'elle en mode effeuillage. Putain, je le savais. Les nanas du burlesque, c'est un cancer. Rien ne peut les arrêter. Récapitulons. Quand tu veux faire voir ton cul t'as deux options : les bonnes font des stories, les claquouzes font du burlesque. Et si la société n'a pas été assez oppressive pour que tu lâches l'affaire, un jour ou l'autre t'arriveras à tes faims. Angoissé à l'idée de me faire péter bêtement, je décide de la bloquer IRL et quitte la conversation. Avant que j'enfile la venelle, elle me chope la main et, comme avec la bouffe, ne mâche pas ses mots.

« J'ai quitté mon mec…

— Cool, vous allez former un beau petit couple avec Junior.

— Pour toi. J'ai quitté mon mec pour toi.

— Mais wesh, pourquoi t'as fait ça ?

— Pour qu'on la vive notre putain d'histoire, mon loulou... »

C'est une sociopathe. Outre le fait qu'elle a employé le mot « loulou », la situation vire au grotesque lorsqu'elle se mord sensuellement le doigt. Elle m'explique qu'elle voulait juste me rendre jaloux avec Junior. Le pire c'est qu'elle chuchote et renforce l'idée qu'elle serait munie d'un calibre planqué sous la table. Apaisant. Obligé de lui montrer que d'où je viens (94), on règle les problèmes avec nos poings.

« Mais... mais... mais arrêteuuuuh... »

Quand je parlais de poings je voulais évidemment parler des siens qui fistaient inlassablement mon autorité. Devant la persistance de mon refus de participer à cette « putain d'histoire, mon loulou », elle décide d'envoyer ses dernières cartouches.

« Dis-moi juste on va où dans cette relation ?

— J'en sais rien, demande à Waze. Bon j'dois y aller...

— Wourad. Je t'aime.

— Oui bah... moi j'aime le saint-agur et... et je sors pas avec.

— Tu sais le saint-agur, on peut le partager... »

Félicitations, t'es terrifiante. Soudain, une voix familière interrompt notre discussion et instaure une ambiance dépressive que d'aucuns qualifieraient de loanesque.

« Bonjour, Adé. Enchantée. »

Bon bah j'espère que vous êtes content d'assister à la peine du 18 juin.

*

Alors oui la drogue c'est mal, mais c'est quoi une overdose face à une telle confrontation ? Pas là pour jouer les Cassandre mais ça sent le sapin. Comme si ça ne suffisait pas, Nora et Margaux amènent les briquets. Présente pour s'acheter des calories, j'avais pas anticipé que la Margaux organisait un tour du monde du chibre.

« Mon nouveau copain est turc, j'lui prends une boîte de baklavas. Bref, tu présentes pas ton amie ? »

Fuck, j'connais plus son plancher pelvien que son blaze.

« J'vous présente euh… »

Moitié femme-moitié rumsteak, la gadji nous apprend qu'elle se prénomme Brenda Moreau. Le lien avec la lettre P d'@HollyQueenP ? Aucun, elle fait ce qu'elle veut. D'ailleurs là, elle tape l'amitié avec ma meuf.

« Adé comme les lettres de l'alphabet ? »

Nan, comme Adel des 2B3. Soyons francs, elle est fantasque. Brenda qui mange un grec, c'est ton sur ton. Mais la voir à côté de ma meuf, c'est comme s'enfiler un romanée-conti avec des Apéricube. L'œil tellement profond qu'un tuba suffit, je la joue snorkeling et navigue en surface.

« Eh bah Brenda, c'est une… une humaine et…

— … Ah mais oui j'te reconnais ! T'es la copine de Junior ?!

— Oui voilà, c'est sa copine hahahah… »

C'est pas un rire nerveux, c'est un appel à l'aide. Adé a reconnu la bête. Au courant que l'excès de glucides et de mauvaises graisses peut empêcher le cerveau de bien fonctionner, j'profite du fait qu'elle ait la bouche pleine et prie Allah afin qu'Il efface sa mémoire et/ou lui envoie un astéroïde. Adé remue ciel et terre pour créer du lien.

« Bah vu que Wourad et Junior sont comme des frères, on peut dire qu'on est des belles-sœurs, nan ? »

Nan. Surtout pas. T'approche pas, elle mord. Mettons les barres sur les t. Vous connaissez le roi Midas ? Brenda c'est presque pareil, tout ce qu'elle touche se transforme en torts.

« Belle-sœur ? Comment ça ?

— Rapport au fait que t'es en couple avec Junior, hein, Brenda, que t'es en couple avec Junior… »

J'suis en période décès. Je transpire des souvenirs. L'avenir de mon couple est comme son sandwich : entre ses mains. Déjà qu'avec LREM au pouvoir j'ai pas confiance, imaginez ce que ça donne avec une nana qui porte des faux cils.

« Oui oui c'est ça. Je suis la copine de Junior… »

Eh bah vous voyez, j'aurais préféré qu'elle me balance. C'est encore plus flippant qu'elle aille dans mon sens. Provisoirement hors d'atteinte lorsqu'elle mâche, je lance des regards de détresse à Nora. Un peu cramé, surtout quand mon œil droit est sorti de son orbite, elle comprend que je coule et m'envoie un gilet de sauvetage.

« Bon, on va pas vous déranger plus longtemps, à la base on voulait juste prendre des pâtisseries… Allez, à très vite, Brenda. »

Une fraternité de type sororal. Nora se met dans la peau de la copine moche qui vient à la rescousse de la bombasse et me tire par la manche. En pleine évacuation, j'alpague à mon tour Adé, ce qui provoque une chenille (qui redémarre). La galère, c'est que Brenda tu lui parles pas de pâtisserie sans la faire croquer. Elle s'accroche.

« Bon, Wourad, je te tiens au jus pour ce qui est de mes fiançailles.

— Tes quoi ?!

— Bah mes fiançailles avec Junior. »

Wow. On est sur une fin de race. Je sais pas ce qu'elle manigance, je sais juste que pour détourner l'attention j'ai envie d'exécuter une roulade. Pour Adé, désormais habituée à mutualiser les événements, c'est l'occasion d'organiser un mariage en commun et ainsi économiser sur la location de la salle.

« Sérieux ?! C'est dingue, nous on se marie samedi ! »

Grosse erreur, Adé, fallait pas lui dire. Brenda est grave capable de venir avec une mitraillette comme Bruce Willis quand tu lui dois dix dollars. Avec une agressivité qui consiste à serrer ses poings, elle devient intrigante.

« Tiens, tiens, tiens… En v'là une bonne nouvelle… »

J'suis pas ienb. Pendant que Margaux et sa frange de bisexuelle lui précisent que ses fiançailles mixtes ne l'autorisent pas à voler les richesses de l'Afrique, Nora sonne la révolte. Elle a dû remarquer que c'est pas normal une nana qui mange un grec sauce moutarde.

« Bon, Brenda, on doit vraiment y aller. On se revoit bientôt ?

— Samedi ?

— Ouais voilà c'est ça, je t'envoie l'heure et l'adresse. Allez salut. »

J'ai très exactement zéro chance de revoir Brenda à mon mariage. J'vais lui envoyer : « 3 heures du mat devant la mairie de Tourcoing. » Double sécu. En balançant un horaire de boulanger elle viendrait pas. Et quand bien même elle se pointe, dans une ville en edge elle risquerait de se perdre et de rencontrer un tueur en série. InshaAllah.

Après m'être délesté du mauvais élément de la race humaine (Nutri-Score E), je raconte à Adé plein de conneries à son sujet. Soutien de Michel Onfray, drogue son enfant, se teint le duvet en blond… Une seule de ces affirmations est vraie. J'appuie surtout sur le fait qu'un hlel, il serait plus judicieux de l'organiser en petit comité, à l'abri du mauvais œil. Car oui, chez les Arabes le mauvais œil porte bien des tenues. T'es au chômage ? Mauvais œil. Célibataire ? Mauvais œil. Les artères bouchées ? Nan ça, c'est la loubia.

Dans les escaliers, Nora m'arrête. Elle simule un oubli dans sa bagnole et me demande de l'aider à porter un sac. En dépit d'un niveau de réflexion proche du berger allemand, je comprends que j'vais me faire chanter Ramona.

« Tu l'as trompée avec ça ?!

— …

— Je savais que t'étais un connard mais alors en plus t'as des goûts de chiotte ?!

— Hé oh ça va, chacun ses goûts, nan ?

— Nan ! Cette meuf c'est pour un taulard qui sort d'isolement.

— Tu vieillis mal, Nora. »

Je sens chez elle une petite pointe de jalousie (non). Actuellement source de tous les maux, j'attends qu'elle finisse de m'insulter pour me réfugier derrière une excuse.

« Nora, je cherche pas à me dédouaner mais je crois que j'suis HPI… »

CHKICH ! Elle vient de me gifler. J'vais rien lui faire parce que c'est une meuf mais wAllah si ça avait été un mec j'aurais rien fait.

« Dernière fois que tu la trompes, compris ?! Sinon j'en parle à M'man. Au cas où tu serais pas au courant, c'est pour ça qu'elle a viré le daron de la maison. »

Jeudi 19 juin

Pour être transparent, ce genre d'infos me travaille le bide. Déjà parce que j'suis lâche et qu'au prochain faux pas j'vais tout mettre sur le dos de la génétique. Mais surtout parce que j'viens d'apprendre que la daronne a préféré éduquer deux enfants solo plutôt que vivre avec Abou Infidèle. Perso j'aurais fait semblant de pas savoir. Franchement, bonhomme la daronne.

Bon, J–2 avant qu'on me passe les menottes, avant que toutes mes pensées priapiques ne lui appartiennent. Là j'suis au taf, j'ai bientôt fini de tapiner. Excepté un vendeur d'armes israélien dans le lobby (de l'hôtel hein), pas beaucoup de nouveaux ienclards. Vu que la clientèle du Moyen-Orient s'fait des kifs en réservant des étages entiers, ça fait moins de taf, donc moins de tips, donc moins de pouvoir d'achat, donc baisse du moral des Français, donc recherche de coupables, donc chasse aux Arabes.

« Les Arabes, le problème des Arabes ? », disponible jeudi chez votre marchand de journaux.

Juste avant de me barrer, j'vois Verónica léviter près de l'accueil. Tellement fraîche qu'elle touche pas le sol, ça risquerait de la rendre réelle. Atrocement lâche, j'me cache derrière un chariot à bagages. Comme la fois où j'me suis planqué dans un local à poubelles parce qu'un grand du quartier voulait me baiser pour avoir envoyé un Wizz à sa reuss. Là c'est l'inverse, c'est moi qui me cache pour éviter de baiser. L'ironie de la vie.

Coup-Franc le Puant passe derrière moi. J'ai pas les yeux dans le dos, c'est juste que son haleine goût clochard est un problème majeur.

« Qu'est-ce que tu fais planqué là ?

— C'est la Mexicaine du cinquième. J'crois qu'elle veut me baiser.

— Comment tu peux en être sûr ?

— Elle met des points de suspension dans ses textos. »

Comme dirait Baloo, il en faut peu pour être heureux. Contrée de l'implicite, le texto est à l'interprétation ce que la Syrie était à Daesh : le lieu de tous les possibles. J'sais pas si elle m'aime ou si c'est juste une sympathisante mais quand t'envoies « *hello...* » à 2 heures du mat, c'est pas pour parler des législatives (je ferai pas de vanne avec « se faire bourrer l'urne », Michel s'en chargera au mariage).

« Et pourquoi tu ne montes pas dans sa chambre si c'est dans la poche ?

— J'ai une meuf, wesh !

— Roh ça va, de temps en temps ça fait pas de mal.

— Putain tu trompes ta femme ?

— Je trompe pas ma femme, je me trompe de femme hahahah ! »

J'ai une absence totale d'affection pour ce type. Et le fait qu'il renforce sa blague par un « WAZAAA ! » me donne envie de lui niquer sa mère.

« Attends, t'es pas marié depuis vingt-cinq ans toi ?

— Certes, mais dès lors qu'elle refuse la sodom... »

On stoppe cette discussion. Mec, t'as une belle sincérité mais sois pas trop sincère. Une fois la bouffeuse de tacos dans l'ascenseur, j'sors de ma tanière et me dirige vers la sortie staff. Sodomie toujours, on doit sortir par-derrière. Ouais parce qu'on a une autre issue pour éviter que les clients s'aperçoivent qu'on existe vraiment, qu'on a une âme sous nos uniformes. C'est aussi l'endroit qu'utilise l'hôtel pour ses livraisons. On n'est plus dans l'humain là, on s'approche du cageot de tomates.

Dehors, j'attends que Junior passe me récupérer. J'reçois un coup de fil de Verónica la forceuse. Je dis « la forceuse », ça flatte mon ego alors qu'on sait tous qu'elle a juste à me montrer un sein et c'est tout ce que j'ai construit avec Adé qui part en fumée. Elle insiste et passe par les textos.

Big party tonight. Do you wanna come?

No, I wanna cum! *Fou rire d'un public bilingue et en délire.*

Après deux-trois échanges, elle bascule dans les menaces et devient agressive en écrivant en majuscules. Cent balles qu'elle est en période d'ovulation. J'ai beau lui faire comprendre qu'il me sera compliqué de l'accompagner à sa petite sauterie, la Mère Fouras balance des messages énigmatiques dans des pavés de saumon, faut minimum le TOEIC. Comme en 44, Junior débarque. J'lui montre les textos pour la trad'.

« A priori y a une soirée organisée par Etam et elle nous invite.

— Comment ça “nous” ?

— Poto, je te laisserai pas tomber. »

Sur Terre j'ai deux certitudes. La première c'est que Hitler, on peut le dire, avait un problème avec les Juifs. La seconde c'est que Junior ne pense qu'à baiser. Il a lu « Etam », il a capté qu'il y aura cinq zouzes pour un mec. Ce qu'il omet de signaler, c'est qu'il est pas impossible qu'il prenne cinq fois plus de recales et qu'en fin de soirée on le surnomme DespaCinco (j'vous la remets en tête).

« On va faire simple. J'y vais pas, point barre. Suffit qu'on reste seuls deux minutes et j'finis en esclave sexuel dans son plumard.

— T'inquiète, y aura pas de plumard, j'fais ta sécu ce soir.

— Mais même debout j'peux essayer de la ken ! Elle a trop d'emprise sur oim.

— Écoute, tu dois y aller. Plus le combat est dur, plus la victoire est belle.

— C'est de qui ça encore ?

— Booba mais j'crois qu'il l'a péta. »

Bon, finalement on y go. Pendant qu'on fait le tour pour récupérer Veró, j'apprends à Junior que je m'appelle Johnny Smith. J'pensais qu'il se foutrait de ma gueule mais finalement il dit que ça me va bien et prend même le temps de changer mon nom dans son portable.

« Attends-tends-tends-tends-tends… Tu m'avais pas enregistré dans ton répertoire ?!

— Nan. Comme je te supprime souvent, c'est relou.

— T'es sérieux ? Et pourquoi tu me supprimes ?

— Frère, des fois tu mets pas de slip. »

J'avoue. Verónica monte dans la gova. Autant en général j'peux prévoir plus ou moins ce qu'il va se passer, anticiper les événements, avoir la mainmise sur le cours des choses, autant cette fois j'suis incapable d'être naturel. J'ai un nœud au fond du bide, le même qu'au collège quand ton crush te demande une feuille double. Seul Junior peut interrompre notre liaison. D'ailleurs, l'attardé l'attaque à la cheville.

« Donc les latinos ça vous suffisait pas de vendre de la came aux gringos, maintenant ça veut niquer mon pote Johnny ?! »

Junior, il fait un bilan de compétences, ça propose comme métier : onze ans ferme. Verónica n'avait jamais vu un tel regard dans un rétro depuis la fois où son passeur lui demandait de se baisser à la frontière d'El Paso. Encore plus stupide, j'me dis que la musique adoucit les mœurs et envoie du J Balvin. Insolite, le casse-couilles du samoussa lui demande de tout traduire et s'invente une concurrence avec le chanteur colombien.

« Le reggaeton c'est rien de plus que du zouk accéléré. *Verónica, listen to this track…* »

Témoins des pensées d'un mec perdu, on l'observe sortir un iPod très à la mode lors de l'entre-deux-tours Ségolène-Sarko. Après deux-trois tubes de l'été (dont un magistral *Boom, Boom, Boom, Boom!* des Vengaboys), Junior s'arrête sur *Brancardier de ton cœur*. C'est le morceau zouk qu'il avait produit quand on devait avoir dix-huit ans. D'après ses prévisions, ça devait casser Internet. Résultat ? Tout l'oseille du permis de conduire dilapidé dans la loc' du studio et une vidéo YouTube qui culmine à cent dix-sept vues… Dans la tourmente, Veró fait zarma c'est audible mais ne peut se retenir de se taper une barre en apercevant la *cover*. Junior y porte un bouc de dépanneur et des lentilles bleues. Pour le coup, il poste la photo aujourd'hui, il casse Internet.

On arrive dans le hood. J'ai pas capté sur le GPS mais on est au Francs-Moisins à Saint-Denis. Z'auraient dû l'appeler le Franc-Moins-Un tellement l'urbanisme a pris ses habitants pour des sous-hommes. C'est gang, je dirais même, c'est Gangis Khan. On passe devant trois mecs aussi suspects qu'une machine à laver lancée à 3 heures du mat' chez les Jubillar. Capuchés alors qu'il pleut pas.

Ça génère une certaine angoisse. L'adresse est juste à côté de la cité. Faut pas déconner hein. OK les branleurs de la mode veulent s'encanailler sur le dos des quartiers mais de là à partager les mêmes locaux ? Non merci.

On trouve une place. Dans un élan d'islamophobie qu'il interprète comme de la lucidité, le J place un tapis de prière, un Coran et du sable sur le tableau de bord pour repousser les casseurs. Imperméable aux mœurs du 93, Verónica pense que c'est une coutume locale et le prend en photo pour son vlog. Par souci d'anonymat, j'fais semblant de faire mes lacets et cache ma tronche.

Junior prend congé de nous deux minutes et file rapidement à l'épicerie s'acheter des feuilles. Passé minuit il est comme Batman, peut pas s'empêcher de planer.

« Johnny, il est pas un peu bizarre ton ami ? »

Ah mais elle parle français ?

*

OK, Mata Hari. J'suis en train de me remémorer toutes les dingueries que j'ai pu raconter en sa présence et j'crois avoir abusé l'autre jour en lui demandant de « caler ta ceinture de sécurité entre tes bzez que j'boufferais bien, d'ailleurs t'as pas des couverts ? »...

« Mais pourquoi t'as rien dit ?

— Tu me parlais qu'en anglais, j'ai pensé que tu voulais progresser. Et pour être honnête quand tu parles français je saisis pas tout.

— Un exemple ?

— L'autre soir t'as dit "wAllah, tu fais *tminik bint al haram*", j'ai pas tout compris... »

La pauvre, elle pensait voir l'Arc de Triomphe, elle s'est retrouvée en immersion dans un spectacle d'El Atrassi. Elle m'informe qu'elle a fait toute sa scolarité dans des écoles françaises là où moi j'ai usé de la buissonnière. Après tout, buisson, cactus, Mexique… À *Pyramide* ça passe nan ?

On est postichés devant un garage. La piraterie n'étant jamais réellement finie, Junior revient et apprend la nouvelle. Encore sous le coup de la dernière saison de *Mafiosa*, il propose un plan.

« On fait un truc. J'ai un gars à Marbella pour le shit marocain. Avec toi on peut infiltrer le marché espagnol sans passer par lui. Deal ? »

Pourquoi s'acharne-t-il à briser le silence… On se chauffe et on entre dans le garage-discothèque. Perso j'étais plutôt enclin à ne pas nous précipiter mais personne m'écoute depuis l'enfance. Verónica donne le mot de passe à un garagiste (reconnu par sa propension à mal parler aux humains et à se laver les mains dans de l'huile). Il nous indique une porte en métal rongée par la rouille au fond de l'atelier. J'vais pas vous mentir, j'ai actuellement plusieurs craintes et le fait de ne pas savoir me battre y est pour beaucoup. L'œil bovin, je suis le troupeau, balance deux-trois blagues mal senties et ferme la marche.

À la porte, aucun service de sécu, on dirait la nana qui écrit « mom » dans sa bio Insta pour repousser les charos, sauf qu'on va quand même essayer de la : tringler. La porte s'ouvre. Une blonde aux sourcils noirs, rappelant les plus belles heures de Rahan (l'enfant des âges farouches), nous fait pénétrer dans un sas et appuie sur – 2. Une sorte de petit monte-charge qui devrait nous mener à la fiesta. J'connais ces délires. Les gens de la mode, ils aiment bien les trucs à la con avec tout plein de passages secrets et de lieux insolites. Ça justifie le cosmo à cinquante euros. Pour Junior, convaincu que dire bonjour fait partie des préliminaires, le rouge est mis.

« La blonde là-haut, ça s'voit elle veut quelque chose. »

J'ai jamais été aussi prêt à appuyer sur le bouton « urgence ». Quand tu l'écoutes il peut ken toute la France alors qu'au quartier ça l'appelait Dorothée tellement il rendait ses chaussettes jaunes de petits pois.

On arrive en bas, le DJ passe *I Gotta Feeling* des Black Eyed Peas comme si on mettait encore des cols en V. La fête bat son plein, c'est full, c'est oppressant. Tout le monde a l'air heureux, ça en devient énervant. Y a même une statue de gorille comme dans les villas de téléréalité. Junior y voit un acte raciste. J'y vois du mauvais goût.

Une Renoie fusiforme reconnaît Verónica. Ça se tape la bise et surjoue l'amitié. Sachant qu'avec Junior, c'est les deux seuls Renois de la soirée, les connexions se font. Un peu comme quand tes darons sont invités chez un couple d'amis et que tu dois papoter avec leur gosse de huit balais alors que t'en as seize. On se présente. Elle nous annonce qu'elle vient de Belgique, côté flamand. Junior lui fait croire qu'il parle un peu sa langue et lâche deux-trois blazes de footeux. Bon après si les Belges causent flamand, c'est que ça doit pas être si compliqué, nan ? Souhaitant lui montrer qu'il s'y connaît aussi en noirologie, il fait le show.

« *Are you from Congo?*

— *Yeah, absolutely.*

— *OK cool… Hutu or Tutsi?* »

Même le DJ a mis sur pause. Quand il est sous pilon, faut juste l'enregistrer. Perso j'aime bien quand il fait de la merde, comme ça on dit « encore les Noirs » et ça laisse les Arabes tranquilles jusqu'au prochain attentat. Comme il ne s'exprime efficacement qu'en fermant sa gueule, j'lui marche sur le iep, lui tire le bras et simule une grosse soif. On revient, les filles.

On fait un feat et on gifle le buffet en Bertrand Cantoche. J'fais les refrains sucrés, Junior kicke les couplets salés. Deux mecs s'approchent. Un sapé comme un amish, l'autre aux fringues trouées de partout. Même un rat, tu lui refourgues ses sapes, il te répond : « Wesh tu m'as pris pour Café-Clope ?! » Doivent pas comprendre pourquoi les gars de la sécu enculent les petits-fours. Le plus anémique, à la voix de Mickey Mouse et au physique qui fait honte à voir, essaie de taper la discute via une approche de ienclard.

« Ça roule, les keums ? Vous fez-kif la ty-par ? »

J'vous préviens, m'foutre de la gueule de ceux-là, c'est dans mes cordes. Les mecs qui inventent encore des mots en verlan, c'est comme mettre du parfum quand tu pues : ça cache un truc. Ça m'a tout l'air d'être le genre de connard à chercher un dealer. Pour faire passer le temps et amasser un max de mignardises sur mon assiette (j'ai pensé à faire comme dans « Fort Boyard » et tout foutre dans mon T-shirt mais j'reste un homme distingué), j'envoie mon joker.

« T'façon aujourd'hui Coluche et Desproges seraient cancel-han… »

Ça n'a rien à voir, ça permet néanmoins de m'éclipser. L'assiette pleine, j'laisse Junior enfiler son costume de Leonardo DiCapri-Sun et leur insérer des disquettes. Je pars à la recherche de Verónica. Je la discerne au loin, entre des silhouettes maladroites extériorisant leur haine du salariat par des danses proches de la mutilation. Seule sur un canapé, elle observe la plèbe, outrée de faire partie de la même espèce. Ne loupant jamais une occasion d'être classe, j'lui propose des petits-fours. InshaAllah elle touche pas aux choux à la crème.

« T'es adorable, un homme à marier. »

Tu fais bien de le dire. Elle a pris les choux à la crème. Grosse perte, envie de porter un brassard noir. Je m'assieds à ses côtés. On discute. Je sais plus trop de quoi, j'sais juste que contrairement à la foudre, cet enculé de Cupidon s'amuse à shooter deux fois au même endroit. À chaque fin de phrase, j'me dis que je passe peut-être à côté de quelque chose. Quand tu veux noyer ton iench, tu l'accuses de la rage. Dans le couple, même topo, tu cherches les défauts. Une fois que t'en chopes un, tu l'mets au soleil et l'arroses de postillons en attendant qu'il grandisse. Sauf qu'Adé, j'vois pas de défauts.

La sono monte d'un cran. Des Blanches de la mode se mettent à twerker sur du Damso pour prouver qu'elles sont cool. Le « de la mode » a son importance parce qu'elles ont pas capté que le twerk c'est comme un gigot : faut du gras et de la viande. Verónica hausse les sourcils, dans trente secondes elle alerte la mairie de Paris pour qu'ils éteignent la tour Eiffel tant c'est criminel. Dans la hauteur, elle s'approche de mon oreille.

« On voit la souffrance des gens quand ils dansent. »

Ça en dit long sur les flashmobs. J'sais pas si c'est profond ce qu'elle raconte mais comme dans la connerie il n'y en a pas beaucoup qui me tiennent le menton, j'commence à spéculer sur les traumas de chaque personne sur la piste. L'improbable fusion entre Gilles Verdez et de la crème anglaise qui fait la danse du robot ? Gros besoin de s'affirmer, doit compatir pour Yamcha dans *DBZ*. La brune entre la vie et la mort qui s'observe dans le miroir ? Un comportement centriste, ça vote Bayrou. Junior qui frotte une meuf bourrée ? Un obsédé qui classe la catégorie BBC dans les rom com. Bon, elle avait pas toutes les réf', mais dans l'ensemble elle enchaîne les gorges chaudes à défaut des profondes. Ça méritait bien une pause clope.

On pousse vers le fumoir. C'est blindé, affluence promotion Nutella chez Lidl. Faut pas que j'reste seul avec elle. Ça va finir en soirée hard-discount. Elle insiste pour qu'on aille prendre l'air. Je sais toujours pas dire non. En filant vers le monte-charge, je surprends Junior en train de chercher ses clés dans la bouche d'une nana. Un ami sur qui compter.

On est dehors. Ça grille une cibiche sur le parapet. Les trois mecs à capuches ont plié bagage. Si leur présence a généré en vous une certaine angoisse et un climat d'insécurité, alors évitez de voter.

Elle me parle de son boulot, d'arrêter de montrer son cul et de s'investir un peu plus dans un métier qui a du sens, des œuvres caritatives. Encore une qui veut prendre sa photo avec des petits Noirs et des mouches… Ça m'a toujours fasciné ce rêve d'aller aider les plus démunis. Cousine, tu vas aller en Afrique, t'es ni médecin ni ingénieur, le seul truc que tu sais faire c'est te foutre à oilp. Crois-moi, j'te donne deux semaines avant de demander de l'aide à ceux que tu voulais aider.

Suite à cet entretien Pôle emploi, elle évoque la possibilité d'être prof. Elle parle trois langues. Moi sept sous la torture mais bon c'est pas un concours. Et elle propose de s'installer sur Paris, tiens.

« À Paris genre euh… Paris-sur-Seine ?

— Nan nan, Paris-sur-le-Gange. »

Hors de question qu'elle emménage dans ma ville. J'ai déjà une double vie dans le métavers, ça me suffit. Mon cœur n'étant qu'un studio de dix-sept mètres carrés, je la vois déjà faire les cartons d'Adé et lui enjoindre de trouver un endroit où crécher avant la fin du mois.

Aveuglé par la *noche* et ses pensées obscures, j'commence à faire l'inventaire des distributeurs de capotes proches de son hôtel. Jamais bon signe. Son absence de soutif et la manière dont la bretelle de sa robe glisse le long de son épaule me laisse penser qu'elle veut faire des galipettes.

Au bout d'un moment, on cesse de parler et bizarrement, ça provoque aucun malaise. Circonvenu par les ruses de Satan, j'suis pas loin de la guélan. Je me retiens en pensant à Sandrine Rousseau. Le plus troublant c'est que j'arrive plus trop à déterminer si je la kiffe ou si j'suis assujetti à l'ISF (inclination à la sauvagerie fornicatrice). Comme un préservatif, la frontière est fine.

Tout à coup, elle se lève. Tellement humide qu'elle a les cheveux qui bouclent, Médusa se les attache. J'suis pétrifié. Elle se place devant oim. Mon pouls s'accélère, mes constantes sont instables. Elle va quand même pas me sucker dans la rue ?!

« T'es en couple ? »

Mouais, faut le dire vite… Après c'est quoi être en couple si ce n'est se marier dans deux jours ? Le plus casse-couilles depuis qu'elle parle francaoui, c'est que je peux même plus répondre à côté. La frousse étant une forme d'intelligence, j'prends quelques secondes avant de répondre et tape une taffe tellement longue que le mégot a de l'arthrose. Soudain, retentit le bruit de la porte métallique du fond de l'atelier qu'on fracasse. Dans l'obscurité j'vois que tchi, bien qu'le bruit d'un mec qui tape une pointe se fait entendre. C'est Junior.

« POTO BOMBARDE, BOMBARDE, BOMBARDE ! »

*

Junior nous met une tempête et saute dans sa bagnole. Le déchaîné des DOM-TOM insiste.

« WESH SHAKIRA BOUGE TON CUL ! »

Nouvelle étape dans notre amitié : il insulte les meufs que j'veux gérer. Une page se tourne. Incapable de cavaler avec ses talons et sa robe un brin serrax au niveau des cuisses, Verónica galère. La porte du garage s'ouvre, des gars arrivent en sprint. Pas le temps, j'la soulève et la transporte de force. On s'engouffre dans la tchop. Essoufflé, Junior s'explique.

« Les deux gars *respire* avec qui tu m'as laissé *respire* c'était Bigflo et Oli *respire* ils voulaient bédave *respire* j'leur ai vendu *respire* des Carambar *respire*. »

On va pas s'mentir, après avoir essayé la gauche et la droite, il serait peut-être temps de tester l'extrême droite. À part lui dire qu'il ne fait pas honneur à Chadwick Boseman, je sais pas comment réagir. D'un point de vue humain, c'est grave. Tu l'invites à une soirée et ça se permet de vendre des barrettes de caramel… Par contre, vu de la street, c'est du génie.

« Gros, ça y est j'suis le seul Renoi, forcément ça me demande si j'vends de la gueudro. Ça m'a foutu le démon. »

Alors certes, débander l'arc ne guérit pas la plaie mais par ce geste hautement symbolique, il pisse sur l'ordre établi. C'est exactement pour cette raison qu'on est encore potes : sa faculté à éviter les ulcères vu qu'il fait ce qu'il veut, qu'il est incapable de vivre discrètement. Désormais fascinée par les actes délictueux, Verónica se prend pour la Madrina et recommande un shot d'adrénaline.

« Vous savez j'ai une autre soirée si vous voulez. On peut le refaire. »

Bientôt son spectacle dans le DieudoBus ? Affamé par sa consommation de stupéfiants, Junior propose d'aller frapper une crêpe sur Mouffetard. C'est notre rituel quand une soirée part en yeuk, qu'on se fait recaler de boîte. On tapisse notre honte de Nutella-banane-coco. Une fois, j'ai eu l'ingénieuse idée de sortir le soir du passage à l'heure d'hiver en espérant gratter une heure de zouk. *In fine*, on a juste gagné une heure de recalage supplémentaire.

On y est. La queue est makélélienne. Que des gueules cassées, des oiseaux de nuit. Le Paki nous reconnaît et lance deux complètes en attendant que la Veró fasse son choix. Elle est un peu choquée de voir inscrits les mots « tacos » et « sauce algérienne » dans la même phrase. Très loin des authentiques *maríachi* originaires de la région du Yucatán. Du Mister You'catán. D'ailleurs miskina elle s'attendait à la France d'Amélie Poulain. Un crêpier avec un béret et une baguette dans le cul. Là elle se retrouve avec un mec de *RRR* qui mélange des merguez et du thon, coupe sa viande à kebab avec une tondeuse… J'peux comprendre qu'elle en veuille aux scénaristes d'*Emily in Paris*.

Une fois vissés, j'perds pas de temps et me pose en schlague sur le trottoir d'en face. Le petit arrière-goût de Paic Excel Kiwi dans la crêpe ? Le charme de l'ancien. En manque de fer, Veró démonte sa crêpe, papier alu inclus. Elle nique sa robe avec du ketchup. J'ai envie de l'essuyer mais j'me connais j'vais lui palper un tchoutche.

« Manger une crêpe à cette heure-ci… J'vais prendre deux kilos…

— T'inquiète, vu l'hygiène tu devrais plutôt te vider… »

J'la rassure comme je peux. Les bouches occupées, on scrute une tismée totalement khabat s'embrouiller avec son gars au sujet d'une dénommée Fatima. Beaucoup de « par Allah » et de « sur le Coran » dans leur discussion laissent entendre qu'ils ne l'ont jamais ouvert. À sa façon d'insulter sa daronne et de finir chaque phrase par un « wAllah », j'suis même prêt à parier qu'elle cale ses vacances sur la vingt-huitième tournée des plages de Rim'K. Sans transition weed, Junior a un scoop.

« T'sais que Fatima, en noir ça se dit Fatoumata ? »

Merci, Junior, hâte que Brut en fasse un reportage. Une brise légère nous caresse. Verónica se colle à moi et sort son portable pour taper une story. La putain de sa mère, j'suis dans le pétrin. Avec la chatte que j'ai, c'est une chance sur une pour que ça finisse dans le fil d'actualité de ma gonzesse. J'entoure la hors-la-loi de mon bras et griffe Junior pour qu'il intervienne. Aussi fourbe qu'un coup franc sous le mur, mon binôme saisit le phone et s'improvise photographe.

« Souriez, souriez… Répétez après moi… *Man mon graine !*

— *MAN MON GRAAAAIIIINE !* »

Vous irez voir sur Google c'que ça veut dire, c'est du créole. Par contre c'que je sais, c'est que l'imposteur a dû cadrer comme Ray Charles, maximum on voit mon genou. Travail d'ékip.

Veró devient de plus en plus tactile et ma paralysie est prise pour une ouverture. Paralysie qui, soyons francs, est due au fait que mes testicules soient deux et se motivent mutuellement à niquer mon couple. Junior sent que j'suis fébrile, que si l'adultère me propose une balade en calèche, j'fais le cheval. Qualifié en quart pour avoir percé le secret de la femme, il se lance dans un bâillement.

« Bon, c'est pas tout mais demain on a un enterrement de vie de garçon.

— Ah bon ? Tu te maries, Junior ?

— Nan nan, c'est John…

— C'EST JUNIOR. IL SE MARIE. »

Pas envie qu'elle apprenne. Ça se trouve dans douze ans je divorce et elle m'aura attendu, nan ? Évidemment nan. Miskine Junior, je lui ai mis Brenda dans les pattes, j'ai organisé leur mariage forcé et maintenant je fixe la date de l'EVG. J'suis pas un ami, j'suis un daron rebeu dans un film français.

Voyant que j'rigole à toutes les merdes qu'elle raconte façon ménagère de soixante ans, Junior avait pris l'initiative de lui appeler un Uber. Pile au moment où ça devenait intéressant, le chauffeur s'arrête juste devant nous. Veró capte pas trop puis, face à l'évidence (Junior lui ouvre la porte et l'aide à se relever, ça fait beaucoup d'indices), reçoit l'info.

« On essaie de se refaire une soirée avant mon départ ?

— Euh ouais, carrément on… on se tient au courant… »

Comme dirait un grand chanteur français : elle me contrôle et guide mes pas. La déception est vaste.

En chienne, l'Inca m'embrasse aux commissures des lèvres et me caresse le flanc droit avant de filer. J'ai une trique, tu peux construire une cabane dessus.

« Mec, tu m'as sauvé la vie…

— C'est le démon, elle se mord la langue elle s'empoisonne. Je sais pas comment t'as fait pour résister… Félicitations, poto.

— Si avec ça j'vais pas au paradis, wAllah j'fais appel. »

Comme un goal, j'suis sauvé par mon poto. On se checke comme si j'venais d'obtenir un penalty et on reprend l'embrouille du couple là où on l'avait laissée. Les choses s'enveniment, j'commande une Nutella-coco. La nana décoche un « mec, t'es tombé sur la mauvaise personne », comme si à 2 heures du sbah tu pouvais encore tomber sur les bonnes. Paris à 2 heures du mat', tout le monde est suspect. Y a les clodos, les pochetrons, les tox', les putes. C'est le bal des marginaux. Mais surtout le seul moment où on est tous égaux. Nulle part ne se vérifie plus que dans la nuit l'idée que le soleil allonge les ombres et les problèmes. C'est l'occasion de laisser les têtes cramées picorer les miettes. Y a ceux qui refusent que la vie s'arrête. Peuvent pas s'enfermer dans un appart' avec la solitude et enchaînent les bars à la recherche d'oreilles sans couvercle, de feutres pour dessiner des soleils.

La nuit c'est aussi les gars comme Junior et moi. Les robots de chair et de sang. L'autre catégorie des ratés de ce monde. Ceux qui pensent encore qu'ils s'en sortiront. Au service des gens bien, qui ont le droit de se reposer devant « Koh Lanta » une fois que le soleil doit de l'oseille à la lune. Les boulots de nuit ? On n'a pas choisi, on les fait par fatalité. Plutôt que de glander au quartier, on a pris le premier job qui venait. Un resto.

Un bar. Une boîte. En pensant que ça ne durerait qu'un temps. Et tu finis par te confesser à l'obscurité. Tu t'habitues au silence, aux rues vides et calmes. Aux cris qui transpercent les ténèbres et annoncent un drame. T'en viens à préférer cette violence à la lueur aveuglante des cols blancs du matin. À redouter le moment où la nuit te recrachera, où le bruit reprendra ses droits.

La nuit c'est rencontrer ceux qui n'ont plus besoin de mentir et laissent l'obscurité s'occuper du make-up. Une nouvelle famille avec qui golri. T'as Marco. Le barman qui se réveille à cinquante balais derrière un zinc et te parle de son projet d'ouvrir un bar à Sydney. T'as Marie. La serveuse montée à Paris pour devenir comédienne et qui finit second rôle de sa propre vie. T'as Ousmane. Le sans-papiers à qui le plouf-plouf de la vie n'a pas octroyé le bon passeport. Et un jour, t'arrives au boulot, t'apprends que Marco a fait une overdose. Qu'il reviendra plus bosser. Qu'il fera pas de tour du monde. La nuit, ça rigole pas.

Le lendemain de sa disparition, on est venus manger une crêpe avec Junior. C'était le soir du changement d'heure, on s'était fait recaler de soirée. Une heure de plus au bord du monde, à se demander pourquoi l'usine à désillusions nous avait embauchés. Vingt piges, on avait déjà digéré toutes les saloperies sur la possibilité de se construire un avenir. Sans diplôme, sans réseau, sans talent, on était condamnés à recommencer la partie ailleurs. Trois-quatre jours plus tard, on changeait de fuseau horaire et on embarquait pour l'Australie. Quitte à se faire recaler, autant le faire au soleil. Et la vérité c'est que Marco aurait été fier de nous.

Vendredi 20 juin

C'est le jour des enterrements. De ma vie de garçon et de ma dignité. J'vais terminer avec un T-shirt « Merci Jacquie & Michel » de beauf ultime et comme j'tise pas j'pourrai même pas incriminer Jack Daniel's. Adé, quant à elle, part faire la pute avec Margaux, Nora et des pineco dont j'ai oublié les blazes car physiquement : elles dégoûtent. Vu que Margaux gère la logistique, je pensais qu'elles iraient bouffer une gaufre à La Quéquetterie et qu'elles enchaîneraient par une tournée des bars sapées en playmates. Que nenni, l'islam est venu contrecarrer ses plans. Ce sera finalement une journée à Bruxelles, trois-quatre photos avec le bébé qui seup et Molenbeek à côté pour lui rappeler qu'Allah veille au grain. Besoin néanmoins d'instaurer des règles.

« Au fait, c'est quoi mes limites aujourd'hui ?

— La limite c'est qu't'es en couple, couillon. »

Une femme de caractère. Elle claque la porte et s'casse rejoindre sa bande de « fofolles », sa bande complètement : watdeufeuk-han. Premier réflexe, j'ai envie d'inviter Verónica à la casbah, lui présenter la bite à Dudule (*the Dudule's dick* en anglais). Deuxième réflexe, je me souviens que Junior suit toujours ses premiers réflexes. J'repose mon portable. T'façon ils vont pas tarder. Texto. C'est elle. On pensait l'un à l'autre au même moment. WAllah c'est un signe.

Dispo ce soir ?

Compliqué, j'ai l'EVG de Junior :(

Dommage… Je pars demain…

Au bord de la stupidité, je relie les petits points et perds l'équilibre.

Je peux passer dans la nuit ?

C'est désastreux. Comment dire à une nana que t'es un sanglier sans lui dire que t'es un sanglier. J'aurais fait une allusion sur la tuyauterie en mode *Grosses Têtes* c'était pareil.

Deux heures qu'elle n'a pas répondu. Je la laisse tranquille. Elle a peut-être peur de tomber amoureuse, qui sait ? Toujours est-il que j'attends comme un con qu'on vienne me kidnapper. Trente minutes de *FIFA*, deux épisodes des *Soprano*... J'ai même eu le temps de compter le nombre de fois où Junior a posté une photo de moi en noir et blanc sur Insta pour faire croire que j'étais mort (quatre fois).

Après avoir descendu une bouteille de Fuze Tea aussi vite qu'un président africain descend ses opposants, j'me chie dessus en imaginant que mes potes n'aient finalement rien préparé. Pire, imaginez j'me fais vraiment kidnapper et au lieu de m'enfuir j'me laisse faire, je tape la discute easy avec les ravisseurs... Bon, vous l'aurez compris, je commence à serrer.

J'vais pour prendre mon tél et insulter la daronne de Kader quand on sonne à la porte. Ouf, enfin. Hâte qu'on me ligote et qu'on me foute dans une fourgonnette, ça me rappellera la fête du mouton. J'ouvre, c'est Junior. C'est Gabriel. C'est Kader. La France black-blanc-beur, celle qu'on aime, à laquelle tout souriait, imperméable aux différences, qui avait la cote de 98 à 2001 avant qu'al-Qaida prenne les avions pour des petits bonshommes qui collent. Veillant au système des CV anonymes, j'fais opposition.

« Jurez y a pas de cagoule, pas d'exfiltration ? C'est quoi cet EVG de merde ?!

— Excuse-nous, James Bond, mais on n'avait pas le budget. Par contre magne-toi le cul, dans vingt minutes faut qu'on soit dans le 91.

— Kader j'vais te niquer, me dis pas qu'on va faire de l'accrobranche ?!

— Mieux, j'ai réservé un terrain de paintball. »

J'ai la haine. J'pensais qu'on irait au moins dans un pays de l'Est profiter de la chute du rouble et rencontrer des femmes qui me laissent croire qu'elles m'aiment. Au lieu de ça, j'vais me faire allumer le dos dans un champ. Déguisé en lapin.

« Attendez, là on est au complet ? Junior, t'as appelé personne d'autre ?

— Frangin on est vendredi. Et j'ai demandé à la cité qui voulait venir, tout le monde était chaud. Seulement si tu venais pas… »

Ah les bâtards, j'suis *persona non grata* à mon propre EVG mdr. Pour garder la face, j'raconte qu'ils sont juste jaloux de mon 4 × 4, qu'ils vont maigrir et qu'ils ont mis des chaussures croco mais sans chaussettes (ah nan, ça c'est grave).

« Kader, on est quatre. On va être ridicules, c'est comme faire la chenille tout seul à un mariage. On annule.

— T'inquièèèèèèète, j'ai cinq potes qui nous rejoignent là-bas.

— Carrément ça ramène des potes ? Dites-moi, les gars, si j'dérange, on peut aussi trouver mon sosie vocal pour baiser ma meuf nan ?

— Wourad, tu voulais qu'on fasse quoi ? T'as pas de potes, t'as pas de potes. Tu te souviens du Nouvel

An 2019, quand t'as réservé pour une personne à La Pataterie ? »

Les petits d'homme prennent la confiance. Me faire vanner par un gars qui prend les Ferrero Rocher pour des Ballons d'or, ça heurte.

« Et c'est qui tes potes ?

— Des gars avec qui je fais des foots en salle. Ils vont à la mosquée et nous rejoignent après. »

L'humiliation est totale. Non seulement il sort avec ma sœur, mais en plus il ramène sa bande de frères muz qui : s'amusent. Pour Junior, friand d'amalgames en tout genre, le plus à craindre reste le traitement que les Five Guys (pas le club gay, le resto) réserveront à Gabriel.

« Cinq barbus ? C'est mort pour toi, Gaby, ils aiment pas les dèps.

— Et comment ils sauront que j'suis gay ? »

Bah j'sais pas, peut-être que ton zboub compressé dans un microshort ça donne des indices ? Déraisonnable *as fuck*, Gabisexuel réalise pas encore que face à un couscous cinq légumes armé jusqu'aux dents, sa durée de vie est estimée à un Vine.

« T'inquiète, Gaby. Comme disait Voltaire : on n'est pas d'accord que tu suces des bites, mais on se battra jusqu'à la mort pour que t'aies le droit de sucer des bites. »

Pensée émue pour Voltaire. « On n'est pas d'accord que tu suces des bites, mais on se battra jusqu'à la mort pour que t'aies le droit de sucer des bites. » Vous pouvez déposer cette citation sur babelio.com parce qu'on fera pas plus Junior que ça. Même s'il a prévu d'inscrire sur sa tombe : « Pour être franc, j'aurais préféré partir plus tôt », j'essaierai quand même de glisser l'autre punchline. C'est violent et tendre à la fois. J'ai tout entendu dans ma vie, même le dernier album de L'Algérino j'suis allé au bout, mais cette intervention, c'est exactement la raison pour laquelle la bromance aura toujours une place particulière dans mon p'tit cœur. Bouleversant. La version la plus pure de l'amour. Aucun intérêt d'ordre sexuel, affectif ou financier. C'est gratos. Tu fais rien, je fais rien : ça te dit qu'on fasse rien ensemble ? Comme dans un ascenseur, on s'aime en silence. On squatte les mêmes halls sans jamais se confier, on monte sur les mêmes toits sans jamais s'élever. Coincés dans des postures d'acier qui nous empêchent d'être qui on est, on apprend à lire entre les étages à la recherche d'un peu d'affection.

Courtes lettres et longues amitiés, telle est ma devise.

Il a aussi dit ça, Voltaire.

*

On est à la caisse du paintball. Ça fait connaissance avec les potes de Kader. Z'ont tous la marque de la prière sur le front comme Soprano. Soucieux de paraître plus viril, Gaby fait une voix de baryton lors des poignées de main on sait pas pourquoi. Il commence même à toucher la barbe du plus costaud et lui demande quelle huile il utilise…

On fait les équipes. Les Backstreet Boys de la darbouka se foutent côte à côte. Le message est clair, veulent pas se mélanger aux infidèles. Pas grave, on sera que quatre mais notre infériorité numérique sera compensée par la double personnalité de Junior. La dame de l'accueil nous explique que chaque camp aura un drapeau à protéger de l'envahisseur migrant (ça je l'ai inventé) et nous demande les noms des équipes. Les cinq piliers de l'islam optent de concert pour les

Soldats d'Allah et laissent à leur insu échapper l'info qu'au moins trois d'entre eux sont sous bracelet. De notre côté, aucune discipline. Ça s'embrouille déjà pour un blaze, sur le rainté on va se faire laver. Dans un élan de générosité et jamais bien loin de la lettre G, Gaby propose les G-Squad. Junior a une idée.

« J'oblige personne mais on va s'appeler les Quadricolor. »

Dit-il en nous obligeant. Finalement, on rend hommage à l'immense Bruno Vandelli et on part sur les quatre couleurs primaires.

C'est parti pour la guerre, y a même BHL derrière un arbre. Visiblement coutumiers des entraînements militaires afin de rejoindre le Front al-Nosra, les Soldats d'Allah tapent des sprints en hurlant « *ALLAHU AKBAR !* ». C'est hyper synchro, dans « La France a un incroyable talent » ils iraient tellement loin (genre Guantánamo). Leur facilité de déplacement sans égale leur permet de rejoindre le sommet de la colline afin d'avoir l'avantage géographique sur les kouffars. Arrivés en haut, ils piquent leur drapeau. Merde, ça va être compliqué de leur barber.

Pour nous, la stratégie de combat est simple : la chatte à DD. À l'affût comme quand je fraude le tramway, j'me fous derrière deux bidons en plastique en attendant que mon heure sonne. Kader et Gaby cavalent dans tous les sens, on dirait des gars en promenade qui bougent pour éviter de se faire agresser. Junior, le plus malin d'entre nous, se cache dans un pneu de tracteur avec notre drapeau et s'allume un cône.

« J'me drogue pas, j'me dope. C'est différent. »

OK, Armstrong, dis bonjour aux étoiles. On se fait rafaler. Les billes pleuvent de partout, ça se voit qu'Allah est du côté de Ses soldats. Tout à coup, toutes les armes se braquent sur Gaby. Les tarba attaquent les âmes égarées. Le valeureux se laisse pas faire et arrive même à toucher un barbu à la jambe. C'est qu'il paie pas de mine. D'ailleurs il paie jamais rien, ses billets sont ridés.

Aussitôt, deux *guerilleros de Dios* apparaissent dans le dos de Gaby et lui enculent ses grands morts. Vite, il faut sauver le soldat 3atay. Kader est le premier à quitter sa position. De la protection des dèps à l'EPS, il n'y a qu'un pas. Grâce à l'agilité que lui confère son mini corps, l'intrépide se faufile entre les fougères pour contre-attaquer mais, à l'instar du PS à une élection, personne le calcule. Gaby est actuellement au sol, colorié de partout. C'est plus un combat, c'est du street art.

Soudain, Kader s'mange à son tour une salve de billes multicolores au niveau du boule. On va encore dire que j'fais mon hipster, mais je préférais quand les Arabes faisaient le djihâd. J'en profite pour lui tirer moi aussi dessus en lâche. Ça lui apprendra à baiser ma sœur.

Peu importe, le nimbus sert les chicots. Les Soldats d'Allah alternent les arrosages. Est-ce que j'ai eu un fou rire quand Gaby a gueulé « MAIS ARRÊTEZ, ALLAH EST AMOUR, LES GARS ! » ? Affirmatif. Après s'être jeté derrière un arbuste, c'est désormais Kader qui se fait allumer comme un barbeuc. Je dois vous l'avouer, au-delà de sa capacité incroyable à se faire ouvrir en un contre cinq, ce qui me tabasse c'est qu'à chaque bille reçue il lâche un « MÊME PAS MAL » qui invite l'ennemi à se surpasser. Un satané gogol. J'dois y aller. Incapable de trahir la honda, je décide de dead ça (de préférence en catchana baby mais bon là n'est pas le sujet). Juste avant d'aller à l'abattoir, Junior, pas loin de cuisiner de la meth, m'interpelle.

« Makoumé, tu te souviens quand on est tombés sur une plage nudiste dans le Sud ?

— Bien sûr, même tu leur avais proposé un strip-poker pour qu'ils se rhabillent.

— Vooooooilà. Eh bah tu sais pourquoi on les avait pas vus ? Parce que les Blancs vous êtes couleur sable. Téma le sol. Avec nos combi' bleu marine on est à leur merci. Si vous retirez vos vêtements, ils vous verront plus. Moi j'suis renoi c'est mort. »

Belle étude empirique basée sur l'observation. Il a pas tort. De là-haut, on est trop visibles. Yann Arthus-Bertrand aurait racheté les droits. Et puis au point où on en est, seul un esprit dérangé peut nous éclairer.

Pendant que Junior me couvre, j'me désape aussi vite que Harvey Weinstein sur un casting. Tout à coup, j'ressens une brûlure à la cuisse. La même que lorsque tu t'essuies les seuf avec un mouchoir à la menthe. Un Soldat d'Allah me canarde. Puis un deuxième. Les bastos tombent à Gravelotte. Mon tarpé c'est le drapeau LGBT. Sur la porte d'un bar ça va, en période de guerre c'est beaucoup trop visible. J'me fous derrière un caillou et me rhabille. On aura essayé mdr.

J'enfile ma cape d'Expendébile et bas en retraite. Ignorant ma tendance à demeurer malhonnête, l'équipe ennemie pense que j'abandonne et se focalise sur les autres. Un clin d'œil au diable, j'ouvre la grille et fais mine de sortir. Propriétaire du double des clés de la lâcheté, je profite de l'homophobie que suscite Gaby pour finalement longer la clôture arrière dans l'indifférence générale. J'arrive sur le versant ouest de la colline du trac. Enfin ouest, je sais pas trop, c'est juste que j'avais peur d'écrire « est » et que vous confondiez avec le verbe « être ». Passons. Je remonte le versant nord. Personne pour me shooter. Seul un barbu physiquement proche d'un gérant G La Dalle veille sur leur base. Me reste pas beaucoup de temps.

J'suis à mi-chemin du sommet. À l'arrière du bunker. Plus que quelques mètres. D'en haut, j'entends Kader chialer. Décidément, la testostérone ne lui va pas. J'vois aussi Junior se démener tel un beau diable de l'intérieur de sa roue. Supporter du PSG comme personne, il allume un fumigène et hurle un refrain de Medhy Custos. N'ayant pas chiché de la journée, j'ai envie de l'aider et d'inhaler la précieuse fumée. Mais c'est pas le moment, la victoire est proche.

Une fois en haut, j'pointe mon calibre sur la nuque du frère muz. Stupéfait, je dirais même en brigade des stupéfaits, il s'attendait pas à me voir là. Envie de lui lancer un « Tu peux faire tes prières ! » en mode film ricain mais le gars serait capable de sortir un tapis.

Modèle de résilience, il tente un mouvement brusque. Rébellion que je mate par une rafale dans le bide. Ça c'est pour la part de tarte au Daim à quatre euros.

J'ai le champ libre. Plus qu'un mètre avant la victoire. Un mètre avant de prouver au monde qu'on est capable de grandes choses lorsqu'on y croit. Un mètre avant d'agiter ce drapeau qui scellera une profonde amitié entre quatre mecs que tout oppose. Noir, arabe, blanc, dèp, hétéro, grand, gros. On n'a pas le même maillot, mais on a la même passion. Un mètre avant qu… avant que je réalise que Junior n'a pas pu résister et qu'on s'est fait rafler notre drapeau.

Bon bah, l'important c'est de participer hein ?

*

On a perdu les quatre autres parties. Cinq à zéro. Le calice jusqu'à la lie. J'ai pris tellement de peinture dans le museau que si j'pisse sur une toile j'peux te sortir un Picasso. Le plus relou c'est qu'un des Soldats d'Allah ressemblait à Faudel... Ça rend humble. Après un karting, on a fait un escape game. Ou on est allés chez IKEA, je sais plus. Bref, j'ai jamais su différencier les deux.

On file graille un morceau dans un gastos sur République. Complètement lessivé dans la Choupette, Junior conduit comme si la mort ne le concernait pas. À l'arrière avec Kader, j'lance une chicha pour retrouver des couleurs. Goût menthe-fraise, ça va faire citron #QuatreCouleursPrimaires. Voyant que j'pompe un tuyau, Gaby veut tester. Première taffe, il est en danger de mort. Sa gorge gratte. Pour changer. Au demeurant, un débat s'organise autour de la place de la testostérone chez l'homme après mes cris de salope au karting. Expert bite, Junior part dans une de ses théories justifiant sa garde partagée.

« Les gars, on a un taux dix fois plus élevé qu'les nanas. C'est scientifiquement prouvé qu'on doit ken en balle. »

On le savait accro à l'industrie du X, on apprend désormais que le Pr Ti-punch se souvient de ses années bicrave en fac de médecine. Gaby, à deux relations sexuelles de la variole du singe, confirme à sa façon.

« Ça tombe bien, hier j'ai fait un plan à quatre avec des Russes. On avait le même débat. »

Kader convulse. Père la pudeur ouvre sa fenêtre pour respirer tout en récitant le Coran. À l'avant, Junior et Gaby s'associent comme la NUPES pour lui casser les couilles.

« Bah alors ? T'as un problème avec les communistes ? »

J'vais chialer de rire. N'en déplaise à la gauchiasse et autres journalopes, c'est pas parce qu'il souhaiterait que les hommes-soja crèvent que ça fait de lui un homophobe, si ?! Oups, désolé, j'écris en écoutant un podcast de Papacito. Plus sérieusement, je vois de quel mal souffre le nain de l'Atlas. C'est l'illustration de Gabriel pilonné par l'armée russe qui ballotte dans sa tête. Des images choquantes, qui suscitent une vive émotion à l'international. Après, faut pas qu'il abuse le pépère. C'est bien beau de faire ton N'Golo Kanté, à la fin on sait tous que même lui il a un zob. Gaby le prend au marquage.

« Roh ça va, fais pas genre t'as pas un délire sexuel… »

Carrément ça parle de bouillave devant oim. Pas préparé à apprendre que ma sœur trempe dans des délires de cosplay japonais, j'ouvre un nouvel onglet et clique sur la catégorie POV.

« Bon, Kader, t'as prévu quoi après la bouffe ?

— Un karaoké, ça vous va ? »

Une déclaration qui provoque des éclats de rire. D'ailleurs faites gaffe en fermant le bouquin, vous pourriez vous couper en marchant dessus. T'façon j'savais que c'était une mauvaise idée. À part sur les attentats, les religieux et l'événementiel ça fait deux.

« Hahahaha t'es con, Kader… Bon sérieux, on va où ?

— J'suis sérieux. »

J'dois absolument l'esquiver et filer dans un club de striptease. Gaby (zipette plein les poches) et Junior (furieuse envie de foutre son zob ailleurs que dans des sandwichs) ont bien raison de se regarder car effectivement, un candidat va quitter l'aventure.

On arrive devant le resto. Kader entre en premier. J'improvise une pause clope afin de comploter dans son dos et, pourquoi pas, le combattre sur le terrain des idées.

« Ma mère la pute si j'rentre sans avoir froissé un cul ! »

Plus saucés qu'un tajine, j'organise un clapping pour dégager Kader. Junior propose qu'on le frappe et qu'on l'abandonne sur une aire de repos. Trop frontal à mes yeux. Gabriel suggère qu'on attende la fin du repas pour se décider.

On entre dans le resto de bidoche. Ayant des goûts de Maghrébeauf, ce connard de Kader a dû tomber sur une vidéo d'un cuistot à gants noirs et s'est dit que c'était hype. On a ça en ce moment les musulmaniens. Ça commence à palper mais on sait pas trop comment dépenser. Du coup on est à deux-trois mètres de la réalité et on s'prend pour des aristocrates en se sapant en Gucci pour kicker un steak... Pareil pour les restos. Suffit qu'un bicot foute un tigre qui pleure sur une ardoise et ça te réclame quarante palots. Pour soixante il te fait un salto et tu snapes à tes followers que toi aussi tu mènes grand train. Car oui, ça a un prix la frustration. Toutes ces années à enculer du Filet-O-Fish n'allaient pas rester impunies. Fallait se venger, en être, consommer, bêtement mais consommer. Peu importe quoi, peu importe comment, un coup de tampon AVS et *let's go*.

Les commandes sont prises. Pour s'foutre de la gueule des Arabes, Gaby et Junior ont pris une bouteille de vin sans alcool. À chaque gorgée, Gaby dit « bismillah » avec la voix de Chantal Ladesou. Junior nous fait remarquer que même Paul Bocuse n'avait pas osé demander trente euros pour une escalope milanaise. Tout le monde se paie ma poire, dur dur cette réincarnation en Francis Lalanne. Pour Kader c'est la soirée de l'émancipation. Il commence à se lâcher. Sait pas encore qu'on va le pousser sur le périph' là-uiss.

FaceTime. C'est Adé. J'sors du resto, tout le monde risquerait d'apprendre qu'elle m'appelle « mon canard ». Ça pourrait mettre en péril mon statut de chef du clan. Bon j'vous résume grossièrement la discussion : bien arrivées à Bruxelles, on s'amuse comme des folles, Margaux s'est mise en couple avec une gaufre. RAS. Appelle-moi quand tu m'auras trompé avec un Belge, j'ai besoin d'une excuse pour massacrer Verónica.

J'retourne à la base. En mode influenceuse à Dubai, l'ambiance a tourné. Junior m'enjoint de regarder mes textos.

Ton beauf veut qu'on t'lâche après le karaoké pour aller en boîte hahahahah

Pas trouvé plus humiliant qu'être : en vie. Le Lilliputien se prend pour Staline et veut m'effacer de mon propre EVG. Mon mindset de winner bafoué, j'dois lui rappeler les bonnes manières. Junior se racle la gorge. Oups, j'ai pas lu le deuxième texto.

Il pensait que tu voulais pas sortir dans un lieu de perversion

Mais quand est-ce qu'ils vont comprendre que j'veux baiser ?! Si je pouvais, les lieux de perversion j'en ferais ma domiciliation. Après, ça me dérange pas qu'il soit présent. J'sais qu'il bougera pas d'une oreille vu que Nora le porte avec un bras. Texto à la sœurette.

C'est quoi les limites avec ton mari ce soir ?

Appel-contre-appel, y a du Mbappé dans son coup de fil.

« Allô ?! Écoute-moi bien toi ! Les limites c'est le Coran ! Je te préviens, ne l'emmène même pas dans un truc chelou. Il fait le pèlerinage à La Mecque l'année prochaine, laisse-le en dehors de tout ça ou j'te crève ! »

Désolé, Nora, moi tu m'parles pas de hajj…

*

J'ai raccroché. Pour ceux qui ne le savent pas, le hajj c'est un peu comme recevoir la Légion d'honneur chez les muz. Après tout le monde parle de toi en bien. À dix mille balles le voyage, manquerait plus que ça qu'on t'insulte. En tapant sur Google « hajj péché annulation », je trouve un article affirmant que le pèlerinage à La Mecque efface tes conneries passées. Y avait plein d'autres articles mais comme mon apprentissage religieux s'arrête à ce qui me convient, j'm'en suis tenu à ça.

« Bon, Kader. Ce soir, club de striptease. Tu viens avec nous mais un truc chelou, j'mets mon pull Génération identitaire et j'te ramène à la frontière. Compris ?

— *BarakAllahu fik*, mon frère, promis j'suis calme. »

J'pensais que mes menaces imposeraient le silence mais rien du tout. Le gars me serre dans ses bras et se lance dans une célébration de footeux. Tiens, tant qu'on y est, j'appelle Coup-Franc. Le Dhalsim du trousseau peut attraper les étoiles, il peut forcément nous amener des meufs.

« Ouais, allô, cousin, ça roule ?

— Ça boum et toi, man ?

— Euh ouais ça boum, man… »

Ça commence bien. On reviendra plus tard sur ces propos polémiques, l'important reste à venir.

« Dis-moi, j'fête mon EVG là et j'cherche un endroit où les femmes m'aiment pour c'que j'suis, si tu vois le genre…

— Un bar à putes ?

— Euh pas forcément… un truc plus soft. Club de striptease ça fera l'affaire.

— Et tu veux que j'te trouve un plan alors qu'tu m'as pas invité ?

— Comment ça, pas invité ? Ah merde, j'ai envoyé sur l'ancien numéro… »

J'ai encore tout inventé. Ce préambule posé, j'entame les négociations. Coup-Franc, OK il se lave pas les dents, mais il a deux qualités : une parole d'airain et un carnet d'adresses à tapins. En d'autres termes, y aura d'la meuf et il saura fermer sa gueule. Étant donné qu'il bazarde des clients friqués un peu partout, les portes de Paris sont devenues des rideaux.

« Vous êtes combien ?

— Quatre.

— OK, donc avec moi cinq.

— Euh ouais…

— Bon. Passez me récupérer pour minuit à l'hôtel. Et prenez pas d'argent, c'est pour moi, les gars. »

Il a pas fini de dire « argent » que Gaby enfile sa veste. On s'arrache. Après notre escale gourmande (fondant choco de chez Métro à douze euros, j'pardonne mais j'oublie pas), on file se saper aussi vite qu'un dealer change de puce Lebara. Placé sous le signe de la séduction, j'suis sur une chemise à franges.

Si avec ça j'arrive pas à tromper ma meuf, j'abandonne. Kader, quant à lui, nous fait une Gazo et fait une fixette sur Céline. T-shirt, veste, jean... C'est écrit en gros partout et ça nous rappelle qu'il souffre d'un cruel manque affectif. Du côté de Junior et Gaby c'est plus sobre. À noter le froc hyper moulax du J, pas loin de devenir stérile.

« Il faut que l'homme noir se réapproprie sa bite. En la mettant en évidence, je dis non au franc CFA. »

Coup dur pour Frantz Fanon. On fonce récupérer le suce-médaille du Golfe. Accoutré comme un adjoint au maire, Coup-Franc ouvre la portière.

« Wow, les mecs vous avez du swag ! »

Au-delà du fait que plus personne n'a employé le mot « swag » depuis La Fouine, est-il au courant que le bug de l'an 2000 n'a pas eu lieu ? Lourdingue, il est hyper satisfait d'être enfin accepté dans notre gang de dealers (pas n'importe lequel, de Dis L'Heure 2 Zouk). Il entre dans la caisse. La température prend subitement vingt degrés. Dans le Sud-Ouest ils ont le coup de galerne, sur Paris on a Coup-Franc.

« POOO-POLOPO-PO-POOOO-POOOO !! »

L'enfer, j'espère que ce soir il chopera le dass. Intenable, Coup-Franc a cinquante piges mais un collier de barbe à la K-mel d'Alliance Ethnik comme si la guerre n'était pas aux portes de l'Europe. N'ayant pas accès à la culture (originaire de Sochaux), il recommence à nous éjaculer son papel au visage et jacte de la com' qu'il vient de prendre sur le dos d'un ministre centrafricain. Ce qui fout Junior en rogne. Texto.

ENCULÉ DEPUIS QU'BENOÎT HAMON MANGE DES GRECS TU VEUX TROP ÊTRE GENTIL AVEC TOUT LE MONDE TOI !!!

Et encore, j'ai pas mis les émojis aubergine. Le plus contraignant chez Coup-Franc, c'est qu'il insiste pour taper l'amitié avec Junior. Sauf qu'il remarque pas que c'est pas réciproque. Et y a pas pire que d'avoir en horreur quelqu'un qui te kiffe, t'auras forcément le mauvais rôle. Immense ringard visible sur trente kilomètres, le gars vit dans le XIXe (pas l'arrondissement, le siècle) et fait encore des vannes sur les Portugais poilus… Chaque trait d'humour est une prise d'otage.

« Hé, les gars, pourquoi les Portugais se laissent pousser la moustache ? Pour ressembler à leurs mères ! »

Un humoriste à suivre (dans la rue pour lui baiser sa mère). On stationne dans une avenue qui coupe les Champs et on accède à un bâtiment en pierres ocre. Pendant qu'on traverse la cour d'immeuble, Junior roule un treizième joint. J'suis pas superstitieux mais dans la même journée ça fait beaucoup. Arrivé devant une vieille porte en bambou entourée de lierre, Coup-Franc s'prend pour Philippe Lavil et tape dessus. Une musique sourde traverse les lieux, j'ai cru entendre le rythme du *Mini Kawoulé* de Jessy Matador. Un mec fringué comme Spirou accueille le Gatsby du lobby en rockstar. Nous snobe un peu vu que Junior parle à son oinj, mais est vite rassuré lorsque Coup-Franc fait croire que je joue à la Juventus.

On se faufile à l'intérieur et on dévale un grand escalier qui mène aux ténèbres. En passant par le vestiaire, Kader (proche des Frères musulmans) laisse sa barbe et se transforme en Tarixxx Ramadan. Les yeux injectés de sang, il a totalement mis l'islam de côté et commence à nous expliquer qu'après tout la foi, c'est dans le cœur.

On arrive dans le club et c'est : immoral. Des avions de chasse de partout, des clients du Moyen-Orient, de Russie… Décidément, les ventes de Rafale se portent bien. Doit y avoir cent personnes selon la police, quatre cents selon les syndicats, des âmes égarées selon l'Évangile. N'ayant jamais vu autant de nichons ailleurs qu'au hammam, Kader est à deux doigts de sortir son savon noir et d'se frotter le zgeg. On reste groupés, le premier qui baise il a perdu. J'attrape Coup-Franc.

« Connard, c'est un club échangiste ?!

— Roh ça va…

— Quel "ça va" ?! Y a mon beau-frère !

— Oui bah je savais pas, désolé. Et puis regarde, ça t'fait pas plaisir de voir tes amis prendre du bon temps ? »

J'tourne ma tête, Kader est déjà à l'autre bout de l'établissement. Conjuguant retenue et don de soi, il téma un couple qui se guélan. Gaby, plutôt à son aise vu qu'il squatte des clubs gay où tu mets ton sexe dans un mur comme un Taupiqueur, gratte un verre au bar à un mec en slip-nœud pap. Seul Junior reste à mes côtés.

« Poto viens on s'casse, les délires échangistes c'est des trucs de Blancs.

— Hein ? Vas-y développe.

— Mec, les Noirs et les Arabes, on a trop galéré à accéder à la propriété pour prêter nos meufs. »

Un crack. Se préoccuper de la question sociale en pleine partouze, fallait y penser. Tellement loin dans ses propos que son numéro est surtaxé, Junior panique en découvrant que nos portables ne captent pas et désire remonter à la surface. On se pète. Coup-France me rattrape.

« Écoute, laisse-moi te payer un verre et on s'casse dans une heure. Faute avouée est à moitié pardonnée, nan ? »

Nan. Ce daubard veut ma chute. D'une fragilité enfantine, mon désir sexuel disparaît aussi vite qu'la barbe d'Édouard Philippe. Autant j'étais chaud pour éventuellement ken une caissière, autant le manque de suspens dans ce genre de lieu me fout les jetons. Ma manière à moi de dire que l'important ne réside pas dans la destination mais dans le voyage (petite référence à Paulo Coelho et donc aux caissières). Soudain, un Rebeu en costard doré nous alpague.

« *HEY GUYS!!! WHAT AL YOU DOUING??* »

*

Coup-Franc tire une tronche de dépressif, on dirait qu'il vient d'écouter *Mon Vieux* de Daniel Guichard. Gominé, sûrement coké, le gars est aussi bruyant qu'un rodéo urbain. Il se lève d'une table pleine de putes et s'avance vers nous.

« Merde… J'ai zappé qu'il était là, lui…

— C'est qui ?

— Ahmed, le Libyen du troisième… Sympa mais un peu flippant… »

Belle idée d'épitaphe. Perso j'partais plutôt sur « Un melon dans une cagette : bienvenue à Rungis ». Quand t'as « Libyen » et « flippant » dans la même phrase, normalement tu finis ligoté dans un coffiot. Finalement je l'aurai mon kidnapping ! Très bon communicant, Coup-Franc en fait des caisses et met un sourire sur sa frousse en la géolocalisant dans de la dermatillomanie.

« *WHO'S THIS GUY??*

— *Oh, he's my friend. We're celebrating his bachelor party.*

— *REALLY?! COME ON GUYS, COME TO MY TABLE!! LOT OF GIRLS, LOT OF DLINKS!!* »

J'm'essaie à l'accent libyen, m'en voulez pas. Je zieute la table. Une dizaine de nanas. C'est Disney. Deux gars les accompagnent. Enfin, « gars », on s'comprend. Des dégaines à bosser pour le groupe Wagner mais pas en tant que soldats, en tant que tanks. Au parfum que choisir c'est renoncer, Ahmed a décidé de ne pas nous laisser le choix et nous force à le rejoindre en claquant des doigts.

« Je t'explique. Je ne sais pas dans quoi il trempe, je sais juste qu'il a un passeport diplomatique et que sa garde rapprochée possède des armes avec silencieux. »

Merci pour l'info, Coup-Franc, j'ai présentement une coulée de chiasse qui me traverse l'esprit. Des mecs musclés avec des flingues qui font *piou-piou* ? C'est donc ça le clair-obscur ? Suffit d'une vanne mal comprise et ils m'éliminent. L'un des deux, balafre traversant le visage du nord au sud, explique à son collègue que la mort ou la prison, y a que deux issues. À la vue des bouteilles, Monseigneur la pince Gaby nous rejoint. Pas encore conscient qu'en face de nous chaque malabar est susceptible d'entrer dans la Maison des secrets pour avoir assassiné l'équivalent d'un Stade de France, Gabriel commence à taper dans la confiance et dans la vodka.

« Bah alors le boys band, vous en tirez des têtes… »

Faut absolument réinstaurer le service militaire. Alhamdoullah le duo d'assassins comprend pas le français, ça peut nous sauver. Visiblement en esprit, le frénétique de Tripoli se prend pour un mec fendard et fait des blagues pourlingues. Dictateur jusque dans le rire, il me frappe l'épaule pour m'inciter à me marrer et comme j'suis du bois dont on fait les flûtes : je me marre.

Dix minutes qu'on est assis. Il hurle qu'on est des amis, qu'on se reverra, pourquoi pas dans sa baraque dans les hauteurs de Cannes, ou l'hiver prochain à Courchevel. En parlant de poudreuse, Gaby fait du snow. Coke et vacances à l'œil ? Vous lui rajoutez « sodomie » et vous avez ses trois passions. Flairant mon petit côté influençable, Ahmed décide de tester ma dignité et montre un citron vert sur le bar.

« *MY FLIEND, I GIVE YOU TEN THOUSAND DOLLARS IF YOU EAT A WHOLE LIME. OK?* »

C'est plus un EVG, c'est *Squid Game*. Il nous prend pour ses objets et le fait que Gaby soit né quelques semaines avant la honte joue en sa faveur. Ce dernier file récupérer un citron, le coupe en deux et l'encule avec la peau. Dans vingt minutes il est mort mais alhamdoullah avec les dix mille on pourra couvrir sa sépulture. Outré, j'tourne ma tête vers Junior. Lui aussi a disparu. D'un coup, je le vois traverser l'allée centrale. Il tient une laisse et promène un mec à quatre pattes et en latex. Sa vengeance pour *Saga Africa*.

« Frère, j'ai juré l'esclavage c'est le feu ! »

Comment trouver le sommeil après ça ? La soirée part en biberine, Gaby avale actuellement des pistaches avec les coquilles. Seuls Coup-Franc et Kader semblent encore dans la maîtrise. Enfer et contre tous, Ahmed comprend que le meilleur moyen d'emmener tout ce petit monde dans la géhenne est de me faire céder et prend le sheitan par les cornes.

« *GIRLS, THIS GUY IS CELEBRATING HIS BACHELOR PARTY!! LET'S FUCK!! LET'S FUCK!!* »

Incroyable, j'ai toute une grappe de tapins qui me fixe, aucune chance de vendanger devant le but ce soir. Une ingé son vient aux essais et me met la main au micro… J'suis pas excité, j'ai peur. Collet monté, mon petit rire de puceau les attire. J'suis pas loin de ramener mes genoux sous mon menton et de me boucher les oreilles comme une tafiole. Les frappes viennent de partout, l'impression d'affronter le Barça de Guardiola. L'une d'entre elles arrive par-dessous la table. D'ores et déjà entre mes cuisses, elle me déboutonne la chemise avec ses chicots. Bon, elle trouve ça sensuel mais la vérité c'est qu'elle galère un max et m'a salopée avec son rouge à lèvres. Une troisième à la coupe garçonne se fout derrière moi et me lèche la nuque. J'ai des frissons, j'savais même pas qu'une zone si éloignée de mes couilles pouvait procurer de telles sensations. Dommage c'est une pute, j'lui aurais bien donné le numéro d'Adé pour qu'elle lui explique comment elle fait. Frappé d'une subite érection, j'essaie de penser à Edgar Morin. La donzelle sous la table s'invente une vie de dialoguiste érotique et me demande quelle est ma position préférée. Envie de répondre « ailier gauche dans un 4-3-3 » mais ça peut faire retomber la pression. Finalement, elle s'en charge.

« Oulala… Monsieur avoir sexe dur… »

Mouais, pas ouf. Je m'attendais à quelque chose de beaucoup plus obscène. Et l'accent slave me fait trop penser à *Rocky 4*. Cette parenthèse a néanmoins le don de me sortir de mon oisiveté. J'me lève et prétexte un besoin de visiter les chiottes. Seul un miroir peut me rappeler que j'suis une merde.

J'arrive devant les toilettes. C'est un club échangiste mais z'ont quand même séparé les hommes des femmes. On sait jamais, l'intimité t'as vu. Une brune perchée sur des talons tah Burj Khalifa et dont l'identité est filtrée par un loup vénitien sort des waters et me rappelle ce que ça doit faire de vivre dans la peau de Kader. Elle s'arrête et me reluque.

« Pour le rouge à lèvres. Bicarbonate de soude et vinaigre blanc. Ça partira. »

Excuse-nous Javel Dose (Javel dire à tout le monde). Elle s'arrache vers notre table et s'installe. En lâchant les écluses, je repense à son timbre de voix. Quelque chose de familier tout en étant hyper lointain. Seul l'inspecteur Junior peut m'aider.

J'vais à sa recherche. Si j'la connais, c'est qu'il a dû essayer de la ken. En pleine balade canine, j'le retrouve en train de jacter avec un gars sapé comme un dealer latino. Je sais pas de quoi ça parlait, juste que, travaillant à la dévalorisation de la culture antillaise, j'suis arrivé au moment où cet abruti fini racontait qu'un Blanc avec une grosse bite c'était de l'appropriation culturelle…

« Gros, tu vois la nana avec le masque libertin à notre table ? J'suis sûr qu'on la connaît.

— Tu connais rien du tout, t'es juste piqué et comme t'as peur du rejet depuis que ton père a quitté le domicile fami… »

Oula, j'crois qu'il y a comme un léger malentendu. La thérapie, c'est après le mariage. Coup-Franc et son haleine nous rejoignent. Ça brûle le visage. L'impression d'être à Marrakech. Plus précisément, à la déchèterie de Marrakech. Un conciliabule prend forme.

« Les gars, Ahmed propose de continuer la soirée dans ses suites. C'est l'occasion de s'enfuir, nan ? »

Vous m'excuserez, j'ai besoin de savoir qui est cette meuf. Il y a donc une affaire dans l'affaire.

*

On se casse de l'antre du diable. Deux vans nous attendent. À la manière d'un violeur de joggeuses, j'attends que la meuf mystère en choisisse un pour la suivre. Bien décidée à saboter le bilan d'Emmanuel Macron, elle file dans celui de gauche. Coup-Franc, Gaby et Kader, dans celui de droite. Accompagné de son clébard, Junior semble prendre goût à l'entrepreneuriat à la française et le fait monter à l'arrière de sa 508. On se rejoint devant l'hôtel.

Le van démarre. J'suis entre une blonde et le Kadhafi sous ecsta. Un mec musclé et la p'tite dame nous font face. Est-ce que le fait qu'elle garde son masque rend la chose grandement excitante ? Évidemment. Elle est captivante et son léger strabisme à la Kaaris me rend tout chose. Pas dans les délires de jeux de rôle mais une meuf qui louche, c'est la garantie de tomber sur une meuf paumée et manipulable. Tu peux tout lui demander, elle dira jamais non. Au pire, tu lui paies des Louboutin et elle ferme sa gueule. Pas né de la dernière pluie, Ahmed balance la foudre.

« *WHAT DO YOU THINK ABOUT DIS GIRL? YOU WANT HER?* »

La tension est dans le grenier. Si j'dis nan, c'est dégradant. Si j'dis oui et que c'est sa racli, je termine enterré vivant dans la forêt de Sénart. J'téma le Tchétchène de la sécu (grosse beubar sans moustache), on sait jamais il sort son flingue. Pas du tout, il a le regard posé sur l'extérieur. L'averse qui meurt sur la vitre doit lui rappeler la mousson durant le Vietnam. Partons sur une critique cinoche du *Parisien* : se mettre bien avec tout le monde.

« *A beautiful girl for a beautiful man.* »

Bien tenté, Ahmed, t'as voulu mettre la France à genoux, tu l'as mise debout (#JeSuisCharlie). On jette l'ancre dans la cour de l'hôtel. En descendant, elle récupère les deux sacs McDo qui étaient posés à nos pieds. La dalle à son acmé, j'oublie pas la street et tente de cerner le contenu. Sachant qu'elle parle français, j'ai mon excuse bavardage. Prenez des notes, les gars.

« Ah c'est un sac McDo ?

— Nan Quick… »

Vous pouvez jeter l'encre, c'était nul à chier. Toujours est-il que c'est la deuxième fois que j'entends sa voix et l'idée qu'elle a déjà dû me mettre un vent au lycée fait son chemin. Dans l'espoir de gratter quelques frites, j'vais pour insister et lui demander ce qu'elle a bien pu commander chez le marchand de burgers quand Ahmed me coupe la chique.

« *MY FLIEND, TELL ME. ARE YOU ARABIC?*

— *My parents are from Algeria.*

— *OK NICE. AND YOU'RE MUSLIM?*

— Euh *yes… And you?*

— *ME TOO. COME TO MY ROOM TO PRAY ISHA.* »

L'info de l'année, j'en ai bien peur. J'vais taper la prière avec un Libyen sanguinaire fringué comme Ramsès II en sortant d'un club libertin… Manque plus que Patrick Sébastien lance les tigres et bienvenue au « Plus Grand Cabaret du monde ». En ma qualité de victime j'acquiesce. Aussi incohérent qu'un smicard votant à droite, Ahmed oublie les transitions.

« *DO YOU LIKE FALCON?*

— *Falcon, the plane?*

— *NOT THE PLANE, THE BIRD!*

— *Of course. Why?*

— *BECAUSE I JUST BOUGHT ONE. TWO HUNDRED THOUSAND DOLLARS. I'LL SHOW YOU UPSTAIRS...* »

L'avantage avec lui, c'est que comme il réalise pas qu'il va aller en enfer, ses idées prennent vie (du côté de chez vous, palalala-pa-pa-pa-pam !). Deux cent mille dollars le piaf, à ce tarif-là t'aurais dû acheter un Falcon.

Dans le hall, il emploie le vert et le sec pour convier la moindre meuf rencontrée à monter dans ses chambres. Cliente, personnel de l'hôtel... L'affaire DSK ? Pas son problème. Il m'apprend aussi qu'il a un perroquet dans sa piaule. Il l'a appelé Mounir. Faut clairement s'en battre les couilles de la déclaration des droits de l'homme pour donner un prénom d'humain à ton animal de compagnie. Et le fait que Gaby propose de manger ses mégots contre cinq mille euros ne fait que lui donner raison.

On monte au troisième. Entièrement privatisé, l'étage est à l'image du perso : c'est le zbeul. Sur dix mètres j'suis passé de Caïphe à Pilate. J'ai déjà rencontré son dresseur de faucons et Fat Joe en location. « *Dream Bigger* » comme dirait Nasser. Mention spéciale pour le nain qui distribue des barbes à papa, j'ai émis un gloussement. Visiblement en couple avec Adé pour l'expérience sociale, je traque le tapin blanc. Junior m'appelle. Il l'a vue entrer dans la 312.

« Gros, on la connaît ! Elle vient de m'demander où t'étais.

— C'est bon, elle est en sang sur moi.

— Frère, j't'arrête. Elle t'a appelé Wifi... »

Cherchez pas, c'est une meuf de ma cité. Comme dans un Qui est-ce, faut procéder par élimination. On sait qu'elle nous a reconnus et le fait qu'elle m'appelle

« Wifi » prouve qu'elle veut rétablir le dialogue. Une nana qui nous a déjà expérimentés et souhaite malgré tout avoir affaire à nous ? Forcément une fille pleine de traumas. À tous les coups, c'est une gwer à *daddy issues* ou une Maghrébine ayant vécu un drame familial de type : Paris-bled en voiture.

On entre dans la piaule. Deux Qataris lèchent des putes enduites de sauce BBQ sur le lit. C'était donc ça, les sacs McDo. J'vois sur ma gauche un cadre de porte. Les suites sont communicantes. J'avance. Junior reste dans la 312, son chien aussi est attiré par la *junk food*. On se revoit après.

Je la pourchasse. Un petit côté *Pacman* non négligeable. Je traverse une enfilade de salons. Dès que j'entre dans un, elle le quitte par l'autre bout. C'est excitant d'avoir le rôle du condé. Arrivé à la quatrième *room*, j'tombe sur Ahmed postiché sur un sofa. Ça graille du raisin comme Jules César. Il me relance sur la prière. Je sais pas si c'est parce que ça fait partie des cinq piliers de l'islam ou parce qu'il a quelque chose à se reprocher (ex. : plus de morts à son actif qu'un stade qatari). Son gars de la sécu me jette une djellaba en cuir de hyène, vraisemblablement propriété de Florent Pagny, et m'indique où se trouve La Mecque. D'une discrétion de violette, la nana s'échappe. L'enquête piétine.

« *DO YOU HAVE YOUR ABLUTIONS?* »

Évidemment. Qui n'aurait pas ses ablutions en sortant d'un club à partouze ? Je file me purifier à la Bétadine. Au retour, Ahmed me propose d'être MC et de diriger la prière. Requête refusée. T'as un costard doré, ça se voit t'as peur de rien, c'est à toi de parler avec Dieu.

On se fout en pyramide. Ahmed devant, son vigile et moi derrière. Manque plus que les teddys et on croirait l'équipe de football d'une fac américaine. J'ai chaud, je sue tellement que j'ai l'impression d'être à l'élection du concours Miss T-shirt mouillé. En pleine salât, Junior entre et marmonne les paroles de *Aïcha* pour me déconcentrer. Le pire meilleur ami.

On finit. Ahmed me raconte des trucs dans un arabe littéraire que je comprends pas mais comme il a de l'oseille, j'suis d'accord avec lui. Allez à très vite, on t'embrasse fort.

Dans le couloir, aucune trace de la p'tite dame. Gaby nous attrape. Vivant désormais sur le dos des Arabes comme le RN, il subit de plein fouet un plan d'austérité depuis qu'Ahmed croit en Dieu. Il m'informe qu'un combat de nains s'organise dans la 304 entre Kader et le barbe-à-papiste. Tout juste propriétaire de quarante mille euros par suite de son Grand Chelem des péchés capitaux, le crevard du siècle me demande néanmoins dix balles pour parier sur Kader car, je cite, « les Arabes vous vous battez tout le temps ». Avant de filer, on lui demande s'il a vu la fugueuse.

« Ah oui *rot*, la nana avec son masque *rot* ? Elle est dans la 318 *rot*. »

Vous l'excuserez pour ses éructations mais il a avalé une ceinture, la boucle lui donne des remontées. Junior et moi nachavons, du verbe « nachave ». En traversant le couloir, je surprends Coup-Franc menotté sur un lit. Homme déconstruit (prothèse à la hanche), il se fait fouetter par une Philippine et hurle des slogans de colleuses d'affiches de type « MA JUPE, MES CHOIX ». Une fois devant la 318, Junior m'arrête un instant avant d'y pénétrer.

« T'es sûr de vouloir faire ça ?
— Faire quoi ?
— J'sais pas, dans les films ricains ils mettent toujours du suspens avant d'entrer quelque part. Vas-y ouvre, sale chien ! »

On s'introduit dans la pièce. C'est la plus grande suite de l'hôtel. Du vestibule au fond de la piaule t'as facile deux fuseaux horaires. On avance. Mon portable change d'opérateur et reçoit un texto de AT&T. Soudain, dans une immense cage dorée, un perroquet nous fait face.

« Téma Wourad, un goéland !
— TÉMA WOURAD, UN PERROQUEEEEEEEET ! »

L'humiliation de trop. J'ai jamais vu ça. Junior peut poignarder des chatons, ce sera jamais pire que d'être repris par un animal. Un fou rire nous vient de l'autre bout de la pièce. C'est elle, assise sur un fauteuil tah Emmanuelle. Le visage obombré par le lit à baldaquin, je vois toujours pas c'est qui. Jusqu'à ce qu'elle retire son masque…

Mais nan, jure la vie de ta mère ?!

*

« Wesh, Naïma, t'es… t'es devenue bonne ! »

C'est ce qu'on appelle avoir du tact. Honnêtement des fois j'me demande comment, avec toutes les valeurs que ma mère m'a inculquées, j'en suis venu à devenir cette personne. Bref, c'est Naïma du cinquième. Ça vous dit peut-être rien mais j'vous en ai déjà parlé au début du roman. La gamine qui a fugué après le concert de Singuila. Manifestement, Nora a encore une fois visé juste.

« Et toi, toujours pote avec ton schizo-friend ? »

Elle parle de Junior. Gamin il avait un pote imaginaire qui, d'après ses dires, tentait de faire croire à sa mère que lui n'existait pas. Je sais pas si vous saisissez l'délire mais ça lui a valu trois séances d'exorcisme. Continuellement dans la perversion, il profite des retrouvailles pour en : profiter.

« Naïma ?! Putain comment t'as changé depuis le lycée. C'est des faux seins ? Fais toucher pour voir… »

Un porc. C'est son *modus perverandi*. Comme la théorie de la main invisible d'Adam Smith, ça n'a jamais vraiment marché mais il continue. Cela étant, j'la fracasse. Les gougouttes c'est comme la mayo, je préfère quand c'est industriel. J'change de sujet et aborde son parcours de vie. Malgré elle, Naïma nous remémore qu'elle a toujours apprécié le bronzage et les objets de valeur.

« Mais t'avais pas emménagé dans le Sud après ta fugue ?

— Si si j'suis restée quelques années là-bas, ensuite j'ai bossé dans l'immobilier sur Dubai avant de revenir l'année dernière. »

Retapée de partout, évidemment qu'elle met son corps en location. Héritière d'une terrasse plus grande que sa baraque, le seul appart' qu'elle connaît c'est son zen en préfabriqué. Ma main à couper que des émirs lui font caca dessus en échange de portefeuilles Chanel. Haute couture toujours, Junior ne fait pas dans la dentelle.

« Juw la vie d'ta mèw t'es pute ? Tu dois baiser tous les jouw, la chance… »

Qu'on soit transparents et peu importe si ça choque les bien-pensants : il faut laisser une certaine autonomie à la Guadeloupe.

« J'suis pas une pute, j'suis dans l'immobilier de luxe.

— Ah dommage… Et du coup ton Libyen hystérique, tu lui vends des tentes, c'est ça ?

— Ahmed c'est différent, j'fais des extras comme escort. »

J'veux bien que vérité en deçà des Pyrénées, erreur au-delà, mais nous prends pas pour des buses. La lady-girl pense nous baiser comme l'UMP et ses changements de blaze mais on sait tous qu'elle fait han-han contre de l'argent. T'façon je savais au fond de moi qu'elle finirait pute de luxe. Quand tu vis en HLM et qu'à dix-sept piges t'as plus de Vuitton que de notes au-dessus de dix, l'odeur du cuir prend vite des airs de latex. Ça a toujours été son problème. Elle connaissait le prix de tout, la valeur de rien. Chaque échec l'éloignait des sacs à damier. Une fascination malsaine pour LVMH qui l'a menée à un train de vie insoutenable quand tu gagnes un SMIC. Tu badigeonnes le tout d'un parcours scolaire chaotique et t'allumes ton four sur chaleur tournante. En vrai, t'as pas pléthore d'options quand tu veux du biff rapidement. Pour un mec t'as dealeur ou footeux. Pour une nana t'as tapin ou femme de footeux. Mais bon, quitte à te coltiner un gogol qui te trompe et customise ses crampons, autant rester ta propre patronne et bosser en indé. Pas chaud pour la mettre mal à l'aise, j'fais semblant de tomber dans le panneau.

« Ah OK cool… En gros, des gars te paient pour traîner avec eux ?

— Voilà, c'est ça.

— Comme Christian Audigier avec Michael Jackson quoi ?

— Michael qui ?

— Michael Jackson, tu connais pas ?

— Ah si si, le basketteur ? »

Meuf, j'ai un immense respect pour ta carrière mais t'es pas une flèche. Pressé de lui apprendre qu'après la lettre W ne se cache pas triple V… Ce qui me chagrine avec Naïma, c'est que je connais bien son daron. Au quartier on l'appelait Sexy-Hajj. Il avait une djellaba fendue sur le côté, on pouvait voir ses flancs quand il mettait pas de T-shirt en été. Après la fuite de la gamine, il a tenté de rester digne. Le discours officiel voulait qu'elle ne soit plus la bienvenue, qu'elle avait déshonoré la famille et qu'elle devait à présent les oublier. Aucune remise en question. Déjà que t'es en vie, estime-toi heureux de ne pas payer de loyer. Le problème de nos vieux c'est ça. Ils vont à l'essentiel. Métro-boulot-dodo. Pour eux les loisirs, c'est en option là où on en a fait nos priorités. On veut des tafs passionnants quand eux cherchent juste à survivre. Comprennent pas qui on est, qu'on est les gamins d'une époque, qu'on n'est plus leurs gosses. Des gosses pour qui le manque d'attention fait plus de dégâts qu'un coup de ceinture. Et l'affection qu'ils nous ont confisquée, on est allés la chercher ailleurs. Naïma c'est la puterie. Mais on n'a pas capté que ce sont nos attentes qui sont responsables de nos déceptions. En vrai, ils nous ont rien confisqué. Ils savaient juste pas comment faire. Y a pas de manuel pour être un bon daron. Ils ont fait avec ce qu'ils avaient. Et la vérité c'est que chaque soir, le *padre* de Naïma laisse le verrou ouvert en espérant qu'elle rentre. Chaque soir depuis onze ans. Tout ça pour des sacs Vuitton.

« Wesh, Wourad, tu dors ou quoi ?

— Euh ouais, désolé. J'étais… dans mes pensées.

— T'as ton portable qui vibre j'crois. »

Aïe. C'est Adé. Et en FaceTime. Je réponds ap. Le temps des hésitations révolu et dans un biopic résolument féministe, j'ai le syndrome du sauveur qui m'envahit. J'dois la sortir des griffes de son proxénète.

« Naïma, cligne des yeux si Ahmed te tient en otage.

— Faut vraiment que t'ailles te faire soigner, mon pauvre. »

Fausse alerte, c'est bien une pute par conviction. J'sais pas ce que ça raconte de moi mais j'me sens obligé de me rendre utile. Si par la suite y a moyen de bouillave, *why not*. J'suis au crépuscule de ma vie de baiseur et je l'ai jamais fait avec une nana qui touche la barre transversale, c'est le moment ou jamais de la foutre aux cages. Toutefois, j'ai toujours eu un sentiment de gâchis lorsque la beauté se met au service du plus offrant. Zidane qui finit sa carrière aux States ? Personne ne lui aurait pardonné. À la vue du dressing, Junior fait le tour du propriétaire.

« Wesh tu te prends pour Christine and the Queens ? Y a des costards partout.

— Nan c'est la piaule d'Ahmed. D'ailleurs touchez à rien. »

Chose à ne pas faire avec le J : lui dire de ne pas faire. Comme une prof qui va chercher la télé pour diffuser un doc sur le Troisième Reich, elle file dans la salle de bains et nous laisse sans surveillance. Je lorgne sur le névropathe d'outre-mer. Il tire la même tronche que le jour où il a su à quel endroit se cachaient les dollars australiens. Il sait que je sais qu'il sait, bref, nous sachons.

« Tu penses à ce que j'pense ?

— Même pas en rêve.

— MÊME PAS EN RÊÊÊÊÊVE ! »

Et vous, racontez-nous votre première rencontre avec l'opportunisme #Anecdote. J'ai beau lui expliquer que volley c'est haram, sa colère mal dirigée continue de m'envoyer des giga smashs et appuie sur le fait qu'en appartenant au segment le plus fragile de la population, on se doit de passer sous le filet. *Beach or bitch* quoi.

« Gros, dans son nez t'as un yéti, il voit plus rien. Et Gaby qui prend quarante points, ça te dérange pas ?

— Bah nan, t'avais qu'à manger des objets toi aussi.

— Frère, juste une… Regarde la chromée, en plus elle va pas avec la déco… »

Vous connaissez le home-staging ? Vous allez adorer le rom-staging ! Le drapeau blanc taché de sang, c'est le moment qu'ont choisi ses plaies pour gratter. Dans le secret des dieux concernant le caractère sexuellement transmissible de la hess, tout lui revient. Des trucs récents comme ces clients qui tendent des clés de bagnole et s'barrent aussi vite qu'un orage. Pas de bonjour, pas de merci, pas d'au revoir. Ravi de te lébran. Juste du mépris, rance et algide. Mais aussi des faits plus anciens. Ses conneries au collège qui lui ont grillé son avenir, ces tafs de merde qu'il a dû accepter pour s'enfuir de cette dèche de laquelle on ne sort jamais vraiment. Tout lui revient et tout est prétexte à transformer l'innocence en bidon d'essence. Tout est prétexte à baiser ce système qui l'a exhorté à se trouver un talent pour s'en sortir. Comme si être en vie ne suffisait pas. Qu'on devait aussi être méritant.

« Wourad, ton portable. Réponds wesh ! »

En soliloque avec moi-même, j'ai encore loupé l'appel d'Adé. Deuxième FaceTime en trois minutes, elle doit m'imaginer dans un cul avec une lampe frontale. La vessie purgée, Naïma sort des chiottes et prend Junior les mains dans le cambouis.

« Hop hop hop, Minus et Cortex. Vous foutez quoi là ?

— Hé oh, raciste va ! »

Pas mon meilleur argument. Juste envie qu'elle m'éclaire sur qui est Minus, qui est Cortex. Junior tient la boîte à montres fermement et se lance dans une négociation aussi mémorable que la signature de Jesé au PSG.

« Roh ça va, Naïma, il verra que du feu ton Bédouin ! *Choukran labess ?* »

Oui, il a essayé de parler arabe pour l'apprivoiser. J'ai pas assez de mots pour l'insulter. En plus du perroquet qui gueule « LÂCHE LES MOOOONTRES ! », j'suis en frousse qu'Ahmed entre et tombe sur un Noir près de sa table de chevet. Fringué en soubrette ça va, avec une fausse sacoche Gucci c'est tendu. Surtout que, sauf erreur de ma part, je crois apercevoir la porte d'entrée bouger… La peur comme prompteur, j'tape une pointe vers ladite issue quand un visage familier me prend au dépourvu. C'est pire que ce que je pensais.

« Verónica ?! »

*

« Qu'est-ce que vous faites là ? »

Un désastre. Elle entre avec deux amis. Sa pote flamande et un blond style race aryenne ayant fui en Argentine dans les années 1940. Seule alternative pour moi de briller en société : la sueur qui s'accumule sur mon front. Dans la continuité de son opération « j'ai d'l'oseille j'invite qui j'veux », le Tony Montana de

Benghazi a sollicité sa présence. Elle a dû lui dire bonjour une fois dans l'ascenseur, suffisant pour qu'il fasse de toi son Manny. Et maintenant je dois me justifier auprès d'elle comme si j'avais des comptes à lui rendre. Le monde à l'envers chico.

« Bah comme j't'ai dit, y a Junior qui, qui s'marie demain. On fait la fête quoi…

— Mais pourquoi tu ne m'as pas dit que vous viendriez ici ?

— En fait je… Mon portable il avait plus de piles. »

On dit « batterie ». Besoin d'urgence que le gouvernement mette en place un numéro vert. Elle a pas l'air super emballée par mes explications et le fait que mon portable sonne en même temps amplifie mon appartenance à la grande confrérie des teubés. Pendant que je lui mets deux-trois disquettes sur la difficulté de trouver une prise en plein Paris, si ce n'est sur Bastille (prises, Bastille, électricité, vanne pour Ruquier), Junior et son indéniable talent pour détendre l'atmosphère viennent à mon secours.

« Ah voilà, ça c'est des vrais seins ! Naïma, filme les seins, filme ! »

Une intervention à enseigner dans toutes les écoles de journalisme. D'ailleurs dans la rubrique « Nos Banlieues ont du Talent », Naïma n'est pas en reste. Elle s'approche de Verónica et nous rappelle que si elle louche c'est peut-être parce qu'elle est un peu con.

« Enchantée, Naïma. Toutes mes félicitations, je le connais depuis l'enfance, t'as choisi le bon mari ! »

En train de me niquer mon plan d'extradition au Mexique nooooormal. Le plissement des yeux de Verónica laisse penser que de son côté je passe juste pour un psychopathe qui raconte à tout le monde qu'on va se marier. Ou qu'elle imite un Chinetoque auquel cas je ne tolérerai pas de tels agissements car il n'y a qu'une race, c'est la race qu'on s'met ! Elle prend les devants.

« Non non, nous ne sommes pas du tout mariés, c'est juste un ami. »

Juste un ami ? Donc la meuf j'lui ai payé une crêpe jambon-fromage et elle n'envisage même pas de faire sa vie avec moi ? Ça va la michto, on te dérange pas trop ?! Ça me rappelle la fois où j'ai revu mon ex de CM1 à la caisse de Leclerc avec son mec et ses trois gamins. Elles tournent vite la page les nanas… Force est d'admettre que j'me suis fait friendzoné. L'ego en bandoulière, je n'ai toutefois pas abandonné l'idée de faire la chose dans une pièce sombre.

« Ouais enfin “ami”… tu remixes un peu, nan ?

— Comment ça ?

— Verónica, voyons… On va pas tortiller du cul, hein ?

— *Una tortilla ?* »

Cet échange est d'une tristesse infinie. Rien ne va ensemble, on dirait l'*outfit* d'un enfant soldat. Ah oui, à ce sujet (les Noirs), y a encore Junior qui lorgne sur les montres et oublie que le service de sécu d'Ahmed boit des milk-shakes de sang.

« Junior putain lâche ça on t'a dit ! Verónica, laisse tomber c'est une expression française, calcule pas.

— OK mais je ne savais pas que tu étais marié…

— Moi marié ? C'est un bien grand mot… J'suis… j'suis marié à la street… »

Je propose plus grand-chose, ça se dirige vers les morceaux de rap qui flottent dans mon esprit. J'ai hésité entre *Oh Lala* de PNL et *La Fièvre* de NTM tellement j'suis sous pression. Dans une continuité siglée, Naïma agit comme une COTOREP et relance en affirmant que c'est dommage, qu'on formerait un beau couple. Ce à quoi mon ex (dans ma tête Verónica c'est mon ex cherchez pas) s'empresse de répondre qu'on n'est vraiment pas ensemble. Sa manière assez catégorique de refuser notre union m'humilie un peu, on croirait presque qu'elle prend du plaisir à enfoncer le schlass dans mon p'tit cœur. J'fais les gros yeux à Naïma pour qu'elle ferme sa gueule. Incapable de faire le distinguo entre une menace et une grimace, elle croit capter autre chose.

« Pourquoi tu fais la tête de Black M sur ses pochettes d'album ? »

Y a rien à en tirer. Le seul capable de me sortir de cette merde est perturbé par le son mécanique du *tic-tac* et pense, je cite, « qu'une montre qui marche sans pile c'est un truc de sorciers »… Finalement, un autre mécanisme vaudou (serrure) s'active et laisse entrer Kader dans la Chambre des secrets. Ce dernier s'approche et me susurre à l'oreille le nom de Celle-Dont-On-Ne-Doit-Pas-Prononcer-Le-Nom.

« Adélaïde vient de m'appeler. Finalement elles sont rentrées de Bruxelles et passent nous faire un petit coucou. C'est cool nan ? »

— Cool ?! Le skateboard c'est cool, enculé ! Jure la vie de ta mère t'as dit où on était ?

— Tu voulais que j'dise quoi ?

— J'en sais rien, pourquoi t'as pas menti ?!

— Ah nan nan, le mensonge c'est haram.

— PARCE QUE TU TROUVES QUE CETTE SOIRÉE ELLE EST HALAL ?! »

La soirée du n'importe quoi. Une pute, ma maîtresse et ma femme dans le même hôtel. Manque plus qu'ma daronne se pointe et toutes les femmes de ma vie, en moi réunies, découvriront que j'suis un immense : salopard. J'suis au bord du rouleau. C'est quand t'es au bout du rouleau et au bord du gouffre en même temps. Même Junior et sa sempiternelle sérénité sortent du pain pour saucer.

« Tu vois j'ai toujours dit, le jour où le Thermomix saura sucer, j'arrête les meufs… C'est trop de problèmes… »

Faut absolument qu'on se casse. Mon portable sonne une énième fois. C'est encore ma forceuse de gonzesse. Doit être en bas. Opportuniste, j'invente un imprévu et utilise cet événement pour fuguer. Pas envie de me faire gauler avec l'égérie Old El Paso. Quand je lui passe le salam, elle me glisse un mot dans l'esgourde.

« C'est mon copain, je peux pas parler… »

Son co-quoi ?!

*

La dégringolade après l'état de grâce.

C'est triste à dire, mais j'ai bien peur qu'elle me trompe avec son mec. Un sentiment de catastrophe me serre la gorge. Ses paroles glaçantes s'enfoncent dans la coque de mon cœur et une montée de rage m'inonde les cales une à une. J'pensais qu'elle quitterait tout pour moi, qu'on ferait le tour du monde en bateau… C'était compter sans ce foutu iceberg.

Attaché à la culture française qui consiste à faire grève pour tout et n'importe quoi, je reste muet. Bien que son jules et son froc lavé à soixante degrés ne pipent pas un mot de français, Verónica me fait passer un message, toujours dans l'insinuation.

« Je ne sais pas s'il faut en rire ou en pleurer. Je suis un peu déroutée, Johnny… »

On dirait les interviews de comédiens qui donnent de la profondeur à un film alors qu'on sait tous qu'ils ont accepté le rôle pour les impôts. Elle avait besoin d'une doublure cascade durant ses quinze jours sur Paname et aujourd'hui je retourne au Pôle emploi Spectacle. Son mec me tend la paluche, se présente, *hi I'm Lars, I look like a fucking nazi*. En gros, il pense que j'suis son srab et commence à me tchatcher comme si j'avais pas prévu de féconder sa gadji. Le supplice de Tantale. J'aime pas souhaiter le malheur des gens mais inshaAllah il cane.

« *I don't speak French but I know "bonjour" and "la vie en rose" hahahah!* »

Et « baise ta mère sale fils de pute » tu connais ? Le plus relou, c'est Junior et sa volonté de golri de chaque situation tendue. Il se retient et fait un bruit de bécane qui me donne à mon tour envie de sortir le cross volé. La confiance se gagnant en gouttes mais se perdant en litres, j'suis emporté dans un torrent de stupidité et tente un truc.

« Bon, nous on doit y aller. Au fait, Naïma, tu fais quoi demain ?

— Alors demain, à 9 heures j'ai rendez-vous pour mes ongles. 11 heures, la pédicure… »

J'vous épargne toute sa réponse, c'était aussi long que lire le casier judiciaire d'un élu. Toujours est-il qu'elle a rien prévu en soirée. Une fille de joie en repos un samedi soir, c'est aussi rare qu'un Japonais de quarante ans qui a déjà baisé.

« Génial. Tu veux venir à mon mariage ?

— Avec grand plaisir ! Tu sais pas comment ça me touche ! »

J'suis le patient zéro des gogols. J'viens d'inviter une pute à mon hlel. Tout ça pour annoncer à Verónica que moi aussi j'ai une vie. Parfumée au Paco Rabanne, la colère est toujours mauvaise conseillère. J'vous jure, au moment de lâcher l'info je savais que je lui lâchais la main. Que j'lui rendais le double des clés. Marquée au fer rouge, Verónica se lance aussi dans la surenchère.

« Félicitations pour ton mariage ! Tiens, *cabrón,* ça m'fait penser… »

Elle se retourne vers son mec et le galoche avec hargne. Miskine, il est en apnée, un centième de seconde supplémentaire et il rejoignait Coluche et Desproges (qui aujourd'hui seraient cancel, je rappelle). Elle ponctue.

« *Yes, I do!* »

J'ai pas tout compris mais en voyant un Blanc à quatre pattes, Junior sort sa laisse. Son nazi de Lars est aux anges. Il sort une bague de son pantafute et se fout à genoux comme Lancelot du lac. La garce, voilà l'inconnue qu'elle maquillait en x. J'me lance dans une addition de reproches de cour d'école.

« Mais quelle vieille meuf t'es, Verónica…

— Tu crois qu'il n'y a que toi qui a le droit de te marier ?

— Franchement ouais. T'es une copieuse, c'est tout.

— J'oubliais que tu avais inventé le mariage !

— Meuf, tu l'aimes même pas ! Pas la peine d'en arriver à de telles atrocités pour attirer mon attention.

— Ton attention ?! *¡Puñeton!* Qui te dit que je l'aime pas ?

— Bah déjà toi. Après je peux me tromper, t'as peut-être un cœur assez grand pour une colocation…

— Quoi ? C'est toi qui te maries demain et tu me parles de *colocación* ?! *¡Pendejo!*

— Arrête de m'insulter en reggaeton, *ne3el dine bebek* ! »

Miskina, elle avait jamais entendu autant de haine dans une langue mdr. Nos regards striés d'éclairs s'évitent, chacun campant sur son quant-à-soi. La proposition capillaire d'un Tecktonik Killer, Lars (le nazi) perd le sens des réalités et continue de sourire comme un con depuis qu'il est titulaire d'un CDI. Pile au moment où j'essaie de garder la face, un long *bip* résonne dans la pièce. Dans les premiers instants, ça me rappelle l'enfance et le cumul des mandales que la daronne me léguait en échange des mauvaises notes. En fait, c'est l'odeur de Coup-Franc qui s'fait entendre. Faut te boucher les oreilles pour pas vomir. Il entre et tapisse la piaule d'une odeur similaire à celle d'un doudou de gosse.

« Euh, les gars… Je sais pas si vous avez vu mais y a Gabriel qui vomit des trucs durs dans le couloir… »

Sauvé par des galettes. Elle est loin l'époque des crêpes.

*

Comme les States sur le tiers-monde, on bombarde. Escorté par Junior et Kader, je quitte la chambre interdite et trace récupérer Gaby pour l'emmener à l'hosto. *Jefe* des opérations, je confie à Kader une mission de la plus haute importance.

« Kader ?

— Oui ?

— Ferme ta gueule. »

Pardonnez-moi, j'avais besoin de l'humilier. Je reprends.

« Kader, s'te plaît, va intercepter Adélaïde. Tu dis qu'il est minuit passé et que ça porte malheur de voir la mariée avant la cérémonie.

— Mouais… C'est un délire de gwers ça, nan ?

— Ouais bah c'est une gwer. Dans vingt-quatre heures elle signe son contrat d'Arabe, autant en profiter. »

On se sépare. L'individu moyen que je suis a évité de lancer un dernier regard à Verónica. Le seum me permet d'avoir les idées claires, autant profiter de cet instant de lucidité pour tirer un trait sur cette relation qui n'aura vécu que dans le noir. Dans le couloir, c'est mythique. La tronche dans la gerbe, Gaby tente de rester digne.

« C'est pas ce que vous croyez, c'est le sébum de Coup-Franc qui m'a fait quicher. »

Ça se tient. Sauf qu'on l'a tous vu tiser du Roundup dans la 307 pour deux mille euros. On le soulève et on se casse par l'ascenseur du petit personnel. Ça nous amène directement dans les cuisines de l'hôtel. Les odeurs de bouffe accentuent son besoin d'expier ses péchés. Visiblement frappé par une révélation divine, il nous indique qu'un nuage de sauterelles risque de recouvrir la planète.

« Les gars, j'vais me chier dessus. »

Et voilà. Toujours les gens qu'on aime qui nous déçoivent.

On sort de l'établissement. Adé & Co. doivent être de l'autre côté, aucune chance de nous faire péter. Alhamdoullah, Junior avait garé sa Choupette à l'arrière pour faire pisser son iench. Par ailleurs, notre Kunta Kinder verse dans la nostalgie.

« Il va me manquer…

— Qui ça ?

— Rex. C'était un bon chien-chien. »

Hé, venez on le calcule plus, je vous jure qu'il nique le rythme. On arrive aux urgences. Dans la queue, on rencontre Mohamed Couscous et un dénommé Mamadou, souffrant d'une rage de dents. Décidément, ce film doit se faire.

Une fois à l'accueil, une nana issue de la tribu de Junior (mwaka) et aux cheveux tellement tirés à l'arrière du crâne qu'elle a failli béton nous prend de haut. Pensant qu'on l'a applaudie pendant le Covid alors qu'on visait les vrais médecins, elle me parle comme si j'étais responsable de la séparation de Zouk Machine.

« Bonjour, madame, notre ami a...

— Asseyez-vous. On vous appellera. »

Imaginez juste la connasse que ce serait si elle était chirurgienne. On s'installe. Y a l'équivalent de la ville de Guingamp avant nous. Dont un Algérien en train de contredire le diagnostic du toubib et qui propose d'avoir recours à la médecine prophétique malgré son œil qui pend... Tandis que je prie pour qu'on remplace les réceptionnistes par des robots, ce même patient semble : impatient.

« Pff... et dire qu'on est en France... même au bled ça va plus vite... »

Mouais, foutez-lui vingt milligrammes de morphine, il a plus toute sa tête. Conscient que les urgences sont comme le wokisme (c'est celui qui souffre le plus qui gagne), Gaby commence à gueuler qu'il va bientôt crever, qu'il a la chiasse, que l'homophobie tue. Ça réveille la Firmine Richard des admissions qui nous appelle et, après dix-sept *tchip*, nous tend un formulaire à remplir. A priori un médecin devrait arriver une fois ses études terminées, soit dans environ cinq ans.

Incapable de tenir un stylo (ses mains bloquent ses orifices), Gaby laisse le questionnaire à Junior qui s'empresse de noter « les haters » dans la case

« allergies ». Pour ce qui est du motif d'admission, Gaby souhaite conserver sa respectabilité.

« Note que j'ai mangé un truc à la salmonelle, ça suffira.

— Mec, t'as sonné au portique de sécu, tu sais faut le dire si t'as mangé des clés… »

Secret médical oblige, on n'insiste pas. Une heure plus tard, Gaby n'en peut plus. Plus que trois vomis et il peut voyager en soute sans payer de supplément de bagages. Le temps passe au compte-gouttes. N'ayons pas peur des mots : mettre des Antillais aux urgences, à la base c'était un troll. Pour lui, c'en est trop.

« MAIS BORDEL JE PISSE DU CUL ! RÉVEILLEZ-VOUS LA COMPAGNIE KRÉ… RÉVEILLEZ-VOUS PUTAIN ! »

Dommage, il a failli être raciste. Un médecin vient finalement à notre rencontre et l'emmène en consultation. Il devrait en avoir pour le restant de la nuit, on se reverra demain au mariage. Bisous, Gabriel, oublie pas de leur parler de ta chaude-pisse.

On rentre à nos casbahs respectives. Dans la gova, on se parle pas trop, un truc nous tracasse. Pour faire passer le temps, on imagine la tronche de l'infirmière qui évacuera le pot de confiote coincé dans le fion de Gaby. On prolonge le rire pour nous garder de piailler de l'épisode de telenovela mexicaine. À la fois frustré de la perdre et heureux d'être enfin libéré d'elle, je ressens quand même le besoin d'utiliser le coup de fil à un ami.

« Tu crois qu'on peut tenir toute une vie avec une seule meuf ?

— Ça dépend ce que tu veux dire par “tenir”.

— Bah se marier et tenir jusqu'au cimetière quoi.

— Ah ça y est… t'hésites entre Adé et Verónica.

— Nan nan… Enfin un peu ouais…

— J'crois surtout que t'as eu un crush pour Frida Culotte mais que ça aurait pu être n'importe qui. Une sorte de page où t'as projeté tes fantasmes.

— Bon t'as fini ?

— Gros, j'suis sérieux. T'avais juste besoin d'exister dans le regard d'une autre, c'est pas grave ça.

— Un manque d'affection quoi ?

— Pire. C'est de l'autodestruction. Les meufs c'est trop de bonheur pour des gars comme nous. C'est au-dessus de nos moyens. Alors on fait de la merde pour remettre un peu de chaos dans nos vies. C'est le changement qui nous fout les jetons. »

Wow. J'avais jamais ressenti autant de maturité chez ce connard de Junior. Normalement on se vanne, au mieux on s'insulte. Ça se sonde les reins et les cœurs à l'aveugle pour éviter de se regarder dans les yeux. Des fois qu'il s'y cacherait quelque chose. C'est comme ça. La frontière est mince entre carapace et seconde peau. Entre se confier et se livrer. On fait semblant de pas compter l'un pour l'autre, d'être de simples pauses clope de nos vies, parce qu'on n'est pas des pédés t'sais… Bon, cette discussion devient beaucoup trop sérieuse et on vient de se garer devant chez moi. J'explore le sarcasme.

« Ah ouais ? C'est une théorie de qui ça, Schopenhauer ?

— De moi. Regarde Aurélie. J'étais bien avec elle. Alors oui, le petit était pas prévu mais on avait décidé de le garder parce qu'on se sentait bien ensemble. Et un jour, j'ai laissé mon portable dans le salon. Les textos, les DM… Elle a tout vu. J'aurais pu tout effacer. Mais non. Y avait comme une force qui voulait que je me fasse serrer. Cette force, c'est l'autodestruction.

Le besoin de tout recommencer pour ne jamais avoir à réussir quelque chose et tout mettre sur le dos de la malédiction. Toi là, tu crois que tu penses à Verónica mais en vrai, t'essaies juste de passer à côté d'Adélaïde.

— Bah tu vois, Junior, je préférais quand t'étais con.

— Profite, poto. La récré est terminée. »

J'suis dévasté. Il a parlé au passé. Au crépuscule de ma vie de célibataire, je réalise à quel point il m'est important. Sans m'en rendre compte, je l'ai toujours admiré. Ça a commencé petit, quand il descendait les escaliers deux par deux. Ça continue aujourd'hui, parce qu'il a le cran d'être qui il est. On a une histoire en commun. Une vie faite d'abandon, sans exemple, sans daron. Seule différence, j'ai pas connu le mien. J'ai longtemps cru que j'étais le plus à plaindre. J'ai compris plus tard qu'on fait jamais totalement le deuil de ce qu'on a déjà serré dans ses bras. Junior avait six ans quand son reup s'est éteint. Juste avant d'allumer le contact. Une crise cardiaque. Le petit est resté trois heures à l'arrière de la gova, à attendre que Papa se réveille de sa sieste. Trois heures avant que ma mère ne passe par là. On se console en se disant qu'heureusement c'est pas arrivé en roulant, mais bon. Il a peut-être échappé à la mort, il a pas échappé à la solitude. Pendant que sa daronne s'occupait de la paperasse pour rapatrier le corps en Guadeloupe, Junior dormait à la maison. Ils avaient pas assez d'oseille pour son billet. Ça nous faisait un point commun. L'humiliation d'être sans le sou, de jouer à la console en fermant les yeux, d'écouter le bruit des vagues à travers un coquillage. Une dizaine de jours plus tard, on est devenus les meilleurs amis du monde. Seuls mais ensemble. Et puis vers douze-treize ans, on est passés derrière le Franprix en allant au foot. Vérifier s'il restait des pièces dans les Caddies. On n'a pas trouvé de pièces, juste nos daronnes en train de fouiller les poubelles. C'est ce jour-là que les étoiles ont arrêté de danser, qu'on est devenus des reufrés. En tournant la tête devant la honte, en gardant le silence jusqu'au vestiaire. Plus jamais on n'est repassés derrière Franprix. Plus jamais on n'a vu la vie comme une récré.

Ça aura donc été notre dernière soirée d'hommes libres. On continuera de se capter mais ce sera de plus en plus erratique. La fin d'une époque qui prendra corps demain, lorsque Adé prendra le relais. On n'aura peut-être pas rendu nos daronnes fières, mais on se sera quand même bien marrés. Un ourlet de larmes au bord des yeux, nos regards se contournent en attendant que je sorte de la caisse. J'ai envie de lui dire à quel point je l'ai aimé, à quel point il a compté. Mais je sais pas comment l'exprimer sans que ça perturbe l'idée que j'ai de ce que doit être un homme, j'fais passer le relais.

« Junior. Demain, viens avec Aurélie, s'te plaît.

— À une condition.

— Laquelle ?

— On repasse derrière Franprix. »

J'ai pas pu me retenir de chialer.

Samedi 21 juin

On y est. C'est le grand jour. Plus que quelques heures avant la privation de mes libertés, avant les repas à heures fixes, avant : l'agent de probation. Futur taulard, j'envisage la possibilité de refaire ma vie en Thaïlande avec une pute de vingt ans. Ou mieux, filer au bled et rencontrer toutes ces demandes en mariage laissées en suspens. Je me souviens d'une Jamila. Une cousine éloignée que ma daronne voulait me refourguer. Je devais avoir dix-huit ans quand j'ai refusé car :

1/ elle en avait six ;

2/ sur ses photos y avait son daron en arrière-plan muni d'un nunchaku ;

3/ l'amour triomphe toujours.

J'suis dans ma salle de bains. Adé vient de partir avec ma sœur. Le moment parfait pour lancer un sondage « Mariage ou cavale » sur Twitter. Demander l'avis de comptes anonymes drivés par la haine et diffuser le résultat à une heure de grande écoute ne peut que donner des résultats probants, nan ? Nan. Pourtant, la télé le fait bien.

Pour l'occasion, j'me rase sous les bras et utilise un après-shampoing. Je sais pas à quoi ça sert, je sais juste que je l'ai appliqué avant le shampoing pour me donner l'impression d'avoir encore un peu d'emprise sur ma propre vie. Un message politique fort. En sortant de la douche, je vois un pot de fond de teint. Une pulsion indescriptible me dicte d'en mettre. Je m'en fous une couche. Peut-être la dernière fois que je peux assumer ma part de féminité. J'envisage le stérilet.

16:00, heure française. J'me sape. Le problème c'est qu'en enfilant mon qamis blanc, j'ai foutu du fond de teint sur le col. En plus, dans le miroir je remarque que la lumière en contre-jour rend le tissu transparent. Possédant un sexe imposant et soucieux de ne pas mettre mal à l'aise les invités, j'fais comme Deschamps avec ses dents, je demande le changement. Entrée du qamis noir. Adé fait son retour dans les prolongations.

« Désolée, chéri j'avais oublié mon… Hop hop hop, j'te préviens. Tu te mets pas en noir. Sur le groupe j'ai dit tout le monde en blanc.

— Tu veux pas qu'on parte sur une soirée mousse aussi ?

— Et pourquoi tu mets pas le blanc ?

— Parce qu'on voit ma bite.

— Comment ça ?

— Bah suffit que je passe devant une fenêtre et on voit la forme à travers.

— Attends, tu comptes pas mettre de slip ?

— Nan, les gens qui mettent des sous-vêtements n'ont pas confiance en eux.

— Tu sors ça d'où ?

— Je l'ai inventé au début du bouquin, j'suis obligé de respecter le lecteur.

— Mais de quel bouquin tu parles ?

— Hé vas-y laisse tomber…

— Bref, mets un caleçon et arrête de te maquiller, on dirait Bilal Hassani… Allez, bisous, y a ta sœur qui m'attend. »

Rien ne me sera épargné. À la bourre à cause du démaquillage, je file récupérer l'imam agressif. Une fois sur le lieu de rendez-vous, Rayan me donne une deuxième adresse où le rejoindre. Puis une troisième… Une sorte de rave. J'arrive finalement au milieu d'une cité, face à un gymnase aux murs fissurés. Pas en odeur de sainteté et ayant rompu avec mon ancien biotope streetzerois, je mets du Coran à fond pour éviter l'agression. J'ai honte de qui je suis, ne pensez pas que c'est tous les jours facile.

Rayan sort de l'édifice. Affûté, gainé, surbronzé. Le gars doit pioncer a minima dans un toasteur. Doté d'une djellaba ultra moulax au niveau des bras qui lui donne un petit côté cachir, il checke les jeunes du quartier et envoie une balayette à un petit Renoi qui n'avait rien fait d'autre qu'être : en vie. À peine dans la bagnole, il se prend pour le recteur de la mosquée de Paris et se fout à l'arrière. J'suis en insécurité.

« Une minute de retard supplémentaire et je te niquais. »

Même dans une cage de MMA vous n'entendrez pas ça. Je démarre. Le silence surplombe notre relation. Un zeste soupe au lait lorsque j'oublie de mettre mon clignotant, Rayan réduit la frontière entre homme de foi et moniteur d'auto-école lorsque je passe à l'orange et qu'il frappe violemment le siège avant. Quelqu'un d'intense.

Inconscient de son asservissement aux produits dopants et aux stéroïdes, il saupoudre chacune de mes décisions par un « HARAM ! ». Tout ce que je fais est analysé, décortiqué, examiné par l'inspecteur Derrick du hadith. En difficulté, je tente de le mettre à l'aise en remettant du Coran. Sauf que les enceintes au niveau des pieds, ça le fait pas.

« LA PAROLE D'ALLAH POUR TES PIEDS ?! NE CRAINS-TU PAS TON CRÉATEUR, ENFANT DE VIPÈRE ?! »

Intestable. Pour lui la sagacité, c'est une sitcom. J'éteins le poste. Il me regarde droit dans le rétro et continue de ruminer mais cette fois, contre une nana dénudée qui traverse la rue.

« Regarde-moi ça… Plus aucune pudeur… »

Venant d'un mec qui se trimballe en slip sur des podiums et qui n'est même pas maître-nageur, sa fé rèfléchir……… Et à part ses claquettes-fourrure, je vois pas ce qu'elle a fait de mal. Comme c'est l'imam, je m'aligne dans le rang et prie à ses côtés.

« Pff… j'suis sûr que cette pute elle se douche toute nue ! »

J'ai peut-être un peu forcé. Je feins des invocations tout en contemplant le ciel. L'ambiance est pesante, à côté Caracas c'est Genève. Il a toutefois l'air d'apprécier mon ascétisme. Ce qu'il ne sait pas, c'est qu'en invoquant Allah je demande qu'Il lui prescrive une injonction d'éloignement. Désormais dans le même camp, celui des intolérants, il se détend et taille une bavette.

« Tes parents seront bien là ?

— Euh ma mère ouais. Pour mon père euh… Il est parti…

— Ah désolé akhi… Allah y rahmo… »

J'ai pas réfuté. C'est toujours stylé de dire que t'as un proche décédé. Avec le handicap, les humains tolèrent tout de toi et sur un coup de dés, tu peux même gagner « The Voice ». Rayan enquille sur la vie après la *muerte*, le châtiment de la tombe, les flammes de l'enfer. Que des sanctions, aucune miséricorde. Soigner un aphte sur la langue en te la coupant ? Et pourquoi pas, tiens ? J'le laisse me menacer, t'façon moins je cause moins il découvrira que j'ai déjà confondu la gestuelle de la prière avec celle de la *Macarena*.

On est dans les bouchons. En forme d'anus pour nous rappeler qu'on se fait bien enculer, le périph' est miné. Je lis sur un panneau : « PORTE DE LA CHAPELLE : 48MN ». Rayan a un scoop.

« T'as remarqué le périph', tu roules toujours tout droit et t'arrives toujours au même point ?

— Genre là on est sur porte d'Italie. Si on continue on revient sur porte d'Italie ?

— Exactement. *Soubhanallah*. »

Je ne lui refuse rien car toutes les routes mènent à Rome, hehe. Je mets Waze, qui nous conseille de continuer. N'ayant confiance qu'en mon Desert Eagle et en Zizou dans les arrêts de jeu, j'en fais qu'à ma tête et entre sur Paris. Le GPS nous rajoute vingt-deux minutes. Merde, j'avais oublié qu'on était le 21 juin. Fête de la musique. Jack Lang. Institut du monde arabe. Ramadan. Rompre le jeûne. Rompre le jeune. Bref, toutes les routes mènent aux mômes.

Pas à une connerie près, je me fie à mon instinct et coupe vers Hôtel-de-Ville. Cette fois, des rats géants manifestent pour obtenir un accès aux places handicapés. En rejoignant la rue des Archives, la caisse s'immobilise. On perd encore six minutes sur Waze. Six minutes que Rayan utilise pour me faire des rappels sur Allah et Son Messager. Il est question de croyance. Je dis oui à tout, bien que je sois athée au moins une heure par jour. Principalement quand on me fait des rappels alors que j'ai jamais défilé en slip à Austin, Texas. Et à bien y regarder, j'ai jamais réussi à avoir cette foi inébranlable qui fait kiffer nos darons. Jamais reçu assez de signes pour me sentir voulu ou, du moins, jamais su les interpréter. C'est pas donné à tout le monde de croire en Dieu. Trop grand pour qu'on Le voie, faut faire le premier pas. Lui prouver qu'on existe. Déjà qu'avec les humains j'ai du mal à prendre la parole, imaginez avec Celui qui possède des armes de type : ouragan, cancer, météorite.

J'hésite à parler de tout ça au Gérard Vives de la fatwa. De toutes ces interrogations qui prennent trop de place et me déchirent de l'intérieur. Personne ne s'étonne de s'enculer le doigt de pied dans le noir, pourquoi être choqué des absurdités que peut raconter un couillon comme moi qui ne sait pas où il va ?

L'autre fois, sur le groupe WhatsApp de Kader, j'ai écrit qu'avec huit milliards d'habitants si le Prophète revenait avec une V2, il nous pousserait à être végétariens et écolos. Que la religion c'était surtout penser aux autres quoi. J'ai eu l'impression d'avoir insulté leurs daronnes. Kader m'a appelé en sueur, paraîtrait-il que ça ne se dit pas. La religion est parfaite comme elle est. J'ai failli quitter le groupe. Je supporte pas l'infantilisation. Je supporte plus qu'on… Attendez, attendez, attendez… C'est moi ou on est dans le Marais ?!

*

J'suis à l'arrêt. Aucune trace de caïman ou d'eau stagnante dans ce marais, mais bordel qu'est-ce qu'il y a comme pédés. Un bar sert des *cumshots* de vodka, une boulangerie vend des *bukkake* à la vanille… Décidément, faut pas être dyslexique.

Bloqué sur un passage piéton arc-en-ciel, j'attire l'attention d'un mec au crâne chauve. Existant par la plainte, il y voit un acte homophobe et casse tellement les couilles qu'on serait tenté de lui octroyer un jour férié pour qu'il la ferme.

« Euh, les gars, vous savez ce que représente ce drapeau ?! Dans certains pays on est assassiné pour avoi… (1/34735) »

Un supplice. Je rentre pas dans la polémique, même ses cheveux traînent pas avec lui. J'bouge mes roues et profite de la légère avancée devant moi pour gagner une demi-douzaine de mètres. On est au feu. La passerelle entre jilbeb et jbeb est bien entamée et comme d'hab' quand t'es pressé, le temps pose un RTT. Soudain, ma chanson préférée émane d'un pub. *Baïla* du groupe Alliage. J'suis possédé. J'essaie de penser à Allah sauf que rien n'y fait, j'ai envie de danser. Je tourne ma tête à gauche pour esquiver l'œil sentencieux de Rayan et mon regard tombe sur le bar d'où provient la musique. Une horde de dèps à moustaches nous matent. Y a pas grand-chose qui m'effraie dans la vie mais là je suis terrorisé. Je connais leur passion pour les Rebeus, encore plus quand ils sont accoutrés comme des Bédouins. Le plus costaud, les tétons tellement céper qu'ils seront invités ce soir sur « Quotidien » pour nous parler de leur nouvel album, nous fait un geste de la main et nous invite à les rejoindre.

Dans une sudation de type aquatique, je me remets face à la route. Le rythme dans la peau, c'est désormais ma tête qui bouge toute seule. Elle fait des va-et-vient et laisse penser que je passe un bon moment alors que : non. Pour amadouer Rayan, je soupire et balance des trucs en lien avec la fin du monde. Sauf que du coin de l'œil, je vois les Chevaliers de la Rosette se rapprocher…

Le son augmente. On est sur le refrain.

Baila, te quiero amor
Ton souvenir me poursuit encore
Baila, quand tu danses avec moi
Je suis fou de toi

Oui, je suis un ringard. J'arrive pas à me retenir d'avoir le rythme et cale ma caboche contre l'appui-tête. Rayan récite des invocations coraniques pour que le feu passe au vert. J'ai le pied sur l'accélérateur, prêt à leur mettre une tempête. Le problème c'est qu'en empêchant ma tête d'avoir le tempo, c'est ma jambe droite qui reprend le flambeau… et appuie par à-coups sur la pédale. La gova gigote.

De l'extérieur, tu vois deux islamistes qui suivent la cadence de l'eurodance. Un dialogue semble donc possible entre ceux que tout oppose. Le groupuscule à stachmous se rue sur la *calle* tout en se dandinant. On est cernés. Rayan veut pas voir ça.

« Akhi, là c'est pas haram si tu grilles le feu !

— Je peux pas, il me reste que deux points !

— ILS VONT NOUS ATTAQUER, FAIS QUELQUE CHOSE BORDEL ! »

Il a quand même employé le vocabulaire de la guerre en Ukraine pour parler des gays mdr. À la louche, je dirais qu'ils ne sont qu'une dizaine. Jusqu'à ce que les passants supposent que ce rassemblement spontané est lié à cette putain de Fête de la musique et se joignent à eux. C'est le bordel. Ça commence à secouer ma bagnole, la sensation d'être Ben Ali en 2011. Le gérant du bar monte encore le son. On est sur le couplet de Quentin Elias.

De cette passion sans ombrage/Reste une blessure de voyage

Mon moment favori. Une femme à barbe monte sur le capot et se trémousse comme Van Damme. Toute la rue vit un pur moment de fraternité sur mon dos. Deux drag queens rejoignent les rangs et grimpent à leur tour. Manque plus qu'une poupée gonflable et t'as toutes les lettres du Jbebistan. Tout à coup, ça tape au carreau.

« OH FRÉROT ! QU'EST-CE TU FOUS LÀ ? »

La putain de sa race, c'est Gaby. J'suis à ça de me marier et comme par hasard j'tombe sur LE responsable charbon en enfer. Fringué en homosexuel extrémiste (il porte une muselière), il a l'air d'avoir bien récupéré d'hier et le tintement de ses piercings sur mon pare-brise me donne envie de crever. J'fais semblant de ne pas le reconnaître.

« Désolé, Rayan, je vois pas du tout qui est ce type… »

Incapable d'expliquer au mec qui va me marier dans moins d'une heure qu'un de mes potes s'habille en iench, j'assume pas. Pour Gaby, le besoin de marquer son territoire se fait primordial.

« L'AZIZE, J'VAIS ME CHANGER ET J'ARRIVE. LE MARIAGE, C'EST BIEN DANS UNE HEURE NAN ? »

Actuellement en train de souhaiter qu'Elon Musk me sélectionne dans sa fusée pour coloniser Mars. La carte du mensonge ayant deux côtés, j'explique à Rayan qu'un mariage un samedi, c'est plutôt courant et que sauf tout mon respect, je ne m'appelle pas Azize.

« WOURAD ! WOUHOUUUU ! WOURAAAAAAAAD ! »

Bon bah, on va assumer hein.

*

J'ai vécu des moments de malaise dans ma vie, je n'oublierai jamais le regard de Rayan quand j'ai maîtrisé à la perfection les paroles d'*Everlasting Love* des Worlds Apart. Finalement Gaby est monté avec nous. Il nous a aidés à quitter le Marais qu'il aime appeler intimement la Banque postale. Encore sous ecsta, il fait ce qu'un humoriste ne doit jamais faire : expliquer sa vanne.

« Rapport à ceux qui se font bourrer la boîte aux lettres et aux colleuses de timbres si vous voyez c'que j'veux dire… »

Ce qui est sympa c'est qu'à la fin de ce bouquin, les fachos et les djihadistes auront un point commun, une envie sincère et éminemment compréhensible de me faire manger : mes morts.

Après dix-sept péages, on arrive chez la famille Labat. En sortant de la caisse, Rayan pense se rendre à un gala de boxe et vérifie si on lui a réservé une loge… Et pourquoi pas une entrée sur la musique de la Ligue des champions tant qu'on y est ? Je lui réponds par un silence affirmatif. T'façon avec Édith sur les côtes, t'auras forcément ta cellule quand elle appellera les condés.

On sonne. J'entends *Les Démons de minuit* en fond sonore. Bien qu'Adé se prenne pour le Qatar et ait fait passer le message que l'alcool ne serait pas le bienvenu lors de notre union, Michel ouvre et nous donne quelques informations relatives à la présence d'un bar clandestin.

« QUI ÇA, QUI ÇA ? LES, DÉMONS DE MINUIT ! »

À n'en pas douter, une leçon de vie. Le salam est cordial, l'alaykoum est viril. Déjà perfusé au bordeaux, Michel et son costard Yves Dorsey combattent la pénurie énergétique de l'intérieur. Le fait qu'il mime des cornes de diable avec ses index ? Pas rassurant. On entre. Respectueux, Gaby retire sa muselière. Doit y avoir une vingtaine d'invités. Essentiellement la famille d'Adé qui, contrairement à ce que laissait présager la promo de l'extrême droite dans les médias, s'en branle complet que la petite change de club durant le mercato. Ma daronne nous accueille avec des youyous comme si on allait braquer une diligence. Margaux s'y essaie aussi. Ça ressemble plus à une alarme de Clio 2 mais comme elle a payé le wedding cake deux cents balles, on tolère. Pas le temps de saluer tout le monde que Nora me tacle à la gorge.

« T'as invité Naïma du cinquième ?

— Euh ouais, nan… Enfin… Comment ça ?

— Bah elle est dans le jardin. Par contre va falloir lancer une alerte enlèvement, j'crois qu'on lui a kidnappé ses fringues… »

Dans une tambouille de type : tuba. Une pute à un hlel, c'est aussi probable que la marionnette de Salah Abdeslam dans « Les Minikeums ». Pour rester dans les années 1990, Nora s'informe sur l'amateur de cabine à UV qui m'accompagne.

« Et c'est qui ton pote bronzé comme Bernard Montiel ?

— C'est l'imam… »

Alors oui on a des désaccords, mais ça ne méritait peut-être pas ce fou rire. Nora n'en revient pas et commence à proposer ironiquement qu'on aille se dire oui dans un Basic Fit (reprise des placements de produit).

Je la fuis et vais embrasser la daronne. La moindre des choses. Avec Michel, ils ont tout organisé. Déco proprette, on est sur un délire concert de Lomepal. Du blanc partout. Ballons, bougies, fausses tulipes achetées chez Gifi… D'ailleurs, M'man, en parlant de suprématie blanche, elle est où Édith ?

« Oula… Je crois qu'elle est enfermée dans sa chambre… »

Une soirée qui s'annonce palpitante. Je fais le tour de la baraque et passe le salam aux convives. Des oncles, des cousines, une grand-mère décorative. Laïcard, Michel a même fait venir Caroline Fourest pour qu'elle traduise en langue des signes les paroles de l'imam. Comme convenu, deux buffets se testent du regard près de la véranda. Un aux halouferies, l'autre aux halaleries. Le portrait d'Aristide Briand sur les pains surprises nous permettra de les différencier. Dans le jardin, trois tables rondes. La brouette et la botte de paille ? C'est rapport à la déco champêtre, z'avaient pas le budget pour louer un figurant villageois avec de la corne sur les mains tellement il s'branle dans son étable. Près du platane, quatre rangées de chaises nous mènent à l'autel où Rayan fera son speech, séparées par une allée centrale illuminée de bougies chauffe-plats. Je tombe sur Naïma, fagotée en infirmière coquine. J'hésite entre lui demander ses tarifs ou lui sortir ma mutuelle. Pour Rayan, c'est l'épreuve de trop.

« *Sasassssasalam alaykoukoukoum…* »

À bien y regarder, c'est une chanson de Sefyu. En chair et en plastique, Naïma est un calvaire pour les centres de tri des déchets mais tente tant bien que mal de se recycler auprès du Seigneur.

« Salam. Par pudicité je ne fais pas la bise. »

Je ne reviendrai même pas sur la « pudicité », je tiens juste à signaler que sa jupe est tellement courte que si elle attrape froid, elle risque d'avoir les lèvres gercées à deux endroits. Je lui serre la pince. Visiblement moins catégorique sur ce qui est de la bise faite aux femmes, notre Rayan a le bois. Et se rappelle qu'à la base la muscu, c'était pour baiser.

« Oh tu sais en islam c'est l'intention qui compte… On s'embrasse ? »

Et la masturbation sans arrière-pensées, t'y as déjà pensé, mon salaud ? Au même moment, je reçois un texto d'Adé.

Rejoins-moi en haut, connard

Quelqu'un de mesuré. Elle m'attend dans son ancienne piaule. Je monte, la porte est déjà entrebâillée.

Les S américains gravés sur le mobilier et l'autocollant Com-Eight sont synonymes d'un refus de l'autorité parentale. Je note toutefois une absence de poster de Singuila. Alhamdoullah. Assise face à sa coiffeuse, Adélaïde se fait maquiller par une dénommée @inaya_makeup qu'elle a dû payer en reposts Insta. Vu le résultat, la nana doit s'occuper la semaine du rayon gros œuvre chez Brico Dépôt. L'œil torve, Adé n'y va pas avec le dos de la truelle.

« C'est qui le tapin en bas ?

— Alors déjà c'est pas un tapin, c'est ta sœur en islam. »

Utiliser ma religion dans les moments de tension ? À chacun son 49.3.

« T'as vu son cul ?

— Euh non, franchement j'ai pas fait gaffe… »

Mdr j'ai vu que ça, j'ai même songé à me le foutre en fond d'écran. Nora entre, face de carême.

« Naïma, faut absolument faire quelque chose.

— Oh, Nora, commence pas toi aussi… Donc la sororité c'est seulement si t'es moche ?

— La sororité on l'encule !

— Tout à fait d'accord avec ta sœur ! Hors de question que je sois pas la plus bonne meuf de mon mariage.

— Mais, les filles, calmez-vous, elle est humaine !

— Elle est pas humaine, c'est une pute ! »

J'arrive pas à réaliser que j'me marie avec cette malade. Adé enchaîne les dingueries et lance un zim-zam-zoum pour désigner qui devra refourguer une tenue décente à la branche pute de Century 21. Elles lèvent leurs bras, je baisse le mien. Fait chier, victoire des fachos.

En bas des escaliers, Théo le néo-Aziz vient à ma rencontre. Pensant qu'Arabe est un métier, il est venu en maillot de l'Algérie.

« À l'école ils me croient pas quand j'dis que j'suis moitié algérien. Tu pourras venir me chercher un jour ?

— Bien sûr, tu veux pas que je vienne avec un Noir aussi pour leur faire peur ?

— Dis wAllah tu peux faire ça pour moi ? »

À la base c'était ironique. Miskine il m'émeut. Adé m'avait prévenu qu'il se faisait harceler en cours. Hâte de lui ramener Junior totalement khabat en sortie scolaire.

« Promis, Théo, j'viendrai avec un pote.

— Ah c'est gentil, mec. Au fait, tu pourras aussi venir avec la grande pute sous la véranda ? »

Bon, faut que je m'occupe sérieusement du cas Naïma. Elle cristallise toute l'attention. Pas habitué à voir des meufs comme elle ailleurs que sur DorcelTV, Michel passe pour un gros dégueulasse en photographiant son cavu. Surtout qu'il a oublié de retirer le flash…

Je rejoins la France de Snapchat près d'une table. Nora, Kader, Margaux, Gaby, Naïma et Rayan. Ce dernier, ayant visiblement lu une version BD du Coran, contracte ses abdos et demande aux meufs de toucher… Franchement, qu'est-ce qui l'empêche de présider mon mariage avec un vocoder ?

Naïma prend congé de nous et se rend au stand boissons. Parfait. Je la suis. Au moment de se servir, je fais le mec distingué et lui prends la bouteille de 7 Up des mains.

« Attends, laisse-moi faire. T'es l'invitée hein…

(Si j'arrive à lui mettre quatre cents glaçons dans son verre, elle finira bien par grelotter et mettre une veste, nan ?)

— Au fait, merci pour l'invitation.

— Y a pas de quoi, ma reuss. T'es de la famille. Bon, t'as pris une décennie sabbatique mais t'es toujours de la famille. Tu veux encore des glaçons ?

— Non merci, ça ira... Tu sais la soirée d'hier, j'ai vu ça comme un signe.

— C'est-à-dire ?

— Bah de vous revoir avec Junior. Et aujourd'hui ta mère, Nora... Ça me fait remonter tout un tas de souvenirs. J'ai revu personne depuis mon départ.

— Même ta famille ?

— Même ma famille. »

Et voilà, t'es fier de toi, Singuila ?! Le jour de mon mariage tu viens encore foutre ta merde. Clairement, j'avais pas prévu que ses paroles me remuent autant les tripes. J'avais comme seule intention de lui refourguer un froc et me voilà dans un groupe de parole. En tout cas, j'étais en train d'avoir un peu de cœur lorsqu'elle s'est penchée sur le buffet et a dit ça :

« Sauce Biggy ? Ah ouais donc le gars fait du rap et de la sauce ? »

Bac mention Koba LaD pour Naïma. Soudain, *ding dong*. Ça doit être Junior. J'y vais. Même si j'ai trois mille deux cents abonnés, j'oublie pas de rester quelqu'un de simple, proche des gens. Dans l'humilité ? J'suis le meilleur.

« Alabina yalla ! »

Dans sa tête ça veut dire bonjour. Keffieh, djellaba, sabre courbé pour trancher la main des voleurs, Junior est d'humeur #NiggazInQamis. Aurélie, grande blonde aux mirettes bleues tellement cernées qu'elles demandent à parler à un négociateur, semble subir la vie. Ils forment un beau couple. Catégorie interraciale. Adé, du haut de l'escalier, me *psst-psst*. Je monte. Ça tchatche en chuchotant.

« Mais… Il devait pas se marier avec Brenda ?

— Junior ? Euh nan nan, finalement il s'est remis avec Aurélie. Pour le bien du petit et tout…

— Merde, pourquoi tu me l'as pas dit ? Je l'ai invitée.

— Qui ça, qui ça ? »

Les démons de minuit.

*

Dans une détresse évidente.

Intimement convaincu que j'vais me faire serrer, j'suis d'autant plus gêné que tout le monde va apprendre que j'ai couché avec une nana munie de branchies. Pas l'énergie de mener ce combat en solo, lâcheté et indignité décident de concert de faire les balances.

« Chérie, faut que je t'avoue un truc… Junior trompe Aurélie avec Brenda.

— Quel enculé ç'ui-là !

— J'avoue… Il a menti à tout le monde. Toi, moi, Brenda. On a tous été manipulés. D'ailleurs je condamne fermement ses agissements. »

Prenant le maquis pour un mets asiatique, je l'ai sacrifié. Comme un examen de la prostate, c'était douloureux mais nécessaire. Parallèlement à mon activité de sac à merde, je file rejoindre Junior afin de l'informer de la suite des opérations. Je pénètre dans le jardin, c'est la France de Laurent Ournac qui tombe sur les vidéos de Mohamed Henni. Icitte depuis seulement deux minutes, Junior a déjà lancé un stand chicha à dix euros. Pendant que Naïma apprend que le goût Love66 n'est pas un fruit, il branche son portable au Bluetooth et envoie *La Marseillaise* de Ninho et Heuss L'Enfoiré. La famille d'Adé y voit une attaque au siècle des Lumières, souhaite refaire de la France une nation forte. Je le chope et nous nous engouffrons dans une pièce aveugle. Ça doit être la buanderie.

« Poto, j'ai fait une dinguerie. Tu vois la grosse Brenda ? Bah j'ai raconté à Adé que vous alliez vous marier.

— Ouais tu m'avais dit, et ?

— …

— Jure t'as pas désamorcé ?

— Pire, elle l'a invitée… »

Ce qui est fascinant, c'est que toutes les conneries que j'exécute sont tellement bien maîtrisées qu'on a l'impression qu'elles sont faites exprès.

« Gros, faut l'éliminer. Au resto j'ai un hachoir à viande, on peut se débarrasser du corps assez facilement.

— Bien sûr. Et on fout ses restes dans tes gyozas ? Concentre-toi, Junior, faut qu'on règle ça avec des mots.

— Arrête de faire ton gwer. Faut lui niquer sa mère. Regarde Aïssatou, quand elle m'a envoyé ses grands frères j'ai arrêté de la vanner. »

Petite précision. Aïssatou c'était une meuf de notre classe en primaire. À une kermesse de fin d'année, elle est venue déguisée en fée et Junior avait eu la brillante idée de la surnommer Mafé Clochette mdr. Ça s'est fini en nez cassé mais qu'est-ce qu'on avait rigolé.

« Ouais, pas faux…

— Wourad, je joue gros ce soir. Faut que je pense à mon fils. Aurélie me laissera pas de seconde chance.

— “Seconde”, t’es sûr ?

— Ouais bon, on s’est compris. En tout cas, si elle apprend que j’me suis envoyé en l’air avec Brenda, j’suis dead.

— Chacal, tu crois quoi ? Moi aussi j’me suis envoyé en l’air avec l’autre fêlée. Sauf qu’elle se pointe à mon mariage. »

Oups, un bruit de clavier me chatouille l’oreille… La voix du petit Théo, posé sur le lave-linge, s’élève. Mes beuj dégringolent.

« C’est qui, Brenda ?

— Wesh, Théo, qu’est-ce que tu fous là… hehe…

— Je joue à la Switch… C’est qui, Brenda ?

— Brenda, c’est une copine.

— Ah OK. Et ça veut dire quoi “s’envoyer en l’air” ?

— C’est quand euh… tu fais du trampoline. »

Deal with it. Sentant que la soirée part en couilles, Junior sort un mélange vodka-Red Bull de sa djellaba et s’envoie une rasade dans le gosier. Pour ce qui est du bar clandestin, vous savez désormais qu’il tiendra la dragée haute au père Michel.

Je cavale en direction de l’entrée. Sur le trajet, j’vois que Michel a branché son pack karaoké Silvercrest, que Gabriel interprète le couplet de Kaaris sur *Kalash*, que Naïma twerke sur une table. C’est pas un mariage, c’est une mission locale. La grand-mère d’Adé m’arrête pour prendre quelques photos. J’peux pas refuser, y a moyen qu’elle nous lègue deux-trois babioles à revendre dans « Affaire conclue ». Au loin et malgré la sono qui déverse des refrains qui se ressemblent (cœur de pierre à cause de la rue et/ou bicrave pour sortir la mamma de la hess), j’entends l’interphone… Allez, la vioque, on se revoit à l’enterrement.

J'arrive devant l'entrée, M'man a déjà ouvert. *Shit*, c'est Brenda. Drapée en demoiselle döner, elle est partout, on dirait le drapeau de l'Algérie. L'obstacle physique dépassé, je tente des présentations.

« Hé salut… Maman, j'te présente Brenda, c'est… une fille qui… qui respire…

— Enchantée, madame, je suis…

— Une copine. C'est une copine. »

Durant la bise, je lui glisse un « j'vais t'caner Isio 4 » qui visiblement n'a aucun effet vu qu'elle traverse le couloir fière comme Artaban. La daronne, intriguée par mon regard bovin, pige que dalle.

« Je la connais pas cette fille. C'est la copine d'Adélaïde ?

— Nan nan, surtout pas ! C'est… c'est la meuf de Gabriel.

— Ah bon ? Il est pas homosexuel celui-là ?

— Si si mais pas à fond. Une sorte de CBD des dèps. Un CBDèp quoi… Calcule pas, M'man. »

Brenda aura donc été en couple avec tout le monde. Hétéronormée *as fuck*, faut savoir qu'en 2011 ma mère pensait que j'étais gay sous prétexte que je me douchais tous les jours. Autant en profiter pour raconter n'importe quoi. Bref, en traçant annoncer à Gabriel qu'il va devoir s'inventer une vie d'hétéro auprès de ma génitrice, j'me fais épingler par Michel.

« Wourad, monte. J'ai un problème avec Édith. »

Ça ne s'arrêtera donc : jamais. Je grimpe les escaliers quatre à quatre. Une fois en haut (je dois être à quatre kilomètres parcourus en dix minutes), Michou se postiche devant la porte de la suite parentale et entame le dialogue avec sa grognasse. Sauf qu'avec son taux d'alcool de chasseur, le résultat n'est pas aussi probant qu'escompté. Extrait.

« Chérie, leur Dieu c'est comme le tien, mis à part qu'Il parle arabe comme le guide qu'on avait pris pour notre lune de miel à Djerba. »

Comme dirait Sheryfa Luna : il avait les mots. D'une source plus proche du Ricard que de l'Évian, je décide de lui prendre la parole et de rassurer la nostalgique du régime de Vichy.

« Édith, c'est quoi le problème ?

— Le problème c'est que je ne participerai pas à cette mascarade.

— Ou plutôt, à cette masc'arabe ?

— … »

Soutien aux intermittents. N'ayant pas de riz pour réparer ses peines, j'ai tenté de passer par le rire. Échec cuisant.

« Pardon, je voulais détendre l'atmosphère. Bref, tu peux pas faire ça à ta fille, c'est un jou…

— Vous comptez quitter la France pour rejoindre la Syrie, oui ou non ?! »

On est face à une gogole de compèt', rubrique : handisport. Incapable de capter que j'suis plus Mia Khalifa qu'instauration d'un califat, la belle-doche est transcendée par une lecture assidue du site Fdesouche. Obligé de lui rappeler qu'à la base on vient tous d'Afrique.

« Édith, c'est un jour important pour Adé. Y a un proverbe africain qui dit que les griffes du lion n'atteignent pas les branches du baobab, même après la mousson. »

Ça veut rien dire. Le temps qu'elle essaie de comprendre, je m'inspire des artistes qui font leur promo sur une souffrance, une maladie, un décès. L'album de la maturité ?

« Moi aussi j'aurais préféré que mes deux parents soient là…

— Ton père n'est pas présent ?

— Nan il est… il est parti.

— Ah. Toutes mes condoléances. Je suppose qu'il était triple vacciné, c'est ça ? »

Les ravages d'Internet. J'me retiens de me foutre de sa gueule. Potentiellement notée cinq étoiles sur BilletRéduc, j'ai grave envie de mettre ma puce SFR dans un mollard pour qu'elle se détende. Et comme lors de mon oral de français, j'pars en impro.

« Euh nan nan, Édith, il est toujours en vie, il est juste parti quoi. Après c'est vrai que le jour de sa disparition, y a quelques zones d'ombre… »

Les conspis, faut toujours aller dans leur sens. Jay-Z, un lézard ? Allez, je prends. Elle abaisse le loquet et entrouvre la porte tout en laissant l'espace nécessaire pour y caler sa tronche. Lunettes posées à mi-nez pour se donner un air grave, je sens que dans cinq minutes elle va me parler de Big Pharma.

« Des zones d'ombre ?

— Ouais, disons qu'il en savait trop.

— À quel sujet ? »

Et vous, votre steak, vous le voulez saignant ou à point ? J'allume la plaque.

« Ça reste entre nous, Édith, tu me promets ?

— Promis juré. »

Mytho comme un arracheur de chicots, je dévitalise avant de couronner.

« La mort de la princesse Lady Di. Mon père était sur le pont de l'Alma quand c'est arrivé. »

J'ai souvent eu honte de moi, pour vous dire j'ai même déjà acheté des caleçons CR7, mais là clairement on passe un cap. Michou semble toutefois fier d'avoir un beau-fils capable des pires enculeries pour le bonheur de sa fille et m'envoie des clins d'œil. La porte s'ouvre encore un peu plus, Édith se sent en sécurité, s'attend à deux-trois anecdotes croustillantes sur Soros. Soudain, @inaya_makeup sort de la piaule d'Adé pour répondre à un coup de fil dans le couloir.

« Le Coran d'La Mecque il est en mandat de dépôt ?! Le boug il est mort dans l'film, wAllah ! »

Très mauvais timing pour le vivre-ensemble. Choquée et déçue des Arabes et des gens, Édith claque finalement sa porte.

« BON SANG MAIS ILS SONT PARTOUT ! »

À deux doigts de lui faire tolérer l'immigration. Dommage. Je retourne dans le jardin vérifier que mon débile préféré n'a pas goumé Brenda et/ou forcé la grand-mère à se faire zouker sur du Perle Lama.

Dans les escaliers, je tombe cette fois sur Nora dont les éléments de langage et le calme marmoréen laissent penser qu'elle écoute le bruit des vagues sur YouTube avant de se coucher.

« QU'EST-CE QU'ELLE FOUT LÀ TA PUTE ?!

— J'en sais foutre rien. C'est Adé, elle a vraiment cru qu'elle allait se marier avec Junior. Et moi comme un con je lui ai dit de venir avec Aurélie.

— OK. Bon. Veille à ce qu'elle dégage de la baraque, on démarre la cérémonie dans dix minutes. »

Le décompte est lancé. Retour dans le jardin. J'ai envie de mettre la BO de Benny Hill en fond sonore tant c'est n'importe quoi. Théâtre d'étranges phénomènes, Margaux se coupe les veuchs en hommage aux Iraniennes, Gaby et Naïma dansent le kuduro, Brenda et Rayan discutent devant le buffet. La rencontre du grec-frites et du crossfit en quelque sorte. Une fois que Rayan dégage, je la mets en confiance et lui pose deux-trois questions inutiles façon Laurent Boyer époque « Fréquenstar » avant de la menacer. Visiblement plus intéressée par le sucré que par mes propos, elle fout trois zlabias dans son assiette (pour ceux qui ne savent pas ce que c'est, disons qu'on est sur un gâteau rebeu orange fluo, ce qui donne pas mal d'indications sur sa toxicité) et se sert un Coca Zéro. Pour la ligne.

« Écoute moi bien, l'intrigante, on va faire ça en douceur. C'est Mardi gras, mange ce que tu veux, fous-en-toi plein les poches comme un député, mais dans cinq minutes tu te casses.

— Tu sais pas où sont les sanitaires ? »

Elle a dit « sanitaires ». Bien que pas du tout en train de dead ça, elle pense qu'en se léchant les doigts langoureusement elle : dead ça. Faussement souriant, j'ai les jetons et le fait que ses ongles de petits doigts soient plus longs que les autres pour se curer le pif n'arrange rien.

« Arrête de faire des manières ! T'es pas la bienvenue, compris ?!

— J'ai été invitée par ma concurrente, ça aurait été irrespectueux de ne pas venir.

— Mange ta merde, Brenda ! T'es la concurrente de personne, t'es juste une meuf instable.

— Dis encore que j'suis instable et j'te crève. »

C'est exactement ce qu'aurait dit quelqu'un d'instable. Junior débarque. Le regard tacheté de fureur, il opte pour la méthode Coué-blessures car, comme il l'a lu sur dicocitations.fr, « si la patience est une vertu, la violence reste la meilleure issue » (la fin c'est de lui).

« Hé, grosse pute, tu t'approches de ma meuf j'te catapulte tes morts.

— Ta meuf ? Je suppose que c'est la mère de ton fils. Celle qui est décédée ? »

Moi-même j'avais oublié qu'il avait tué Aurélie pour baiser mdr. Entre l'État de droit et l'état d'ivresse, Junior devient intimidant.

« Brenda, je rigole pas. J'ai pas peur d'aller au hebs.

— Tant mieux, les douches te rappelleront quand tu me suppliais de te mettre un doigt dans le cul… »

Pouce ! L'ongle de son auriculaire j'ai rien dit, mais les délires annulaires, ça fout l'index sur un problème : majeur.

« Vie de ta mère tu prends des oid ?!

— Poto, faut pas la croire, c'est une mytho.

— Moi mytho ? Tu veux que je raconte quand tu m'as demandé de t'attacher et de t'appeler James Bondage en hommage au premier James Bond noir ? »

Comment parler de ce qui vient de se dérouler à nos enfants ? La pédopsychiatre Ludivine Madar répondra à vos questions. Honnêtement, j'aurais pu laisser cette affaire entourée d'énigmes mais le détail James Bondage, je sais que c'est sa manière à lui de reconnecter avec l'Afrique. Brenda colonise.

« D'ailleurs, vous deux. Je voulais vous dire que j'ai un retard de règles… »

Elle a plus de règles. Au sens propre comme au figuré.

*

Y a pas à dire, la vie c'est pas de tout repos.

*

Conscient d'avoir signé un bail 3-6-9 avec les emmerdes, j'étais pourtant persuadé qu'en convolant en justes noces devant le Tout-Puissant, j'aurais nettoyé les écuries d'Augias. Que nenni ! La *cuenta* sera : salée. Comme mes larmes. D'ailleurs j'suis à deux doigts de chialer. T'façon la vie c'est fait pour ça, nan ? Si on est composés à 65 % d'eau, c'est que les pleurs sont la transpiration de l'âme. Logique.

Dans l'espoir de ne pas saloper la susceptibilité d'la Brenda, je mets un fond de sauce attentionné et la félicite même si, n'ayons pas peur des mots, je taperais bien un goal à goal avec son visage. Junior, comme pour les règles du rugby, pige que dalle à celles des gonzesses.

« Parce que sa chatte est à la bourre ? Tu disjonctes, poto, c'est comme féliciter la RATP pour ses retards.

— Euh, Junior, je crois que t'as pas capté… Elle est enceinte. »

Juste pour sa tête, j'aurais dû faire de ce bouquin une BD. Il vient de réaliser que compter sur la flemme de ses spermatozoïdes antillais n'était peut-être pas un moyen de contraception efficace. Pour reprendre ses esprits, il sort sa teille de Cristaline et s'envoie une gorgée de spiritueux. Toujours est-il qu'on ne me la fait pas à l'envers. Je sens que derrière ce sourire carnassier se cache de la *manipulación*. Ma meilleure défense sera l'attaque.

« Hé, cocotte, c'est des foutaises. Y a rien qui indique que t'as la maladie de neuf mois. T'as confondu ta pilule avec des M&M's et tu veux nous baiser ! »

Pour le J, la meilleure défense c'est la tchatche.

« Counia manmanw ! De toute manière, je suis stérile. En 2013, j'ai fait un plat dans les calanques de Marseille. C'est sûr que mes couilles fonctionnent plus.

— Junior, t'as un gosse de dix mois…

— Mewde. »

WAllah c'est lui le père. Se sentant menacée, la poule pondeuse de province sort un Clearblue de son keuss et nous le montre comme si on y comprenait quelque chose. Une barre, deux barres… un alcootest c'était la même. Voyant qu'Aurélie nous observe, j'attrape le test et le fout dans mon verre, sur un malentendu ça peut ressembler à une paille. Le petit goût de pisse ? Bah figurez-vous que dans un Coca ça joue le rôle de la rondelle de citron. Une main se pose sur mon épaule. Encore une rondelle, c'est Gabriel.

« Dis-moi, c'est normal, ta mère vient de me complimenter pour avoir guéri de la maladie des pédés ? »

Et merci, M'man, pour le bêtisier. Je le prends à l'écart et, dans la massification du mensonge, sors ma carte joker en lui apprenant que la daronne sort d'Arkham.

« T'sais, ma mère est un peu zinzin, faut pas écouter tout ce qu'elle raconte.

— Excuse-moi mais elle a aussi dit que les pédés brûleraient en enfer.

— Ouais bah qu'est-ce que tu veux que j'te dise… c'est quelqu'un d'entier quoi.

— Wourad, elle est pas entière, elle est homophobe !

— Bah quoi, normal ! T'as jamais remarqué que la qualité d'un col du fémur déterminait la capacité à être pro-dèp ?! Poto, faut être sacrément stupide pour s'attendre à ce qu'elle pense autre chose. Elle a grandi dans les bidonvilles d'Alger, le premier mec qui savait pas changer un carbu finissait fouetté à coups de branche d'olivier pour incitation à la débauche. Tu crois qu'elle est pas homophobe ? À cette époque, même les dèps étaient homophobes ! »

À sa façon de lever les yeux au ciel, j'en déduis qu'il doit bien avoir deux-trois tontons pour qui l'obscurité fait loi. En parlant de luminosité, on est entre chien et loup. La cérémonie doit pas tarder si on veut pas se faire allumer par les moustiques. Magny-en-Vexin c'est sympa, mais quand t'as un jardin c'est l'Australie. Des insectes énormes, t'as envie de leur donner des cartes grises. Y a quelques mois, on a dormi là. J'ai compris qu'on aurait un problème quand un moustique a débranché la prise antimoustique pour discuter. Le machin m'a raconté sa vie toute la nuit. Et « *bzzz bzzz bzzz,* » et « j'vois pas mes gosses », et « j'aurais pu tourner dans *Jurassic Park* »... Au moment de le caner, j'ai hésité à me tatouer une larme tellement je m'étais attaché à lui.

Pendant que Junior lance un ultimatum à Brenda (« Tu te prends pour un cafard, tu ponds des œufs quand on t'écrase, c'est ça ?! »), Kader se permet de me tutoyer malgré le mètre cinquante qui le sépare du sol. Le résspé il é dead woula...

« Akhi, on va commencer la cérémonie. T'es prêt ? »

Rayan le seconde.

« Juste avant de débuter, je voudrais savoir comment vous comptez me payer ? »

Quoi ?! Il est pas financé par le Qatar ?! Comme l'impression que sa rémunération se finira au chapeau comme sur un plateau de stand-up. Bien que conscient que mon larfeuille est resté dans la tchop, je tire les marrons du feu et fouille dans mes poches en attendant que Kader me sponsorise. C'est désormais chose faite, il sort trois billets de cinquante et reçoit les félicitations du conseil de classe dans une indifférence polie. Désormais assuré de repartir avec assez de pognon pour se payer deux kilos de BCAA, Rayan entre dans la paperasse et consigne au fur et à mesure toutes les étapes du hlel.

« Parfait. Qui sont les deux témoins et le tuteur de la mariée ? »

Ah mais genre même là faut des témoins, un jury, un procès ? Je pensais que Dieu suffisait mais bon, visiblement je suis le seul à craindre mon Créateur [émoji mains qui prient]. Dans l'urgence, je fais montre d'une belle inspi' et sors du chapeau Michel, Junior et Kader. L'ami Gabriel semble déçu de ne pas être sélectionné dans le groupe. Obligé d'inventer qu'en islam un mec en microshort rendrait le mariage invalide.

Décidément procédurier, Cheikh Fitness m'apprend que les nominés doivent être musulmans. Nouveau tirage au sort, reste plus que Kader, Nora, Naïma et ma daronne dans le chapeau. Théo ? Soyez patient, dans deux mois il se convertit.

« Bah, Kader, Nora et ma daronne en tutrice. C'est bon ?

— Nan. Il faut que des hommes. »

Loin de moi l'idée de verser dans le blasphème mais le physio du Queen m'a déjà sorti la même phrase. Et pour être honnête, comme en grammaire, j'vois pas pourquoi le masculin l'emporterait sur le féminin. Au contraire, avec tout le pognon qu'elles crament dans leurs caftans, j'aurais plutôt tendance à me fier aux nanas vu l'importance qu'elles attachent au mariage.

Mû par une obsession qui vient de très loin (l'envie de baiser), je dois absolument trouver deux témoins. La graine du stress ayant été semée, je fouille mon répertoire à la recherche de musulmans munis de pénis quand Gabriel suggère une solution.

« Après, je peux faire croire que je suis musulman. Je sais ce que c'est, de se mettre à quatre pattes pour accéder au paradis… »

Hahahahah, qu'il est con ce Gabriel Dauvers, 43, rue des Bluets, 75011 Paris, interphone 43B52 troisième étage porte de gauche… Rayan, outré par ce qu'il vient d'entendre, serre les poings comme un CE2 avant de se taper. Un instant qu'on aimerait figer. Un instant que Naïma choisit pour nous rappeler qu'en faisant le plus vieux métier du monde on commence à connaître pas mal de gens.

« Moi je peux vous trouver quelqu'un si vous voulez.

— Ah ouais ? Genre qui ?

— Bah, Ahmed et son gars de sécu, t'as prié avec eux hier, nan ? »

*

Une pute va peut-être me permettre de vivre dans le hlel… Ce serait donc ça, le yin et le yang ? Après deux-trois tonalités, Ahmed nous répond et, en manque de srabs depuis qu'il a éliminé son meilleur ami pour l'avoir regardé dans les yeux, confirme sa présence. D'ici grosso modo trente minutes, son Tchétchène et lui seront de la partie. Manquait plus qu'eux pour prétendre à une intervention de l'ONU.

En attendant, Michel fait démarrer la chenille… À la manière d'un tiktokeur au Festival de Cannes, j'me sens pas du tout à ma place et décide de monter prendre la température auprès de ma future. Barricadée dans sa piaule pour éviter d'avoir à parler avec ses zinclards, Adé commence à perdre patience. En plus de suer dans une robe de mariée qu'elle comptait se faire rembourser par Asos, y a le ticket qui lui gratte le dos.

« On attend quoi, bordel ?!

— L'imam vient de nous apprendre qu'il fallait au moins deux témoins et un tuteur muslim. J'ai deux potes qui arrivent pour faire le nombre. Kader fera le tuteur.

— Donc là mon père ne peut pas être mon tuteur ?

— Bah à moins qu'il se convertisse, je pense pas. Et avec ce qu'il s'envoie en chardonnay, j'pense qu'il sera à jeun qu'en septembre.

— Par contre, j'te préviens, Wourad. Je lui ai promis, compte pas sur moi pour lui annoncer. »

Une fois n'est pas coutume, j'ai rien branlé et c'est encore moi qui dois aller au tableau. Avec perte et fracas, je refuse d'être le dindon de la farce et lui fais savoir.

« OK. J'vais lui annoncer. À toute, chérie. »

Me reste plus qu'à me tatouer « YOLO » et j'aurai toutes les qualités du mec sans personnalité. En descendant vérifier que le choc des cultures entre mes invités et ceux d'Adélaïde n'a pas viré à l'affrontement, je croise Margaux près du vaisselier. Son regard grave et posé a quelque chose d'inquiétant qui contraste avec sa couronne de fleurs hippie chic achetée à Coachella.

« Wourad, faut qu'on parle.

— Quoi, tu viens d'apprendre que Yasmina Khadra avait des yeuks ?

— Nan c'est juste… au sujet de Naïma. Y a le bruit qui court qu'elle serait prostituée. C'est vrai ?

— Mouais, ton bruit il a une crampe. Elle est escort girl. Pourquoi ?

— Pourquoi ? Peut-être parce qu'une prostituée a six fois plus de chances de se faire violer qu'une personne lambda. »

Pas sûr que le mot « chances » ait sa place… C'est toutefois l'occasion de mettre les points sur les i.e.s avec celle qui utilise son vagin comme fondement.

« Par contre, je t'annonce, Margaux. C'est un mariage, pas un sitting. Si tu veux organiser une manif contre le slutshaming, tu fais comme tout le monde, tu marches de République à Nation. Viens pas tout niquer aujourd'hui !

— Moi qui pensais que t'étais un allié…

— J'suis un allié de ma bite ! Entre ma mère qui me frappe, ma sœur qui m'appelle "mange-merde" et Adé qui m'a déjà confisqué mon téléphone à table, wesh ! Tu penses pas que j'ai assez donné dans le féminisme ?!

— Mais pourtant toi aussi tu subis des oppressi…

— Je m'en bats les couilles d'être opprimé, Margaux ! Tu comprends pas que tu fais du mal à ta cause ? Les gens n'arrivent pas à se chauffer pendant que toi tu nous les brises menu avec ta chatte ?!

— Et les salaires on en parle ?

— Pas à moi ! La majorité des RH sont des gonzesses, réglez le problème entre vous. »

Ça fait un bien fou. J'ai rien contre les féministes, c'est juste que la tension qui s'installe quand j'prends la parole me rappelle une sortie de caisse Carrefour sans article : j'ai rien à me reprocher mais j'me sens quand même coupable. Avant de me péter, j'lui apprends toutefois que George Sand était une femme, ça suffit à lui remettre un sourire. *Toc toc toc*. Ça doit être Ahmed, notre dictateur préféré. Je cavale en direction de l'entrée. J'ouvre, c'est bel et bien lui.

« *HABIBI ! NOW WE ARE IN THE SAME FAMILY, THE FAMILY OF GOD!* »

Je savais qu'il prendrait son rôle trop à cœur. Le gars comprend pas que c'est juste un prête-nom et commence déjà à m'asservir en se comportant comme un daron rebeu. Là vous ne le voyez pas mais avec sa salive il recoiffe mes sourcils… De plus, être une ordure le rendant visiblement insensible à la règle des trois couleurs, il porte un costume mi-fuchsia mi-argenté, assorti à une chemise bleue et des mocassins en Placo. Pas foutu de la jouer sobre, son étrangleur tchétchène tient entre ses mains un giga bouquet de fleurs qui aurait, selon des sources proches du dossier, servi de décor dans le premier *Avatar*. La galère, c'est qu'Ahmed est venu avec une blondasse aux grands yeux noirs de jais que je crois reconnaître… Mais oui, c'est bien elle ! C'est Eden Sky. Une actrice porno que Junior avait repérée il y a quelques années. Elle s'est fait connaître dans *Da Vinci Cock*. Scénario pas ouf mais le chef opérateur avait fait du bon boulot sur la scène du piano à queue. Désolé pour les détails, j'aspire juste à être inquiétant.

Ayant appris à interpréter la communication non verbale lors de ses ateliers torture, Ahmed n'a aucune pitié à me faire remarquer que je l'ai reconnue.

« *WOWOWOW! HABIBI, YOU LOVE MASTURBATION ISN'T IT?* »

Merci, Ahmed, pour ta discrétion, pourquoi ne pas installer un rétroprojecteur et l'écrire dans le ciel comme pour contacter Batman ? Il s'obstine.

« *COME ON HABIBI, YOU KNOW EDEN SKY?*

— *I'm sorry, I don't know her…* »

Je connais toute sa filmographie. Tellement que seule son IRM pourrait me faire découvrir de nouveaux recoins. J'accompagne les nouveaux arrivants auprès de l'imam afin d'en finir avec tout ça. La nuit a pris le monopole des cieux, les bougies déposées çà et là donnent une couleur féerique au lieu, dommage que Junior allume son pilon avec. À peine Eden Sky met un pied sur la pelouse que tous les mecs froncent les yeux. Le regard de quand tu te souviens plus trop si t'as éteint le gaz avant de sortir (c'est bon vous l'avez ?). L'apparente normalité de ce moment pas du tout normal a quelque chose d'hilarant et c'est Kader, dans le ventre mou de l'islam, qui se fait péter en premier.

« Bonsoir, Kader.

— Enchantée, Ed…

— … Eden Sky ? J'vous ai reconnue. J'adore ce que vous faites. »

Fais voir ton historique, je te dirai qui tu es. Pas là pour souhaiter le malheur des gens mais vous comptez vous habiller comment pour le divorce de Kader et Nora ? Postée près des territoires oubliés de la République (stand à ballons derrière le barbeuk), cette dernière crame direct que la blonde suscite une attention toute particulière de la part de la #TeamBaloches. Résolue à se rapprocher de nos origines algériennes, elle se mord la langue et m'attrape par le bras.

« C'EST QUI CETTE PUTE ?!

— Nora, faut vraiment que tu consultes. T'as un réel problème avec les pu…

— Change pas de sujet ! C'est qui ?

— Une actrice porno.

— Une meuf que tu ken, une pute, une hardeuse… C'est un mariage ou une fête de fin de tournage ?

— Nora, y a pire…

— Quoi, t'attends un T-rex aussi ?

— Brenda. Elle dit qu'elle est en cloque. »

J'ai lu dans ses yeux qu'Alzheimer n'était finalement pas une si mauvaise chose. Dans un réflexe de salope, je protège mon visage mais rien ne vient. En rouvrant les yeuz, elle a l'assurance de la manageuse en possession du badge d'annulation et passe les infos au scanner.

« Bon, on va pas chialer sur le lait renversé. Tu t'es protégé ?

— Et pas qu'un peu.

— Elle t'a dit qu'elle était enceinte ou qu'elle avait un retard de règles ?

— Un retard de règles mais elle a un test de grossesse.

— Balek, on peut acheter des zèbres sur Snapchat, elle a dû trouver un plan. J'te rassure, elle est pas enceinte. Elle est venue te foutre les foies et vu comment t'es blanc comme un cul, ça a marché. T'as toujours été un trouillard, Wourad. »

À l'ère de l'exposition de soi, j'aurais quand même préféré qu'elle préserve ma vie privée. Toujours chaude quand il faut me vexer, elle se lance dans un inventaire à la Prévert et me rappelle toutes les fois où elle m'a sauvé les miches. Bon, je vais omettre ce moment du récit et passer à son plan.

« Tu vois le mec qui doit faire du cardio en jean là-bas ?

— Le Tchétchène ?

— Ouais. Regarde ses mains, il a des mitaines en cuir. C'est une arme humaine, ça se voit qu'il est venu pour une bagarre. On va faire croire à ta Brenda qu'il est là pour l'éliminer.

— Meuf, c'est des techniques de mafieux.

— Attends, ça fait des décennies qu'on fait passer les Arabes pour des sauvages, c'est le moment de jouer de notre réputation pour que tu puisses t'en sortir. »

À peu près certain que son idée est passible d'une longue peine. Nora, tu lui mets à l'envers, elle fait le poirier. Servile et partant du postulat que j'aurais plus de chances de niquer en cabane que célibataire, je la laisse s'occuper du transfert des prisonniers. Michel, teint vermeil et les yeux de lapin russe, sort des rhododendrons et me permet d'utiliser le mot « rhododendron » au moins une fois dans ma vie.

« Au fait, ma fille m'a dit que chez vous… enfin chez vous, t'es français comme moi hein, je veux dire dans les contrées d'Orient, d'où tes parents sont originaires, vous avez une coutume locale qui… »

Il bugge sur Eden Sky. Après avoir froncé les yeux, il reprend.

« … qui consiste à ce que la mariée soit représentée par un tuteur. Du coup j'ai écrit un petit discours, je peux te le lire ?

— Ah. Euh, à ce sujet, Adé m'a dit de te dire que pou…

— … OK je te le lis. »

Pas pu lui dire nan. Les Blancs, ça commence par lever tes essuie-glaces au max de leur nervosité mais l'étape d'après ça termine dans *Crimes* par un coup de chevrotine. Faut pas jouer avec. Chauffé par le pinard, il sort une feuille pliée en seize soixante-quatre de son froc et se lance dans un speech qui commence par « L'élection présidentielle aura été particulièrement antidémocratique » pour se terminer en « votons pour l'un d'entre nous, un travailleur, Philippe Poutou ».

« Franchement ? C'est bien, Michel. Le passage sur Pinochet, pas nécessaire mais dans l'ensemble c'est brillant. »

Plus rien à secouer. C'est plus rapide d'entretenir un malentendu que de rétablir la vérité. Et puis Michel comprendra même pas qu'il est pas tuteur, le Vin Diesel du sunnisme fera la cérémonie en arabe. En parlant de Rayan, c'est à son tour de me tenir la jambe.

« On va bientôt démarrer ?

— Allez, *let's go*, j'vais chercher Adé et…

— Petite question. La sœur Naïma, elle est célibataire ? »

Elle est céli : battante ! Dans une dalle impériale, Rayan paraît un chouille timide et n'ose pas trop me dire ce qu'il cherche. Je crois capter qu'il veut apprendre à la connaître mais il ne saisit aucune de mes allusions quant au métier ancestral pratiqué par sa *target*. Je parle de faire le trottoir, il bifurque sur les prières de rue. Péripatéticienne ? Aucun problème, c'est même recommandé de se raser sous les bras en islam.

« Tu penses que tu peux me donner son… Hé mais c'est… ?

— Oui oui, c'est Eden Sky…

— Désolé je vois pas qui c'est. »

Mais oui, Rayan, et ce bras droit surmusclé, c'est lié aux stéroïdes…

« Par contre, tu penses qu'à l'avenir tu pourrais…

— Je pourrais quoi, Rayan ?

— Tu pourrais… tu vois ce que j'veux dire…

— Rayan, j'essaie de te rendre service mais je vois pas du tout où tu veux en venir.

— Bah me mettre en contact avec… avec Naïma quoi.

— Ouais mais dans quelle optique ?

— Zeubi, j'suis opticien moi ?! J'veux voir ses darons, payer une dot, me marier quoi. Tu peux faire ça pour moi ? »

Hors de question de lui refiler son *number*. Les mecs qui comblent leur vide sentimental dans la muscu finissent dans un *Striptease* à préférer les œufs crus à leurs enfants.

« Ouais ouais bien sûr… Bon, on le commence, ce mariage ? »

*

Début de la cérémonie. Tout le monde est installé. Deux groupes se sont créés. La mif d'Adé (blancs, hétéros) sur la rangée de droite ; mes proches sur celle de gauche (gay, beurette, interracial, midget). Bref, les catégories porno.

Brenda, ennemie publique numéro *uno*, se retrouve encadrée militairement par Naïma et Nora. La première, de toute évidence informée par la seconde que j'ai fauté (quatre-vingt-trois clins d'œil en ma direction), pointe du doigt le Tchétchène et son look à planquer des cadavres. L'intimidation prend forme, une amitié renaît. Devant elles, Ahmed se fait lustrer le chibre par un Gaby en quête de quelques pétrodollars, pendant que Michel confond la robe du pinard avec celle d'Eden Sky. Pour Junior, mouillé jusqu'au cou, c'est comme au collège, tout derrière que ça se passe. La place parfaite pour s'enfuir si la soirée tourne mal, si Aurélie découvre qu'il a rempli le pot tout rose.

Je rejoins Adé dans le pavetar. Elle est en bas des escaliers, zarma mise en scène avant son entrée, et d'une beauté qui rend modeste. J'suis pas loin de lui conseiller d'annuler, qu'elle mérite mieux, qu'elle a encore le temps de se désister. Elle stresse un peu. Moi aussi. Mais comme j'ai vu dans un documentaire animalier qu'les léopards femelles refusent de s'accoupler avec des trouillards, je la rassure comme je peux.

« Ma puce, écoute pas les gens qui disent nanani, nanana… tu vois c'que j'veux dire ? »

Après, quelle idée de s'accoupler avec un léopard franchement. Sont quand même fringués comme des putes.

Margaux, un peu trop investie, se prend pour Marcel Pagnol et propose que je conduise Adé dans une brouette en direction de « l'imam ». Pourquoi j'ai mis des guillemets ? Peut-être parce qu'il est actuellement en train de faire des tractions aux branches du platane, qui sait…

Subitement, toutes les lumières s'éteignent. Reste plus que les quatre mille bougies pour émerveiller l'extérieur. Un coup de vent et Théo se transforme en torche humaine tant son faux maillot de l'Algérie ne respecte pas les normes de l'Union européenne. Les discussions à bâtons rompus cessent, des sifflets retentissent. On comprend qu'on doit y aller. Dernières secondes d'intimité.

« Adé, t'es vraiment sûre de vouloir m'épouser ?

— Bien sûr que nan. Mais moi aussi j'ai envie de baiser, chéri.

— Allez go. »

Elle est des nôtres, elle a bu son verre comme les autres. On avance main dans la main. De l'extérieur ça a l'air mignon, de l'intérieur j'ai le démon. Actuellement mal dans ma peau, je déteste les années bissextiles parce qu'on vit : un jour de plus. Junior, dans une forme de maltraitance, lance un live sur

Périscope et hurle des « Oh le bouffon, il est amoureux ! ». J'ai présentement sept ans d'âge mental et si ça ne tenait qu'à moi, je courrais tout droit et ne m'arrêterais qu'une fois en zone blanche, loin de toute civilisation, un truc genre Gueugnon.

Une musique se fait entendre. Couverte par les applaudissements et les youyous, je perçois une mélodie froissante pour la race humaine… Mais nan, c'est *Brancardier de ton cœur*, le tube de Junior ! Le tarba profite de mon hlel pour gratter une cent dix-huitième vue sur YouTube. Sous ballon, il fait des oid en direction de la grand-mère d'Adélaïde qui n'a rien fait d'autre qu'être en vie. Mais attendez, c'est pas fini ! Ahmed, soucieux de nous initier au folklore libyen, sort un fer de son fute et envoie trois bastos dans le ciel. Un silence de plomb met sa jambe sur le buffet et tape des étirements. Son mec de sécu, en kif sur l'atmosphère de saloon, s'extirpe du rang et se lance dans une danse rappelant que le rythme, tu l'as ou tu l'as pas. Petite précision, pendant qu'il tournait en rond comme s'il cherchait une place à Paris, j'ai vu :

1/ ses poils dans le dos ;

2/ une arme de l'Est dépasser de son froc.

Le sourire fourbe de Nora laisse penser que la Brenda s'imagine déjà dans la rubrique faits divers, et c'est le seul point positif. Incapable de savoir s'il participe aux rites d'une société secrète ou à l'organisation de règlements de comptes sur le parking d'Auchan, le clan Labat n'ose dire un mot. Les trois quarts bluffent par peur de passer pour des xénophobes bien qu'il soit évident qu'on tire pas dans le ciel en Occident. Seul Théo ne semble pas choqué et approuve nos mœurs par un subtil « MASSACRE DE SÉTIF, ON N'OUBLIE PAS ! »... Une soirée placée sous le signe du dialogue.

On arrive près de l'autel et on s'installe aux côtés de Rayan. Tout le monde se chie dessus, l'ambiance est redescendue. D'entre les corps, je distingue ma mère respirer la joie de vivre. Dernière fois qu'elle m'a regardé avec autant de fierté c'est quand j'ai eu la bourse échelon 7. La joie étant considérée par la virilité comme un signe de faiblesse, je cache cette pointe de satisfaction qui emplit mes poumons. Un sentiment qui jusqu'à présent m'était étranger et étonnamment pas désagréable. Ça fait donc ça de rendre heureux les gens qu'on aime ? Hâte de me remarier.

L'imam athlétique va débuter la séance. Avant de prendre la parole, Michel, mort-bourré comme un supporter anglais, se lance à son tour dans les traditions.

« LA JARRETIÈRE, LA JARRETIÈRE, LA JARRETIÈRE ! »

Vingt euros que d'ici minuit on en vient aux mains. En poussant Rayan à accélérer, je remarque que parallèlement à son statut d'érudit, être insortable forme la pierre angulaire de son éducation. En gros, il porte encore ses AirPods.

« Euh par contre, tu gardes tes écouteurs pour nous marier ?

— Ouais y a une compèt' de bodybuilding sur Tel-Aviv. Mais t'inquiète, il reste que dix minutes. D'ailleurs tu comprends le juif toi ? »

Évidemment, j'écris même le musulman. En parlant de dialecte, Rayan entame les festivités en informant l'auditoire qu'il effectuera la traduction de l'arabe au français pour faciliter l'application de la charia. Sauf pour la récitation des versets du Coran car, je cite, « j'ai pas tout compris à la version française mais tranquille, l'islam c'est simple, faut juste pas être un fils de pute ». Première phrase et ça commence à bien faire. Allez, Rayan, déroule, s'te plaît.

« Les gwers : oyez, oyez. Les autres : wesh, wesh. Nous sommes réunis aujourd'hui, c'est pour célébrer un miracle. On va pas s'mentir, OK Adélaïde a des standards de sélection très bas, mais se mettre avec Wourad franchement… c'est un miracle d'Allah, nan ? »

Franchement, j'attends juste le moment où il va confondre les versets coraniques avec des paroles de Soolking pour lui mettre une patate. Dans une soumission des plus totale, j'crame même ma mère acquiescer à ses propos. Il enchaîne.

« Dans la mesure où il dispose d'une masse graisseuse supérieure à 25 %, personne ne comprend comment Wourad a réussi à taper dans l'œil d'Adélaïde. À sa décharge, faut avouer que pour devenir aussi sec que moi, qui, je le rappelle, ne dépasse pas les 6 % de masse grasse, il faut faire des efforts surhumains ou faire partie de la catégorie des ectomorphes. »

Il faut stopper la vente d'anabolisants. Je lui mets un petit kick au iep pour qu'il se concentre. Près de la véranda, j'crois voir une ombre passer. Elle s'approche de l'enceinte et a l'outrecuidance de couper le son. Les *Idées noires* de Bernard Lavilliers laissent place aux blanches de Philippe de Villiers. C'est Édith.

*

La Mercotte de l'OAS a enfin tweeté sur la polémique du jour et, après avoir soupesé le pour et le contre, s'est décidée à nous rejoindre. Au silence qu'elle installe, j'comprends que tout le monde est au parfum qu'elle a une dent contre Allah. Ou bien que personne n'a oublié qu'Ahmed vient de calibrer les cieux. C'est selon. Elle traverse le jardin sans saluer qui que ce soit et s'installe directement au premier rang. Œuvrant pour un système ségrégatif, Édith attrape un brin de paille traînant au sol et sifflote des chants sécessionnistes très à la mode en Caroline du Sud. Un *tchip* venant vraisemblablement de Junior (rapport à ses accointances avec le zouglou dance) perturbe à son tour la séance. Rayan reprend.

« Bon, je disais… Deux ans après leur rencontre, nos tourtereaux ont donc décidé de se marier et…

— Tant que c'est pas l'inverse… »

Pas le racisme sur la pointe des pieds celle-là. Bien décidée à niquer notre union, la pisse-vinaigre identitaire a coupé l'imam sans mettre son clignotant. J'commence à comprendre pourquoi Michel passe sa vie dans les bars. Le scénario des musulmans qui se rencontrent deux ans après le mariage, c'est comme mon *Banlieue Love*, une image d'Épinal qu'on peut facilement foutre en production. Rayan tente de faire abstraction et ne perd pas le sud.

« Avant toute chose. J'voudrais aussi dire qu'au nom d'Allah le prochain qui me coupe, j'le découpe. D'ailleurs embrassez l'islam pour votre salut tant qu'il en est encore temps. »

Ça donne envie. Rayan, c'est à peu de chose près lézarabélénoirs qui se filment en train de crier « nique la France » et qui finissent repostés par Damien Rieu. Du pain bénit pour les patriotes.

« Bon, abordons la question de la dot. Et sachez que j'accepte pas les bitcoins. »

Fait chier, la dot. Venu en touriste à mon propre mariage, j'avais zappé que j'devais payer pour baiser. Deuxième fenêtre de tir pour Édith, elle sort l'arbalète.

« La dot ? Donc ma fille a un prix comme au Moyen Âge ? On n'a qu'à l'échanger contre des chamelles tant qu'on y est. »

Faut reconnaître, j'ai failli dahak. Ma daronne, passablement zehef qu'on parodie sa culture, lâche un « toz » annonciateur de bagarre. Pour Adé, dont l'objectif est de se faire baiser le plus tôt possible, tout est une question de symbole.

« Un euro, ça m'ira. »

Même moi j'trouve qu'elle abuse. Wesh respecte-toi, t'es une femme ou un Caddie ? Surtout que je me connais, à la moindre embrouille j'vais l'humilier et lui balancer que j'l'ai achetée sur Vinted. Pas envie d'être minable.

« J'veux pas me mêler de ce qui me regarde pas, chérie, mais c'est ton droit. Choisis ce que tu veux.

— OK alors premièrement je veux un…

— Ouais enfin calmos hein, j'suis bagagiste. »

Un « DÉPOUILLE-LE ! » sort du public. Belle intervention de Nora qui se venge ainsi d'avoir dormi dans le lit du haut toute notre enfance. Le ban et l'arrière-ban se joignent à l'enchère. Des sommes sont jetées dans le ciel en attendant de voir le bruit qu'elles feront en retombant. Naïma parle en sacs Chanel, Gaby en cachetons, Ahmed en esclaves. Chacun y va de son unité de mesure. Finalement, Adé la joue sobre et demande un voyage. J'attends un « Oh c'est mimi… » du public. Qui n'arrivera jamais. Seule l'idée que j'me fasse ouvrir les intéressait. Rayan lui demande d'être plus précise.

« Phuket, Marrakech, Budapest ? »

Que des destinations de gros baiseur, ça raconte quelque chose. Pendant que le débat fait rage autour de la dot, Michel nous remet en mémoire que seule la flotte peut lui servir d'antidote.

« GROUILLEZ-VOUS, CE SOIR VOUS POURREZ LE FAIRE PAR-DEVANT ! »

Le malaise est tellement palpable qu'il a une ombre. Adé décide de se prononcer plus tard. Les contours de la dot sont trouvés, vous imaginez bien que le crevard que je suis comptabilisera le week-end à Deauville comme un voyage… Retour au direct. Édith, l'égérie des fafs, cherche à faire de l'audimat.

« Et sinon, Wourad, tu comptes prendre plusieurs femmes ? »

Belle proposition artistique, ça vise l'indignation. Mais moi, la polygamie, pas mon délire. C'est tout juste si j'arrive à parler en envoyant un texto, j'me vois clairement pas gérer deux foyers. Le problème c'est qu'en face j'ai Rayan. Si je dis que j'suis contre, il va nous sortir un hadith qui parle de lave et de palmiers, ça risque de choquer les Labat. Je pars sur le sarcasme.

« Bah étant donné qu'Adélaïde souffre d'un dédoublement de la personnalité tant qu'elle a pas bu son café du matin, j'crois qu'il n'est pas disproportionné de dire que je vis déjà avec deux femmes, nan ? »

La vanne passe. Des rires de Blancs se font entendre (« Huhuhu… c'est caustique ! »). L'audience se détend. Sauf Rayan. Décidément présent pour se taper, je saisis qu'il fait partie de ces religieux incapables de se frotter à d'autres points de vue que le sien. Frappé de vertiges du haut de sa tour à croyances, chaque brique a son importance. La déconstruction est synonyme d'écroulement. Le questionnement, de trahison. Dieu lui a tendu la main lorsqu'il était au – 1, il s'agirait de soigner les finitions. Et vu qu'il sous-traite à son ego, il pense avoir la responsabilité de transmettre Sa parole comme si Allah avait besoin de lui. Tu cimentes tout ça avec deux-trois vidéos de savants saoudiens qui t'expliquent que c'est nous contre eux, et tu finis par clouer un « Ne pas déranger sur ton portail ». Son sourire de façade prend la porte.

« Hé, vous rigolez trop avec la puissance d'All…

— Objection, Votre Honneur ! »

Merde, Brenda. Sa *skincare routine* ? Niquer ma vie.

« Brenda, ferme ta gueule ou j't'encule ! »

Du Junior dans le texte. Les invités d'Adé sont sous assistance respiratoire, heureusement qu'ils possèdent des cartes Vitale pour soigner leurs âmes : brisées. Le mariage prend une tout autre tournure. Ça rappelle la bascule France Télévisions, sauf qu'ici la terre battue c'est dans mon sif. Naïma, experte en ping-pong show et/ou en fond de teint Terracotta, appuie sur « *start* » et lance un regard au gars de sécu. Le temps que Zangief lève son gros cul, le petit Théo prend la manette.

« C'est toi, Brenda ? Ça te dit on s'envoie en l'air ? »

Les jeux vidéo, un fléau pour la jeunesse. J'ai chaud de partout, un fakir hésiterait à me piétiner. Ma santé mentale tient présentement à un cours de poterie et une exfiltration au Mexique. Verónica ? On t'oublie pas. La reum du petit, brunette émaciée et probablement vile exécutante au Crédit lyonnais, s'envoie deux doses de Ventoline et s'excuse. Pour mettre en perspective l'âge de Théo, je lâche un malhonnête « Faites des gosses hahahahah », davantage incarné par la diarrhée que par l'humour. L'avenir de mon couple est en jeu. Sans compter celui de Junior ainsi que l'éducation de son marmot. Le cartable Deliveroo ? On t'oublie pas non plus.

Pour Adé, qui fronce aussi les yeux en découvrant Eden Sky (on en parlera après le mariage), c'est mystère et suspense. Elle sait néanmoins reconnaître les agissements d'un homme qu'on fait chanter et devine en filigrane que Théo a des infos sur Junior. Car oui, n'ignorant rien de la façon dont on est une merde, j'ai pris soin de charger la mule. Je vois dans son regard l'écœurement face à l'adultère, et le fait que ça la dérangerait pas que l'humain le plus répugnant du quartier se fasse gauler.

Une fois debout, le Tchétchène dit des trucs de Tchétchène en direction de Brenda. Ça part dans tous les sens. Aurélie demande des explications à Junior, Kader se prend en selfie avec Eden Sky, Rayan se fait un shaker de prot'. De son côté, Brenda veut ajouter quelque chose mais comme Michel s'est lancé en toile de fond dans un discours à la gloire du marxisme, on n'entend rien. Soudain, venue de nulle part, Margaux fait une entrée tonitruante. Les nibards à l'air tah Pussy Riot, elle manifeste contre les violences faites aux femmes, la tronche enduite de sang menstruel. Avec son collectif (elle est toute seule), la Che Guevara de la chatte se dresse devant Ahmed et scande un « *Real men don't buy girls!* » alors qu'il possède : un flingue. Ce dernier ne saisit pas qu'il est la cible du féminisme et croit assister à une tradition française. Il scande des « *Allahu akbar !* » qu'on pourrait traduire en Occident par des « Pooo-polopopo-pooo-pooo » de The White Stripes. Se tenant à distance des droits de l'homme, le Dyson du désert sort une liasse et *makes it rain* sur les bzez de Margaux. Zéro respect. Gaby saute sur le pognon. Margaux sur l'attitude de colon.

« Naïma, on va te sortir de là ! »

Plus optimiste qu'opticienne, elle voit pas que la pute géante s'en branle complet de ses combats. Guidée par le fantasme de la femme qu'il faut libérer du harem, Margaux la prend par la main et se mange un « M'touche pas, clocharde » d'anthologie.

« Mais wesh t'es une baisée toi ! T'as cru j'étais une pute ? »

Silence total. Dommage y a pas le perroquet d'Ahmed, il aurait répété « c'est pas une humaine c'est une pute ! ». Comme j'aime pas trop Margaux et qu'elle saccage mon mariage, je fais le trouble-fête.

« Haaaaaan… comment ça m'aurait pas plu… »

CHKICH ! Première gifle de Naïma. C'est parti tellement vite qu'il ne lui reste plus qu'un point sur son permis. Pour Margaux, malgré l'oreille mauve qui lui permet désormais d'entendre les fantômes (une alternative à la table de Ouija ?), c'est l'humiliation. Prenant trop à cœur leurs existences respectives, elles se jettent l'une sur l'autre, les griffes en avant, et se déchirent. Comme d'hab' lorsque des meufs se tapent, les mecs s'éloignent pour filmer. Seul moment dans une vie où on n'est pas en compétition les uns contre les autres, les bagarres de raclis nous permettent de nous sentir supérieurs, de créer du lien, de passer un week-end entre potes.

Pendant qu'on profite de la rixe pour défoncer les derniers étouffe-chrétiens du buffet, toutes les nanas se lèvent pour les séparer. Nora profite de la cohue pour mêler Brenda. Elle s'agrippe à ses veuch en scred et les tire en faisant peser le poids de son corps. C'est perfide comme il faut, on like fort. Côté mecs, seul Rayan joue le gars bien et tente d'intervenir, même si on sait que seule la perspective de frôler le cavu de Naïma le motive. Une gonze manque cependant à l'appel, Édith. Restée à sa place, elle murmure des trucs en latin.

« *Ave Maria, gratia plena. Dominus tecum. Benedicta tu in mulieribus. Et benedictus est fructus ventris tui, Jesus !* »

J'ai cru entendre Jésus, ça doit être sérieux. Portée par la parole divine, Belle-Maman sort une télécommande de sa poche et tape frénétiquement sur les touches comme pour annuler un sexto envoyé par erreur à son boss. Tout à coup, un rai de lumière surgit et illumine le grand arbre surplombant le jardin. Éblouis par les LED, la castagne fait un break, elle a besoin de prendre un peu de recul dans sa relation. La lueur est beaucoup trop puissante, nos yeux mettent quelques secondes avant de s'adapter aux formes, avant de réaliser… qu'une immense croix de Jésus-Christ tricolore électrise le jardin tah un concert de Justice. C'est officiel, on est en pleine bataille de Poitiers.

Réfractaire à l'idée de participer au couronnement des Omeyyades, la Charles Martel du Val-d'Oise avait préparé son coup. La provocation de trop pour Rayan et sa carence en vitamine D (comme « diplomatie »).

« Par Allah le Très-Haut, éteignez-moi ça ou j'vous baise tous ! »

Représentant de la droite dure du sunnisme, il prend extrêmement mal la coexistence entre les peuples. J'ai beau lui demander de se calmer, rien n'y fait, mon leadership ne l'impressionne pas. Pire, il tape un sprint en direction du platane, l'escalade à mains nues et lance la saison de la cancel culture en arrachant la première guirlande. Le regard suisse, personne ne sait s'il doit intervenir ou s'il assiste à un happening réalisé par un professionnel. Il renchérit.

« Hé mais zeubi, vous m'avez pris pour qui, vous ?! »

Ses énigmes étant aussi des menaces, je me rapproche du Tchétchène, on sait jamais, si ça doit se taper. Actuellement sur la deuxième branche, on sent qu'il faiblit. J'vais pas dire que j'ai envie qu'il se gamelle, j'tiens juste à signaler que Junior organise déjà les paris.

« Cent euros qu'il béton. »

Dans vingt minutes ça part sur des combats de coqs. Rayan étant occupé à se prendre pour Tarzan, la baston des nanas reprend. Des cris transpercent l'émeute, un fœtus est visé. Deuxième agression de ma sœur sur Brenda. Elle tente délibérément d'interrompre sa grossesse et clôt ainsi le débat qui oppose les familles algériennes : Cheb Khaled ou Cheb Hasni ? Pour Nora, ce sera Cheb Mami.

Pendant que Junior se familiarise avec la catastrophe et ouvre une branche féminine de paris sportifs, j'vois que Michel a attrapé le micro du pack karaoké. En Jean-Jacques Golmon, il chante *Zidane y va marquer* sur l'instru de *Quand la musique est bonne*… De son côté, Adé me fait une Sylvie Tellier, me fait : les gros yeux. J'comprends que je dois intervenir. Et comme ma libido se résume ces dernières semaines à me faire baiser par le système, j'interviens. Dur sur l'homme.

« Je vous demande de vous arrêter ! »

Balladur sur l'homme. À part Ahmed, personne me calcule. Ce dernier, personnifiant l'anarchie, exploite le chaos et m'explique que si j'veux qu'on m'écoute, je dois inspirer la crainte. OK, Caligula… Dans le genre subtil, il me remet son flingue. Un geste synonyme de bienveillance en Libye.

« *SHOOT TLEE TIMES IN THE AIR AND EVELYBODY WILL LOVE YOU. TLUST ME, MY FLIEND.* »

Trust me, trust me, c'est vite dit. Finalement, j'accepte. C'est la Fête de la musique, pas un condé ne saura différencier les coups de canon du moment où DJ Snake lance le mur de la mort. Et puis j'en ai marre que personne ne m'écoute. Je prends son pétard et shoote un fil d'acier en l'air. Je pensais que ça les calmerait, au contraire ils angoissent. Quand c'est Ahmed c'est folklo, quand c'est moi c'est le djihâd. Un mouvement de foule se désorganise. Rayan loupe une branche. Cent euros pour le J. En chutant, il atterrit sur l'arche drapée, qui elle-même s'effondre au pied d'une armée de bougies. La qualité *made in China* des matériaux permet un début d'embrasement. Kader panique.

« VITE, LE FEU COMMENCE À PRENDRE FEU ! »

Dix ans de médecine pour sortir ça... Le problème de l'Éducation nationale, c'est qu'ils t'empêchent pas de devenir con. Et ça, Kader nous le prouve une seconde fois en s'inventant une vie de sapeur-pompier. Le lutin de Marrakech attrape une des bouteilles de Cristaline qui jonchent le sol et arrose le drap infernal. Ça aurait pu être un geste hautement héroïque si ce gogol de l'espace n'avait pas choisi la bouteille de vodka de Junior mdr.

En trois secondes (le temps que Jul sorte deux albums), le feu s'accroît et s'attaque au platane de l'amour, au platane républicain. J'me tourne vers le buffet halal et empoigne la fontaine à boissons. Citronnade au gingembre, ça devrait le faire. Junior me stoppe.

« Poto, surtout pas ! J'ai aussi mis de l'alcool dedans... »

MAIS BORDEL C'EST UN HLEL OU LA ROUTE DU RHUM ?! Complètement pété, même le petit Théo est dans un bail d'adultes et entreprend une danse du lasso en direction d'Eden Sky. Des images qui font peine à voir. Je commence à capter. Tout le monde est beurré. Quoi de plus normal que de voir une Rebeue (Nora) mettre des pains à Brenda. Les Arabes et l'alcool ? Mauvais mélange. J'comprends pourquoi l'islam nous est tombé dessus.

Bien que la cité tue les rêves (rien à voir), je prends mes responsabilités et bombarde vers l'arrivée d'eau. Sur le chemin j'vois Rayan, tétanisé entre les flammes du mal. Bloqué et en psychose comme un enfant qui aurait fermé le verrou des chiottes, il chouine des trucs en arabe tout en se tenant l'épaule. La fin du monde est proche. Piètre individu toutefois compensé par une lâcheté hors norme, j'le calcule ap et attrape le tuyau d'arrosage. J'vais enfin être un héros, la première fois de ma vie. Enfin. Enfin la reconnaissance, le buzz, la gloire, les putes, la coke, les plateaux télé, les interviews. J'vais enfin expliquer qu'avec de la détermination on peut toujours y arriver, que j'peux être un exemple pour la jeunesse des banlieues. Que si j'ai réussi à ouvrir ce robinet, tout le monde peut le faire. Que j'ai trouvé dans l'arrosage un dérivatif à la violence, que finalement la cité ne tue pas les rêves. On me présentera partout, tout le temps. On m'exhibera au monde, à leur monde, comme une ceinture à un gala de boxe, comme l'assimilé, le souriant, l'avenant, le docile. Jury d'un concours d'éloquence, parrain d'une association de quartier. Débarrassé de mon caractère, de mes habitudes, de ma barbarie, je rassurerai la ménagère quant à ma capacité à naviguer sans muselière. Celle qui fait la pluie et le beau temps. Qui vote. Qui paie.

Et un jour on me demandera de choisir. Chanter *La Marseillaise* lors des Enfoirés n'aura donc pas suffi. Il faudra prendre position, supporter la France ou l'Algérie. Je devrais passer mon test de loyauté, prêter allégeance à de Gaulle, clamer haut et fort que la France m'a tout donné. On voudra vérifier si je mérite ou non la place qui s'est libérée. Si j'suis français, ou si j'suis *les autres*. Encore une fois, la notion de groupe. En aimer deux, c'est en trahir deux. Alors que la trahison, depuis le début elle m'irrigue les veines.

L'ennui c'est que quand tu trouves pas ta place, tu dois rester debout. Et vu d'en haut, tu vois toujours mieux que tu te fais baiser. Le patriotisme, c'est le seul moyen qu'on a trouvé pour se procurer des volontaires à la guerre. Du coup faut alimenter la combine, élever l'amour de la patrie au rang de sacro-saint. Que ce soit la France, l'Algérie, les States. Le 9-3 contre le 9-4, les Bloods contre les Crips. C'est partout la même, on demande au dernier arrivé de ne pas faire trop de bruit en entrant, de prouver qu'il n'est pas *les autres*. En cas de mauvaise réponse, un Noiroularabe troquera lui aussi sa chicha pour le tuyau d'arrosage et subira à son tour les méandres de l'assimilation. C'est le cycle de l'eau quoi.

Ah au fait, retour au mariage. Le tuyau d'arrosage marche pas.

*

Fallait être giga naïf pour imaginer que la flotte coulerait à flots chez Michel. Est-ce qu'on a dû organiser une chaîne humaine et souffler tous ensemble sur les flammes tout en chantant *We Are the World* ? évidemment nan. Par contre, Naïma qui confond extincteur avec sa lacrymo au poivre, on a frôlé la catastrophe.

Tous les invités ont été évacués et les pompiers sont arrivés en moins de dix minutes. Je rappelle que le dernier événement marquant sur Magny-en-Vexin, c'est l'ouverture d'un vidéo-club. Même le maire est venu prendre en photo l'arbre maléfique. Une fois sur place, les soldats du feu (et leurs grosses lances lol abonne-toi) ont pris tout leur temps avant d'éteindre l'incendie. Comme s'ils prenaient plaisir à voir un bout de Magny-en-Vexin partir en fumée. Vivement la réaffectation.

Pour ce qui est de Rayan, son pronostic vital est comme mon état matrimonial : pas engagé. Quand le pompier lui a dit qu'il s'était luxé l'épaule, il a quand même déclaré que la luxure c'était haram… L'escaladeur islamique a finalement été emmené dans le CHU le plus proche (au Royaume-Uni) pour remettre ça en place. Y a une compèt' à Austin, Texas, qui l'attend.

Comme vous l'aurez compris, j'suis Gros-Jean comme devant. Le hlel n'aura donc pas lieu. J'pensais vraiment que la cérémonie serait pitoyable, elle a aussi été désastreuse. Le nœud gordien que représente notre union aura donc une saison deux.

Brenda a fui en premier. Elle m'a quand même envoyé un DM aussi long que Snoop Dogg pour m'annoncer qu'elle me « quittait » par contumace. Mon Wikipédia sera supprimé, mon avatar GTA assassiné. Pour tout vous dire, je crois que les menaces de Nora ont eu raison de cette dégénérée. Bon, faire miroiter qu'Ahmed était numéro trois de l'État islamique c'était un brin audacieux mais dans les faits, que sait-on vraiment d'Ahmed ?

D'ailleurs lui et sa bande ont fugué en urgence. Poudre de colombienne dans la *pocket* et armé comme un Ricain au salon du bien-être, il a pris les gyrophares des pompiers pour ceux des keufs. Avant de démarrer, il m'a informé que sa villa cannoise était dispo tout l'été et m'a remis une enveloppe avec tout plein de billets violets. Est-ce que j'ai eu peur qu'il me demande de lui sucker la dique en échange ? Évidemment. Parce qu'en vrai j'aurais été grave capable d'accepter.

En parlant de sucker, Gabriel est monté dans la choupette de Junior. Fallait rentrer récupérer le petit. Caroline était khalass pour la partie resto, pas pour le baby-sitting. Avant de filer, ils m'ont avoué qu'ils avaient foutu du rhum et des cachetons dans la bonbonne de citronnade. J'ai pas réussi à leur en vouloir. Surtout que Junior m'a offert une carte cadeau de cent cinquante euros. Utilisable un peu partout. Même chez Franprix.

Restait plus grand monde. Margaux prenait le numéro d'un pompier, Kader s'excusait pour le selfie, Édith défendait sa vision de la France. Accoudée à sa voiture dans une ruelle mal éclairée, j'ai vu Naïma discuter avec ma daronne. J'ai khaaf de briser l'harmonie qui les rassemblait et ai préféré laisser l'odeur des retrouvailles embaumer la nuit. Je sais pas de quoi elles parlaient. Je sais juste qu'au loin j'ai deviné une houle de remords leur sauter aux cous, un flot de diamants dégouliner de leurs traits et nettoyer tout ça. Toutes ces aurores de souvenirs restés à quai, ces vestiges d'une époque bénie qui n'ont jamais vu le jour, ces non-dits que même le sang n'a pu ramener à la vie. Les blessures causées par son absence finissaient par résonner, la traversée en solitaire touchait à sa fin.

Après un au revoir distant, elles se sont engouffrées dans la gova de Naïma pour s'évanouir dans l'été. Il n'était plus question d'abîmer les mots, seulement de déchirer le silence. Maman avait une mission. Seule la blancheur de son cœur pouvait s'en charger. De la même manière qu'elle s'était occupée de Junior au décès de son daron, elle s'occupait de ramener Naïma au sien. Les sacs gorgés d'orgueil et de qu'en-dira-t-on n'avaient plus d'importance. Un verrou attendait Naïma du cinquième. Il était temps de le refermer derrière elle.

Finalement chacun est rentré chez soi, a récupéré ses clés, son portefeuille et sa dignité. Moi j'suis encore là, j'attends Adé. Assis sur un muret qui fait face au platane cramé, je le provoque et me grille une garo. Elle me rejoint.

« Putain j'viens encore de me prendre la tête avec ma mère. Laisse tomber, elle m'a encore fait son speech sur le voile. Elle comprend toujours pas. »

Je réponds rien parce que moi non plus. Toujours pas saisi l'idée. Toute cette histoire m'a quand même permis d'apprendre deux-trois trucs sur moi, mes croyances et celles des autres. Est-ce qu'elle est dans le vrai ou pas avec son voile ? C'est même pas la question. Y a pas de réponses. Le porter ou pas, c'est les deux faces d'une même pièce gravée « liberté ». On pourra jamais fuir c'qu'on porte en nous ni comprendre ce qui nous anime. C'est son choix, sa façon de se trouver, peut-être même de s'aimer. Café-Clope s'est mis au prêche, Margaux dans le militantisme. Adé a choisi la formule islam à volonté. Peut-être qu'elle le retirera dans un mois, un an, une vie. Qu'elle est juste attirée par la marginalité. Ou par Dieu.

Ce qui importe, c'est qu'elle aura vécu son expérience, aura donné un sens à sa vie. Et ça, personne pourra lui retirer.

Perso, j'ai réalisé durant ces deux semaines qu'les gens n'en avaient rien à branler de tout ça. L'islam, c'est aussi devenu un divertissement. Un contre-feu. Ça crée du débat, ça pointe un ennemi, ça fout les jetons. Ça fait vendre du papier aussi. Enfin, ça faisait vendre du papier. Avec la gratuité de l'info sur le Net, il a fallu se réinventer. Devenir clivants, susciter l'indignation, le clic, la pub. La véracité, c'est même plus un sujet. Faut qu'on s'mette sur la gueule pour avoir des choses à écrire. Le choc des civilisations ? Ça crée de la conversation, ça fait bander l'algorithme. Les taches de sang sont toujours plus frappantes dans la neige. Et au lieu de détourner le regard, on participe au spectacle, on alimente le bouchon de curiosité. La réaction, le clic, la pub. Au diable Vauvert l'éthique, tout le monde y trouve son compte.

Moi aussi je participe à ça. À placer l'intérêt matériel au-dessus des valeurs. OK les médias fricotent avec la fachosphère, mais quand elle m'annonce qu'elle compte porter le voile et que mes premières pensées se dirigent vers le loyer… c'est drôle, mais c'est dégueulasse. Il avait raison Nietzsche. On a tué Dieu. Et on a retrouvé les empreintes du progrès dans les larmes du crime. À force de tout quantifier, nos pouls se mesurent en PIB. Le retour au religieux d'Adé, c'est les conséquences d'une modernité qui sonne creux, parce que le matériel n'a pas su la rendre heureuse. Acheter, posséder, consommer. C'est s'enfermer dans une existence pleine de chiffres, là où les émotions se trouvent dans l'être.

« Wouhou ? Tu m'entends ?

— Ah excuse-moi, je… Tu disais ?

— J'disais que ma mère faisait une fixette sur le prénom de nos enfants. Elle pense qu'ils galéreront pour trouver du boulot, etc.

— Et tu lui as répondu quoi ?

— Qu'ils auront pas besoin de chercher du travail. Qu'on en fera des patrons. »

Bordel, quelle punchline. En vrai, elle a pas tort. Au lieu de subir la météo, il serait peut-être temps de bicrave des parapluies. À ce sujet, un léger crachin vient accompagner notre entretien. En matant l'arbre fumer, je réalise que ça devait faire quoi, cent piges qu'il était là ? Et en une fraction de seconde tout s'est arrêté. C'est ouf comment l'équilibre de la vie est fragile. La destruction à portée de main. Un arbre, un couple. Une éternité à tout construire, un claquement de doigts pour tout faire foirer.

J'pensais être un mec bien. J'ai prouvé que non, qu'au fond j'suis comme les autres. Comme le daron. J'utilise les meufs qui m'entourent, incapable d'accepter qu'elles édictent les règles. Elles, c'est dans leur ADN de nous faciliter la tâche, de laisser parler nos fantasmes. Des millénaires à devoir maintenir des réputations, à prendre des beignes pour des vaisselles mal faites, forcément tu te mets pas en avant. Pour tout vous dire, les délires d'égalité des sexes j'en ai rien à secouer. Au contraire, je devrais même la fermer et profiter de ma position. Sauf qu'aujourd'hui, c'est ma mère, c'est Nora, c'est Adé qui prennent les coups pour moi. Ce serait égoïste de lâcher un « vu » à celles qui ont mis un point d'honneur à m'épauler, à m'éduquer. En vrai, j'ai jamais été un mec facile à aimer. J'me suis jamais senti à la hauteur de l'attention qu'elles me portent. Elles méritent mieux que ça.

J'allume une seconde clope. La fumée se mélange aux odeurs de bois calciné. Mes talons frappent convulsivement le sol. J'ai envie de tout lui raconter. De tout brûler. Ici. Là-bas. Le paradis. Une déflagration me consume la poitrine. L'arbre de velours m'écrase du regard. J'repense au collège. À ce cours sur l'agriculture sur brûlis. Tu crames un champ, ça le rend fertile. C'est ça, c'est ce que j'dois faire. Faut qu'elle sache que j'suis pas ce qu'elle croit. Pas envie de l'aimer en regardant mes rétro'. De bousiller ses rêves avant même qu'elle ne ferme les yeux.

« Adé, faut qu'on parle… »

Sa respiration prend la place des mots. J'vois son visage devenir grave, attendre la foudre et la tempête. Elle pose sa main sur le muret comme pour s'empêcher de s'abandonner, serre les dents pour s'interdire de pleuvoir. C'était écrit que j'allais tout gâcher. Que j'allais lui voler ce moment. Que l'aveuglante clarté de la vérité lui ferait recracher ces deux années. Elle savait. Elle savait que le chaos reviendrait équilibrer tout ça.

On peut tout faire dire à un regard. J'ai cru y voir de la peur, c'était du courage. C'était à son tour d'édicter les règles.

« Attends, j'ai un truc à te dire avant… Pour ma dot. J'ai pensé à Tulum, au Mexique. Mais finalement, j'me dis que ce serait sympa d'aller en Algérie. T'as quelqu'un à retrouver là-bas, nan ? »

Y a pas à dire, les meufs c'est des mecs bien.

Ouvrage composé par
PCA – 44400 Rezé

Pour plus d'information :

#lisez! engagé
www.lisez.com

Imprimé sur du papier issu de forêts gérées durablement.

Imprimé en Espagne par
Liberdúplex
en mai 2024
N° d'impression : 118868

POCKET – 92, avenue de France, 75013 Paris

S34300/01